[新版]幽霊刑事《デカ》

有栖川有栖

幻冬舎文庫

［新版］

幽霊刑事《デカ》

目次

幽霊刑事《デカ》

1

誰かが泣いている。

赤ん坊だ。火がついたような大声で、赤ん坊が泣いている。

——おめでとうございます。元気な男の子ですよ。

祝福の声。

どうやら、どこかで赤ん坊が産まれたようだ。

どこか……。

どこなのだろう？

俺はどこで、この産声《うぶごえ》を聞いているのだろうか？

何も見えない。黒くも暗くもなく、白くも明るくもない闇《やみ》に、俺は包まれている。

——ほら、見えますか、神崎《かんざき》さん。

同じ声がした。やっと聴き取れるぐらいの、やけにくぐもった声だ。どうしてこんな妙な響きなのだろう？

子供の頃、こんな声を聞いた記憶がある。夏休みに一人で市営プールに泳ぎにいった時のことだ。四年生ぐらいだったろうか。

ロッカーの鍵《かぎ》をプールの底に落とした俺は、深く息を吸い込んで水に潜った。自分で蹴ってしまったからか、鍵は足許《あしもと》にない。どこにいったのだろう、と見回していると、頭上で声がした。

——神崎、きてないな。

——ああ、よかった。

聞き覚えがあるクラスメイトらの声だ。短いやりとりだったが、それで充分だった。プールサイドにいる二人は、俺の姿がないことにほっとしている。俺と会わずにすむことで楽しい時間が過ごせる、と喜んでいるのだ。

鍵を拾い上げた後も、俺は水の上に顔を出すことができなかった。このタイミングで立ち上がって彼らと対面したら、なんだ、いたのか、と内心で舌打ちされるだろう。それだけでなく、神崎がきていなくてよかった、という会話が俺の耳に届いたことも悟《さと》られ、お互いにとんでもなく気まずい思いをするかもしれない。

顔を出すなんてできない。俺は懸命に息を詰めて、二人が早く遠くに行ってくれることを祈った。歯を食いしばって、限界まで潜っていた。もうこれ以上は無理だ、と立ち上がると、二人はずっと離れたところで準備体操をしていた。仲の悪くない友人だと思っていたのに、あいつらは俺が嫌いだったのか、と気分が重くなり、そそくさと帰ったっけ。

そう。

どこかで赤ん坊の誕生を祝福しているこの声は、水の底にうずくまって聞いたプールサイドの声とよく似ている。

待てよ。その声は、神崎さん、と言った。

もしかしたら……。

泣いている赤ん坊は、俺？　俺が産まれたところなのか？　たった今、俺が産まれたのだとしたら、それを遠くで意識しているこの俺は何者なのだ？

激しい混乱に襲われながら耳を澄《す》まそうとしたが、もう声は何も告げず、産声もしだいに小さくなっていって、寂々《じやくじやく》たる静けさだけが残った。

どれほど時間が経過しただろうか。

光が現われた。

彼方《かなた》に、綿のように柔らかそうな、ひとつまみの光が見えだしたかと思うと、花が開くように広がっていく。得体が知れないが、危害を加えるものには思えない。

その光の正体を見極《みきわ》めるべく、そちらを向こうとして初めて気がついた。体の向きを変えるということの意味がないことに。

俺には、肉体がなかった。指も手も、胸も腹も、腕も脚もない。この分では、おそらく顔も頭もないのだろう。ただ俺という意識だけが中空《ちゅうくう》に漂っているのかもしれない。

では、その中空とはいかなる場所？

次々とあふれ出してくる疑問の答えを、あの光が知っているかもしれない。俺は――肉体は見当らないが、俺としか呼びようのないこの俺は、懸命にそちらに意識を向けた。どうすればたどり着けるのか、とんと見当がつかないまま、眼球もないであろう俺は、光を熟視する。

するとどうだろう。わずかずつ、ゆっくりと、俺はそいつに引っぱられていく。光が説明のつかない力を働かせて、俺を確実に吸い寄せる。

近づいてもいいのか？　何かの罠《わな》かもしれないぞ。

恐れもないまま、俺は自問してみる。しかし、真実を知る手掛かりはどこにもなく、光の招きは理屈抜きで心地よかった。このまま身をまかせるしかない。

行こう。

行くしかない、と心に決めたとたんに、また微《かす》かな声が聞こえだした。今度は、大勢の人間のざわめきだ。何十人、何百人。ひょっとしたら、何千人、何万人が、口々に何かを話している。けたたましい喚声《かんせい》や、怒号、慟哭《どうこく》や嗚咽《おえつ》。時に歌声も混じる。様々な音声が渦を巻いて、俺を包む。

光に変化が起きた。

輪郭《りんかく》が不規則に乱れだしたのだ。苦しそうだ。俺を引き寄せる力もなくした。

俺は不意に、不安になってきた。よからぬことが起きる兆候ではないか？

幾万《いくまん》の声は、潮《うしお》のように寄せては返す。その中に何か意味のあるものはないか、と集中してみた。それらの声は、みな、自分に向けて発せられているようなのに、どれもこれも聴き取れないのがもどかしい。

無理なのか。潮騒《しおさい》の中から、一滴の波飛沫《なみしぶき》が海に戻る音をより分けることなど、かなわないのだろうか？

諦《あきら》めかけた時に、たったひと言。

——すまん！

誰かが叫ぶように詫《わ》びた。

すまん……？

悲愴《ひそう》な声。

誰が詫びているのだろう？

何を詫びているのだろう？

俺に、赦《ゆる》しを乞うているのか？

光が収縮した。一瞬で点になり、消えた。

消えた。

俺も。

2

浜辺にいた。

俺の眼前に、海が広がっていた。

波が高くて、潮騒が大きく響いている。

見覚えのある海だ。右手に突き出した岬と、その突端にそびえる白亜《はくあ》の灯台は、子供の頃から親しんできた眺め。

左に向き直ると、彼方に三段重ねのホットケーキのような平たい建物があった。シーフード料理がうまい〈アルバトロス〉というレストランだ。大きなガラス窓が、陽光を浴びて輝いている。窓際の席を予約して、須磨子《すまこ》と何度か食事をした店。つい一週間ほど前にも、地中海料理を食べてワインのボトルを一本あけた。

太陽の高さからすると、午後遅い時間らしい。

俺は何故、こんなところに突っ立っているのだろう？　どうしてここにいるのか、いつから佇《たたず》んでいたのか、まるで思い出せない。どこかで事故に遭い、記憶障害に陥《おちい》ってしまったのか？

痛みはないが、どこかに怪我《けが》でもしてはいまいかと、俺はまず両手を顔の高さまで持ち上げてみた。

と、これはどうしたことだろう、俺の掌《てのひら》はうっすらと透《す》き通り、視界から遮《さえぎ》られたはずの海が見えているではないか。かすんだ掌と、その向こうの水平線が同時に見えているのだ。両手の甲をこちらに向け、頭上にまで上げてかざすと、太陽も透けて見える。腕時計も同じように半透明になっていた。壊《こわ》れているのか、九時十六分を示していて、秒針は停止している。

もしや、と思って足許に目をやった。爪先から足、ズボンの裾《すそ》、脛《すね》、太股、そして下腹部から腹へ視線を這《は》わせる。あるべきところに、あるべきものがあった。が、どれもが半透明になっていて、砂浜が透けている。俺の足の裏の下は湿った砂なのに、わずかな窪《くぼ》みもない。

影も——なかった。

信じられないことだが、半透明人間になってしまったようだ。

とんでもないことになったぞ、と考えながらも、俺は妙に冷静だった。もちろん、驚きもしたし、恐ろしくも感じた。しかし、気がついたら半透明になっていた、という場合、人間は半狂乱になってもおかしくないだろう。それなのに俺ときたら、あらあらあらら、と呆《あき》れているのだ。

こんなの変だぞ。夢じゃないのか?

他の人間はどうだか知らないが、俺の場合、摩訶《まか》不思議な夢を見ている途中で、これは夢じゃないか、と疑ったとたんに、たちまち覚醒《かくせい》が訪れるのが常だった。密林で金色の大蛇にぐるぐる巻きにされた時も、郵便配達人から真っ赤な召集令状を渡された時も、こんなの夢だろう、と思った次の瞬間、頭の下に枕があった。

それなのに、今回は目覚めの気配が微塵《みじん》もない。そうだ、いつだったか、夢ならば覚《さ》めろと頰《ほ》っぺたを抓《つね》ったとたんに悪夢から解放されたことがあったぞ。あの手を使ってみよう。

俺は、手かげんをせずに頰を抓ってみた。

何も起こらなかった。

夢が終わらない、というだけの意味ではない。ぎゅっと力をこめて抓ったはずなのに、俺は、指先にも頬にも、まったく手応《てごた》えを感じなかったのだ。

そういえば、これもおかしいぞ。ほら、あんなに波が高いということは、かなり強く風が吹いているはずだ。それなのに、俺にはまるで風が感じられない。海風は俺を素通りして吹いている。

まさか。

見た目だけのことではない。俺は、本当に透き通った人間に変身してしまったらしい。

……という、夢だ。そういう手のこんだ夢なんだ、これは。

そうも考えてみたが、結果は虚《むな》しかった。あいかわらず、半透明な俺は、影も作らず渚《なぎさ》に立っている。

こんな存在って、あるのだろうか？　何か適切な言葉があったような気がする。そう。

幽霊。

あるいは亡霊。俺は死んでしまって、幽霊になってしまったのではあるまいか？

否定できなかった。それどころか、幽霊ならば、砂に窪みもつけずに立っていることの説明がつく。俺には体重というものがないのだ。透明人間ならば、姿は見えずとも、くっきりと足跡を残すだろうから。

俺は幽霊なんだ。足跡すら残せない存在。いや、幽霊は存在と呼べるのだろうか？　よく判《わか》らないが、存在未満、存在以下と考えるのが正しいのかもしれない。

待て。俺が死んだって？

いつ？　どこで？　何が原因で？

それを思い出さなくてはならない。大切なことだ。畜生、ややこしいことになってきたぞ。とんでもなく、ややこしい。

落ち着いて、順に思い出せ。まず、俺は何者なのか、ということから。名前は神崎達也《たつや》。生年月日は一九七〇年十一月三十日。──ふむ、自信をもってそうだと言えるぞ。

続けよう。住所は、巴《ともえ》市若葉《わかば》町二丁目六番地十一号。母親は比佐子《ひさこ》。二つ違いの妹がいて、名前は亜佐子《あさこ》。去年に結婚して、姓が野々村《ののむら》に変わっている。死んだ親父の名前は神崎巌《いわお》。親父の仕事は、俺と同じく刑事だった……。

そう、俺は刑事だ。七月に巴西《ともえにし》署から異動して、現在の所属は巴東《ともえひがし》署刑事課捜査一係。階級は巡査。巡査部長を目指して、昇任試験の勉強に励《はげ》んでいる。──いや、励んでいた。

刑事。

俺は、親父の背中を見て育った。ずっと刑事に憧《あこが》れて、ガキの頃から刑事になるんだ、と言い触《ふ》らしていた。ドラマのヒーローよりもすごい刑事になって、命を懸《か》けて悪と闘うんだ、と。高校生になると心境の変化があって、海外に雄飛する仕事に惹《ひ》かれたりもした。理由は他愛もない。ガールフレンドから見せられた彼女の父親――総合商社マンで、サウジアラビアに単身赴任《ふにん》していた――の写真が、やけにカッコよかったからだ。ワイシャツの袖《そで》をまくり上げ、ヘルメットにちょいと指を掛けて油田の前に立った姿の、なんと颯爽《さっそう》としていたことか。もしかしたら、この人が義理の父になるのかもしれない、と馬鹿《ばか》らしいことを思い、それならば俺も日本の外で活躍してやろうじゃないか、と気合いを入れて英語を勉強した時期もあった。彼女との交際が終わるまでの、ほんの半年ばかりのことだが。

古い記憶はしっかりとしている。もう少しそれを確認してみよう。

両親に奨《すす》められて、目的もなく大学に進んだ頃の俺は、将来何になりたいか、よく判らなくなっていた。それが、再び刑事を志望するようになったきっかけは、親父の死だ。殉職《じゅんしょく》だった。逃走しようとする強盗犯の車を制止しようとして、パニックになっていた犯人に撥《は》ねとばされて、命を落としたのだ。決して無茶なことをしたのではない。親父は、危うく轢《ひ》かれそうになった母子連れを救うために、身を挺《てい》したのだ、と聞いた。

凶報に接した時、おふくろは取り乱すことなく、刑事の妻の覚悟というものを示して、周囲を感嘆させたが、俺は悲しかった。無性《むしょう》に悔しかった。もしもの時の覚悟は親父にもできていただろう。最期《さいご》の最期まで、悔いのない警察官人生だったのかもしれない。それでも、そう突然に逝《い》かれてしまっては、息子として気持ちの収まりがつかない。好きな仕事を、定年まで勤め上げるんじゃなかったのか、親父？　途中でリタイアは不本意だろう？

　親父の殉職を機に、息子が刑事に志願した。判りやすい話だ。妹は嫌がったが、おふくろが反対しないことは予想がついていた。賛成もしてくれず、ああそうかい、と言われただけだったが。ああ、そうかい。そう言いながら、息子も誇りある職に殉じることがあるかもしれない、とあらたな覚悟を決めたのだろう。

　誇りある職に殉じる。

　刑事として死ぬ。

　今、幽霊のようになっている俺。

　古い記憶に深刻な欠損がないことは判った。問題は、現在のことが把握《はあく》できるかどうかだ。俺は殉職したのだろうか？　殺人犯人を捕縛《ほばく》しようとして抵抗に遭い、ナイフで刺されるとかして。

　半透明の腹と胸を見やった。そこに創傷《そうしょう》の痕でもついているのではないか、と思ったのだが、何の痕跡もない。しかし、それでも、左胸のあたりが気になった。一点が、ほんのりと熱を持っているようで。

　俺はその部分に、そっと右の手を置いてみる。掌にも、胸にも、やはりまったく感触はない。おかしなもので、それでも、どこまでが自分の体なのか、という感覚は明確に残存していた。俺は、胸に手を押しあてた姿勢のまま、しばし考える。じわりじわりと確信が込み上げてきた。

そうだ、ここをやられたんだ。

ここをどうした？

射たれたんだ。拳銃で射たれた。

誰に？

それは……

それは……

脳髄《のうずい》の奥で、パチンと何かが弾けた。

＊

俺はこの浜辺にいた。

夜だった。

墨のように真っ黒な、夜の海を眺めていたのだ。波の穏《おだ》やかな海を。

風もなく、煙草に火を点《つ》けるのに難渋《なんじゅう》することもなかった。俺はセブンスターをくわえて待っていた。わけが判らないまま、呼び出されてやってきたのだ。

待っていた。経堂《きょうどう》課長を。

夜の浜に俺を呼び出したのは、経堂刑事課長だった。夕方、コーヒーの自動販売機の前で耳打ちされたんだった。内密の話があるので、今晩九時に釈迦《しゃか》ケ浜《はま》で待て、と。

署内ではまずい話なのか、そんなに他人の耳が気になる話というのは何なのだろう、と怪《け》訝《げん》に思いながらも、俺は承諾した。まるでデートのお誘いですね、とふざけながら。

課長は私用があるからと言って早めに上がった。俺の方は、前日に管内で発生した傷害事件の調書をまとめなくてはならなかったので、八時前に署を出た。小腹がすいていたので、近くの蕎麦《そば》屋でざるを食べて、それからバスでここにやってきた。夏場は海水浴客やサーファーでにぎわう浜も、十月の半ばともなると淋《さび》しいものだ。二人だけの世界を求めてきた恋人たちの影もない。

到着したのは、九時五分前。俺は煙草をくわえながら待ち、約束の時刻を十分過ぎた頃、経堂課長がやってきた。どこに愛車を停めたのか、随分と東の方からてくてくと、トレンチコートの襟《えり》を立てて。

「やぁ、待たせてしまったな。遅れてすまない」

「いえ、かまいませんよ」

二本目の煙草を足許に捨てながら、俺は愛想のいい返事をする。すると、両手をコートのポケットに入れたまま、課長は何故か小さな吐息《といき》をついた。

その夜の月齢は十三日ほどだったのだが、雲の塊《かたまり》が月の前を流れていたため、浜辺はいよいよ暗かった。弱々しい月光は、課長の顔を蒼白《あおじろ》く染める。大きな黒縁の眼鏡の奥の目は、いつにもまして小さく見えた。四十半ばになって若い頃の無理がたたってきた、と口癖のように言っているが、疲れ気味なのかもしれない。

「神崎君はうちに配属になって三ヵ月だったな。——どうだ、もう慣れたか?」

「はい。まだまだ至りませんが」

適当に答えた。転校してきた小学生じゃあるまいし、もう慣れたか、と訊《き》かれるのはおかしな気分だ。

「東署はかつて留置所勤務をした署ですし、西署にいた頃も合同捜査でちょくちょくきてましたからなじみがあります」

「そうか。とは言え西署とは色々とやり方が違って戸惑うこともあるだろう。うちは毬村《まりむら》や佐山《さやま》みたいにマイペースなのが揃《そろ》ってるからな。課長の私も苦労が多いよ。ま、しかし、何ごとも経験。勉強だからね。しっかりやってくれ、うん」

いつもの課長らしくもない、要領を得ない話しっぷりだった。がんばります、と俺はとりあえず答えておく。

　ほんの少し間があってから、課長はふと思い出したような様子で、昇任試験について尋《たず》ねてきた。自信はあるのか、というようなことを。

「まず大丈夫だと思います。ねじり鉢《はち》巻《ま》きで猛勉強してますから。今度の試験は、落ちるわけにはいかないんです」

「うん」

　どうして落ちるわけにはいかないのか、課長は訊き返してくれなかった。心ここにあらずというふうで、時折、振り返って県道の方に目をやる。また、中途半端な間ができた。

「あの、課長。こんなところで話っていうのは――」

　端的《たんてき》に用件を尋ねようとすると、それにかぶせて課長は言った。

「須磨ちゃんとは、どんな感じなんだ？」

　はぐらかされたみたいだが、ちょうどいい展開でもあった。

「うまくいってます。試験に合格したら、いい返事がもらえそうです」

「いい返事というと……結婚するのか？」

「はい。それが条件だというわけでもないんですが、俺が言い出したんです。巡査部長になったらイエスかノーか聞かせてくれ、なんて。彼女はすぐに返事をしたがっていたみたいでしたけど、口にさせませんでした。まぁ、俺の方がちょっともったいぶりたかったんですね」

「プロポーズしたんだな？」

「ずばり、俺と結婚してくれ、とは言っていないんです。けれど、俺の生命保険金の受取人になって欲しい、とは言いました。ここまで言えば、はっきりとしたプロポーズですよね」

「刑事らしいプロポーズの台詞《せりふ》ともとれるな。それとも、最近はそういうのが殺し文句として流行《はや》っているのか？」

　課長は蒼白い顔に微笑《ほほえ》みを浮かべる。だが、どこかぎくしゃくとしていて、顔面の神経が引き攣《つ》っただけのようにも見えた。

「別に流行っているというわけじゃありません。生命保険会社のコマーシャルみたいで滑稽《こっけい》ですか？」

「滑稽だとは思わないよ。——そうか。森《もり》君と結婚を……」

　課長は顎《あご》を撫《な》でて、寝起きの猛獣のようにうめいた。何か重大なことを切り出しかねているかのようだ。

「それで、話は何なんでしょうか？　彼女に関すること、ですか？　彼女も俺も、真面目《まじめ》に付き合ってきて、将来のこともこんなふうに真剣に考えているんですけれど」

　課長は背を向けた。どうしたのだろう、と思っていると、決然とまた振り向く。その右手には、月光に濡《ぬ》れた自動式拳銃が握られていた。トカレフだ。瞬時、俺にはその意味が判らず、忘年会の余興の稽古《けいこ》をしていたんだっけ、と埒《らち》もないことを思う。

「……課長？」

銃口は顫《ふる》えていた。痙攣《けいれん》するように、啜《すす》り泣くように。

「悪く思わんでくれ。私の……意思じゃないんだ」

「これ、どういうことです？」

俺の問い掛けにかぶさって、課長はひと言だけ搾《しぼ》り出した。

「すまん！」

銃口が火を噴いた。

灼《や》けた火箸《ひばし》を差し込まれたように、胸の一点がかっと熱くなった。俺はよろよろと後ろ向きに倒れる。耳に砂が入った。

「課長。どうして、こんな……」

呼吸をすることが困難だった。それ以上、声は出ない。

俺を射った男は、再び拳銃を持ち上げ、照準を合わせる。額を射ち抜かれるんだな、と思いながら銃口を見つめた。小さな黒い穴の像が、しだいにかすんでいき、ついには俺は瞼《まぶた》を閉じた。

射つなら射ちやがれ。好きにしろ。

第二の衝撃を待ったが、それは訪れなかった。砂を蹴立てて走り去る足音に、俺は薄目を開けてみる。

課長の後ろ姿が、ぼんやりと見えた。コートの裾を翻《ひるがえ》して、やってきた方角に遠ざかっていく。東へ。

その姿は闇に溶けて、じきに見えなくなった。俺の瞼は耐えようもなく重くなり、最後に網膜《もうまく》に映《うつ》ったのは、岬の突端で回転する灯台の明かりだった。ああ、これでもうこの世とはおさらばか、と知った。

——須磨ちゃん。

声に出して言いたかったが、それもかなわなかった。愛した女に詫びたかったのに。最期に伝えたかったのに。

——須磨子、ごめんよ。

——死んだりして、ごめん。

＊

俺は潮騒の中で立ち尽くした。

すべて思い出した。

俺はここで殺されたのだ。あろうことか上司に、巴東署刑事課長である経堂芳郎《よしろう》の手にかかって。動かない腕時計が指している九時十六分こそ、俺が殺された時刻だったのだ。

死んだのだ。

死んだのに、死にきれなかった。

幻を見たような気がする。大勢の人間のざわめきを聞きながら不思議な光に吸い込まれそうになって、そこで変化が起きて、気がつくとここに立っていた。ひょっとすると、俺は三途《さんず》の川の向こう岸に上がる手前で、からくも引き返したのかもしれない。だが、遅きに失したのだろう。病院のベッドで目を覚ましたのではなく、こんな場所に幽霊となって現われたのだから。

早い話が、浮かばれなかったのだ。この世に残した想《おも》いがあまりに強くて、成仏《じょうぶつ》しそこねた、というわけだ。そりゃ、死ぬには死にきれない最期だったもの。

今まで希薄だった感情が、みるみる甦《よみがえ》ってきた。幽霊というはかない存在になってしまったことへの驚愕《きょうがく》、恐怖、寂寞《せきばく》。しかし、そんなものをはるかに凌駕《りょうが》する激烈な感情が二つあった。

一つは須磨子への恋慕。

もう一つは、言うまでもなく、経堂への圧倒的な憎しみだった。

3

激情に衝《つ》き動かされて、俺は歩きだした。どこへ向かえばいいのか、考えがまとまらなかったが、じっとしていられるものか。

殺人犯人の経堂がどうなっているのか気になる。逮捕され、しかるべき罰を受けているのかどうか。しかし、それよりも先に知りたいのは、須磨子がどうしているかだった。父と同様、息子までも刑事として失ったおふくろの様子も心配だったが、須磨子に会いたい。まず、彼女に。

県道の方に歩き始めて少しすると、向こうからやってくる人影があった。学校帰りらしい二人連れだ。県立第二高校の学生服とセーラー服。俺の後輩だ。放課後のささやかなデートなのだろうか、男の子の方が、身ぶり手ぶりで話しかけ、女の子は気持ちよさそうに笑っていた。

俺は、はたと考える。このまま彼らとすれ違っていいのか？　何しろこちらは半透明の幽霊男なのだから、きゃーと悲鳴をあげられるだろう。気が弱い人間ならば、腰を抜かすかもしれない。心の準備のない彼らにショックを与えることはしのびなかったが、回避する術《すべ》がない。すでに二人は俺から二十メートルほどのところまで接近しており、俺が身を隠せる場所は浜のどこにもなかった。

どうにでもなれ。

なりゆきに任せることにした。俺は歩き続け、距離がどんどん縮まっていく。十メートル……八メートル……五メートル。近づいてみると、なかなかの美少年と美少女で絵になる組合せだ。

もう俺が見えるはずだ。どちらかが絶叫するだろう。そう思って緊張したのだが——何ごとも起こらず、彼と彼女はぺちゃくちゃ話しながら、俺の傍《かたわ》らを通り過ぎた。

これはどうしたことだ？

拍子抜けしてしまった。若い恋人たちは二人だけの世界に完全に没入してしまっていて、半透明の異様な人間と行き違ったことにすら気がつかなかったのだろうか？　ちょっとありそうにない。すれ違った時、俺と男の子とは肩が触れ合わんばかりだったのだから。

去っていく二つの背中を見ながら、俺は混乱する。俺は幽霊ではないのかもしれない。体が透き通って見えるのも、何に触れても感触がないのも、砂浜に足跡がついていないように見えるのも、すべて錯覚なのでは……。

そうだ。幽霊になってしまったと考えるよりも、精神に変調をきたしたのだと理解する方がまともではないか。俺は幽霊なんかじゃないんだ。

いやいや。だとすると、経堂課長に射たれた記憶はどうなるのだろう？　夢や勘違いだとは思えないほど生々しい記憶がある。それはどう説明をつければいいか？

『おーい』

考えあぐねた俺は、発作的に大声を出していた。高校生カップルに呼びかけたのだ。俺が幽霊になっているのかいないのか、彼と彼女に訊いて確かめればいい。

『おーい、そこの君たち！　ちょっと止まってくれないか』

浜には他に誰もいないのだから、自分たちが呼ばれているのだと判るだろうに、どちらも振り向こうともしやがらない。変な男がからんできた、と誤解しているのかもしれない。やむなく、俺は実力行使に出ることにした。

『仲よくデート中に悪いんだけど、待ってくれ。怪しい者じゃない。訊きたいことがあるんだ』

努めて愛想よく言いながら、俺は二人の前に回り込み通せんぼをするように大きく両腕を広げた。これですれ違いようもないはずだ。ところが、二人の態度は変わらなかった。つるりときれいな肌をした女の子の額が視野いっぱいに広がり、このままではまともにぶつかる、と思った次の瞬間。

おしゃべりを続ける二人は、何の抵抗もなく俺の体をすっと通り抜けた。そよ風になぶられたほどの感覚もないことに、俺は茫然《ぼうぜん》とした。

『君たち』

振り向きざま男の子の肩を摑《つか》もうとしたのだが、差し伸べた右手は、学生服の肩をすり抜ける。俺は軽い恐慌《きょうこう》に陥りながら、今度は二人に飛びかかってみた。虚空《こくう》にダイヴしたも同然に、砂の上に落ちる。砂ぼこりが舞うこともなく、俺には何の痛みもなかった。

『待て。いちゃついてないで俺を見てくれ。話しかけてるんだから返事をしろ。こんな大声出してどなってるのに、聞こえないわけないだろ。無視するんじゃないよ、このガキら！なめるなよ。こら、おい。言うことを聞かないと、しまいにゃ逮捕するぞ！』

起き上がった俺は、自分でもわけの判らないことをわめき散らしながら、何度も二人に体をぶつけようとした。前から後ろから、右から左から。しかし、結果は同じ。俺は、観客もいないままダンスを踊っただけだった。

とり残された。

俺は犬のように四つん這いになって、屈辱を嚙《か》みしめる。想像もつかなかった方法で侮辱されたような、つくづく情けなくみじめな気分だった。

やはり幽霊になってしまったらしい。そして、俺の姿はこの世界の人間の目には映らないばかりか、声さえ届かないようだ。半透明ながら自分自身は見ることができるし、とっさに発した声も自分では聞くことができたのに。他の人間には何も伝わらないだなんて、これでは存在しているとは言えない。手応えのある何かを得るために砂を掴んでみようとしたが、ひと粒も手中にできないばかりか、おのれが拳《こぶし》を握っている実感すら持てなかった。この世界に、俺はどんなささいな影響も及ぼすことができない。毛ほども関われないことを思い知る。

俺は無だ。俺はゼロ。

この分だと、須磨子やおふくろの前に立っても黙殺されるのだろうか？　悲しすぎる。もしそうだとしたら、俺は何のために幽霊なんかになってこの世に舞い戻ってきたのだ。無意味ではないか。誰にも相手にされないまま、永遠に独《ひと》り芝居を演じ続けるのか？　どす黒い不安と恐怖が、俺を支配しようとする。駄目だ。そんなものに呑《の》み込まれては。何かできることがあるかもしれないのに。

ともかく、須磨子に会いにいこう。彼女ならば、俺が見えるかもしれない。いや、きっと見える。それが愛の力というもんじゃないか。

何とか希望を取り戻して、また歩きだす。須磨子に会って、彼女に俺が見えることを早く確かめたい。そう思うと、気が急《せ》く。足が宙に浮いているみたいだ。――宙に浮く。

そう言えば、俺の両足は本当に地面を蹴っているのだろうか？　今の俺には実体はなく、どんなものもすり抜けてしまう。そんなふうになってしまっても、地面だけは例外的に俺を支えてくれているのだろうか？　判らない。足の裏に意識を向けてみても、やはり感触はまるでない。こんな状態で前に進むことを、〈歩く〉と表現するのは不適切な気もしたが、代わる言葉を知らないのだから仕方がないか。幽霊という状態に慣れるまで、色々と違和感を感じる場面は多いのだろう。

あれやこれや、ぼんやりと考えながら県道に出た。ちょうどいいタイミングで、町の中心に向かうバスが、ゆらゆらとピンク色の車体を揺すりながらやってくるのが見える。俺は、幼い子供のように無警戒に車道を渡ろうとした。

何かが体を通過した。通り抜けたのは、こちらの車線を走っていたワゴン車。バスに気を取られて、対向車に気がつかなかったのだ。走り去るそれを見つめながら、俺はぽかんとしていた。俺は実体のない幽霊なのだから、驚くようなことではない。頭ではそう理解していても、やはりそう簡単に納得できる現象ではない。ともあれ、幽霊でいたおかげで命拾いをした。……命拾い？

巴市名物のピンク色のバスはのんびりと近づいてくる。誰もいないバス停でそれを待ちかまえていて、はたして俺はバスに乗れるのか、という疑問が湧《わ》いた。地面を歩くことができるのだから、ステップに足を掛けて乗り込むことが可能でもおかしくない、と思うものの、一抹《いちまつ》の不安がある。乗ったつもりが、バスが発車すると俺だけがその場にとり残される、という間抜けなことにはならないのか？　バスに乗れないとしたならば、自動車にも電車にも乗れないだろう。あらゆる交通機関を利用できないことになる。それは厄介《やっかい》だな、と考えているうちに、バスはやってきた。降車する乗客が一人だけいたのは幸いだ。もし、その一人がいなかったら、バスは無人の停留所を通過してしまったはずだから。

後方の乗車扉が開くのを数秒待っていて、どうして開かないのか、と首を傾《かし》げかけてから過《あやま》ちに気がつき、慌《あわ》てて扉に体を投げかけた。俺はするりと車内に入る。乗り込むところまでは問題なかったぞ、と思ったとたんに発車した。ありがたいことに、しっかりと俺を乗せたまま。

一つ問題が解決して、ほっと安堵《あんど》の溜《た》め息が出た。慣性の法則というやつなのか何なのか判らないけれど、幽霊だってバスや電車が利用できるのだ。おそらく飛行機だってOKだろう。これで移動手段の心配はなくなった。何に乗ろうと運賃を払う必要がないのだから、気楽なものだ。いや、そんなことで喜んでも虚しいだけか。

見回すと、乗客は疎《まば》らだった。反対方向に向かうバスが学校や買物から帰る人間で込みあう時間帯なのである。運転席の上の時計によると、時刻は四時三十分とあったが、俺には腕時計の針をそれに合わせることはできない。正確な時間が判ると、今日が何月何日なのかが猛烈に知りたくなってきた。俺が死んだのは十月十六日だ。あれからどれほどの時間が経過したのだろう？　今は、あの翌日なのか？　それとも、数日たっているのか？　あるいは、思いのほか長い時間が……。

中ほどの席の老人がスポーツ新聞を読んでいた。揺れる車内でふらつくこともなく俺は駈《か》け寄って、彼の肩ごしに新聞を覗《のぞ》き込む。一九九八年十一月十六日の月曜日だった。今日は、死んでからちょうど一ヵ月目。俺はひと月の間、この世とあの世の境をさまよっていたということか。初めてさまよったわけだし、他人のことは知らないから、その期間が長いのか短いのか見当がつかない。

そうか、十一月十六日か。ようやく自分がどういう時空にいるのか知ることができた。ほんのわずか気が軽くなった俺は、通路を挟《はさ》んだ老人と隣の空席に座ってみることにした。これもまた幽霊になってから初めての体験だ。椅子《いす》に腰を下ろす、ということ。俺はちゃんとできるだろうか？

やってみると、座れたとも座れなかったとも言える。それらしい恰好《かっこう》で落ち着くことができたのだが、尻《しり》の下にも背中にもやはり感触がないのだ。生前に身についた〈座る〉という行為をなぞっているだけなのかもしれない。そもそも、あらゆる肉体的感覚を喪失した俺にすれば、立っていようが座っていようが差異なんてないわけで、座ったから落ち着いた、と感じたのは、精神的な錯覚にすぎないのだろう。

そうだ。俺は肉体を失いはしたが、精神は持ったままだ。幽霊だか亡霊だか知らないけれど、厳然《げんぜん》たる事実として俺は存在しているのだ。我思う、ゆえに我あり。俺は存在している。無なんかじゃない。断じてゼロではない。

見知った風景が車窓を流れていった。俺は窓枠に肘《ひじ》をついて、ぼけっとそれを眺めていた。この世の者ならざる身になって眺めても、景色には以前と何ら変わるところがなく、自分がごく日常的な存在であった頃の感覚を、わずかに思い出させてくれる。

短いトンネルをくぐる時、もう一つあらたな発見をした。窓ガラスに俺の顔が映っていたのだ。トンネルを出た後も、よく注意して見てみると、俺自身の顔がこちらを見つめ返していた。幽霊といえど、鏡にさえ映らないという吸血鬼よりは人間に近い部分もあるんだな、と慰《なぐさ》めにもならないことを考える。ただ、ガラスに映った俺の姿も、この世の者たちには見ることができないらしい。さもなくば、何度か顔を上げてこちらに目をやった老人が驚愕の声をあげているだろう。

俺の顔。

随分と久方ぶりに対面したように思える。ごつごつとしたその輪郭、白人のように先端で割れた顎は、いかにも頑固者《がんこもの》っぽい。実際はそれほど融通が利《き》かない方でもないのだが、理屈っぽいことを言って煙たがられる傾向はある。悩める頑固者、理屈屋。濃い眉《まゆ》の下の目に、ちゃんと人間らしい光が宿っていることを確かめて、俺は救われる。死んでいようが迷っていようが、俺は変わらず俺だ。

五分ほど走ると海岸を離れて材木町《ざいもく》を過ぎた。須磨子の母校である巴女子学園の角を曲がって、片側二車線のけやき通りの端に出る。停留所に停まるたびに、乗ってきた客が俺のいる席に座ろうとするのではないか、と気になったが、客は少しずつ減るばかりだ。もしもこの席に誰かが腰掛けてきたら、どうなるのだろう？　相手は何の異状も感じないのだろうが、俺としては決して居心地のいいものではあるまい。どんな感じになるのか、若干《じゃっかん》、興味はあったが。

前の座席の上に貼られた一枚の車内広告が目に入った。ジェットコースターの写真をあしらった山上遊園地《さんじょう》の広告だ。俺の目はそれに釘づけになる。

福祉センター前でバスが停車した時、俺は勢いよく立ち上がっていた。

『あ、もう一人降ります！』

4

とっぷりと日が暮れた町を、俺は肩を落として歩いていた。習慣でつい腕時計を見てしまうが、その都度、あの不吉で不愉快な時刻を思い出させられる。九時十六分。

時計なんか見なくても、判るさ。もう八時を回った頃だろう。どの家々の窓にも温かそうな灯が灯《とも》り、俺の孤独感は募《つの》る。下手な小説や歌謡曲に描かれそうな、とても判りやすい孤独の情景。どこからかいい匂いが流れてくる。ビーフシチューを煮ているらしい。この世のものを見たり聞いたりできるのだから当然なのかもしれないが、匂いも嗅ぐことができるのだ。いい匂いだな、とは思うが、さすがに幽霊のこと、食欲はまるで湧かない。便利ではあるが、侘《わび》しいことだ。

山上遊園地の広告を見た俺は、反射的に席を立ってバスを降りた。子供の頃、家族四人で遊びにいった時のことが鮮明に頭に浮かんだからだ。仕事ひと筋だった親父は、家族サービスなどというものとおよそ無縁な男だったので、四人揃って泊まりがけの旅行をしたことは一度もない。そんなレジャー貧乏だったわが家にとって、山上遊園地で遊んだことは数少ない思い出の一つだった。懐《なつ》かしい遊園地の広告を見て、俺はおふくろの顔が見たくなった。

まず、自分の家に戻ってみよう。須磨子にも会いたいが、勤務中だろう。非番だったとしても、外出しているかもしれない。おふくろならば、まず間違いなく家にいる。バスが福祉センター前にさしかかっていたことも、降りるなら今だぞ、という示唆《しさ》に思えた。センター前でバスを降り、十五分ほど歩けば若葉町の自宅に帰り着けたから。

わが家に帰ってみると、亜佐子がきていた。おふくろと二人、仏間で向かい合って、ぽつりぽつりと話していた。仏壇には親父と俺の遺影が並び、線香が薫《た》かれていた。自分の遺影を見るのは愉快ではなかったものの、そんなことはどうでもいい。

悲しむべきことに、おふくろにも、妹にも、俺が見えなかった。跪《ひざまず》いて、顔を突きつけながら繰り返し呼びかけても、二人は静かに話を続けるだけだった。

「今頃、父さんと兄さん、天国でどんなことを話しているだろうね。『何だ、お前。やっぱり刑事になったのか』とかやってるのかしら。父さん、びっくりしてるんじゃないかな」

聞くのがつらい。

「蛙《かえる》の子は蛙。びっくりなんてしませんよ、父さんは」

「話が合ってるかもしれないわね」

「どうかしらねえ。達也は刑事になって、ほんの三年ぽっちでしょ。父さんの武勇伝を一方的に聞かされているだけよ」

「あら、兄さんだって署長賞をもらったことあるじゃないのさ。連続車上荒《しゃじょうあ》らしを捕まえて」

「はいはい、そうだったわね。達也にも自慢のタネがあって、よかった」

『西署の盗犯係にいた時のことだな。ああ、あれはお手柄だったんだぞ。犯人が立ち現われそうな場所で張ってて、職質かけて一発でひっくくったんだ。俺には刑事としての適性がある、と初めて思ったな。親父に話しても、自慢にはならないだろうけど』

俺はさりげなく会話に割り込もうとした。でも、どうしても伝わらない。

「兄さんを殺した犯人、まだ目星もつかないのかしら」

「皆さんにお任せしておくしかないわ」

おふくろは淡々としていたが、亜佐子の眦《まなじり》には涙がにじんでいた。口惜《くちお》しそうだ。殺された当人としては、悔しいなんてもんじゃない。

『おい、何だって。ということは、まだ経堂の野郎は逮捕されてないんだな？　事件発生からひと月もたってるのに犯人の目星もついていないって、そりゃあんまりだ。冗談じゃない。いったい、あいつらどんな捜査をやってるんだよ。そんな頓馬《とんま》なことだから、こっちは成仏できないんだよ。ふつう、警察官が殺されたら、刑事っていうのは燃えるもんだろうが。まして、俺は刑事部屋で一緒にやってた仲間だっていうのに。あー、むかつく』

俺は畳の上に転がり、駄々っ子のように手足をばたつかせた。幼児退行したわけではなく、そこまで馬鹿なふるまいをしたら、どちらかが気づいてくれるのでは、と淡い期待をしたのだ。

「仲間の刑事が殺されて、迷宮入りなんてことはありませんよ。『必ず犯人を捕まえてご報告に上がります』って。初七日にいらして下さった経堂課長さんも、涙目でそうおっしゃっていたわ」

おふくろの言葉に、俺は憤りでわなわなと体が顫えた。必ず犯人を捕まえてご報告に上がります、だと？　経堂が？

『ふざけるのも大概《たいがい》にしろ！』

俺は吼《ほ》えた。経堂め、殺した男の母親に向かって、よくもしゃあしゃあと言えたものだ。人間じゃない。

『おふくろ、亜佐子。犯人はその経堂なんだ。どこかでボロを出しているはずだから、よく調べるように捜査本部に言ってやってくれ。まったく、どいつもこいつも。殺された当人が教えてやらないとホンボシを検挙できないなんて、情けないったらありゃしない。経堂と机を並べていながら、みんなどうして判らないんだ』

「そう。いい人ね、課長さんって」

亜佐子がとんでもないことを言うので、俺は悶絶《もんぜつ》しそうだった。ここで頭に血を上らせても無駄だ。血肉を分けたおふくろにも妹にも、俺の声は届かないとなると、残された希望は須磨子。彼女だけが最後の望み。

ともあれ、おふくろが落ち着いていることを目のあたりにして、ひとまず安心することができた。帰ってみてよかった。俺はしばらく二人を見守ってから、おもむろに腰を上げる。いつまでも、こうしてはいられない。

『また戻ってくるよ。元気でな、おふくろ。——亜佐子、おふくろを頼んだぞ。野々村君によろしく』

義弟は花屋をしている。エプロンなんかつけて、あまり男らしくない仕事だと思っていたが、殉職することはないだろうから、ありがたい。それに、いい奴《やつ》だ。おっとりした面もあるが、おふくろと妹を任せるに足る。

部屋を出る前に、仏壇に手を合わせた。もちろん、自分の遺影を拝んだのではなく、親父に向かって合掌したのである。俺に似て、ごつごつしていて頑固そうな顔だ。成仏すれば、天国とやらで再会できるのだろうか。

俺は暮れた町に出た。幸せそうな明かりが灯る町に。何人もの人々とすれ違った。男、女、老人、若者、子供。そのうちの一人ぐらい、異形《いぎょう》の俺に気づいて指を差すのでは、と思ったが、期待は延々と裏切られる。散歩中の犬やら野良猫がいたので、ちょっかいを出したりもした。人間には感知できない何かを摑んで、動物なら幽霊の俺に反応してくれるかも、と考えたのだが、ワンともニャアとも鳴いてくれなかった。

俺の家から須磨子のマンションまで、歩くと小一時間かかる。バスを乗り継いで行くこともできたのに、俺はそうしなかった。歩くことを選んだ理由その一。不特定多数の人間とすれ違っているうちに、誰かが俺に気づくのではないか、と考えたから。理由その二。須磨子に会うのが恐ろしくなってきたから。母親と妹にすら俺が判らなかった。須磨子にも判ってもらえないかもしれない。心底、それが怖い。俺は臆病《おくびょう》になり、彼女の前に立つ時間をなるべく先送りしたい気持ちになってきていたのだ。

何度か通った道に出た。何度か曲がった角を折れると、何度か訪れた五階建てのマンションが見えてくる。着いたのだ。道路からは、彼女の部屋の窓は死角になっている。帰っているだろうか？

オートロックの扉をすり抜け、階段を上る。俺の心臓は鼓動を停止しているはずなのに、胸がどきどきした。怖い。だが、逃げ出すわけにはいかない。もとより、他に行くところなどありはしない。

木彫りのＭＯＲＩという表札の前に立ってからも、俺はしばらくためらっていた。よし、と意を決して扉を抜ける。ノックもなしですまなかったが、許してもらおう。

須磨子の部屋。

マンションの前まで送ってきたことは五、六回あるが、部屋に上げてもらったのは一回だけだ。隣人の目を気にして、なかなか通してくれなかった。その一回は、ついひと月半ほど前。初めて朝まで過ごした夜。二人で溶け合った夜。

部屋は空っぽだった。まだ帰っていないようだ。緊張がゆるむ。深呼吸をすると、甘い須磨子の香りがした。

留守宅に上がり込んでしまった罪悪感を覚えながらも、俺は室内を見回す。整頓《せいとん》好きの彼女らしく、きれいに片づいている。そのあたりのものを勝手にいじるまい、と思ったが、どうせ俺はものに触れることができないんだった。部屋の真ん中に胡坐《あぐら》をかいて座り、須磨子の帰りを待つ。もし万一、ドアを開けて入ってきた彼女に俺が見えたなら、恐怖のあまり卒《そっ》倒《とう》するのではないか。そんな危惧《きぐ》も抱いたが、ベッドの下に隠れて待ち、そこから声をかけるのも気味悪がられるには違いない。

静かだ。車が行《ゆ》き交《か》う音が、遠くに聞こえている。この部屋の裏は畑だったっけ。俺は立ち上がり、窓から外を覗いてみたが、カーテンのわずかな隙間《すきま》からは、暗くてほとんど何も見えなかった。

三十分ほど待っただろうか。

廊下で靴音がした。聞き覚えのある響きが、こちらに向かってきて、ドアの前で止まる。彼女が帰ってきたのだ。鍵が差し込まれ、ガチャガチャと音がする。運命の瞬間がきた。

ドアが開くと、そこに懐かしい須磨子が立っていた。黒目がちの、ぱっちりと大きな目が、まともに俺を見る。驚きも、恐れもなく、彼女は言った。

「ただいま、神崎さん」

5

驚きのあまり歓喜することも忘れて、俺は立ち尽くした。

『見えて……いるのか?』

須磨子の瞳を見据《みす》えて、俺は顫えながら訊いたが、彼女は答えなかった。ただ黙ってこちらを見たまま、惚《ほう》けたような遠い目をしている。職場ではふだん溌剌《はつらつ》としている彼女がふと見せるこんな顔が、俺には愛《いと》しくてならなかった。

『びっくりしただろ?』

無言のままだ。

『これには、わけがあるんだ。理解してもらうのが難しいことなんだけど、順を追って話すよ。ええと……どこから始めたらいいんだろうな』

話す準備ができていなかった。俺は頭をぼりぼりと掻《か》きながら、なるたけショックを与えずに事情を判ってもらう説明の仕方を考える。幽霊になってしまった、ということだけでなく、経堂課長に射たれたということからして、にわかには信じてもらえないだろう。

『俺さ……』

話しかけた俺めがけて、つかつかと彼女が歩み寄ってくる。そうだ、話すより前にすることがあるんだった。俺はほとんど反射的に大きく両腕を広げて、温かくて柔らかな体が胸に飛び込んでくるのを待ちかまえた。

なのに——

俺の両腕は、胸は、完全に裏切られる。須磨子は遠い目をしたまま、するりとすり抜けた。

『え？』

わけが判らずに振り返ると、須磨子の背中がそこにあった。ドレッサーの前に立っている。姿見には淋しそうな白い顔。その肩口あたりに、困惑しきった頼りない表情を浮かべた幽霊の顔が、俺の顔が覗いていた。

『須磨ちゃん。……須磨子？』

彼女も俺を通り抜けた。こっちが幽霊なのだから、それはいいとしても、何故、俺の呼びかけに応えてくれないのだ。それでは、他の連中のつれない反応と同じではないか。

『なぁ、俺が見えているんだろ？　だから、《ただいま、神崎さん》と声をかけてくれたんだろ？』

須磨子はわずかに身を屈め、何かを手に取った。木製のフレームの写真立てだ。そこには、萩《はぎ》ノ森《もり》公園で写した俺の写真が収まっていた。歯を見せて、少し照れたように笑っている。

「ただいま。今日も何の進展もなかったわ。ごめんなさいね」

彼女は写真の中の俺に話しかけた。もしかして、さっきの「ただいま」も、この写真に向けて投げた言葉だったのか？

ドアとドレッサーの位置関係を確かめてみると、たちまち悲しい結論が導かれた。間違いない。須磨子は、目の前に立った俺を見たわけではなかったのだ。

『須磨子、俺はここにいる。お願いだ。俺を見てくれ！』

叫んだ。何度も叫んだ。何度も、何度も叫んだ。

彼女は写真立てを置き、ベージュのコートを脱いでハンガーに掛けた。焦茶色《こげちゃ》のセーターの胸許でペンダントが揺れている。友人からもらったバリ島旅行土産のペンダント。おかしな仮面がデザインされていて、彼女はそれが俺の仏頂面《ぶっちょうづら》に似ている、と笑ったことがあった。

絶望の底で叫び続ける俺を尻目に、彼女は腕時計とイヤリングをはずして小函《こばこ》にしまい、束ねていた髪をほどいた。黒髪がはらりと両肩に垂れる。俺は息を呑んだ。彼女が髪を解く瞬間を見たのが初めてだったからだ。なんてチャーミングなんだろう、俺の恋人は。どきどきする。

須磨子の日常が繰り広げられる。遅くなったので食事は外ですませてきたようだ。ケトルをコンロにかけて湯を沸かしながら、ティーカップを食器棚から出す。そうか、彼女は仕事から帰ると、紅茶を淹《い》れてひと息つくのか。

『よかったら俺の分も淹れてくれよ』

返事はなく、カップは一つのままだ。彼女は椅子に腰を下ろし、テーブルに頬杖《ほおづえ》を突く。そして、ケトルがピーピーと鳴りだすまで、そのまま身じろぎもしなかった。その目はまるでガラス玉。よく笑い、弾むようにしゃべった須磨子の目はきらきらと光っていたのに、これでは須磨子の脱《ぬ》け殻《がら》だ。

俺の死を深く悲しんでくれているんだな、という安堵や喜びはなく、ひたすら痛々しかった。かといって、彼女が鼻歌を歌いながら平然と日常を送っているのも見たくはない。当たり前だ。――では、どうなればいい？

『生き返らせてくれ。俺は、もう一度生きて彼女を抱きたい』

須磨子に訴えたのではない。天に向かって嘆願したのだ。俺に生を与え、そして一度死んだ俺をこの世に舞い戻らせた天に在《ま》します何かに向けて、手を合わせた。

『どうして駄目なんだ。ひどいじゃないか。こっちに帰ってはきたけれど、誰にも見てもらえない、誰とも話せない。恋人に指一本触れることもできないなんて、蛇の生《なま》殺しよりひどい。生き地獄だ。いや、死んでるからただの地獄でいいのかな。ああ、どうでもいい！　とにかく、この状況をどうにかしてくれ！』

神様――あるいは悪魔？――に向かって〈とにかく〉だとさ。俺は自分の口走ったことが滑稽だった。無駄だ、無駄だ。神様にしても悪魔にしても、どうせ人間の希《ねが》いを聞く耳を持った奴じゃない。

須磨子は紅茶にミルクを入れて啜っている。俺はその後ろに立って、両肩に腕を回して抱き締めた。手応えのない形だけの抱擁《ほうよう》をして、細いうなじの黒子《ほくろ》に口づける。こんなに激しく焦《こ》がれ、こうまでしても何も伝わらないことが不思議でならなかった。

『こんなの、ありかよ……』

須磨子は長い時間をかけて紅茶を飲む。カップの中身は、とっくに冷めきっているだろう。侘しすぎるティータイムだった。

そう簡単に諦めるわけにはいかない。俺は自分がここにいることを伝えるために、考えられるだけのことを試みた。テレビゲームのように、どこかに隠された解決の鍵があるのでは、と部屋中のありとあらゆるものに触れようとしたり、呪いを解く言葉はないか、と意味のないことをわめき続けたり。どれだけ飛び跳《は》ねようと体を失《な》くした俺に肉体的な疲労はなかったが、精神は成果のなさにくたくたになった。

わめき散らすのをやめると、部屋はしんと静かだ。彼女はテレビをつけようともしない。いつまでそうしているのだろう。時計が十時半を回った頃にようやく腰を上げて浴室に立った。風呂を沸かすらしい。動きがとても緩慢《かんまん》で、だるそうである。浴室から出てきた彼女は、またキッチンのテーブルに頬杖を突いて、じっと壁を見ていた。

湯が沸くと、クロゼットから着替えとバスタオルを取り出して、浴室に消える。着衣を一枚ずつ脱いでいくシルエットが磨《す》りガラスに映るのを見るのは、たまらなかった。がまんできずに、俺は扉をすり抜けた。彼女は闖入者《ちんにゅうしゃ》に気づくことなく全裸になって、脱衣所から浴室に入る。俺も続いた。もしかしたら、湯気《ゆげ》にあたると俺の姿が見えるようになるかもしれない。そんな期待を抱いたが、ものの五秒後には結果が出た。——何も変わりはしない。

シャワーを浴びてから、須磨子はバスタブに体を沈めた。熱かったのか、うう、と小さくうめく。俺は屈み込んで、浴槽の彼女と同じ高さに顔を運んで、何度かその名を呼んだ。

——何も変わりはしない。

俺はキッチンにもどり、さっきまで彼女が座っていた椅子に腰を下ろした。これからどうすればいいのか、を思案しなくてはならない。しかし、何をしたらいいのか見当もつかなかった。

須磨子が出てきた。ゆったりとした赤いチェックのパジャマを着ていて、洗い髪が色っぽい。そう、俺を泊めてくれた夜も彼女はこのパジャマを着ていた。ドレッサーの前に座り、バスタオルで髪を拭いている姿を惚《ほ》れ惚《ぼ》れと眺めていたら、電話が鳴った。こんな時間に誰からだろう？

須磨子が傍らの電話機の通話ボタンを押すと、「こんばんは」と聞き覚えのある声がした。

「こんばんは」

彼女は電話機に向かって応える。手ぶらで話ができる機種のようだ。会話がすべて聴けるとは、こちらにとって好都合だ。

「遅い時間にごめんよ。迷惑だったら切るけれど」

佐山潤一《じゅんいち》だ。署で向かい合わせになって仕事をしていた男。

「ううん、大丈夫。――何か用ですか？」

どうして佐山が電話をかけてきたのか、俺も気になった。

「いや、用事っていうほどのものはないんだ。どうしてるかな、と思って……」

やんちゃなガキ大将がそのまま大きくなったような男のくせに、歯切れが悪い。俺は嫌な気がした。

「私のことを心配してくれているんですか？」

須磨子の声には、あまり感情がこもっていなかった。

「うん、まぁ。全然、元気が出ないみたいだから。あ、いや、元気なんて出るわけがないのは判っているよ。神崎があんなことになって、まだ一ヵ月しかたってないんだから。おまけに捜査は難航しているし」

柄《がら》にもなく優しげな声でしゃべっていやがる。単に同僚を気づかって電話をしてきただけなのだろうか？　須磨子は恋人である俺を亡《な》くして悲嘆に暮れているさなかだというのに、おかしな下心なんか抱いていやがったら承知しない。ぶっ飛ばしてやる。……どうやればぶっ飛ばすことができるのか判らないが。

「主任が変なことを言ってましたね。神崎さんに逮捕された人間の逆恨《さかうら》みの線が薄いとしたら、プライベートな恨みの可能性が高くなるって」

須磨子。そんなことはいいから、カーディガンでも羽織《はお》れ。風呂上がりなんだから、風邪をひくぞ。

「ああ。毬村さんの見方だけれどね」

「神崎さんは、他人から恨まれたりする人じゃありません」

「判ってるよ。刑事課の連中は、みんなそう思ってる」

「毬村さん以外は？」

「いや、毬村さんだって神崎がいい奴だってよく知っているさ。それでも、色んな可能性を検証しなくちゃいけないのが刑事だ。須磨ちゃんだって判るだろ？」

俺以外の男が気安く「須磨ちゃん」なんて言うな、こいつ。これまでは平気だったけれど、だんだん腹が立ってきた。

「俺も死に物狂いでやるよ。犯人は絶対に捕まえる。だから、須磨ちゃんは――」

「元気を出せ、ですか？」

佐山は絶句した。それが、苦しんでいる人間に言うには最も不適切な言葉だということに、鈍感なやんちゃ坊主も気がついたのだろう。気がつくだけ、まだ見所のある野郎だ。

「ああ……いや、空元気《から》を出せなんて言わない。ただ、その……君はたった独りで悲しんでいるんじゃないことを伝えたかっただけだよ。みんなも、俺も、悲しんでいる。それだけは忘れないで欲しい」

「ありがとう、佐山さん」

礼なんか言う必要はない。電話を切れ、須磨子。判らないのか？　そいつはお前に気があるんだ。親切心だけでかけてきているんじゃない。邪魔者の俺がいなくなったのを喜んでいやがるんだ。それに奴は、お前がダメージを受けて苦しんでいることを本当は歓迎している。そういう時に慰め役を務《つと》めることで、すっと心の隙間から潜り込もうとしているのに違いない。卑劣《ひれつ》だが、よくある手口じゃないか。切るんだ。

「早く須磨ちゃんに笑顔が戻ることを、祈っているよ」

神崎のことなんか早いところ忘れろって言いたいんだな。婉曲《えんきょく》にそうぬかしていやがるんだ。畜生、本人がここで聞いているというのに！　憤怒《ふんぬ》で目の前が真っ赤になりそうだ。俺は、さっさと電話を切らない須磨子に対しても怒りを覚えかけていた。

「じゃあ、おやすみ」

応えるな。おやすみなさい、なんて言葉を俺以外の男に言うのはやめろ。

「おやすみなさい」

長く長く感じられる電話が終わった。

興奮さめやらない俺は、呼吸が荒い。幽霊も酸素を吸収して二酸化炭素を吐いているのだろうか、とつまらない疑問が浮かんだ。

須磨子は、冷たくなったであろう髪をドライヤーで乾かし始める。相変わらず俺は、その背中を眺めているしかなかった。髪が乾くと、彼女はベッドに腰を下ろして、手近にあった朝刊を取る。しかし、紙面に向けられた目の動きを追うと、何も読んでなどいないと知れた。

二つの悲しみを底に沈めて、深々と夜は更《ふ》けていく。

『俺たちが結婚したら、どっちが異動させられるんだろう。君は警察学校を出て二年目で刑事に抜擢《ばってき》されたほど優秀だから、本部が欲しがるかもしれない。こっちは東署にきて三ヵ月、いや四ヵ月だけど、須磨ちゃんはもう四年目だしな。そうなったら、それでいいや。俺は今のところでがんばろう。いや、巡査部長に昇任した時点で俺の方が異動か』

独《ひと》り言《ごと》めかして、話しかけてみる。

『昇任試験に合格したら返事を聞かせてくれ、なんてまどろっこしいプロポーズをしてよかったんだろうか。君が聞きたかったのは、もっと直截《ちょくせつ》な言葉だったのかもしれない。でもな、俺には俺のこだわりがあったんだ。四年前、俺が東署の留置管理課に転任してきた当初、君はまだ交通課でミニパトに乗ってたよね。ああ、制服がよく似合う可愛い婦警がいるじゃないか、とひと目惚れしたんだけれど、そのとたんに君は署長推薦で刑事になるため警察学校行きだ。オリンピック級の射撃の腕だけじゃなく、警察官としてトータルな能力を買われたんだったね。やっとこさ留置所係まで漕《こ》ぎつけて、さぁ、刑事になるまでもうひとがんばり、と思っていた俺には君がとても眩《まぶ》しかったよ。君は、ずっと俺の憧れで目標なんだ。負けてはいられない、しっかりしなくちゃ、という気持ちが、君より先に巡査部長になりたいという思いになったんだな。巡査部長からが本当の刑事だし。だから、あんなプロポーズを――』

相槌《あいづち》もないので、話すのをやめた。

零時を過ぎたところで、須磨子は部屋の明かりを消した。消灯する直前に飲んだのは、睡眠薬のようだ。五分ほどすると、微かな寝息が聞こえてきた。カーテンの隙間から差す月の光が、子供のような顔で眠りに就《つ》いた彼女を照らす。呼びかけると、えっ、と驚いて目覚めそうだった。しかし、何百回目かの『須磨子』も、やはり届かなかった。

俺はベッドに上がり、すやすやと眠る彼女の横に滑り込んだ。奇跡が起こってまた会えた。こうして、同じベッドに入ることもできた。それなのに、何のぬくもりも感じられないとは残酷すぎる。

と、心地よい何かが鼻をくすぐった。須磨子の匂いだ。石鹸の匂いとまじった甘い香りがする。俺は細い首筋に鼻を押し当てるようにして、その芳香を貪《むさぼ》った。これで満足しなくてはならないのだろうか？　これを幸せとするしかないのか？

愛しい女の寝顔が見たくなって、俺は上体を起こして覗き込む。須磨子の目からは、涙が尾を引いていた。夢の中で泣いている。

それを見たとたんに、俺の目頭は火のように熱くなり、堰《せき》を切ったように涙があふれた。

幽霊にだって、泣くことはできたのだ。いや、俺が流しているものを涙と呼んでいいのかどうか判らない。透き通った水の粒はシーツを濡らすことはなく、頬から離れた瞬間に虚空でふっと消えていった。

切なくてたまらない。

苦しい。もう一度、死にたいぐらいだ。

俺は、キャビネットに並んだトロフィーを見る。オリンピック出場の手前までいった須磨子が射撃で勝ち取った栄光の証《あかし》し。闇の中にぼんやりと光るそれらを見ながら、俺は彼女に頰ずりする。しかし、涙さえ混ぜ合わせることはできなかった。

苦しいよ。

大好きな須磨子。

お願いだ、俺を射ち殺してくれ。

6

一時間ほどもそうしていただろうか。

幻の涙も涸《か》れ、嘆くことに倦《う》み疲れて、俺はむっくりと起き上がる。須磨子の寝顔も安らかなものになっていた。

希望を断たれかけたが、へこたれるわけにはいかない。幽霊になろうとも俺は〈人間〉なのだから、なすべきことがあるはずだ、と考えているうちに、どうにかそれを見つけられたようだ。

俺の姿が認められる人間を何としても見つけ出すのだ。母親にも妹にも、須磨子にも見てもらえなかったが、もう一つだけ可能性が残っているかもしれない。肉親や恋人よりも強く俺と関わっている人物がいることに思い至った。その人物とはつまり、俺をこんなふうにした張本人である経堂芳郎。

あいつならば、俺が見えるかもしれない。『四谷怪談』でも西洋のゴースト・ストーリーでも、化けて出た幽霊は罪悪感にまみれた下手人にだけ見えると相場が決まっていたではないか。須磨子と触れ合えずに、経堂の野郎とだけ対面できるというのもうれしくない事態だが、このまま世界中から無視されたままでめそめそしているよりは、ましだ。やっとこさ目的を取り戻すことができた。

化けて出てやる。

しかし、経堂の前に立って恨《うら》みつらみをぶつけてやる、と気持ちが昂《たか》ぶることもなかった。

もちろん、憎くてならないのだが、自分の存在を認める相手を見つけて、このやり場のない孤独を癒《いや》したい、という思いがあるからなのだろう。

行動開始だ。須磨子を起こす気遣《きづか》いは無用だったのだが、それでもなるべく静かにベッドを降りて、また帰ってくるよ、と言いながら寝顔の額に口づけた。

どうか、彼女が朝までぐっすり眠れますように。夜明け前に目を覚まして苦しむことがありませんよう。

俺はそう祈って、ドアをすり抜ける。マンションを出ると、深夜の街には猫の子一匹おらず、街灯が冷たそうなアスファルトを照らしているだけだった。俺が生身の人間であったなら、白い息を吐きながら、ぞくりと肌寒さを感じるところかもしれない。

『待ってろ、経堂。これから叩《たた》き起こしに参上してやるからな』

都合のいいことに、課長の自宅がどこかは知っている。四ヵ月前に俺が巴東署刑事課に配属になった時に、奥方の手料理でもてなすから、と家に呼ばれたことがあったからだ。歩くと一時間はかかるだろうが、判りやすい場所だったので迷わずに行く自信がある。

歩きだしてしばらくすると、頭の上でごろごろと低い音がした。夜空を仰ぐと、月も星も黒い雲に隠れていて、どうやら雷を伴ってひと雨きそうな気配だ。こいつは、いい。お化けが登場するには、おあつらえ向きの舞台ができそうではないか。派手な悲鳴をあげさせてやる。

舌なめずりをしながら、俺は急ぐことにした。早足だったのが、しだいに小走りになり、ついには本気で駈け出していた。肉体的疲労がないのだから、どこまでも全力で走っていけるような気がして、どんどんスピードを上げる。そうしているうちに、劇的なことが起きた。

あっ、と思った次の瞬間、俺の体は地面を離れていた。灰色のアスファルトが、街灯の明かりが、家々の屋根が、みるみる眼下に遠くなっていく。新たに発見した自分の能力に、俺は茫然となった。

飛翔《ひしよう》した。

俺は飛ぶことができたのだ。

ああ、何ということだろう。素晴らしい能力だと思うことはできず、自分はどこまで人間からかけ離れた存在になってしまったのか、という衝撃の方がずっと大きかった。鳥のように空が飛べたら、という歌はいくつも知っていたが、俺はそんな子供じみたことを望んだことはなかったのに。

もう随分と街が低くなってしまった。百メートルは上昇しているだろう。さらに高度が上がっていっているようなので、怖くなってきた俺は、もう少し低空を飛びたい、と念じることで調整に成功した。試してみると、体のどこに力を加えているわけでもないのに、進行方向を変えることもできる。イメージしたとおりに飛べるんだな、と判ったとたんに、飛ぶことが面白くなってきた。右に左にと蛇行《だこう》をしてみたり、急上昇と急降下を交互に繰り返してみたり。宙返りに挑戦をしてみると、これも難なくできた。痛快だ、と口許がゆるんだ。

レオナルド・ダ・ヴィンチやライト兄弟の夢なんてつまらないものだ。鳥のように飛ぶとは、こうすることではないか。これが飛ぶということだ。俺は、けらけらと笑いながら雲をいくつも串刺しに突き抜ける。気がつくと、その雲から雨が降りだしていた。濡れようとしても濡れようがない俺は、稲光《いなびかり》が閃《ひらめ》き、大粒の雨が降りしきる中を悠然《ゆうぜん》と飛行し続けた。

俺は燕《つばめ》だ。

雲雀《ひばり》だ。

鳶《とび》だ。

鷲《わし》だ。

隼《はやぶさ》だ。

やけくそのように飛びながらも、経堂の家へ向かう軌道からは逸《そ》れることはなかった。一時間どころか、五分で着いてしまえそうだ。曲芸飛行を楽しんでいるうちに、憎むべき男が眠っているであろう家の瓦屋根が見えてきた。二十五年のローンで買ったという、ささやかな庭つきの建売住宅。あの屋根の下で、奴が安眠中かと思うと、また怒りが湧いてくるのを抑えられない。

俺は百舌《もず》だ。

行くぞ、経堂。速贄《はやにえ》にしてやる。

俺は爆撃機のように真一文字に急降下をした。降り立ったのは、二階のベランダだ。アルミサッシの窓に、雷雨を背にした俺の姿が映る。その目には復讐を誓った男の残忍な光が宿り、われながら恐ろしいほどの迫力があった。中の様子を窺《うかが》うと、どうやら寝室らしく、ベッドが二つ並んでいる。右側のベッドでこちら向きに寝ているのは、まぎれもなく経堂芳郎であった。左側で寝ているのは彼の妻だ。経堂が俺を見てパニックに陥ったら彼女も肝《きも》を冷やすだろうが、どんな展開になろうとこっちは知ったことではない。耳を劈《つんざ》くような落雷の音を合図にして、俺は窓をすり抜けた。

『課長』

ベッドの傍らに立って呼びかけた。声が届いたのか、ううん、と唸《うな》って目をこする。少し待ったが、それっきり反応がないので、声を大きくした。

『起きなよ、経堂さん』

また唸って、顔をしかめた。面倒なので肩を摑んで揺すぶってやろうか、と思ったが、まずは幽霊の声を味わってもらうことにする。

『こんな雨と雷の中を飛んできたお客なんだから、起きてもらいたいね。聞こえてるんでしょう？』

ぱちっと目が開いた。俺は込み上げてくる喜びを懸命に抑えて、さらに声に凄味《すごみ》をきかせる。

『こんな時間に誰だと思います？　あなたに大変よくしていただいた者ですよ。お判りですね？　あなたの忠実なる部下だった神崎達也ですよ』

ベッドの中の男は、手を伸ばして枕許をまさぐっていたが、やがて黒縁の眼鏡を探り当てると、それを掛けて両目をぱちぱちさせた。寝呆《ねぼ》けているのか、俺の方へ視線が向いていない。

『あの世から帰ってきたんですよ。あんたに会うために！』

俺はついに大声でどなった。経堂はぼけっとしたままだったが、隣のベッドで妻が起きた。彼女にも俺が判るのか、と驚いていると――

「すごい音がしたわね」

のんびりとした口調で、妻は夫に話しかけた。夫はベッドを出ると、俺を突き抜けて窓辺に立つ。

「すごかったな。まるで、世界が裂けたような音だった」

『世界が裂けた……？』

経堂の横顔は、俺の鼻先十センチほどのところにあった。目をこすりながら、大きな欠伸《あくび》をする。

「近くに落ちたのかもしれない。時期はずれの雷に起こされてしまったな。――うわぁ、二時過ぎだ。丑三《うしみ》つ刻《どき》じゃないか」

「雷なんて見てないで、早く休んだら。捜査が行き詰まってて、だいぶ疲れが溜まっているんでしょ」

「ああ、寝るよ。明日も早めに出るつもりだから」

『おい、待てよ。これはどういうことなんだ？』

俺は夫婦のやりとりを聞いて狼狽《ろうばい》した。まるで、俺なんかいないかのように平然としゃべってくれるではないか。

「神崎さんの弔《とむら》い合戦で大変なのは判っているけれど、自分の健康に注意しないと過労で倒れるわよ。最近、いつも目を赤くしているじゃない」

妻はベッドの上に上半身を起こして、咎《とが》めるように言った。保美《やすみ》という名だったろうか。まだ三十を過ぎたばかりの経堂の恋女房で、十代の頃に少女向けファッション雑誌のモデルをしていたというだけあって、なかなかの美貌《びぼう》だ。表情にはあどけなさが漂ったりして、初対面の時は経堂の娘と勘違《かんちが》いをしかけた。

いや、そんなことはどうでもいい。

『あ……あのな、経堂さん、奥さんの相手をしてないでこっちを向けよ。あんたが殺した男が化けて出てるのに、まさか気がつかないってことはないだろう。そんなのルール違反じゃないのか。あんたがひどい野郎だとは知っていたけれど、そこまで血も涙もない奴だったのか？』

「無理はしていないよ。過労死なんてごめんだからな。職場では言えんが、命懸けで刑事をしているわけじゃない」

経堂は眼鏡をはずして枕許に置き、ごそごそとベッドに戻った。どう見ても、平静を装っているふうではない。俺は、またしても存在を否定されたのだ。

「それにしても、若かったのに神崎さんはお気の毒ね。ううん、神崎さん自身もだけれど、後に残されたお母さんのことを思うと胸が痛むわ。ご主人も殉職なさったんでしょう。そんなケースを身近に知ってしまうと、うちに子供ができても警察官にするのはためらうわ」

毛布をかぶり、目を閉じたまま保美が言うのに、経堂は「うん」と曖昧《あいまい》な応えをしただけだった。彼女は、夫が殺人犯であるなど夢にも思っていないらしい。

「お葬式に出た時にちらっと聞いたんだけれど、神崎さんって、結婚を前提に付き合っていた女性が課内にいたんでしょう？　森須磨子さんだっけ。その人もかわいそう。せめて犯人が捕まらないと、心の整理もなかなかつけられないわね。まぁ、結婚する前でまだよかった、と言うこともできるけれど」

『ちっともよくない！』

むかっときて、ベッドに蹴りを入れるポーズをした。

「おいおい、早く寝ろって言ったんだから、話しかけないで眠らせてくれ」

罪の意識をちくちくと刺激される話題を嫌ったらしく、経堂は不機嫌そうに言った。それっきり夫婦の会話は途絶え、俺は置き去りにされる。勢い込んで飛んできただけに、落胆は大きかった。何重にも底が抜ける落し穴を、どこまでも落ちていくような絶望感に襲われてきたが、とうとうその終点にきたようだ。奈落《ならく》の底だ。

『やっぱり、俺は無なのか……』

そんな問いかけにも、答えてくれる人間はいないのだ。打ち拉《ひし》がれた俺は、逃げるようにベランダに出て、雷鳴が轟《とどろ》く空に舞い上がる。今度という今度は、本当に目的を喪失《そうしつ》してしまった。激しい雨に叩かれたい、という自虐《じぎゃく》的な希いさえもかなえられぬまま、高く低く目茶苦茶に飛ぶ。街の灯が、ぐるぐると回転して目が回りそうだった。やがてそれにも飽きた俺は、夜空の真ん中で静止し、足許に広がる生者たちの世界を放心して眺めていた。

涙さえ出やしない。

感情が鈍麻《どんま》していくようだった。そんなもの、なくなってしまえばいい。存在が無なのだから、感情もきれいさっぱり失ってしまって、とことんゼロに近づけばいいのだ。現世に復活することも天国に招喚《しょうかん》されることも、もう俺は望んだりしない。風になりたい。せめて、須磨子の頰を撫でて通り過ぎることができるように。

彼女の眠っている部屋に帰ろうか、と思ったが、それも今は苦しみを募らせるだけになりそうで、俺は動くことができない。

雨は、なかなかやまなかった。

7

下界を見渡しているうちに、自分と縁が深かった建物を見つけた。ひと月前まで勤めていた巴東署だ。俺は引き寄せられるように、そのずんぐりとした四階建てのビルに向かって下降していく。当直の人間も仮眠室の床《とこ》に就いているであろうこんな時刻に訪れても、事件の捜査状況を知ることはできない、と承知はしていたが、そんなことはどうでもよく、ただ何か馴染《なじ》みのあるものに触れたかったのである。

どこかの窓から入ってやろう、と思いかけたけれど、神聖なる職場にそれでは行儀が悪いので、正面玄関にふわりと着地する。喧嘩や酔漢で深夜の警察がにぎわうのはたいてい週末で、その反動からか月曜日の夜は暇なのが常だ。今宵《こよい》も同様らしく、署内は静かだった。インフォメーション・カウンターの向こうでは、煌々《こうこう》と明るい蛍光灯の下で欠伸をしながらデスクワークに勤《いそ》しむ姿が二つ三つあるだけだ。

『皆さん、こんばんは。衝撃的な最期を遂《と》げたはずの神崎巡査、ただいま無事に生還です。お騒がせして申し訳ありませんでした。ヤッホー！』

俺はカウンターの上にひらりと飛び乗り、馬鹿なことを叫んで見事に黙殺された。こんなことをしているうちに、本当に頭がおかしくなるかもしれないが、それもよしだ。無敵の幽霊に、怖いものなど何もない。ヤッホー！

ここまでやってきたら、やはり刑事部屋を覗いてみずにはいられない。カウンターからジャンプして天井を突き抜けることもできるはずだが、とりあえず律儀《りちぎ》に階段を上って二階に上がることにする。刑事課の部屋に着くまで、誰ともすれ違うことがなかった。午前三時を過ぎているのだから当然だろうが、あまりに森閑《しんかん》としていて平和そうなのが愉快ではない。これが刑事殺しという重大事件を抱えた所轄署《しょかつしょ》だろうか？　そりゃ、事件から一ヵ月が経過しているのだから、発生直後の修羅場《しゅらば》の時期が去っているのは仕方がないにせよ、この空気は長閑《のどか》そのものではないか。県警本部の連中も泊まり込んでいないようだし。

やるせないよな、と愚痴《ぐち》りながら、俺は刑事部屋隣の会議室に貼り出された〈戒名《かいみょう》〉をしげしげと見た。

警察官射殺事件。

殺された当人がこれを見る機会があろうとは、刑事たちも想像したことがないだろう。そっけないものだな、と感じたけれど、事件の本質を突いた皮肉な戒名でもある。確かに、この事件において被害者を射殺したのは警察官である。本件は、警察官（による）射殺事件なのだ。

刑事部屋の明かりは消えていて、半開きのドアをすり抜けて入ってみたが、もちろん無人だった。

『まったく、ぼんくら刑事ばっかり揃えやがって。無能なだけじゃなくて、やる気もないらしい。被害者が俺だってことで、須磨子は目が曇っていても仕方がないとしても、いつも大きな口を叩いてる漆原《うるしばら》係長様や毬村主任殿がこういう――』

右手の壁の高いところから誰かの視線が注がれているのを感じて、反射的に口をつぐんだ。何者だ、と思ったのだが、すぐに正体に気づいて苦笑する。そんな位置に目がついている人間がいようはずがなく、壁に掛かった写真だった。昭和二十年代の日本映画に出てきそうな古いタイプの二枚目――新田克彦《にったかつひこ》の遺影だ。制服姿のすまし顔が四つ切りに引き伸ばされて額に入っている。

『やぁ、お久しぶり。あんたは無事に天国に行けたみたいだね』

生活安全課の巡査だった新田がこの世を去ったのは五ヵ月前。今年の六月だから、俺が欠員補充で巴東署に転任してくる一ヵ月前だ。彼もまた、何者かによって殺されたのである。犯人は捕まっておらず、捜査は継続しているが状況ははかばかしくない。つまり、巴東署は二つの警官殺し事件を迷宮入りにしかけているのだ。

『自分のことで頭がいっぱいだったから、忘れていたよ、あんたのこと。お目にかかったことはないけれど、おたくも災難だったね』

俺は遺影に話しかける。

『半年に満たない間に同じ署の警官が相次いで殺されるだなんて、前代未聞だね。ニューヨークや東京みたいな大都会ならまだしも、人口が四十万人そこそこの地方都市でこんな事件が起きるなんて、考えてもみなかった。警察は何をしてるんだ、と市民も不安になるよ。本部長なんか、かりかりきてるだろうな。――でも、まだあんたはいいよ、新田巡査。成仏できたんだから。俺もさ、あんたみたいにお気楽に生まれたらよかった』

八つ当たりぎみに毒づきながら、机の間をうろうろと歩き回った。懐かしい自分の席を見たら――ああ、ありがたや――白い百合《ゆり》を生けた花瓶が置いてあるではないか。須磨子が供えてくれたのだろうか？　平素は書類の山がうずたかく積まれていた机上が、きれいさっぱりと片づけられているのが物悲しい。

俺は、一ヵ月ぶりに自分の椅子に座った。嘆くことに倦んだせいなのか、感情の鈍麻が進行しているせいなのか、落ち着いた気分になっていき、次第に人間らしい思考も返ってきた。あの世からもこの世からも爪弾《つまはじ》きにされた俺が、最後の最後にたどり着いたのは、この疑問だ。——俺はどうして経堂課長に殺されなくてはならなかったのか？　思い当たることは、これっぽっちもなく、殺された当人がこれだけ不思議に思っているのだから、さっきぼんくら呼ばわりした捜査員らに理解できないのも無理はないのかもしれない。

経堂の机の抽斗《ひきだし》を調べれば、何か判るかもしれない、と思った。俺は早速、窓を背にした課長の机へと向かいかけたのだが、途中でぴたりと足を止める。もう慣れてもいい頃なのに、何をまだ虚《うつ》けたことを言ってるのだ。抽斗をあけるなんてこと、幽霊にできるわけがないではないか。

『俺、もう嫌だよ、こんな不自由で愚劣なルール！』

また興奮してきて、頭を掻きむしりたくなった。みんなの机の上に置いたままの捜査資料のファイルやノートに目を通そうとしても、表紙すらめくることができないのだな、と思ったとたんに、癇癪《かんしゃく》を起こしたのだ。足許のくず籠《かご》を蹴飛ばそうとするが、それもできやしない。

窓の外ではまだ雨が降っており、しつこく稲光が瞬《またた》いた。その時、ギイと微かに軋《きし》みながらドアが開く。おのれが幽霊だというのに、俺は、はっとして顔を上げた。

小柄な男が立っていた。ジャージの上下を着ているのと右手に持った紙コップから湯気が立ち上っているのは見えるが、顔は暗くて判らない。誰だろう、と目をこらした瞬間、雷光が部屋の中を蒼白く照らし出した。ぽってりと丸い、愛嬌《あいきょう》のある顔の像が網膜に焼きつく。

『……早川《はやかわ》か』

隣の席だった同僚だ。当直で泊まり込んでいて夜中に目を覚まし、自販機のコーヒーでも飲んでいたのだろう。紙コップを片手に刑事部屋にやってきたのは、気になる捜査資料を調べるためなのか？

『そんな熱心な刑事でもないよな、早川篤《あつし》クンは。どうせ寝呆けて部屋を間違えでもして――』

「誰かいるんですか？」

声をかけられて驚いた。こいつ、まるで俺の独り言が聞こえたみたいではないか。彼は、ふらふらと部屋の中ほどまで入ってくる。

三度《みたび》、雷光。その冷たい光の中で、彼と俺は目を合わせた。

『俺だよ、早川』

紙コップがPタイル張りの床に落ち、褐色の液体がぶちまかれた。

「まさか……」

この世に戻ってきて、初めて見る反応だった。おふくろが、須磨子が、経堂が見せてくれると期待した驚愕を、早川が引き受けてくれようとは。

『まさかって、お前……まさか……』

五メートルそこそこの距離を隔てて、俺たちは凍りついたように静止する。お互いに、奇跡を目撃したのだ。

「あの、えーと。そこにいるのは、もしかして……」

『そう、俺だよ、神崎だ！』

大声で叫ぶと、早川はへなへなとその場にへたり込み、両手で顔を覆《おお》った。堅く目をつぶっているのが、指の間から見える。

「こ、これは現実じゃない。俺は悪い夢を見ているんだ。か、神崎さんは一ヵ月前に死んだんだ。今、ここにいるのが神崎さんであるはずがない。刑事課で、いや、署内で一番いい人だったけれど、もういない。ああ、本当にハンサムで、優秀で、高潔で、誠意あふれるいい人だった」

歯の根が合わなくなっているらしく、口許からカチカチというカスタネットのような音が洩《も》れていた。ジャージ穿《ば》きの両膝《りょうひざ》がこぼれた熱いコーヒーに浸《つ》かっているのにも気がついていないらしい。

『何お世辞《せじ》を並べてるんだよ。よいしょをして、お化けに退散してもらおうっていうつもりなのか？』

早川は両耳をふさぐ。

「変なものが聞こえる。覚醒剤《シャブ》でいかれた奴らが耳にする幻聴っていうのは、こういう囁《ささや》きなんだな。もちろん俺はそんなものをやっていないけれど、夕方飲んだスタミナドリンクによくない成分が含まれていたのかもしれない。だとしたら、とんでもないことだ。メーカーを捜査しないと、一般市民に犠牲者が出かねないぞ」

人間の精神というのは、信じがたい現象に直面した際、こんなふうに強引に逃避を計るものなのか、と興味深く思った。早川、と呼びかけながら、俺は一歩踏み出す。

『お前は夢を見ているんじゃない。目を見開いて現実を直視するんだ。俺は神崎達也だ。一度は死んだけれど、あの世から甦ってきた』

カスタネットが刻むリズムが速くなった。勇気を振り絞《しぼ》って薄目を開けた彼だったが、俺との距離が縮まっていることに「ひっ」と小さな悲鳴をあげ、尻をもぞもぞと動かして左に移動する。

『逃げなくてもいいだろう。机を並べて仕事をしていた仲間じゃないか。お前を恨んで出てきたんじゃないから、悪いことはしないよ。頼むから落ち着いてくれ』

歩み寄ろうとすると、器用に尻で這って、蟹《かに》のように横へ横へと逃げる。俺は、これ幸いとドアの方に回って退路を断った。もちろん、体当たりをしてこられたら阻止できないのだが、怯《おび》えた彼はひたすら退くだけだろう。次第に追い詰められていき、ついには佐山の机の下に潜ってしまった。

『お前、そりゃ駝鳥《だちょう》だよ。知ってるか？　駝鳥っていうのはな、ライオンに追われて逃げきれないと思ったら、砂に穴を掘って首を突っ込むんだよ。そんなことをしても食われるだけなのに、ライオンが見えなくなったら大丈夫だ、と思いたくてするんだな。まったく愚かで不適切な反応だ』

早川が面《おもて》を上げた。俺と目が合わないように横を向いたまま、ぶつぶつと呟《つぶや》く。

「し、知ったかぶりで講釈をたれているぞ。どうせコンビニで買った雑学本か何かで仕入れた雑学なんだろう。でも、こういうものの言い方って、覚えがある。お、俺の左隣の席にいた人のしゃべり方に似ている」

『その人の名前は？』

「だから神崎さ――うへぇ！」

臆病な男だ。額を床に押し当てて、丸くなってしまった。下が砂地だったら、本当に穴を掘って頭を突っ込んだかもしれない。

『おい、早川。いいかげんに自分が見たり聞いたりしているものを認めたらどうだ。俺は神崎。幽霊になって、舞い戻ってきたんだって』

「とうとう口にしましたね、その言葉」

『その言葉って？』

「幽霊。それだけは聞きたくなかった。だいたいね、僕は幽霊って漢字からして気味悪くて好きじゃないんです。霊も不気味だけど、特に幽の字がねえ。何かこう、ぶるぶるとおぞましく顫えてるみたいなんだもの」

何をごちゃごちゃと、つまらんことを言ってるんだ。じれったいな、と思いかけて、驚くべきことに気づく。――さっきから彼は俺に向かって話しているではないか。

『早川！』

「はいっ！」

半泣きになっている。

『俺はな、昨日の午後に幽霊になって娑婆《しゃば》に戻ってきた。それから今まで、何百人という人間と道ですれ違ったし、おふくろや須磨ちゃんに戻ってきたことを伝えようとがんばったんだけれど、誰にも相手にしてもらえなかったんだ。お前が初めてなんだ。俺の存在を認めてくれたのは。だから——』

感極《かんきわ》まって、俺の方は、ぼろぼろと泣けてきた。

『うれしくて、たまらない。死んでから今までで、最高にハッピーだ』

「あ、さようですか。そ、それはようございました。おめでとうございます……で、でも、どうして僕だけにお姿が見えるんでしょうか。はっきり言ってメイ、いや、戸惑《とまど》ってしまいます」

迷惑がっていやがるな。たとえどれだけ迷惑がられようと、やっと捕まえた救命浮き輪を離すわけにはいかない。

『さぁ、それはミステリーだなぁ。もしかしたら、お前の日頃の行ないがよかったからじゃないか』

「冗談がきついですよ、神崎さん」

神崎さんと名前を言ってくれた。ただそれだけのことが、骨身に沁《し》みてうれしい。

『あれっ』あることを思い出した。『早川、お前さ』

「はい、何でございましょう？」

恐る恐るこちらを見やったが、すぐ目を伏せた。

『おかしな言葉遣いはよせよ。——お前の田舎って、青森だったよな？』

「そうです。母が生まれ育ったのが青森県脇野沢村《わきのさわ》。下北《しもきた》半島の奥まったところにあって、北限の日本猿生息地として有名です。父方は三代続いた江戸っ子だったんですが、友人と共同経営していた美容器具の販売会社を倒産させてしまい、僕が九つの時にここ巴市に都落ちしてきたんです。脇野沢出身の母と、江戸っ子の父がいつどこで知り合ったかと申しますと、その馴《な》れ初《そ》めは——」

『そんなこと、訊いちゃいない』

「はっ、失礼をばいたしました」

やれやれ、平伏《ひれふ》されてしまった。まだ、しゃべり方も普通ではないが、おいおい元に戻るだろう。

『脇野沢村がどこにあるのか正確に知らないけれど、下北半島っていうことは恐山《おそれざん》の近くだよな。お前、いつだったかお祖母《ばあ》さんがイタコをしていたと話してただろ。その時は、てっきり冗談だと思って笑ったけれど、あれってもしかしたら事実なのか？』

「畏《おそ》れながら、事実です。夏と秋の大祭《たいさい》で口寄せをしておりました」

『それだ』

「それ、と申しますと？」

『お前の体には、イタコをしていたお祖母さんの血が流れている。つまり、霊媒《れいばい》の体質というか、才能というか、そういうものを遺伝で受け継いだんだろう。だから、他の人間の目には映らない俺が見えるんだ。素晴らしいことだ』

「素晴らしい……ですか？」

『そりゃそうさ。歌がうまいとか、走るのが速いなんていうのとは、ユニークさの次元が違う。何万人、何十万人に一人、いやいや、日本で何人かしかいない貴重な人間なのかもしれないぞ。誇らしいだろう？』

「今現在の心境を率直に申すならば、ちっとも誇らしくはありません。それどころか、ああ、俺ってやっぱりズレてるんだなぁ、という一抹の淋しさを感じたりします」

早川の態度はまだ堅かったものの、だんだんと舌の回転がよくなっているし、ちらりちらりと俺の顔を見るようにもなってきた。そこから出てきたらどうだ、と言うと、冬眠明けの熊のようにのっそり這い出してきて、椅子に腰を下ろした。

『俺をまっすぐ見てくれないか』

穏やかに頼むと、彼はこちらの目を覗き込んだ。異常事態にやっと慣れてきたらしく、表情が引き締まっている。

『お前の目に、俺はどう映っているのか教えてくれないか。俺には、自分自身が半透明に見えるんだ』

早川は生唾《なまつば》を飲んでから、ゆっくりと答える。

「僕にも、半透明に見えます。輪郭ははっきりしているけれど、その内側が全体的にぼやけている。そして……微かに光っている」

『うん、どうやら同じだな。不気味で正視に耐えない、ということもないだろう？』

そりゃ見たくないですよ、という返事を返されたら、かなりつらかったはずだ。しかし、早川は「はい」と頷《うなず》いてくれた。

「そんなことはありません。というより、キラキラしていて、きれいです。素材が神崎さんでこれなんだから、可愛い女の子だったら神々《こうごう》しい天使に見えるかもしれないな」

『おっ、言いたいことを言えるようになったじゃないか。たとえ幽霊になったとしても、高潔で誠意あふれる神崎さんなんだから平気だよな』

「そりゃ、まぁ」

ぎくしゃくと、不自然な笑みが浮かんだ。

『感謝するよ。握手してくれ』

差し伸べられた俺の右手を見て、早川は少しひるんだようだが、覚悟を決めて握ろうとしてくれた。相手が霊媒体質ならば俺と物理的に接触することもできるのではないか、と思って試したのだが、互いに手を摑むことは不可能だった。

『これは無理なんだな。安心しろ、早川。お前をひしと抱き締めたいけれど、俺にはできない』

「結構です、結構です。あまり濃いスキンシップは苦手ですから、僕」

本当に抱き合いたかったのだが、贅沢《ぜいたく》なことを望める境遇ではない。俺は充分に満足だった。

「あのう、質問してもいいですか?」

『質問をしてくれるのか? ああ、感激だなぁ。こっちが話さなくちゃならないことが山ほどあるけれど、いいや。何でも訊いてくれ』

気を鎮《しず》めるためか、早川は膝の上で組んだ手の指を、せわしなく動かしていた。

「神崎さんは、一ヵ月前に死んだんですよね。それが、どうして幽霊になって出てきたんですか?」

『素朴な質問だが、まず明確にしておかなくっちゃな。どうして三途の川を渡れなかったのかは、俺自身にも判らんよ。でも、常識的に考えると、無念で成仏できなかった、ということだろう』

「はあ、常識的かどうか判りませんが、説得力がありますね。何しろ何者かに殺されたんですから」

『何者か、じゃない。俺は犯人を知っている』

「誰なんです？」

俺は深呼吸をしてから、経堂課長だと告げた。早川は絶句する。

『信じられない、とは言うなよ。殺された本人が証言してるんだから』

気がつくと、雨は上がっていた。

8

俺と早川は自分の席に着き、椅子を回転させて向かい合った。机の上の花が視野の隅《すみ》に入るのは気分のいいものではなかったが、須磨子が供えてくれたものだろうから気にしないことにする。

『飲めよ』

「え？」

何を促《うなが》されたのか、判らない様子だった。俺は、彼が後生大事に両掌で挟んだままの二杯めのコーヒーのことを言ったのだ。

『せっかく買い直したんだから飲め』

「僕だけ失礼します」

律儀に断わってから、彼はコーヒーを啜った。こっちは飲みたくもないし、飲めない幽霊の身なのだから、彼が遠慮する必要などない。

「ようやく落ち着いてきました。とにかく、神崎さんが幽霊になってここにいることは認めます。僕には祖母譲りの霊媒の素養があったらしい、ということも。――でも、神崎さんを殺したのが経堂課長だっていう話だけは、信じられません」

俺は、ひとまず鷹揚《おうよう》に頷いた。

『立場が逆だったら、俺もそう言うだろうよ。しかしな、それは事実なんだ。さっきも言ったが、殺された本人が証言しているんだから真剣に耳を傾けてくれ。いいな？』

「了解。――では、僕に判るように詳しく説明をしてください。いつ、どこで、どうやって課長は神崎さんを殺したのか。それから、動機は何なのか」

早川はすっかり肝が据わったようだ。俺の目をまともに見据えながら的確な質問をする。頼りない新米刑事だと思っていたが、たくましさが出てきたじゃないか。うれしい。いよいよ、俺は胸に溜まっていたものを全部吐き出すことができるのだ。

『犯行時刻は十月十六日の午後九時十六分。現場は釈迦ケ浜。その日の夕方、話があるから釈迦ケ浜で待っていてくれ、と課長に言われていたんだ。――おい、俺の遺体が見つかったのも、そこの海岸だろ?』

「ええ。念のために〈ご本人〉に確認したかっただけです。犯行方法も教えてくれますか?」

『ここを射たれた』と俺は左胸の一点を指差す。『弾は貫通した感じだったな。充分な明りはなかったけれど、凶器は間近で見たからよく覚えている。メイド・イン・ロシアだ』

「トカレフですね? ふうん、そうですか。凶器は現場に遺《のこ》っていませんでした」

『知ってるよ。経堂は持って逃げていった。薬莢《カート》も拾っていったんだな。あの野郎、虫の息になった俺の額に銃口を向けながら、とどめを刺すのをびびって逃げやがった。もう致命傷を与えた、と確信したんだろうけれどな』

話していると、また怒りが沸々《ふつふつ》と込み上げてくる。いけない、冷静にならなくては。

「いきなり、ズドン、ですか?」

『それまでに、五分ばかり立ち話をしたよ。でも、《東署には慣れたか》とか《須磨ちゃんとはどうだ》とか、つまらないことを少し訊かれただけだ。いさかいも口論もなかった』

「課長単独の犯行なんですね。それでは、どうして課長は神崎さんを殺さなくてはならなかったんでしょ——」

早川が言い終わる前に、俺は『判らん！』と答えていた。

『そればかりは、殺された《ご本人》にもミステリーなんだ。あの人の恨みを買うようなことをした覚えは、これっぽっちもない。金銭上のトラブルもなければ、どこかの誰かさんみたいに美人の経堂夫人にちょっかいを出したこともない。課長の秘密を握って脅迫してたわけでもなければ、親の仇《かたき》でもない。わけも判らずに殺されたんだ。嫌なもんだぞ、それって』

「ま、わけが判ってても殺されるのは嫌なもんでしょうけれど。——ふぅん。しかし、それはけったいな話ですね。動機なき殺人というわけですか。でも、課長が殺人狂だとは思えないしなぁ。それに、神崎さんを人気《ひとけ》のない海岸に呼び出した上で射ったんだから、犯行は計画的だ。小さからぬ理由があるはずですよ」

彼の言うとおりだ。ところが、その心当たりがまるでないから不可解なのだ。いったい、何を考えてあんなことをしやがったんだ、と経堂の顔を思い描いた時、あることに気がついた。迂闊《うかつ》にも重要なことを忘れていた。

『……すまん』

「何を謝ってるんですか？」

『課長は、俺を射つ直前に《すまん》と詫びたんだ。それだけじゃない。他にも何か言ってたな。えーと、《悪く思わんでくれ》とか《これは自分の意思ではない》とかいうようなことを』

早川が身を乗り出してきた。その双眸《そうぼう》に刑事の目らしい光が宿る。

「何ですか、そりゃ。まるで誰かに操《あやつ》られてるみたいじゃありませんか。自分ではない人間の意思によって、ということは……課長は誰かに脅《おど》されて神崎さんを射った、と考えられますよ」

『脅されたって、何をネタに？』

「それは判りません。いや脅されたとは限らないな。報酬が目当てで殺人を引き受けたのかもしれないし……」

早川は、ためらわずに思いついたことを吐き出しているようだ。

『はっ。刑事課長さんがアルバイトで殺し屋稼業をしていた、か。まさか本気で言ってるんじゃないだろうな？』

「うーん、あまりにも非現実的ですかね」

『家のローンを抱えたぐらいで、そんなことするわけないだろ。それはない』

「金で動かされたのでないとしたら、何者かに弱みを握られていて、脅されたということですか」

経堂が殺し屋を営業していた、というよりは現実的だが、それでも納得がいかない。俺は、課長に限らず誰に対しても、殺意を抱かれるようなことをした覚えはないのだ。

「たしかに、神崎さんを殺したがっていた人物というのは、捜査線上に浮かんでいないんですよね」早川は唇《くちびる》を尖《とが》らせる。「以前にしょっぴかれたことを逆恨みしていそうなのもいないし」

『手柄が少ない刑事だったものでね』

「そういうつもりで言ってるんじゃありませんよ。あれ。幽霊のくせに、ひがみっぽい言い方しますね」

『どうせ生まれつきひがみっぽいよ。馬鹿は死ななきゃ治らない、とか世間では言うだろ。あれは嘘《うそ》だな。人間の性格や性質は、死んでも変わらないみたいだ。——そんなことはどうでもいい。問題は、俺には誰からも殺される理由がない、ということだ。捜査でそのへんの事情もある程度は理解してくれてるんだろ?』

「ええ、それでネックになっています。毬村主任なんかは、警察官という身分を離れた神崎さんの私生活について洗い直した方がいい、と考えてるようですけど」

『あー、駄目だ。警察官の身分を離れたら、善良な俺はますます人の恨みと無縁だよ。何を頓珍漢《とんちんかん》なこと言ってるんだ、あのおぼっちゃま刑事は』

　唇の端を吊《つ》り上げ、片頬で人を小馬鹿にしたように笑う毬村の顔を思い出した。上長《じょうちょう》ではあるが、気障《きざ》で、ナルシストで、マイペースなだけでも閉口するのに、資産二十億円の毬村家の総領《そうりょう》息子というのが癪《しゃく》に障《さわ》る。趣味で刑事をやっているような男なのだ。権力を手にして人を支配した気分になれることも、彼にとっては愉快なのかもしれない。

「抑えて抑えて。そこをほじくらなくっちゃならないほど、捜査は行き詰まっているということなんです」

『それが腑甲斐《ふがい》ないじゃないか。お前たち、毎日ホンボシと顔を突き合わせていて気がつかなかったのか？　ぼーっとしてるんじゃないよ。そんなことだから俺は成仏できずに迷って出るんだ』

「そんなこと言われても無理ですよ。課長を疑う根拠なんてないんですから。現場にブツはまるで遺ってなかったし、凶器の拳銃だって、昨今はこの地方都市にもかなり出回っていますし。みんなこの一ヵ月間、一生懸命にやってきたんです」

　早川はさも不満げに、また唇を尖らせた。そのへんの事情はこちらは知らないのだから、責めるのは酷かもしれない。

『すまん。お前たちの苦労も知らずに、言い過ぎたよ。でも、もう判ったただろ。犯人は経堂芳郎だ。一刻も早くあいつに手錠《ワッパ》をかけてくれ』

もちろんです、という返事を期待した俺が甘かった。早川は、まいったな、というふうに頭を掻く。

「簡単に言ってくれますね、神崎さん。どうやって課長を逮捕するって言うんです？　物的証拠は何もないんですよ。動機も不明だし」

『そんなものいらないだろ。被害者の俺が証言しているんだから』

「それが困るんです。本件は、ひったくりや詐欺《さぎ》ではありません。殺人事件の捜査で、被害者が証言するなんてことはあり得ないでしょ。まさか神崎さんは、僕にこんなことを言わせるつもりじゃないでしょうね。『捜査本部の皆さん、聞いてください。実は僕には霊媒能力がありまして、神崎達也刑事の幽霊と接見することに成功いたしました。その幽霊の証言によると、わが刑事課長の経堂芳郎警部が真犯人だということです』」

『嫌か？』

「当たり前でしょうが。そんなことをしたら気が変になったと思われるのが落ちです。誰一人として信じちゃくれませんよ。信じる奴がいたら、おかしい」

もっともだ。こういう展開になるとは、予想していなかった。

『じゃあ、どうすればいい？』

「さて、どうしたらいいんでしょう。弱りましたね」

　早川は、腕組みをして黙る。そして、そのまま二分以上も微動だにしなかった。俺は、その顔の前で右手をひらひら振ってみる。

『おい早川、起きてるよな？』

「ご覧のとおり起きてますよ」

『あんまり無口になっちまったんで、眠ったのかと思ったよ』

　このひと言に、彼はカチンときたらしい。突然、机を拳で叩いた。

「神崎さん。何なんですか、その言い草。僕に難題を押しつけておいて、自分は考えるつもりがないんですか？　これは神崎さん自身の問題じゃありませんか。二分や三分で名案が浮かばないからといって、皮肉はよしてください」

『ご、ごもっとも』

　俺は気圧《けお》される。早川はさらに続けた。

「それにですよ、課長だけをひっくくれば事件が解決するわけでもないでしょう。さっきのお話によると、課長は誰かに操られて神崎さんを殺害したらしい。課長を締め上げたとしても、そいつの名前を吐くとは限りません。裏で糸を曳《ひ》いた黒幕の正体をつきとめなくっちゃ、浮かばれないと思いますね」

これまた、ごもっともだ。

『そうだな。お前の言うとおりだよ。じゃあ、頼む。まず黒幕が誰なのか内偵してくれないか』

ここでも早川はイエスと答えてくれなかった。

「ちょっと、神崎さん。あなた、さっきから甘えていませんか？　内偵ね。そりゃ、やれるものならやりますよ。でも、所轄のぺえぺえで、本部からきた皆さんに顎で使われている僕に、どうしてそんなことができるって言うんです。あんまり無理を言わないでください」

『難しいことを頼んでいるのは承知しているよ。でも、お前のその言い方も不人情じゃないか？　甘えているとまで言われるのは心外だ。俺だって、生身の体があったら自分で行動している。でも、今はしがない幽霊なんだぞ。誰にも見てもらえない聞いてもらえないっていう哀れな身の上さ。聞き込みなんてできるわけないだろ』

懸命に訴えたのだが、早川は冷徹に首を振る。

「そんなことは判ってますよ。でも、聞き込みができない代わりに、もっとすごいことができるじゃありませんか。幽霊だから、誰にも見られずに、どこにでも入り込んで捜査ができる。目星をつけた相手に、二十四時間ぴったりと張りつくこともできる。そんなシャーロック・ホームズや明智《あけち》小《こ》五《ご》郎《ろう》も羨《うらや》む能力をフルに活用しない手はない。ましてや、神崎さんは肉体を失ったとはいえ、捜査一係の刑事でしょ。自分を殺したホシぐらい、自分で捕まえて落とし前つけたらどうなんですか」

　こらえきれず、俺は立ち上がった。

『早川！』

　彼は「ひゃあ！」と叫んで首をすくめた。

「ごめんなさい、すみません。調子に乗って無礼なことを言ってしまいました。謝りますから、どうか赦してください。桑原桑原《くわばらくわばら》。南無阿弥陀仏《なむあみだぶつ》」

『馬鹿、何を合掌してるんだよ。怒ってるんじゃない。俺は目からはらりと鱗《うろこ》が落ちた思いだ』

「は……」

『お前の言うのが正しい。わが身の不幸を嘆くあまり、甘えたことをほざいていた。そう。これは俺自身の事件なんだ。俺が調べ抜いて、解決させるべき事件なんだよ。拝んでお前にお願いしている場合じゃない。やるよ。経堂が犯人であるという証拠を摑み、奴の背後にいる人間が誰なのかも暴《あば》いてみせる。やるぞ。俺は幽霊になっても刑事だ。――だから早川』

　彼の両手を握る真似《まね》をする。早川は、こちらの気迫に怯えているのか、体を硬直させていた。

『お前も協力してくれ。俺ができることには限界がある。たとえば、課長の机の抽斗に決定的な物証が隠してあるらしいと判っても、それを開けることはできない。やっぱりお前に動いてもらわなくちゃならないんだ。誰かに何かを尋ねたいと思った時も、お前の力を借りる必要があるしな。俺はやるよ。死んでも刑事であることには変わりないからな。だから、どうか助けてくれ』

早川の頬に赤みが差してきた。どうしたのか、と思ったら――

「判りました。よーく判りました。死んでも刑事であることに変わりない、という言葉を胸に刻ませてもらいました。それでこそ熱血の神崎さんだ。僕も熱くなってきましたよ。不肖《ふしょう》、早川篤。できる限りのことをやらせていただきます。必ずこの事件を解決して、刑事魂を見せますからね。幽霊刑事と霊媒刑事のコンビ誕生です」

感激屋だったのだ。臆面もなく臭い表現をするなぁ、と思ったが、とにもかくにもありがたい。早川こそ、俺にとって、地獄で出会った仏なのかもしれない。

「そうと決まれば、早速」

彼が急に立つので慌てる。こんな時間にどこへ何をしに行こうというのだ？

「眠気醒《ねむけざ》ましにコーヒーをもう一杯買ってきます。これから二人だけで真夜中の捜査会議です」

鼻歌を歌いながら出ていってしまった。いつも会議中は一番後ろの席に追いやられているので、ヒーローになるチャンスが到来したことに興奮しているのに違いない。いいだろう。早川にでかい手柄を立てさせてやろうではないか。先輩ぶって偉そうな口を叩きもしたが、あいつがいなければ、俺はどこまでも無力なのだし。

早川は、この春に初めて刑事になって巴東署刑事課捜査一係に配属された新米だ。上長の指示をもらわないと、体をどう動かしたらいいのか戸惑っている場面もある。だが、人より遅ればせにでも捜査の流れを摑むと、俄然《がぜん》、ものがよく見えるようになるのも確かだ。早く理解するのは苦手だが、深く理解することはできる、というタイプ。正義感、責任感も強く、相棒として不足はない。むしろ、せっかちで見落としが多い俺にとっては、絶好のパートナーかもしれない。

ようやく進む方向が見えてきたことに安堵しながら部屋の中を見回すと、また壁の写真と目が合った。新田克彦の遺影。五ヵ月前に殺されたもう一人の警察官。見つめていると、今にも口を開きそうだ。自分の事件も忘れないでくれよ、と。忘れちゃいないが、成仏できない人間の事件が先だ。

だが——何故だか、目が遺影に引き寄せられてしまう。

俺と同じように、新田も射殺された。犯行現場は材木町三丁目の自宅マンション。非番で家にいるところを襲われたのだ。現場に争った跡がなかったことから、犯人は顔見知りで、被害者が招き入れたのだろう、とみられている。夕刻の犯行であったが、両隣とも共働きで留守だったこと、犯人がソファのクッションを銃口に当てて発砲したこと、現場の裏をＪＲの列車が通過するタイミングを見計らって射ったであろうことが災いして、銃声を聞いた者はいない。また、付近で怪しい人間を見たという証言も得られていない。凶器の拳銃も発見できないまま。あってはならないことだが、迷宮《オミヤ》入りになるのでは、という声も囁かれていた。

四ヵ月前に巴東署にやってきた俺を待っていたのは、この新田巡査殺害事件だった。捜査に加わったのは途中からだが、事件が暗礁《あんしょう》に乗り上げている責任の一端は俺にもある。

『新田巡査。何か言いたいことがあるかい？』

声に出して、遺影に問いかけてみる。

『言ってみなよ。同じ死人同士じゃないか。え？』

部屋は、しんと静まり返ったままだ。やはり、新田克彦の霊魂はこの浮き世に未練を残さず、はるか遠いところに去ってしまったらしい。

はるか遠いところ。

それは、どこなのだろう？

9

やがて、スニーカーの足音が近づいてくる。紙コップを片手に戻ってきた早川は潑剌としていた。

「お待たせしました。さぁ、やりましょう。じっくり朝まで」

『それはいいけど、お前、元気だなぁ。やっぱり若いよ』

「何を言ってるんですか。神崎さん、まだ二十八でしょう。僕と二つしか違わないじゃないですか」

『訂正させてくれ。誕生日がきていないから、まだ二十七だよ。享年《きようねん》二十七』

「享年いくつって、目の前の人に言われるのもおかしなもんですね。――ご心配なく。僕は、このところ不眠症ぎみなんです。それで夜中にコーヒーを飲みに下りてきたりしていたんですけれどね。神崎さんこそ、お疲れじゃないんですか？」

生きてもいないのに疲れやしないよ、と答えようとしたのだが、そうでもなかった。肉体的には何ともないのだが、精神的に少し疲れてきている。無理もないか。あの世からこの世への長旅をしてきたばかりだし、娑婆に帰還してからは感情が荒波に揉《も》まれっぱなしなのだから。しかし、早川がこれだけはりきってくれているのに、やわなことは言ってられない。

『平気だ。不死身なんだぜ、俺は』

「くー、カッコいいよなぁ」早川は笑う。「佐山さんがそんな台詞を吐いても、このハードボイルドかぶれのタフガイ気取りが、としか思わないけれど、神崎さんは正真正銘《しょうしんしょうめい》の不死身なんですからね。重みが違うわ。——あ、すみません。真面目にやります。えー、まず事件の概要について最初からおさらいをしてみましょうか」

『おさらい、か。それよりも……』

俺は新田の写真を見る。早川も、それにつられて壁に視線を送った。

「ああ、あれですか。新田さんがどうかしました？」

『彼の事件も進展がないんだろう？』

「ええ。だから、ああして遺影を掛けたままになっているんです。……お気を悪くしないでくださいね。明日にでも、神崎さんのお写真があの隣に並ぶはずです」

『ほぉ。捜査員に発破《はっぱ》をかけるためか。効き目はなさそうだけれどな。それにしても、事件から一ヵ月が過ぎてから掛けるなんて遅いじゃないか』

「新田さんは生安課だったけど、神崎さんは同じ課の同僚だから、あまりに生々しくて掛けそびれていたんですよ。それに、あれだけ大きく引き伸ばした写真を額装するとなると、お値段もかなりしますから……」

『予算を出ししぶったんだな』せこい話だ、まったく。『まぁ、写真なんてどうでもいいよ。――そうか、新田殺しも捜査は難航中か』

同じ署内で四ヵ月足らずの間に二つの警察官殺害事件。しかも、そのいずれも未解決。とんでもない話だ、とさっきは呆れただけだが、もしかすると二つの事件は何か関連があるのではないか？　そう考える方が自然だろう。それに――

「新田さんの事件が気になるんですか？」

『ああ。もしかしたら、新田を殺したのも経堂課長じゃないか、と思ってな』

早川は驚いたりしなかった。それは、そうだろう。新田が殺された際に、経堂は一度嫌疑を掛けられたことがあるのだ。

「そりゃ、課長には新田さんを殺す明白な動機があった、とはされていますよ。新田さんは、課長があれだけ愛している奥さんと不倫関係にあったんですからね。でも、課長の疑いはきれいに晴れたじゃないですか。神崎さんもよくご存じでしょう」

もちろん知っている。新田が殺された時間に、経堂にはアリバイがあったのだ。

『しかし、動機はバリバリだ。人目もはばからず、署内で《ただではおかん》と叫んで殴《なぐ》りかかったぐらいだからな。捜査が行き詰まっているのなら原点に立ち返って、課長のアリバイが本物かどうか、もう一度調べてみる必要があるかもしれない』

コーヒーを飲みながら、駄目駄目と言うように早川は左手を振った。

「再調査は無意味です。そんじょそこいらのアリバイとは違います。県警本部監察室のお歴々が五人も証人になっているんですよ。犯行があったのは六月二十二日の午後四時から七時。その間、経堂さんは本部の査問会に出ていた。これは絶対に覆《くつがえ》りません」

『絶対に崩れない鉄壁のアリバイ……か。査問会だもんな』

経堂が査問会にかけられたのは、他でもない。妻を寝取った新田に対する暴行が原因だった。警察官にあるまじき行為、それも職場において発生した事件ということで、本部としては看過《かんか》できなかったのだ。だが、経堂が放ったパンチが一発しか命中しなかったため新田のダメージが軽微だったこと、経堂が猛省《もうせい》していること、殴られた新田にも責められるべき非があることから、口頭での厳重注意にとどまった。事件が外部に洩れなかったことが幸いしたのだろう。警察回《サツ》りの新聞記者の耳にでも入っていたら、大騒動になっていたはずだ。

『ブランクがあったせいか、記憶がぼやけている。課長が新田を殴ったのは、いつだったかな』

「彼が殺される一週間前だから、六月十五日です」

俺はメモをとることができない。そこで、脳内にホワイトボードを思い描いて、そこに空想上のフェルトペンでこう記してみる。
6月15日　経堂が新田に暴行
6月22日　新田が何者かに殺害される
7月13日　神崎が巴東署に着任
10月16日　神崎が経堂に殺害される
この流れだけ見ていると、俺が巴東署に着任し、新田殺しの捜査に加わるうちに真相に肉迫したため、危険を感じた犯人に消されたかのようだ。安物の刑事ドラマにありがちの展開。だが、もちろん、俺は新田殺しの犯人を追い詰めてなどいなかった。犯人が誤解するような動きをした覚えもない。
『お前、課長ご乱心の現場を目撃したんだよな』
暴行事件が起きたのはこの署に移ってくる前だから、俺はもちろん話に聞いているだけだ。
「一部始終見ていました。正午過ぎで、昼飯を食べにいこうとしていたところ、廊下で二人がばったり鉢合《はちあ》わせしたんですよ。課長が『おい』と呼び止めたのを新田さんが無視して通り過ぎようとした。課長はさらに『待てよ』と言いながら相手の肩に手を置いた。新田さんがそれを邪険に払った。課長が逆上した。そして、『私を虚仮《こけ》にしてると、ただではおかん』と大声を張り上げながら、こう――」

右フック。続いてアッパーカット。

「一発目がこめかみにヒットしました。でも、腰が入ってなかったので威力はありませんでしたね。新田さんは敏捷《びんしょう》に身をかわして、アッパーは逃れた。なおも殴ろうとしたので、そばにいた僕と漆原係長とで課長を取り押さえたんです。羽交《はが》い締《じ》めにしてね。まるで忠臣蔵の松の廊下でしたよ」

『《署内でござる》か。——新田と課長の奥さんの不倫については、その前から噂《うわさ》になっていたんだったな』

「はい、一部で囁かれていました。新田さんと奥さんとは、中学時代の同級生で、交際していたこともあるそうです。と言っても中学生のことだから、映画を観《み》に行ったり公園でアイスクリームを食べたことがある、というぐらいでしょうけれどね。それが、去年の秋、署内の運動会で再会して、おかしな具合になったとか……」

過去の付き合いが中学時代では、焼《や》け棒杭《ぼっくい》に火がついた、と表現するのも大袈裟《おおげさ》か。

「この程度の地方都市のことですから、人目につかずに逢引《あいび》きするのも難しいんですね。祇《ぎ》園《おん》町のホテルから二人が出てくるところを見た巡査がいて、そこから噂がじわじわ広まったわけです。齢《とし》が離れた美人の奥さんをもらうと、やっぱり苦労するねぇ、と」

『嫌なゴシップだ。しかし、新田の上司はそんな噂を聞いて放置していたのかな』

「いえ、そこまでは届いていなかったんでしょう。生安課の中には、やんわりと諫《いさ》めていた同僚がいたんですけど、新田さんは『身に覚えがないね』とか、とぼけていたそうです」

『新田克彦って、どんな奴だったんだ？　人妻に手を出したなんて話を聞いてると、あんまり印象がよくないんだけどな』

「口をきいたこともないので、僕もよく知りませんが、悪い評判はなかったみたいですよ。勤務態度も真面目で、麻薬撲滅《ぼくめつ》キャンペーンのリーダーを務めたり、少年の非行防止のためにロックコンサートを企画したりと、熱心に色んな取り組みをしていたと聞いています。なかなかの二枚目なので婦警にも人気があったとか」

『新田は独身だったよな。二年前に離婚してるんだっけ。課長の奥さんとは、ただの遊びだったのかな』

「掠奪《りゃくだつ》しよう、とまでは思ってなかったんじゃないですか。殴られた後は別れたみたいだし」

それは表面上だけのことかもしれないだろう。本人が亡くなっているのだから、真偽のほどは不明だ。

俺は、課長の家で見た経堂夫妻の様子を思い出してみる。いかにも仲睦《なかむつ》まじいというふうでもなかったが、夫婦関係が破綻《はたん》しているようではなかった。妻は、夫が過労気味なのを気遣っていたし。

「とにかく」早川は、きっぱりと「新田さん殺しについては、課長はシビアに調べられた結果、シロと判明しています。仮に、課長が新田さん殺しの犯人だったとしても、神崎さんの事件とは無関係でしょう。まさか、神崎さんもあの奥さんとよからぬ間柄だったなんてこと、ありませんよね？」

馬鹿らしい。

『あるわけないだろ。俺には――』

「どこかの誰かさんみたいにちょっかいを出していない、とさっきも言ってましたっけ。それに、神崎さんには森さんがいますもんね」

俺たちは、しんみりと黙り込んだ。須磨子の名前を聞くと、胸が痛い。早川もそんな思いを察してくれたようだ。

「森さんは、神崎さんの姿が、全然……？」

『駄目だったんだ』

短く答えることしかできなかった。早川はつらそうな顔になる。

「やるせないですね。祖母譲りだか何だか知らないけど、僕は霊媒能力なんて不自然なものは欲しくなかった。どうせなら、森さんに備わっていればよかったんだ。それなら、神崎さんは彼女と会って話すことができたのに。そう考えると、申し訳ないような気が――」

『よせよ』

俺は遮った。聞いても詮《せん》ないことだ。

「でも……」

『俺は、お前がいてくれたことで救われたんだ。ひたすら感謝している。お前が須磨子ならよかった、なんて思っていない。だから、もうそんなことは言うな』

早川は「納得がいきません」と言う。そりゃ、俺だって諦めの境地に達したわけでもない。

「七、八年前に『ゴースト　ニューヨークの幻』って映画があったでしょう。ある陰謀《いんぼう》に巻き込まれて殺された主人公が、幽霊になって恋人を守ろうとする話」

大ヒットしたので、ビデオで観た覚えがある。コメディやサスペンスの要素を盛り込んであったが、俺には似合わない甘ったるいメロドラマだった。

「あの映画の主人公は、がんばったら自分の存在を恋人に伝えられましたね。訓練したら物を動かすこともできるようになった。神崎さんの場合も、うまいやり方があるのかもしれません」

『俺だって死に物狂いでがんばってみたさ。でも駄目なんだって。映画みたいには、うまくいかない』

「可能性を探り続けるべきです。だって、神崎さんは椅子に座っている。床に足をつけて立っている。物理的に存在している証拠ですよ」

『本当に座ったり立ったりしているわけではないんだ。癖が抜けていない、というのかな。生前にしていたことをなぞっているだけだ。──慣性の法則が働くのか、バスにも乗れたな』

「えっ、どうして乗れるんですか？」

『不思議ではない。幽霊というのが確固たる物理的存在なのか否《いな》かはさて措《お》いて、ある種の物理法則の作用は受けるらしいんだ。もしもそうでないならば、俺はじっとしたままお前と向き合ってはいられない。そうだろ？　地球は一秒間に──詳しい数字は知らないけれど──何キロっていうスピードで太陽の周りを回っているんだ。ただ浮遊しているだけなら、幽霊はあっと言う間に地球の外に出てしまう』

「なるほどなるほど。じゃあ、森さんとも何とか──」

大人げないとは思いつつ、しつこいな、と軽く舌打ちしてしまった。

「……すみません」

驚いたことに、早川は目尻に涙を溜めていた。不覚にもこちらまで泣けてきそうだったので、俺は強引に事件の話に戻す。

『しかし、どうも、ひっかかるんだよな。同じ署の警官が次々に殺されるなんて異常事態だぜ。しかも、それぞれが別個の事件だなんて』

早川も表情をすぐに引き締めた。

「では、どう結びつければいいんでしょう。僕には見当がつきません。あまり先入観を持たない方がいいのでは、と思うんです」

俺が抱いているのは先入観にすぎないと言うのか？　それは違うだろう。これこそ合理的な疑いというものだ。

『こう考えたらどうだろうな。課長は、自分の意思ではなく、黒幕に操られて俺を殺害したんだろ。金が目当てとは思えないから、脅されたわけだ。はたして、黒幕は課長のどんな弱みを握っていたのか？　問題はここだよな』

「先ほども、そんな話が出ましたね」

『その弱みというのは、新田を殺害したことだったのかもしれない』

早川は右の耳たぶをつまみ、唸りながら引っぱった。

「んー。つまり、課長が新田さん殺しの犯人であることを黒幕が知った。そして『そのことを暴露されたくなかったら、神崎達也を始末しろ』と、課長を脅した——」

『辻褄《つじつま》が合うだろ？』

相棒の賛同は得られない。

「一応はね。でも、その仮説が成立するためには、課長が新田さんを殺した犯人であることを立証しなくてはなりません。それはできないでしょう。課長はやってないんですから」

『アリバイか。何か偽装工作をしたのかもしれない。推理小説やドラマによくあるじゃないか』

「神崎さんにあのアリバイが崩せるんですか？　査問会が開かれた本部と犯行現場は、四十キロは離れているんですよ。——ま、いいや。アリバイが崩れたとしましょう。そして、課長が新田さん殺しの犯人で、その秘密をネタに黒幕に脅されたのだとしても、疑問は残ります」

『承知している。その黒幕が、どうして俺を消したがったのかが判らないままだ。そうだろ？』

「そういうことです。でも、僕は課長のアリバイは崩れないと思うし、新田さん殺しの犯人は別にいると思いますよ」

『新田殺しに関して、課長はあくまでもシロだと言うんだな』

「神崎さんはあくまでも、二つの事件は一本の糸でつながっているはずだ、と思いたいわけですね。お気持ちは判ります。人間誰しも、端数《はすう》を切り捨てたシンプルな結論に真理を見たがるもんです。でも、そう考える根拠がはっきりしませんね」

『へぇ、洒落《しゃれ》た言い回しをするもんだな。しかし、俺は別にシンプルな結論を望んでいるわけじゃないぞ。どんな答えだっていいんだ。真実さえ判れば』

「真実が判れば、成仏できそうですか？」

『多分、そうなるんじゃないかな。できないと、どうしていいか途方に暮れる。しかし、霊界がどういうシステムになっているのか、俺だって知らないしな』

　今はあまり考えたくない。よくないことを想像してしまいそうで、怖いのだ。天国の指定席が待っていてくれるのならいいが、虚無の暗い穴に落ち込んでいくのではないか、という恐れがある。死んでいる身でありながら、そんな不安を感じるのはおかしいのだろうが。

「死んでから今まで、どこで何をしていたんですか？」

　早川は穏やかな口調で尋ねた。えらく立ち入ったことを訊きやがるな、という気もしたが、人間ならば誰しも好奇心をそそられることだろう。

『お祖母さんから聞いたことないのか？』

「ありません。そもそも、イタコだなんて、単なるパフォーマンスだと思っていましたもん。でも、祖母ちゃんに聞いていた話と違うなぁ。死んでから百日以上たった霊でないと、イタコは口寄せできないって言っていましたよ」

『ずっと代々のイタコか？』

「イタコがよく出る家系ではあったようです。でも、イタコって初潮前に師匠について口伝えの修行を受けてなるものなんですよ。一週間以上の断食《だんじき》やらの厳しい修行を、神が憑《つ》いてくれるまでやるんです。祖母ちゃんは太平洋戦争中にイタコになりました。恐山の口寄せが現在の形になったのは、戦争中だそうです。出征した旦那や息子が死ぬかもしれない、という恐れを癒す役目を担《にな》ったのかもしれません」

　早川は不意に唱えだす。

「〽アーイャエー　一の弓まず打ち鳴らしの初《はつ》に呼ぶ、このところの神からまで招じ参らせたむらうぞや、二の弓の布結《にぬゆ》いばこのところの下《しも》からまでは招じ参らせたむらうぞや、三の弓の響きをば日本ナ六十六組の数の隅からまで招じ参らせたむらうぞや……。さわりですけど、これが神降ろしです」

　俺はふっと笑って、机の上を振り向き、青い花瓶をそっと両掌で包もうとした。ひんやりと冷たい感触が伝わってくるようだった。百合の花びらの清楚《せいそ》な白、雄蕊《おしべ》のオレンジ色が美しい。

『経堂に射たれて、これで死ぬんだな、と無念に思った記憶は鮮明だけれど、その後のことはよく覚えていないんだ。肉体から霊魂が分かれる決定的瞬間を経験したわけではないし、病院のベッドの天井近くに漂いながら医者がご臨終を告げる場面を見下ろしたわけでもない。ただ、長い長い間、眠っていただけさ。そのうち、赤ん坊が泣く声で意識が戻ったかと思うと――』

不思議な光に吸い込まれるようにして、この世に帰ってくるまでの様子を、俺は丁寧《ていねい》に説明してやった。食い入るように聴き入っていた早川は、話が終わると深い溜め息をついた。

「ふぅん、そんなものですか。――よく臨死体験をした人の話で、こういうのがあるじゃないですか。お花畑を歩いていたら、川辺に出た。そうすると、向こう岸で死んだ肉親が手を振っている。ふらふらとそちらに行こうとしたら、『まだくるには早いから帰りなさい』とか言われて、引き返したら蘇生《そせい》した、と。そういうのとは、少し違いますね。眩しい光というのは、よく聞くモチーフだけれど、神崎さんの話には、お花畑も川も死んだ肉親も出てこない」

『そりゃ、生き返った人間の話とは違うだろう。俺のは臨死体験じゃなくて、死亡体験なんだから。思っていたほど面白くなかったか？』

「いいえ、そんな不謹慎なことは言いません。やはり神秘的です。でも、僕が死ぬ時にも同じヴィジョンを見るとは限りませんね。臨死体験についての本を読むと、共通するイメージはあるものの、とても個性的なものもありますし」

『ほぉ、どんな？』

「たとえば……気がつくと、細くて暗い水路に浮いてた、という人の話があります。白いドレスを着て、手を胸の上で組んだまま、とても安らかな気分で。自分の前後にも、同じように何人もの人が浮いていたんですが、どうしてだか、その人たちの顔は暗い水に溶けたようで判らなかった。そのうち、自分たちがある方向にゆっくりと流されていて、端の人間からどこかに消えていくのに気づいた。怖くなってもがいていると、体が浮き上がって、極楽めいたきれいな景色の中に出た。そこで満ち足りた気分を味わいながら死んだ祖父と対面したかと思うと、今度はネズミや人間の死骸が無数に転がった胸がむかつくような世界に落ちる。そこへ一条の光が差したので、そちらに向かうと大きな門があった。何とか脱出しようと、懸命に門の扉を叩くのだけれど、開かない。そのうち、扉が頭上に倒れてきて押し倒された次の瞬間——病院のベッドで意識を回復した」

『それはまた波瀾万丈《はらんばんじよう》だな』

「こんなのもありましたよ。色とりどりの花が咲き乱れたお花畑の中に、川がひと筋流れていて、それを跨《また》いで立っていた、という人の話です。不思議なのは、その上流を見ると両岸に巨大な雛壇《ひなだん》があって、それぞれに何百人とも何千人とも知れない人が座っていたんだそうです。みんなお坊さんです。雛壇に並んだ何千人という坊さんですよ。眩暈《めまい》がしそうな情景じゃないですか。で、右側の坊さんは帽子をかぶっていて、お念仏を唱えている。左側の坊さんは帽子をかぶっておらず、お題目を唱えている。双方の声はしだいに大きくなっていくようで、どちらにつくか早く決めなさい、と促しているようでした。川を跨いだその人はいずれとも決めかねて、左右の足を交互に上げたり下ろしたりした、と言います」

光やら花畑やらはお馴染みのものだが、なるほど、それがどういう形で現われるかは個人差が大きそうだ。おそらく、人の数だけ異なったヴィジョンがあるのだろう。地下鉄の自動改札機をくぐるのとは、わけが違うらしい。

『さすがはイタコの孫だ。お祖母さんを信用していなかったくせに、死というものに関心があるじゃないか』

早川は認めた。

「やはり血なんですかね。いや、関係ないかもしれないけど」

『成仏できそうになったら、どんな気分か教えてやるよ。《ああ、最高だ、お前も一緒にこいよ》とかな』

面白くなかったらしく、早川はにこりともしない。幽霊という境遇は、冗談を言うにも勝手が判らない。何だか、がくっときた。

「かなり、お疲れみたいですよ。顔色は判りませんけれど、雰囲気で……」

『くたびれてる。心が、疲れるんだな。けだるい』

「気がつかなくてすみません。今夜は、このへんで切り上げましょうか」

そうすることにした。一夜にして、すべてを解決することなど土台できないのだし。休養をとって、気力を充実させることも大切だろう。

『こっちこそ気がつかなくて悪かったよ。不眠症だと言ってたけど、お前も休まないと明日がこたえるだろうしな。じゃ、帰るとするか』

「あのぅ」と彼は言いにくそうに「ちなみに、どちらへ？」

『さて、どこへ行こうかなぁ。自分ちの押入にでも潜り込んで寝ようか。それとも、山の上まで飛んでいって、親父や神崎家のご先祖様が眠る墓石を枕にうたた寝するか。好きにするさ』

早川は、何と言ったらよいものか困惑している様子だった。俺は景気よく、快活な声を張り上げる。

『俺はどこにだって行けるんだぜ。悪戯心《いたずらごころ》を起こしたら、どこかの超一流ホテルのスイートルームのベッドでだって眠れるし、刺激が欲しかったら、交差点のど真ん中で昼寝だってできる。羨ましいだろう。そうだ、ちょっと散歩がてらに東京あたりへひとっ飛びしてみるかな』

「ひとっ飛び……ですか？」

『そうさ。俺はな、空を飛べるんだ』

早川は、まさか、と言いたそうだ。今の俺がどういう能力を有しているのか、相棒に示しておいた方がいいだろう。

『本当だぞ。見せてやろう。ここの窓から飛んで失礼するよ。びっくりして大声を出したりしないでくれ』

俺は立ち上がり、窓辺に寄った。

『またくる。ゆっくりと眠ってくれ。ただし、目が覚めてから、ここで俺と会って話したことが夢だったなんて錯覚しないように、くれぐれも頼むぞ。――じゃあ』

両手を広げて、俺は窓ガラスに体を投げかけた。一瞬で建物の外に出て、虚空に浮く。ガラスの向こうの早川は、口をあんぐりと開いてこちらを見ていた。漫画みたいな顔で驚いてやがるな、とおかしくなる。俺はふわりと後方宙返りをして見せてから、小さく手を振った。

早川は窓を開けて、憧れのまなざしを俺に向ける。

「すごいよ、神崎さん。うひょお！」

『これぐらいお茶の子さいさいだ。ほれ』

もう一回転。たった一人の観客は拍手を送ってくれた。

『おやすみ。いい夢を見な』

　上昇していく俺を、早川はずっと見上げていた。何か叫んでいる。ピーター・パン？　そうか、俺はピーター・パンになったのか。

　雨上がりの夜空には、ちらほら星が瞬きだしていた。星空の散歩だ。ところで、本当にどこへ向かえばよいものか……。

　前方にそびえている塔が目に留まった。巴市のランドマークでもある市役所屋上の尖塔《せんとう》だ。てっぺんは鐘楼《しょうろう》になっていて、青銅製の〈市民の鐘〉が吊り下がっている。ささやかな思い出があった。成人式の日に、無作為に選ばれた新成人代表の一人として、その鐘を撞《つ》いたことがあるのだ。

　そうだ、あの鐘楼を今夜のねぐらにするのはどうだろう。誰もやってこないから、落ち着けるはずだ。鐘が打ち鳴らされるのは、特別な行事がある時に限られている。おふくろや須磨子がいる家に行くと悲しみがぶり返しそうだしな。よし、今夜は〈市民の鐘〉の下で休もうと決め、ピーター・パンはそちらに飛んだ。

　降り立ってみると、塔はかなり汚れていた。こんな地方都市でも大気は汚染されており、酸性雨がコンクリートを蝕《むしば》んでいるのが実感できる。七年前、真新しいスーツを着て昇った時、畳十畳ほどのこのスペースは、二十人の新成人代表やら市長やら助役やらテレビカメラやらで、押し合い圧《へ》し合いだった。頭上では、鐘が澄んだ音色で高らかに鳴り響いていた。嘘のようだ。今は海の底のように、静かで淋しい。

また近くで見られるとは思っていなかった鐘にそっと触れてみるが、もちろん感触はない。きっと、血が通った手で触れたら冷たいのだろう。明かりもまばらな街を眺めながら思う。市民の皆さん、俺に肉体がなくてよかったね。この手がものを摑めたのなら、俺はやけになって鐘を乱打し、街中の人間の眠りを引き裂きかねないのだから。

心が疲れた。

あまりにも長い旅。あまりにも苛酷《かこく》な運命に耐えたのだものな。

俺はごろりと横になって、目を閉じる。どうやら幽霊にも睡眠が必要らしい。何てありがたいことだろう。俺は眠ることができそうだ。

目が覚めてからも今夜のことが夢だったなんて錯覚するなよ、と早川には言い渡したが、これが夢だったらどんなに幸せだろう。目覚めた俺は、夢が覚めていないことを、ひとしきり嘆かなくてはならないのかもしれない。嫌なことだ。

そもそも、目覚めは訪れるのだろうか？　幽霊として舞い戻った者は、この世で眠りに就くとそれっきり消滅するのかもしれないではないか。俺には——いや、人間には、この世のこともあの世のことも、何も判っちゃいないのだ。影法師がわけも知らないまま主人につられて飛び跳ねるごとく、人間には生の意味も死の意味も不可知だ。そう。生命なんてものは、何か計り知れない存在の影にすぎないのかもしれない。

『どうだっていいや』

呟いてみた。

ゆっくりと意識が溶暗しだしている。気持ちがいい。夢の中で白い服をまとって水路に浮いていたら、どこまでも流されていこう。光を見つけたら、迷わず飛んでいこう。現世に未練もあるが、掛け違えたボタンは直さなくてはならない。苦しみも悲しみもない世界があるのなら、そこに運んでくれ。

ああ、もうそこまで眠りがきている。

俺の幽霊第一日目が終わる。

明日はくるのだろうか？

10

雀が囀《さえず》っている。

頭のすぐ近くで、元気よく、やかましいほどに。

いつも左肩を下にして寝るのが俺の癖だ。目覚めて最初に見たのは、左に九十度傾いたコンクリートの手摺《てす》りだった。どこで眠ったんだったのか、しばし考える。上半身を起こしてみると、頭上に大きな鐘がぶら下がっていた。〈市民の鐘〉。それを見て、すべてを思い出す。

『そういうことか』

意味のないことを呟いてみた。幽霊になって二日目が始まった。——そういうことだ。消えてなくなることも、成仏することもなく新たな一日を迎えられたことを、喜ぶべきか悲しむべきかが判らない。いや、今、覚醒したのが昨日と同じ世界かどうかすら確信の持ちようがない。もしかすると、また違った世界に転生してしまったのかもしれないではないか。いや、よそう。そんな鬱陶《うっとう》しいことを妄想するのは。目覚めて早々にヘヴィーなことを考えて煩悶《はんもん》するな。

『決めた。俺は、もう何も考えないぞ。馬鹿になってやる』

つい独り言がこぼれる。自分の声に耳を貸してくれる人間がいないので、その不満を補うためかもしれない。

雀が囀っているのだから朝だろう、と思ったら、太陽はすでに南の空高くに昇っていた。もう正午が近いらしいな、と腕時計を見たら、針はあの忌まわしい九時十六分で止まったままだった。気分がよくない。

『ひどい寝坊だ。よっぽど疲れていたんだろうな、俺の心』

チュンチュンという啼《な》き声が、まるで俺の独白に応えているようだった。可愛いものだ。ひょこひょこ跳ね歩いている雀にそっと手を伸ばしてみたが、やはりそれに触れることはかなわなかった。でも、いい。幽霊でいるからこそ、こいつは無警戒に俺のすぐそばに留まっていてくれるのだ。愛鳥家でもない俺だが、小鳥を観察していると気持ちが和《なご》む。ささやかな安らぎを与えてくれたことに感謝しつつ、俺はその雀をチュン吉と命名した。いつもこの鐘楼に飛んでくるのかどうか知らないが、ペットとして扱うことにしよう。右の翼を傷めているらしく、羽の一部が毛羽立っているので、他の雀と見分けがつけやすい。幽霊の分際でペットを飼うなんて不遜《ふそん》だ、と文句をつける奴がいるなら——ああ、そんな奴でもいてくれたらな——、チュン吉を友人として遇してもいい。こちらはパン屑《くず》の一つもやれないが、愛情を注いでやることはできる。

ぺたん、とへたり込んだまま、チュン吉が右に左に跳ねるのをしばらく観察していた。やがて、こんなことをして時間をつぶしている場合ではない、と考える。いくら理不尽であろうと、立ち向かわなくてはならない現実があった。

——神崎さんは肉体を失ったとはいえ、捜査一係の刑事でしょ。自分を殺したホシぐらい、自分で捕まえて落とし前つけたらどうなんですか。

早川の言葉を思い出す。そして、自分の決意も。

——俺は幽霊になっても刑事だ。

勇ましいことだな、という皮肉が頭をもたげた。内なるもう一人の自分、馬鹿になりたがっている俺の声だ。経堂芳郎とその背後にいる何者かの罪を暴いたとしても、なくした命が返ってくるわけでもあるまい、とそいつはねちねちと囁く。

『うるさいんだよ、お前。そんなこと、判らんだろうが』

犯人を告発できたら命が戻ってくる、と信じることはできない。それでも、何らかの祝福や恵みがもたらされるかもしれない、と思いたかった。どんなに小さなことでもいい。たったひと言、須磨子に何か伝えられる、というだけでも充分だ。もしかしたら、そんな奇跡ぐらい起きるかもしれないではないか。——とりあえずは、それを希望にしよう。

では、もう迷うことはない。太陽が頭の上にくるまで眠っていたのだから、活動開始だ。

さて、何から始めよう。

そりゃあ、とにかく巴東署に行くことだろう。捜査状況を把握しなくてはならないし、俺を射った経堂課長もそこにいるのだから。

また早川の言葉が脳裏に浮かぶ。

——聞き込みができない代わりに、もっとすごいことができるじゃありませんか。幽霊だから、誰にも見られずに、どこにでも入り込んで捜査ができる。

——そんなシャーロック・ホームズや明智小五郎も羨む能力をフルに活用しない手はない。

そのとおりだ。とすると、おのずと捜査の方針は決まってくる。経堂をぴったりとマークして、彼を監視すればいいのだ。事件から一ヵ月がたっても捜査は難航しているが、犯人どもの気は休まっていないはずだ。実行犯の経堂は、黒幕とひそかに連絡を取り合い、情報を交換しているのではあるまいか。相当に警戒をしているだろうから、じかに接触することは避け、連絡はもっぱら電話を利用しているかもしれない。しかし、幽霊刑事の俺ならば、経堂に張りついていられるのだから、盗聴器を仕掛けるなんて面倒なことをする必要はない。これは早川に任せることではなく、俺にしかできない捜査だ。

なすべきことがあるのは、ありがたい。俺はとても前向きな気分になって立ち上がった。飛んでいくぞ、巴東署へ。

ひと晩眠って飛び方を忘れたんじゃあるまいな、と危惧しながら、伸び上がるようにして体が浮くところをイメージしてみる。たちまち浮いた。やはり、俺は重力から自由だ。幽霊で、ピーター・パンで、刑事なのだ。

鐘楼のある尖塔より高く浮かんでから、彼方に望む巴東署に向かって舵をとる。顔をそちらにやって、飛翔をイメージするだけのことだ。俺は誇らしく飛んだ。

途中、デパートの時計台の針が十二時半を指しているのが見えた。ランチタイムだが、もちろん空腹感はない。空は飛べるわ、食費はいらないわ、悲しいまでに便利だ。

署までやってくると、俺はその周囲を二、三度旋回した。気後れのようなものを感じたからだが、それもまた透明人間には必要のないものだ。

はたして、昼間の刑事部屋の様子はどのようなものか、と緊張しながら二階の窓ガラスを通り抜けると、室内には懐かしい顔が二つあった。一ヵ月ぶりの対面だ。

自分の席に、主任の毬村正人《まさと》。俺が飛び込んだ隣の窓辺に、佐山潤一。二人とも、突然の闖入者にまったく気がついていない。昼食を終えて、ひと休みしているところなのだろう。毬村は色白の顔にコーディネイトしたようなベージュ色のスリーピースで身を固めており、佐山はワイシャツを腕まくりして黒いレザーのベストで恰好をつけている。おぼっちゃまと、ハードボイルド野郎は死ぬまでこれで通すのか。どちらも相変わらずだ。

『ご無沙汰しています、神崎です』

大声で挨拶をして、反応がないことを確認した。無視されたことに失望したりはしない。もう、いいのだ。俺には早川がいる。生前と変わらずに接してくれる相棒が。

二人はしばらく会話も交《か》わさず、黙ったままだった。毬村はうつむいて鑢《やすり》で爪《つめ》を研《と》いでおり、佐山は外の景色をぼんやり眺めているだけ。お客がきたんだから、さっさと何か始めろよ、と思う。

「神崎の身辺、きれいなもんですね。プライベートでも問題なさそうですよ」

やがて、佐山の方が口を開いた。毬村には背中を向けたままだ。俺からは、しゃくれ気味の尖った顎をした横顔が見えている。主任は爪の手入れを続けながら応えた。

「うわべどおり、品行方正な熱血刑事だったんだね。そのまんま。裏もなければ、奥もない。ぺったんこだ」

『何だって』

侮辱された、と感じて、俺はむっとする。おぼっちゃまの長い睫毛《まつげ》をひっこ抜いてやりたくなる。

「裏も奥もないぺったんこ、ですか。そんな言い方はないでしょう。あいつに失礼ですよ」

思いがけず、佐山が代弁してくれた。昨夜、須磨子に下心ありげな電話をかけてきた時は頭に血が上ったが、いいところもあるではないか。

「感じたままを述べただけで、失敬なことを言ったつもりはないんだがね。神崎君はとても判りやすいシンプルなキャラクターをしていた、と評しただけだよ。単純な馬鹿だと言ったわけではない」

『それで充分に失敬なんだよ。しかも本人の前で』

俺は少しばかり傷ついた。言われ放題なのは、つらい。

「そりゃ確かに」毬村は微笑して「彼はいい男だった。何ごとにも筋を通したがったし、簡単に曲がらない信念を抱いているように見受けられた。僕だって常に好感を持っていたので、誤解しないでくれたまえ。顔に似合わず、係長殿や森君やら、女性にも人気があったよね」

顔に似合わず、はよけいだ。

「そうですね。毬村さんの言うとおり、顔に似合わずもてるタイプでした」

しつこいぞ。

「女性はああいう骨太そうな男に弱いものさ。君もスタイルから入るだけじゃなく、本質的なところでハードボイルドをきめてみたらどうだい」

「辛辣《しんらつ》ですねぇ」

佐山は不服そうな顔をして自分の席に着き、毬村と斜めに向かい合う。

「そういう主任こそ、どうして女性が寄ってこないんですか？　資産二十億円という後光を背負っていらっしゃるのに」

挑発的にも聞こえる言い方だったが、毬村は涼しい顔をしている。

「君こそ忌憚《きたん》がないね。僕はもてないわけじゃない。その気になれば最適のパートナーを捉まえる自信はある。ただ、その気がないだけさ」

「まさか、男の方が好みっていうんじゃ……」

つまらないことを言う奴だ。

「大間違いだ、佐山君。僕は、男なんて汗臭くて野卑な生物に愛着は覚えない。パートナーを欲しないのは、自由でいたいからだよ」

「ははぁ、独身主義ですか。わがままな主任らしいことですね。でも、それなら結婚を切り離したところで女性と楽しめばいいでしょう。恋人をたくさん作って、周りにずらりと侍《はべ》らせたりなんかして」

「君は判っていない。度しがたいよ。女性というのは、そんなふうに扱うことができないんだ。彼女らは、男を縛《しば》らずにはいられない。本能でそのようにプログラムされているからだ。僕にはそれが耐えられそうにない。妻はおろか、恋人も持ちたくないね。適当に遊ぶだけならいいが」

フェミニストの漆原係長が聞いたらお冠は必至の暴言だった。さすがに佐山も苦笑している。

「毬村さんって、判らない人ですね。そんな自由人がどうして刑事なんて汗臭い仕事を選んだのか、俺には謎《なぞ》です。いつだったか神崎が言っていましたよ。『主任は趣味か道楽で刑事をやっているんだろう』って」

「当たらずといえども遠からず、だね。おそらく、僕は刺激が欲しかったんだろう。それに、この職責を全《まっと》うすることで世間に恩返しがしたい、という殊勝《しゅしょう》な思いもなくはない」

「恩返し?」

「裕福に生まれ育ったことに対する報恩だよ。おいおい、意外そうな顔で見るね。これは本心だよ。父から莫大な遺産を相続して生涯にわたる豊かな生活を保証された僕は、他人様のためになることがしたくなったのさ。たとえば社会正義を護《まも》ること。それは、自分を包んでいてくれる揺りかごを護ることでもある」

やれやれ、素面《しらふ》では聞いていられない。俺と佐山は、同時に溜め息をついた。

「君は違うだろ?」毬村はようやく鑢を置く。「高邁《こうまい》な動機があって奉職したのではない。目的は——」

指で拳銃を作って、パンと射つ真似をしてみせる。

「これだ。本物の銃を射ってみたかったから警察官になった。そうだろ、ハードボイルド君?」

「警察官になった動機、毬村さんは社会正義を護るためで、俺はガンマニアが昂《こう》じて、ですか。冗談じゃないですよ」

佐山はおどけて泣くふりをした。昼休みのつまらない寸劇だが、銃という単語を聞かされて俺の胸中は穏やかでない。

　銃器について、佐山が並はずれて強い関心を抱いていることは承知していた。定例の射撃練習が待ち遠しくてならない、といつも言っていたし、射撃の名手である須磨子にその極意について質問攻めにしていたこともある。好きこそ物の上手なれ。署内では須磨子に次ぐ腕前でもあるらしい。

　ガンマニアのハードボイルド野郎。やっぱり、虫が好かない。射たれてみれば、こいつにも銃がどんなものか判るだろう。

「そう言えば、明後日は射撃練習だったね。腕がむずむずするだろう？」

「よしてください。この時期、それは不謹慎すぎますよ。神崎のことがあったばかりなのに」

　……いい奴かもしれない。畜生、どっちなんだ、こいつ！

「ところで、さっきは僕の結婚問題について詮索《せんさく》したけれど、君の方こそ恋人でもいるのかい？　三十路《みそじ》がすぐそこまで迫ってるだろ」

　そう言う毬村は、三十代の半ばに差しかかっている。

「よしてください。女の子とデートする暇もない有様だって、主任がよくご存じでしょう。出会いも少ない職場ですしね」

「そうかな。炭坑にもぐって働いているわけじゃあるまいし、女性との出会いならあるだろ。署内には、器量よしで気立てもよさそうな婦警がうようよいる。わが刑事一係にも、一人」

『おい、それって須磨子のことか？』

問うまでもない。もう一人の女性課員である漆原係長は既婚者だ。

『あんた、どういう神経をしてるんだ？　恋人の俺が殺されて、彼女がどれだけ憔悴《しょうすい》しているかよく知っているくせして、よくも平気でそんなふざけた口が叩けるな。おぼっちゃまには心ってものがないのか？』

生身の体があったら間違いなく殴《なぐ》っているところだ。幸いだったのは、佐山に常識があったことである。彼は、毅然として駁《ばく》する。

「いいかげんにしてください。神崎がいなくなったからって、すぐに須磨ちゃんに言い寄れるわけないでしょう」

「表現が露骨すぎたかな？」

きつい口調も、毬村にはまったく応えていない。

「表現がどうこうって問題じゃありません。人としてやってはいけないことがある、というだけで——」

「ハードボイルド大好きのタフガイに似合わない優しさだね。『タフでなければ生きていけない。優しくなければ生きる資格がない』というフィリップ・マーロウの生き方を実践しているのかな。——うん、気持ちは判るよ。でも、彼女の恋人だった神崎君はこの世にいなくなった。森君にひそかな慕情を寄せている君に、再びチャンスが巡ってきたのは事実だ。——もしかして、神崎君を亡き者にした犯人は君なのか……って、冗談だよ。怒りなさんな」

俺が怒髪天《どはってん》を衝いていたのは言うまでもないが、佐山も本気で怒っているらしかった。机に両手を突いて中腰になり、顔をわずかに紅潮させている。

「下手な冗談はやめてください。俺が須磨ちゃんに気があるみたいな決めつけも不愉快です」

「おや、そうなのかい？　だとしたら、僕の人間観察の目も怪しくなってくるな」

『人間を観る目なんて、あんたにあるわけないだろうが。笑わせないでもらいたいな』がなりたてていると、不意にドアの方からよく通る声が飛んできた。

「何を言い合っているの、あなたたち？」

一瞬、俺に投げられた言葉だと思ったが違った。声の主は、毬村と佐山が言い合っているのを聞き咎めているのだ。

「大したことではありませんよ、係長。腹ごなしにおしゃべりをしていただけです」

毬村は真面目くさった顔で言った。佐山は曖昧に頷く。

「本当かしら。和気藹々《わきあいあい》と語らっているふうでもなかったけれど」

係長は腰に両手を当ててにやりと笑う。二人のやりとりがどのようなものだったか、およそは廊下で耳にしているのだろう。

漆原夏美《なつみ》、三十八歳。警部補。一年前に本部から転属してきたやり手。柿渋色のジャケットと黒いタイトスカートが、抜群のプロポーションを包んでいる。この人もまた、刑事らしくない刑事だ。眉のあたりまで垂らしたギザギザの前髪の下では、シャープな切れ長の目が、いつも活《い》き活《い》きと輝いている。黒子のある形のいい唇はセクシーだが、それを歪めてにやりと笑った顔は凄味があって、気の弱い被疑者など顫え上がる。

「まぁ、いいわ。でも、注意しないと駄目よ。まずい話をしている時にかぎって、噂の張本人が現われるものだから」

噂の張本人というと俺だ。俺が幽霊になって立ち聞きしているかもしれない、と漆原係長は考えているのか？——そうではない。

「森さんがきてる。口を慎んでね」

係長は、愚劣な会話が須磨子の耳に入らないよう気に掛けていたのだ。ありがたい思いやりだ。

「須磨ちゃんが？」佐山が怪訝そうに「彼女、今日は休みだったはずですが」

「家でじっとしている気になれないのか、出てきているのよ。資料室で、神崎君が関係した事件について調べ直しているわ。見上げたものよね。根性のある子だわ」

「根性だけでホシが挙げられたら苦労はないんですがね」

毬村がまた俺の怒りの炎に油を注いだ。しばらく会わないうちに、こいつの嫌味には磨きがかかったらしい。それでも、さすがによけいなことを言った、と思ったのか、口許を右手で覆った。そして、照れ隠しのように頭を掻きながら立つ。

「まだ休み時間が残っていますから、コーヒーでも飲んできます」

彼が脇を通り過ぎる時、漆原は「〈ジャルダン〉？」と訊いた。毬村は「ええ」と答えて出ていく。舞台上の役者が入れ替わった。

「今日も〈ジャルダン〉か。お金持ちは優雅なものね。警察の向かいの店のくせして、あそこって、ブルーマウンテンが一杯千円するんでしょ。贅沢よねぇ。主婦の感覚では理解できないわ」

『ブレンドなら六百円で飲めますよ』

と、俺は合いの手を入れた。それでもこの地方都市ではお高いのだが、あそこのコーヒーが滅法うまいのも確かなのだ。巴西署にいた頃、こちらに用事できた時ふらりと入ってその味を覚えた。店の雰囲気もいいので、巴東署に赴任してきてから、ちょくちょく足を運ぶ。さすがに千円のブルマンは注文できず、ブレンドばかりだが。

　そんなことはいいとして、漆原夏美が自らを主婦と呼ぶのは、いささか実態からずれている。彼女の夫——元会社員だったそうだが——は、結婚の際に退職して家庭に入り、主夫を務めているからだ。彼女自身から聞いた。小学生の一人娘が夫にべったり懐《なつ》いてしまい、夫婦喧嘩をしたら敵に回るので閉口する、とこぼしていたこともある。

「それはそうと、係長は何をなさっていたんですか？　午前中、姿を見ませんでしたけれど」

　佐山が尋ねると、漆原は肩をくねらせて微笑する。四十前の女の色香が漂うしぐさだが、これがまた刑事らしくない。

「ううん、それは内緒。あたしはあたしで、気になって調べていることがあるのよ。そのうち判るわ」

「気になりますね。何を探っているか教えてくださいよ。本部の人間に隠しておきたいのなら、こっそりお手伝いします」

「協力してもらいたいことができたらお願いするかもしれないけれど、今は結構。あまり詮索しないでね」

彼女は席に着くと、細いメンソール煙草を取り出してくわえた。署内を全面禁煙にする方針が出ていたのだが、まだ実施されていないようだ。

漆原が何を調べているのか、俺も気になるところだ。毬村と佐山のやりとりは実のないものだったが、ようやく事件の捜査についての話が始まりそうだ。——と、思ったところで愕《がく》然《ぜん》とすることが起きた。

制服姿の須磨子が入ってきたのだ。昨日の夜とはうって変わって、凜々《りり》しい表情をしている。職場では、こんなに気丈でいたのだ。さすがは彼女だ、と感心する。

『須磨子』

俺は呼びかけ、黙殺される。

「先ほどは失礼しました、係長。調べものに夢中になっていたもので、あんな生返事をしてしまって」

詫びられた漆原は、「あら、いいのよ」と鷹揚に応えた。佐山は気まずそうに椅子に座り直し、俺は唇を嚙む。

「疲れが溜まっているみたいなのに、休んでなくてよかったのかしら。無理して体をこわしちゃ駄目よ」

「お気遣い、ありがとうございます」

一礼する須磨子に歩み寄って、後ろで束ねられた髪をそっと撫でる。撫でるふりをする。彼女はまっすぐに前を向いたままだ。厳しいまなざしだった。

「神崎が関わった事件を調べてるそうだけど、あいつは東署にきてまだ三ヵ月しかたってなかったから、大した数じゃないだろう。ややこしい事件はなかったと思うよ」

佐山の言うとおりだ。俺を殺した奴は、捜査資料の中にいない。刑事課長の肩書きを持って、そこの机に座っている男なのだから。

ところで、その男、経堂はどうしてここにいないのだろう？　彼の動向を窺うためにやってきたのに、ずっと外に出ているのか？

「何か見落としていることはないのか、と洗い直しているんです。私たちの盲点になっている案件があるのかもしれません」

須磨子は明快に応える。すべてを疑ってかかる心掛けはいいけれど、今回は違うんだよ。犯人は経堂かもしれない、と大胆に疑ってみてくれないか？——無理か。経堂がどうして俺を殺さなくてはならなかったのか、被害者自身にも判っていないのだから。

「その件について、もう少ししたらお客さんがくるわ。面白い話が聞けるかもしれない。楽しみよね、森さん」

漆原はにやにやしている。事件の関係者のようだ。それは何者なのだろう、と考えていると、靴音が近づいてきた。てっきり経堂だと思い、緊張して振り向いたのだが——

戸口に立っていたのは早川だった。その右手から、ぽとりと紙コップが落ちる。まるでビデオテープを再生したような光景だった。

11

『おい、またコーヒーをぶち撒けたぞ。何をやってるんだよ』

俺が言うのにかぶさって、「あーあ」「どうしたの、早川君」などと同僚や上司の声が飛ぶ。イタコの孫はそれに応えずに、茫然としていた。

「また……出た」

『また出たって、どういうことだ？』

詰め寄ろうとしたら、ひるんだように一歩退く。まだ俺が怖いのか？

「やっぱり夢じゃなかったんだ。こんな白昼にも見えるんだから」

それを聞いて理解できた。明け方近くまであれだけ色々話したというのに、俺が幽霊になって舞い戻ってきたことを、彼はまだ信じかねていたのだ。それが自然な反応なのかもしれない。

「ねえ、早川君。何ぶつぶつ言っているのよ。『また出た』って、何のこと？」

漆原の問いかけに、霊媒体質の男は「は？」と狼狽する。

「は……はい。それはつまり――ひっく――しゃっくりがまた出た、ということです。最近、しゃっくりが癖になってしまっていまして――ひっく」

係長に答えながらも、横目でこちらを見ている。小さくひらひらと手を振ってやったら、目を剝《む》いて顔をそむけやがった。

『夢じゃない。これは現実だ。お前と組んでこの難事件を解決させるため、あの世から戻ってきた神崎達也さんを忘れないでくれ』

「も、もちろん忘れてなんかいません。お、怒ってるんですか？」

「あら、どうしてあたしが怒らなきゃならないの？」

漆原の眉間に皺《しわ》が寄る。

「あっ、係長に言ったんじゃありません」

「あたしでないのなら、誰が怒っているの？」

「それはそのぅ――ひっく――、はは、まだしゃっくりが止まらないや。ですから、誰も怒ってなんかいないんです。意味のない独り言ですよ。警察官連続殺人なんて、この巴市ではとんでもないことが起こっているな、という悲憤とでも申しますか――ひっく」

早川はしどろもどろだ。笑うべき場面ではないのに、吹き出したくなる。

「おかしな人ね」

漆原は肩をすくめて、新しい煙草に火を点けた。佐山と須磨子も釈然としない様子だ。

「わっちゃー、しゃっくりをした弾みでコーヒーをこぼしてしまったぁ――ひっく。とんだ粗相だぁ。雑巾《ぞうきん》を取ってきて、すぐに拭きます」

そう言って早川が部屋を出るのに俺は続いた。彼は廊下の壁にもたれて深呼吸をしている。

「ああ、びっくりした。部屋に入ったら漆原さんたちと一緒に神崎さんが立っているんだもん。寿命が縮まりましたよ」

『生きてる奴はいいよな。そんな呑気《のんき》な言い回しが使えて』

「……怒ってます？」

『怒ってないって。こっちこそ驚かせて悪かったな。またコーヒー代を損させてしまって。弁償してやりたいんだが、持ち合わせがない』

「いいんです、いいんです、そんなこと。これからは気をしゃんと持って、いつどこで神崎さんと会ってもうろたえないように注意します」

『うん、それから、第三者がいる場面では、俺に大っぴらに話しかけないようにしろ。何もない空間に向かってしゃべってるところを見られたら、頭が変になったと思われるからな。

『——ここを離れようか。話してる声が刑事部屋に聞こえそうだ』

　俺たちは給湯室に歩いていきながら、小声で話を続ける。

『課長が見当らないけど、どこにいるんだ？』

「本部に呼ばれて報告に行っているんです。午後には戻ると言っていました」

『鋭意努力しておりますが、現在のところ捜査の進捗《しんちょく》状況は芳しくありません、なんてとぼけた報告をしてやがるんだろうなぁ。あの人殺しめ』

「興奮しないで。刑事でしょ」

　たしなめられて、恥ずかしくなる。あまり感情的にならないようにすべきだ、と早川は諫めてくれているのだ。刑事というものは、自分の肉親や友人が被害者となった事件の担当からははずされることになっている。捜査に不可欠の冷静な判断に支障をきたしかねないからだ。その伝でいけば、被害者自身である俺が捜査に関わるには相当の覚悟を要するのだ。心しよう。

　給湯室には誰もいなかった。俺たちは、ドラマに出てくる噂話好きのＯＬのようにそこに留まって話す。

『本部の連中を見かけなかったな。出払ってるのか？』

「ほとんどの人が休みです。にらまないでくださいよ。ここ一ヵ月間、みんな無休だったんですから。そんな日でも出てきてる僕らの心意気も汲んでもらいたいですね」

『判ったよ。で、あちらからは誰がきてるんだ？』

「中井《なかい》警部の班です。中井さんも今日は本部に行っています。今日はこちらに顔を出さないでしょう」

中井洋佑《ようすけ》。面識はなくとも県警の名物警部なので知っている。豆狸《まめだぬき》のような容姿で、どこか茫洋《ぼうよう》としているのだが、人は見かけによらない。幾多の難事件を解決に導いた敏腕刑事だという。そうか、あの中井警部が手を焼いているのか。

『本日はお世話になっている中井警部のご尊顔を拝めないわけだ。ま、それは明日の楽しみにとっておこう。――さて、われわれの捜査について確認しようか。夜、話したとおりのやり方でいこう。俺は課長に張りつく。何か判ったことがあれば、逐次知らせる。それを受けて、しかるべき人間に当たってみてくれ』

「了解。でも、さしあたっては何をしたらいいでしょう？」

『課長の机まわりを調べてくれないか。自宅に置いておけないようなものを、職場の机にしまい込んでいる奴は多い。薬物とかやばいポルノビデオとかかな』

「ええ、普通の会社員の場合、そういうことってありますね。でも、ここは警察ですよ。殺人計画のメモなんかを抽斗にしまってあるかな」

『そんなまともに怪しいものは出てこないだろう。俺が期待しているのは、もっと些細《ささい》な証拠品だ。どんなものか具体的なイメージはないが、油断して置いておきそうなもの。それだけを見ても犯罪を匂わせないものでも、あいつが殺人の実行犯だと知った人間が見たら、ピンとくるブツがあるかもしれないだろう』

「なるほど。黒幕と連絡をとった痕跡ぐらい掘れば出てくるかもしれないな。やってみます。ただ、課長って、いつも机の抽斗に鍵を掛けているんですよね」

『破れ。あんな錠なんて、おもちゃみたいなもんだろ。てこずりそうなら、留置所にいる空き巣の常習犯に訊けばコツを教えてくれるだろう』

「無茶を言うなぁ。そのぐらいの気合いでやれ、ということですね。ええ、やりますよ。神崎さんの弔い合戦ですから」

『それとお前のでかい手柄のためだ。——おい、そろそろ持って戻った方がいいぞ。あんまり遅いと変に思われる』

「そうですね」早川は雑巾を取った。「とりあえず、神崎さんはどうします？」

課長が帰るのを待つしかないだろう。本部までひとっ飛びするのはお安いご用だが、行き違いになってはつまらない。

『課長が戻るまで、署内でみんなの動きを観察させてもらうかな。係長が何やら単独で調べていることがあるらしい。抜け駈けを狙《ねら》っているだけなのか、別の理由でこそこそしているのか、興味がある』

「漆原さんが単独で？　ふうん。あの人らしいなぁ。本部からきた連中も扱いにくそうですよ。やり手なのは知っているから」

早く戻れと言ったくせに、俺は早川を引き止めるように尋ねる。

『彼女はどうして東署にきたんだろうな。俺は前から不思議に思っていたんだ。いや、本部から所轄へ移るという人事は珍しくもないけれど、あの人はどう見ても本部の一課が向いていると思う。何か事情があるとか、聞いたことはないか？』

「さぁ、聞きませんね。自宅が巴市にあるから、通勤の便がいいこっちの勤務を希望したとか……」

『しないだろ。どうもあの人には秘密めいたところがあるんだな』

「課長を操った黒幕の可能性もあるとお考えですか？」

『課長とつながっている雰囲気もないんだけどな。ああ、ここでごちゃごちゃ言ってても始まらないや。動こう動こう。刑事は足で調べるんだ。別々に活動開始だ。俺は署内をうろつき回るだろうから、どこで鉢合わせしても驚かないようにだけ気をつけてくれ。それから、情報を交換するために捜査会議を開かなくっちゃな。今晩、お前のうちに行ってもいいか？』

　相棒は、うっと絶句した。それは困ります、と言いかけたらしい。迷惑なのだろう。俺だって、大学時代に先輩面した奴に夜ごと訪ねてこられて辟易《へきえき》したことがある。

「うちにきていただくのが一番落ち着いていいとは思うんですけど、ひどくちらかっているので……」

『判った。じゃ、他の場所にしよう。といっても、喫茶店や呑み屋というわけにもいかないな。透明人間としゃべっていたら、お前が危ない奴に見られてしまう』

「想像しただけで恐ろしいですね」

　経堂が俺を呼び出した釈迦ケ浜なんかいいんじゃないか、と思いかけたが、それでは洒落にもならない。しばし黙考していた早川が提案したのは、彼の自宅近くにある児童公園だった。

『しかし、夜更けに若い男が一人でそんなところにいたら怪しいだろう。ましてや、十一月も半ばを過ぎて』

「いいんです。不審者と間違われたりする心配はありません。僕は夜の公園でブランコに揺られるのが好きで、ふだんからよくそうしていますから、近所の人も警邏《けいら》の巡査も怪しみません」

『……何か、淋しそうな日常だな』

「趣味ですから、ほっといてください。——さぁ、活動開始ですよ」

刑事部屋に向かいかけるのに俺がついてこないものだから、早川は立ち止まる。

「どうかしました？」

『係長の様子も気になるけれど、その前に毬村さんを探ってみるよ。〈ジャルダン〉にコーヒーを飲みにいくと言っていたけれど、外で誰かとこっそり連絡をとっているかもしれないし』

「誰と連絡をとるんですか？……あ、ひょっとして、課長と？　神崎さんは、毬村さんが黒幕かもしれないと疑っているんだ」

『その言い方には語弊があるな。俺が彼を疑る特別な理由なんかありはしない。課長の周辺にいるあらゆる人物について内偵をしたいだけだ。——じゃあ、また後でな』

俺は給湯室の窓から外に飛び出した。〈ジャルダン〉は署の真向いにある。入口の脇に水盤を掲げたキューピッドの像があるおかしなコーヒー専門店だ。樫《かし》の扉はいかにも重厚だし、小さな窓は磨りガラスで店内は覗けないので、ふらりと入りやすくはない店である。そして、気まぐれを起こして入った人間は、たいていメニューの値段を見て後悔することになるのだった。

店先に立つと、幽霊になっても嗅覚は損なわれていなかったので、挽きたての豆の香りが店先に漂っているのが判った。扉をすり抜ける。毬村は奥まった席でカップを片手に新聞を広げていた。難しい表情をしているので、事件に関連した記事を読んでいるのか、と覗き込んでみると、株式欄だった。どうやら持っている株の値が下がって腐っているらしい。いい気味だ。

俺は空いていた近くの席に座って、しばらく彼を観察することにした。店内には、いつものように無伴奏チェロ組曲が流れている。マスターがバッハ一辺倒なのだ。紫煙と芳香が満ちているのに、煙草もコーヒーもまるで欲しくない。腹がへったり喉が渇いたりという生理的欲求はないし、目を離せない張り込みの最中に便意をもよおすこともないし、つくづく俺は優秀な刑事だな、と自賛する。幽霊は透明なだけが取り柄ではない。

たっぷり時間をかけて株式欄を読み終えた毬村は、次に経済欄に移った。日銀の金融経済月報から大手メーカーの新製品開発情報までじっくりと目を通しているらしい。明るい展望がないためか、いつまでたっても愁眉《しゅうび》を開くことはなかった。そして、怪しげな人物が出現することもなく、彼が秘密めいた電話をするでもない。この張り込みはどうやら空振りに終わりそうだ。それはいい。そんなことはどうでもいいのだが――

『いつまで油を売ってるつもりです。もうとっくに一時を過ぎていますよ。含み資産が下がったことを嘆いてばかりいないで、早く仕事に戻りなさいな』

言ってはみたが、相手には聞こえないのだから馬耳東風という以前だ。漆原や佐山らに付き合って休日を返上して出勤してきたものの、本当は家で寝ていたかった、とでも思っているのだろう。こんな奴を張っていても時間の無駄だ、と店を出かけたところで毬村は新聞を畳《たた》んだ。神輿《みこし》を上げるらしい。おぼっちゃまは意外にせこい一面があるようで、スティックシュガーをひと摑みして、素早く内ポケットにしまった。金持ちほど吝嗇《りんしょく》だということなのだろうか。

もしや、これから不審な動きをみせてくれるのでは、と期待したのも束《つか》の間《ま》。彼は横断歩道をすたすたと渡り、署に戻っていった。虚しく時間をつぶしただけだったな、と悔やみながら、毬村と並んで帰る。まぁ、いきなり事件の核心を掘り当てられたらそれこそ僥倖《ぎょうこう》か。二枚目ぶったおぼっちゃまも人目のない場所では品がなく、階段の踊り場で鼻毛を抜いたりした。いけ好かない男ではあるが、立て続けに無防備な姿を見ると、軽い罪悪感を覚える。

刑事部屋に戻ってみると、予期せぬ事態が起きていた。花が供えられた俺の席に座った一人の男を、課員らが取り囲んでさかんに質問を浴びせているのだ。

「どうかしました?」

『どうしたんだ?』

毬村と同時に、俺も問いかけた。全員がいっせいに顔を上げてこちらを見る。真ん中の顔には見覚えがあった。俺が西署にいる時に逮捕したことがある男で、ご対面するのは約一年ぶりだが、まるで変わっていない。すばしっこそうな痩身《そうしん》に、齧歯類《げっしるい》を連想させる顔立ちをしていて、唇の間からは反《そ》り返った前歯が三本もはみ出していた。そういうと見栄えが悪そうだが、これが全体としては整った顔に見えるのだから不思議だ。目に涼しげな輝きがあるためかもしれない。だが、くたびれた安物のブルゾンなんか着ているところからすると、景気は芳しくないらしい。怪我でもしたのか、額に大きな絆創膏《ばんそうこう》を貼っている。

しかし、どうして、この男がここにいるのだ？　うちの管内でひと仕事働いたのだとしても、盗犯係の世話になるはずだが。

「あら、毬村君。長めのお昼休みからようやくお帰りのようね。あなたがいない間に、ちょっと興味深いゲストをお招きして話を聞いていたのよ。こちらにいらっしゃい」

漆原が言うのにつられて質問しかけたが、俺に答えてくれるのはたった一人の相棒しかいない。

『お客を招いていると言っていたのは、この男だったのか。――おい、早川。こいつ、ドクターXだよな？』

「あ、ご存じだったんですか。ええ、ドクターXこと久須悦夫《くすえつお》。三十二歳。住所不定」

即答した彼は、周囲にじろりと見られた。

「早川さん、あなたどこに向かって言ってるの？」

須磨子に不審そうに訊かれて、早川は「あっ」と口許を押さえた。そして、懸命にごまかす。

「いえ、そりゃ、もちろん毬村さんにですよ。ちょっと体のバランスが崩れて、顔の向きがずれてしまいましたけれど。そうなんですよ、本当」

「何をもたもた説明しているんだ、君は。ドクターXって、そのゲストのニックネームなのかい？」

毬村は、小馬鹿にした視線を久須悦夫に投げつける。医者や博士には見えないな、と言いたげだ。そのとおり。ドクターXは久須本人が名乗っている職業上の名前、屋号みたいなものだ。エツオ・クスという本名からつけたのだろう。ふざけた名前だ。

「毬村君は噂を聞いたことないかしら」漆原は楽しそうだ。「彼は、一部では名の知られた凄腕のプロフェッショナルなのよ。ねえ、ドクター？」

久須悦夫は、真顔で「いやぁ」と頭を掻いた。

「凄腕と呼ばれるまでには達していません。プロだという自負は持っていますけれど」

「馬鹿野郎。盗人のくせしやがって、プロの自負もクソもあるか！」

佐山が雷を落とすと、久須は亀のように首をすくめた。が、すぐに縮めた首を伸ばして早口で抗議する。

「どならないでください。冗談で言っただけじゃないですか。それに、私の本業が何であれ、今、ここにいるのは犯罪者として取調べを受けるためではありませんよ。皆さんが、私の話を聞きたいとおっしゃるのできたんでしょ。善良な市民として協力しているだけなんですから、そこのところを忘れないで欲しいですね。それから、私が住所不定というのは不正確です。この二ヵ月ほど、非常にエコノミーではありますが、ホテルと名のつくところに泊まっています。ホテル住まいですよ。まっとうなものでしょう」

『口のへらない野郎だな』

「ははあ、思い出しましたよ」毬村は久須の顔を覗き込む。「盗犯係の連中が面白おかしく話してくれたことがある。珍妙な名前を名乗る怪盗がいる、と。ドクターXねぇ。そうか、君か。なかなかユニークな仕事をするらしいね」

腕組みをした毬村は、ねちっこく話しかける。久須は遠慮がちに笑った。

彼は、まぎれもなくプロである。窃盗と贓物故買《ぞうぶつこばい》の常習犯で逮捕歴が五回あり、そのうちの一回が巴西署時代の俺によるものだ。アニメグッズ・ショップに侵入し、非売品のフィギュア数点が盗まれる事件が発生した。そういったものに興味がない俺にすれば信じられないことに、被害金額は五百万円に上ったから、小さな事件ではない。手口からして、ドクターXのしわざであることは明白だった。そこで俺が彼の立ち回り先を推察して、見事に御用とあいなったのだ。

と、それだけ紹介してもドクターXと異名をとる泥棒のユニークさは理解してもらえないだろう。もっぱら彼が狙うのは、マニア垂涎《すいぜん》の模型だのプレミアつきのヴィンテージ楽器だのスターのサイン色紙だのといった〈お宝〉ばかりで、現金や貴金属には手を出さない。JRの駅構内に忍び込んで、無人の回送電車から防護無線機を盗んだ前科もある。かくのごとく、〈お宝〉といっても、書画骨董や美術品を扱おうとしない点が、アルセーヌ・ルパンや怪人二十面相と異なる。そこに彼なりの哲学があるらしいのだ。「私はプレミアを愛する。マニアの涎《よだれ》を愛しく思う。価値の顚倒《てんとう》や錯乱を楽しむ。私は生まれながらの反逆児だから、良識的で健全な経済活動を攪乱《かくらん》することに法悦を感じる」と、気取った演説を聞かされたことがあるのだが、何を言わんとしているのかよく判らなかった。

しかし、いくら高額なプレミアがつく〈お宝〉でも、買い手がつかなくては儲《もう》けにならない。彼がどこで買い手を見つけるのかについては、本人が頑として口を割らないので判らないままなのだ。盗んでから買い手を探すのではなく、「これこれのものが欲しい」というマニアの依頼を受けて盗むケースも多いらしいのだが、その場合も、新聞広告を載せて営業しているわけでもないのに、よく依頼人が見つかるものだ、と思う。質《ただ》すとドクターは「なぁに、マニアたちが行き交う獣道《けものみち》に立って、お客を待っているだけですよ」とからから笑うのだった。

変な野郎だ。ひねくれていて気に食わない、と毛嫌いする同僚もいたが、俺はあまり憎めなかった。摑みどころのなさに、どこか惹かれる。

「善良な市民としてここにいる、というのはどういう意味なんだい？」

毬村の問いには、漆原が答える。

「ドクターはね、ある暴行事件の被害者として西署に一泊していたの。それを聞いて、うちにお招きしたのね」

『どういうことだ？』

早川に尋ねると、相棒は口の前に人差し指を立て、黙って聞け、と目顔で言う。

「そう、被害者ですよ。ほら」久須は額の絆創膏を示す。「暴漢に殴られたんです。盗みに入ったところを家人に見咎められた、なんていうのではありませんよ。歩いていて災難に遭ったんだ」

「酔っていたんだろ？」

佐山が言葉を挟むと、唇を尖らせる。

「へべれけになってなんかいない。せいぜいほろ酔いです。いい按配になって、高砂町の界隈を散歩してたら、学生風の若いのと肩がぶつかった。『気をつけなよ、お兄さん』と言ったら、相手がものも言わずにパンチを繰り出してきたんだ。酔っていなかったら、それをまともに受けることはなかったんですけれど……」

体の線は細いが、久須は度胸があるので喧嘩の弱い方ではない。不意打ちを食らった後、すぐに体勢を立て直して逆襲に転じようとしたらしい。が、アルコールは思った以上に回っていた。足許がもつれて転倒し、馬乗りになられてしまう。相手も酔って理性が低下していたのがまずかった。お互いに髪の毛を摑み合い、殴り合い、蹴り合い、コンクリートの上をごろごろ転がりながらの乱闘になった。

「まだ九時過ぎだったから人通りも多かった。あたりはたちまち黒山の人だかりですよ。そのうちパトカーがやってきた。見物人の中に、『あっちの若い男が悪い』と証言してくれる人が複数いたので助かりました。さもないと、どちらが先に手を出したか水掛け論になっていたかもしれません。そんなことがあって、二人とも昨夜は西署に一泊させてもらうはめになりました」

「大乱闘を演じたわりには、絆創膏一枚か。えらくダメージが軽いね。さては、自分が被害者だと言いながら、相手をぼこぼこにのしたんだな」

俺が思った疑問を、毬村が口にする。ほほほ、と漆原が笑った。

「戦ったお相手も顎に絆創膏一枚だったらしいわ。彼の話だけ聞くと壮絶な対決だったみたいだけれど、実際は酔っぱらい同士が猫みたいにじゃれ合っただけなんでしょ」

久須はバツが悪そうだった。

「そんなわけだから、一夜明けて酔いが醒《さ》め、事情聴取をすませたらお帰り願ってよかったのね。でも、有名なドクターが西署にご滞在中だという噂を耳にして、急遽《きゅうきょ》、お招きすることにしたの。聞きたいことがあって。——ねぇ、森さん」

「はい」と答える須磨子は、ドクターをしかと見据えている。

「だったら、早く本題に入ってくださいな。人定《じんてい》尋問はもうすんだみたいですから」

「いいわよ」漆原が片頬で笑う。「単刀直入にいきましょう。西署にいた神崎達也巡査を知っているわね。あなた、一年ほど前にお世話になったでしょ？」

ドクターは頷く。

「では、あの人はどう？」

漆原はメンソール煙草を一本抜いて、それで壁に掛かった遺影を指した。

「……名前を度忘れしてしまいましたが、覚えています。こちらの生活安全課にいらした方でしたっけ？」

「新田克彦巡査です」

須磨子が鞭で打つように言った。

「はあ、新田さん。そうでした」

「あなたは、新田巡査のお世話にもなっているはずです。今年の二月のことですから、記憶にありますね？　けやき通りの金券ショップに押し入り、テレホンカードなど三百万円相当の商品を盗み出そうとしていたところを、別の捜査で付近に張り込んでいた新田巡査に見つかり、現行犯逮捕された」

「……ええ、否定しても無駄ですから、認めます。それがどうかしましたか？」

久須の顔に不安が広がりかけていた。須磨子が言おうとしていることの見当がついて、俺も心配になってくる。

「この五ヵ月の間に、新田巡査と神崎巡査が相次いで殺害されたことも知っていますね？日本中に報じられている事件ですから。被害者は二人とも、あなたを逮捕したことがある刑事です」

ここでドクターの顔色がなくなった。

「まさか……逮捕された腹いせに、私がその刑事さんたちを殺したと疑っているんじゃ……」

「善良な市民の協力を求めているだけよ。何か話してくれないかしら」

漆原はうまそうに煙草をふかした。佐山、毬村、須磨子は険しい目でドクターの反応を窺い、早川は当惑したようにこちらを見た。俺は大きく首を振る。

『ドクターはやっていない。犯人は経堂芳郎なんだ。せっせと資料を当たってくれたんだろうけど、間違ってるぞ、須磨子。これ以上、遠回りするのはやめてくれ』

早川は口をつぐんだままだった。無理もない。「ドクターは犯人ではない、と神崎さんの幽霊が断言しています」とは言えないのだから。

「わ、私は無関係ですよ。因縁《いんねん》をつけないでください。人殺しなんて恐ろしいこと、するもんですか」

「二つの事件が交差するところにいるのは、あなただけなのよ。何か思い当たることはない？」

猫撫で声で漆原に訊かれて、ドクターは酸欠の金魚のように口をぱくぱくさせた。そこにドアが開いて——

沈痛な面持ちの経堂が立っていた。

額に入った俺の写真を、胸の前に掲げて。

「ああ、神崎さんだ」

ドクターが合掌する。そんなことをしてもらう必要はない。俺はここにいるのだ。

『こいつ、殺した人間の遺影なんか持ちやがって。ふざけた真似をするなよ！』

かっとなって発作的に殴りかかる俺に、早川の声が飛んだ。

「落ち着いてください。刑事でしょ！」

俺は静止し、一座は、しーんとなる。

「帰ってくるなり、びっくりするじゃないか、早川。どういうことだ？」

経堂は首を傾げた。相棒は「えへへ」と笑う。

「大変失礼をいたしました。あのう、お気になさらないでください。自分に活を入れただけなんです。落ち着け、俺は刑事だ、と。はは」

須磨子が小声で言った。

「早川さん、さっきから……すごく変よ」

12

新田克彦の写真の右隣に、苦み走った俺の遺影が掲げられた。まずまずの写りなのがせめてもの救いだ。近くに寄って見ると、額縁の隅に菊をかたどった警察の紋章が入っているのを発見した。新田の額縁にもちゃんとついている。

『特注か。それとも、こういう時に備えてストックしてあるのか。まさかな』

それにしても苦々しいったら、ありゃしない。これではまるで殉職者の遺影の展覧会ではないか。

そんな刑事部屋の机の一つで、漆原は眼鏡をかけ、ノートパソコンと首っ引きになっている。背後に立って覗き込んでみると、画面には保管庫の押収品のリストが表示されていた。時折、手帳を開いて似たようなリストと照合しており、あるべきものがあるべき数だけ揃っているかどうかをチェックしているらしい。

『なるほどね』と俺は呟く。『そういうことか。つまり係長は、俺を射った拳銃が保管庫から持ち出されたものではないか、と疑っているんですね。慧眼《けいがん》だなぁ。大当たりですよ。経堂課長が犯行に用いたのはトカレフ。暴力団員から購入したはずはないから、保管庫からちょろまかしたんじゃないか、と俺も考えていたところです。本当に鋭い。これからもその線を丁寧に洗っていただきたいですね』

いくら褒《ほ》めても煽《おだ》てても、返事はない。根《こん》を詰めすぎて疲れたのか、漆原は手を休めて、

「ふう」と息を吐いた。そして、ぽつりと洩らす。

「やっぱり合わない」

離れた席で、経堂が顔を上げた。

「どうかしたのかね？」

決まっている。押収品の拳銃の数が合わないのだ。さぁ、そのことを聞いた経堂がどんな反応を見せることやら、と俺は期待したのだが――

「いえ、何でもありません。パソコンの設定を間違えただけで……」

係長は言葉を濁《にご》した。押収品に不審な点があるのなら、大きな問題だ。どうして彼女はそれを報告しないのだろう。もしかすると、課長を疑っているのか？

『ますます素晴らしい。見事なお手並みだ。せっかく独りで掘り当てた手掛かりなんだから、めったなことで口外しない方が賢明です。押収品の拳銃が凶器だとしたら、犯人はそれを持ち出す機会がある者、すなわち警察内部の人間だということになる。あなたは、課長を含めた全課員を疑いだしたというわけだ。そうですね？……って、返事してくれないものなぁ』

漆原はパソコンのスイッチを切って、メンソール煙草をくわえた。そして、厳しいまなざしで窓の方を見つめる。

経堂は気まずそうに咳払《せきばら》いをして、手許の書類に目を戻した。こちらが読んでいる書類とは、別室で事情聴取を受けているドクターXこと久須悦夫に関するものだ。白々しい野郎である。俺を殺して以来、こんなふうに捜査をしているポーズだけをとり続けているのだろう。

そのドクターがどんな様子なのか、ちょっと覗いてみることにした。彼は今、取調室で佐山と毬村に突《つつ》き回されている。事件に無関係だから気の毒だが、たまにはいい薬だ。本物の善良な市民ならば居心地が悪いだろうが、ドクターにすれば勝手知ったる取調室など応接間みたいなものだろうし。

課長の机の斜め後方にあるドアをすり抜けて、殺風景《さっぷうけい》な部屋に入る。机を挟んで、こちらに佐山と毬村、向こうにドクターが座っていた。刑事ドラマでは机上に電気スタンドがあるのが相場だが、実際はあるはずもない。そんなものを被疑者の目の前に置くのは、自棄《やけ》になったらこれを振り回して暴れてはどうか、と唆《そそのか》しているようなものではないか。

「しかし、恐ろしい世の中になったもんですね。刑事さんが次々に殺されるだなんて。まったく物騒だ。もっと治安のいい街に引っ越そうかな」

ドクターは頭の後ろで手を組んで、リラックスしきっていた。佐山と毬村も椅子に浅く掛けて、だらけた感じだ。どうやらドクターを締め上げても無駄だということが判って、事情聴取が世間話になってしまっているらしい。

「よそに引っ越すっていうんなら、餞別《せんべつ》にハンカチぐらい贈ってやってもいいぜ。この街が少しはきれいになる」

「ひどいなぁ、佐山さん。街のダニ扱いですね」

ドクターがすねると、毬村が鼻で嗤《わら》う。

「ダニじゃないか。他人のものを盗むなんて、どういう精神構造なのか僕には理解できない。貧困が根底にあるのなら、まだ判る。僕には無縁なことだが、貧困ほどの悲惨はこの世にないからね。しかし、君はそんな傷《いた》ましい境遇にいなかったのに、面白おかしく生きるため盗みの道に走った。罪は重く深い、と言わざるを得ない」

「しつこいな。私は、窃盗の被疑者としてこの部屋にいるんじゃないんだから、そんな苦言を聞かされる筋合いはありません。——しかし、毬村さんって人は嫌味ですねぇ。見るからに裕福で育ちがよさそうですけれど、そんなものの言いようをしてたら、署内に友だち少ないでしょう」

「何を笑っているんだね、佐山君？」

毬村に一瞥《いちべつ》されて、ハードボイルド野郎は「いえ、別に」と真顔に戻った。

「私はね」ドクターは前歯を剝き出す。「天性のお人好しなのかもしれません。人が喜ぶ顔を見るのが大好きなんですよ。頼まれたら嫌とは言えない性分だし。子供の頃からそうです。私が最初に自分の才能を発揮したのは、十一歳の時で——」

「ふん、才能ねぇ」

「話の腰を折らないでもらいたいですね、佐山さん」

思いがけず強い口調で言われ、革のベストの男はむっとしながら黙った。

「小学校の五年生だった。高野《たかの》君という仲のいいクラスメイトがいましてね。その彼が遠くへ転校することになったんです。残念でしたが、仕方がない。引っ越しても友だちだから文通しよう、と可愛い約束を交わしたりしました。ただ、彼には一つだけ大きな心残りがあった。同じクラスの千鶴《ちづる》ちゃんという女の子が好きだったんです。子供のことだから、引っ越す前に愛の告白がしたいわけでもないけれど、何か彼女を偲《しの》ぶものが欲しい。遠足の集合写真なんかじゃなくて、彼女だけが大きく写った写真が一枚手に入ったら、思い残すことなく街を去れる、と切ないことをぬかすんです。私は言ってやりましたよ。『よし、俺にまかせろ』。気休めではありません。どうすれば彼の希いがかなうか、『まかせろ』と応えながらすでに見当がついていたんです」

「まさか、女の子の家に泥棒に入ったんじゃないだろうね」

毬村が冷たい声で言う。

「とんでもない。十一歳のガキがそんな大それた真似をするわけないでしょう」

「女の子に頼んで写真をもらったんでもないんだろ？　君ならではの才能を発揮した回想談なんだから」

「ええ。その千鶴ちゃんの家は、写真館でした。柱も壁も白いペンキで塗ってある小洒落《こじゃれ》たデザインの店だった。どこの写真館もそうですけれど、扉の脇には大きなウインドーがあって、サンプルとしてたくさんの写真が飾られていましたよ。産着《うぶぎ》を着て抱かれた赤ん坊とその両親、ウェディングドレス姿の花嫁さん、ブレザーでめかし込んだ新一年生、還暦祝いの赤いちゃんちゃんこを着たお爺さん、千歳飴《ちとせあめ》を提げた七五三の姉弟。そんな中に交じって、千鶴ちゃんの写真がありました。何の記念に撮ったというものでもない。半袖のワンピースを着て写っている、カジュアルな感じの写真です。親父さんが戯れに写してみたら、わが娘があんまりによく撮れたのでウインドーに飾ったんでしょう。彼女に気のない私でも、可愛いなぁ、と思う出来だった。胸の前で麦藁《むぎわら》帽子を持って、にっこりと笑っていてね。私は、どうしてもそれを高野君にプレゼントしてあげたい、と思ったんです」

初めて聞く話だ。

「問題は、どうやって入手するか、です。三日三晩考えたけれども、いい知恵が浮かばない。そこで強硬手段にでることにしました。ガラスを叩き割って失敬する。それしかない。そう判断した私は、高野君に言った。『必ず千鶴ちゃんの写真をあげる。でも、それはお前が転校をした後だ。引っ越し先に宅配便で送る』」

「どうしてそんな面倒なことをするんだね。転校する前に手渡してやればいいだろう」

「ちっちっ。それはまずいですよ、毬村さん。だって、彼が転校する直前に写真館のウインドーから彼女の写真が盗まれる、なんて事件が起きたら、彼が真っ先に怪しまれるじゃないですか」

「どうしてかな。高野君が千鶴ちゃんを好きだってことは知れ渉《わた》っていたのかい？」

「そうじゃない。でも、子供の勘というのはよく働きますからね。『高野がやったんじゃないのか』という噂がたったらかわいそうだ。だから、彼が引っ越すまで犯行を待つことにしたんです。それならアリバイは完璧でしょ」

細やかな心遣いをしやがる。

「彼が街を出ていった翌日、やりましたよ。夜中だと自転車で写真館にたどり着くまでにお巡りさんに呼び止められそうだったので、まだ明けきらないうちに家を抜け出したんです。十月だったかな。ひんやりと涼しい朝だった。拳大の石をぶつけてウインドーを割ると、びっくりするほど大きな音が払暁《ふつぎょう》の静寂に谺《こだま》して、飛び上がりそうになりました。でも、寝静まっている人たちが目を覚ますほどの音でもなかったんでしょうね。『こらっ！』とか怒声が飛んでくるのを覚悟したのに、誰も起きだしてはきませんでした。私は割れたガラスで切らないように注意しながら腕を突っ込み、しっかりと目的のものを手に入れた。それだけでなく、とっさの判断で他の写真も何枚か盗りましたよ。目眩《めくら》ましのためです。そうしておけば、千鶴ちゃんに惚れたクラスメイトの犯行という臭いが希釈されるからです。そうやって確保した生涯最初の〈お宝〉は、用意してきた塾の鞄《かばん》に収めて、必死で自転車を漕いで逃げました。特別な技を使ったわけではないけれど、冷静沈着に計画を遂行する力は才能というよりないでしょう」

「で、それをちゃんと友だちに送ってやったんだな。友情だよ。いい話じゃないか」

「佐山君。警察官なんだから、わきまえて不謹慎な発言は慎みたまえ」毬村が叱《しか》った。「まったく、君はセミスウィートな物語に弱いね」

ドクターは、にやにやしている。そこへノックの音がして、須磨子が入ってきた。遅い昼食から戻ったのだ。彼女は俺の体をすり抜けて、ドクターに歩み寄る。

「お帰りなさい、美人の刑事さん。入れ替わりで、私はそろそろ失礼しましょう。皆さんの貴重な時間をつぶしては申し訳ない。お役に立てずに残念でした」

「この男は無関係だよ、森君」毬村が言う。「今しがた、少年時代の犯罪を一つ吐いたけれど、それもとっくに時効だ。帰るというのなら、放してやるしかない」

「そうですか」

須磨子は無念そうだった。気持ちは判るが、諦めて正しい道を探せ。経堂を調べるんだ。

「では、お暇《いとま》しますよ」とドクターは立ち上がった。そして、戸口で振り返る。

「気が向いたら、また遊びにきてもいいですか？　東署の刑事さんは紳士的だから、お話ししていて楽しかった」

「きてもいいけど、何かおいしい手土産を持ってきな。故買屋の情報とか」

そう言う佐山に手を振って、ドクターは出ていく。須磨子は最後までその背中を見つめていた。毬村が慰める。

「君の着眼点も悪くはなかったんだけれど、不発だったね。あいつに殺人は似合わないよ。怪盗紳士気取りだから、人を傷つけるようなことはしないだろう。道楽で泥棒をやっているんだ」

そうさ、道楽で刑事をやっているあんたの同類ということだ。

「そのようですね。私も動機としては弱いのは承知していました。他の線を洗います」

潔《いさぎよ》くていいぞ、須磨子。だから経堂だ、経堂を洗ってくれ。

そこへ経堂がぬっと顔を出した。みんな早くこいつに手錠を嵌《は》めろ、と叫びたくなる。

「久須はご機嫌で帰っていったな。口笛まで吹いていいやがったぞ」

「また遊びにきてもいいか、なんてふざけたことも言ってやがりました」佐山が苦笑する。

「巴東署刑事課捜査一係もなめられたもんです」

「警官殺しの犯人を検挙できないからだ。このままでは市民の非難が高まるだけでなく、悪党どもにも示しがつかない」

畜生、どの口が言うんだ。この人殺し。

「硬直した現状を打破するために、ここは一つ、現場百回を実践しようと思う。本部の連中が休んでいる間に、われわれで手掛かりを摑んでみせるんだ。もう一度、釈迦ケ浜近辺での聞き込みをかけてみよう」

目撃者なんかいなかったことを知っているから、そんな見当はずれな指示を出すのだ。課員らは気乗りがしなさそうだったが、逆らいもしない。腹が立ったのは、佐山が須磨子に声をかけたことだ。

「俺と組んで回ろうか」

こいつ、顔がにやけかかってる。フォークダンスを踊るんじゃないんだぞ。殺しの捜査を何だと思っているんだ。俺は立腹したが、須磨子は「はい、私服に着替えてきます」と頷いた。ああ、やるせない。

恨むぞ、佐山。さっきは毬村に焚《た》き付けられそうになって、〈神崎がいなくなったからって、すぐに須磨ちゃんに言い寄れるわけないでしょう〉などと怒ってみせたくせに。あれはやはり建前でしかなかったのか。

「じゃ、毬村君は早川と組んでくれ。彼は経費の精算に行ってるけど、すぐに帰ってくる」

課長の言葉に、主任は「判りました」とクールに答えた。

全員がぞろぞろ刑事部屋に入ると、早川は会計課から戻っていた。俺を見て、「おっと、そこにいましたか」と言う。

「何が『そこにいましたか』よ。みんな取調室にいるって、さっき話したじゃないの」

漆原が呆れたように言うと、イタコの孫は頭を掻いて照れたふりをする。やっぱり今日の早川はおかしいな、と全員の目が語っていた。

「早川君。これから現場近辺に聞き込みをかける。君は僕とともに行動してくれ」

毬村の言葉に、早川はまた口を滑らせて、

「はい。で、カンザ……」

神崎さんはどうするんですか、と俺に訊きかけたのだろう。からくも踏みとどまって、その弾みで噎《む》せている。

「カンザって何？」と須磨子。

「あ、その……。やりかけのクイズを思い出しただけです。〈土佐の高知のはりまや橋で坊さんが買ったものは何でしょう〉というクイズで、正解は簪《かんざし》だなあ、と……」

「ちっ。何つまらないことを考えているんだ。ほら、行くぞ。ゴーだ」

毬村に肩をどやしつけられた早川は、こちらを向いたまま部屋から押し出されていく。

『行ってこい。俺はここに残って、課長に張りついているから』

早川は「了解」と応じる。

「どこ見て言ってるんだ。おかしな奴だなぁ」とさらに毬村にぼやかれながら、二人は廊下に消えた。続いて佐山と須磨子が出ていくのを、俺は歯嚙みしながら見送った。恋人が他の男とデートに出かけるのを見るような錯覚をしてしまう。口惜しい。しかし、そんなつまらないことに思い煩《わずら》っている場合ではないのだ。

だまされないぞ。現場百回など、もっともらしいことを言いながら、経堂は人払いがしたかっただけに違いない。一人になりたかったのだ。ということは、何か興味深い動きを見せてくれるかもしれない。チャンスだ。

しんと静かになった。

漆原も出て行き、部屋には経堂と俺だけ。

『さぁ、邪魔な連中はいなくなったぞ。面白いことを始めてもらおうか。ここでじっくりと拝見しよう』

俺は課長の机に尻を下ろし、彼の耳のすぐそばで囁いた。経堂は広げていた書類を片隅に積み上げて、遠い目をする。視線の先にあるのは、壁に並んだ二枚の遺影だった。

『ほぉ、あれが気になるか。教えてくれ。新田克彦を殺したのも、あんたなのか？』

近くで見ると、経堂の目は今日も充血している。良心の呵責《かしやく》で眠れない夜が多いのか。しかし、それしきのことで俺の気がすむはずもない。

『新田巡査殺しの犯人も、あんたなんだな。彼が奥さんと姦通《かんつう》していたことが赦せなくて、射殺したんだ。そうだろう？　どうやってアリバイを偽装したのか話してみろよ』

経堂は遺影を見つめたままだ。

『凶器のトカレフは押収品からくすねたんだろ？　漆原係長が調べてるぜ』

虚《うつ》ろな目。

『トカレフをどうやって処分したんだ？　どこへ捨てたのか、吐け』

ガタッと音がした途端に、経堂が大声を上げた。何ごとだ、と向き直ったら、俺の遺影が風に揺れて鳴っただけである。換気のために窓が開いていたのだ。経堂は、胸を押さえて大きな息をついた。

『驚いたのかい？　殺した人間の怨念《おんねん》が額縁を動かした、とでも思ったのかね。まだ呼吸が荒いな。人殺しなんて大それたことをするくせに、臆病な男だ』

ハンカチで額の冷汗を拭う課長に、俺は罵声《ばせい》を浴びせ続けた。じきに虚しくなって黙り、そして考え込む。

こんな怯懦《きょうだ》な人間が殺人を犯す背景とは、いったい何なのだろう？　人殺しまでして守らなくてはならないものとは何？

経堂は苦しそうだ。表情に乏しい男なので見過ごされているようだが、一人になると懊悩《おうのう》していることが見て取れる。

『つらいのなら、吐いて楽になったらどうだ。被疑者を落とす時、いつもあんたが言っているとおりに』

経堂は壁から目をそらせ、何をするでもなく座っていた。風に吹かれて鳴ったりしたので、俺の遺影を気味悪く感じだしたからかもしれない。

時間だけが過ぎる。経堂は、時が流れる音に耳を澄ましているかのようだった。

そのまま張りついていたら、変化があったのかもしれない。しかし、俺は課長の放心ぶりに付き合うことに倦み、だんだんと須磨子のことが気になってきた。彼女と組んで聞き込みに回ることになり、脂下《やにさ》がっていた佐山の顔を思い出すと、じっとしていられなくなってくる。嫉妬《しっと》を抑え込むのは難しい。俺は経堂を放って、須磨子と佐山の様子を見にいくことにした。

刑事部屋の窓から、空へと舞い上がる。釈迦ケ浜の近辺といっても範囲は広いが、空から捜せば見つかる、と信じて飛んだ。俺がこの世に別れを告げた場所、そして俺がこの世に帰ってきた場所へと。

すぐに浜へ出た。紺碧《こんぺき》の海原には、白い波頭が立っていた。今日も風が強いらしい。上空から眺めると、俺が殺された現場がいかに人家から離れているかが、よく判った。相手が自分に殺意を抱いていると知っていたら、あんなところにおびき寄せられはしなかったろうに。

須磨子らは聞き込みに回っているのだから、人気のない砂浜の上を旋回していても仕方がない。どっちから捜そう、と少し迷ってから、東に針路をとった。そのあたりには、県道沿いにレストランやモーテルが点々としている。毬村、早川組と手分けして、それらを当たっているかもしれない。

渚に沿って飛ぶ。三段重ねホットケーキに似たレストラン〈アルバトロス〉にたどり着くまで、一分もかからなかった。海に面した大きなガラス窓の前を横切りかけた俺は、あるものを目にして急ブレーキをかける。

須磨子がいたのだ。窓際の席で佐山と向かい合って、オレンジジュースを飲んでいる。聞き込みの合間に一服しているのかもしれない。そうなのだろう。しかし、俺はそれさえ赦せない気がした。二人が座っているのが、俺と須磨子がディナーを楽しんだことのある席だったからだ。須磨子はそれを意識していないのだろうか？　大切な想い出が蹂躙《じゅうりん》されたような気分だ。

俺は、彼女らがいる窓の前で静止した。遅い午後のこと、店内に客の姿はまばらだ。二人は笑顔もなく、ぽつりぽつりと何か語っていた。話しかけるのは主に佐山で、須磨子がそれに切れ切れに答えている。厚いガラス越しでは声が聞こえないので、窓をすり抜けて中に入り、テーブルの傍らに立った。

「――それで、神崎は契約書に判を捺《お》したのかい？」

「はい。でも、契約は成立していません」

「保険会社に出してなかった、ということかい？」

「自宅に置いてあったそうです。彼が亡くなってからお母さんが見つけて、びっくりしていたみたいです」

「しかし、一億円近い保険金というのも豪快だなぁ。刑事がそれだけの保険に加入しようとしたら、保険料が大変だろうに。それを考えないところが、あいつらしいかもしれない。そうか。もしも、神崎がきちんと契約を交わしていたら、須磨ちゃんは億万長者になっていたわけだ。……もちろん、そんなお金をもらっても全然うれしくなかっただろうけれど」

俺が入ろうとした生命保険の話らしい。そう。俺は、須磨子を受取人にして死亡給付金九千五百万円の保険に入ろうとしていた。契約書を取り寄せて、必要な項目はすべて記入し、判も捺してあった。実物を須磨子に見せたことはなかったが、彼女はその内容を知っていた。俺が昇任試験に合格し、巡査部長になることが決まったら正式に保険契約を交わすことになっていることも。それが、不器用な俺のプロポーズだったのだ。

殺人事件の被害者になったのだから、そんな契約書が自室から出てきたことは捜査の過程でとうに明らかになっていただろう。しかし、気になるのは、須磨子と佐山がそのことをどうして今話題にしているのか、だ。捜査に関して出てきたのなら、かまわない。が、もしそうでなかったなら……。

——須磨ちゃんは、神崎から正式にプロポーズされていたのかい？

——いいえ。ただ、自分の保険金の受取人になって欲しい、と言われたわ。

——明白なプロポーズだな。それで、神崎は契約書に判を捺したのかい？

そういう会話の流れで俺のぎこちないプロポーズが話題になっているのなら、耐えがたい。俺が正式なプロポーズをしていたかどうかは、きっと佐山の個人的な関心なのだ。そんなものは捜査ではない。

『須磨子に近づくな』

俺は怒りに体が顫え……ない。ぶるぶると顫えるべき場面なのに、体がなかったからだ。ただ、彼の横顔をにらみつけるだけ。

毬村と佐山のやりとりを思い出す。おぼっちゃま主任は、〈もしかして、神崎君を亡き者にした犯人は君なのか〉とからかっていたが、その冗談が的を射ているという可能性もあるのではないか？　ないとは言えない。佐山が課長の致命的な弱みを握っており、ロボットのようにコントロールできたとしたら、〈神崎を殺せ〉と命じかねないのでは？　突飛《とっぴ》な想像のようでいて、否定しかねた。

「こんな話はやめましょう」

須磨子が毅然と言った。はっとするほど、強い調子で。

「捜査に関係がありませんから。それより、聞き込みを再開しましょうか」

『そうだ。びしっと言ってやれ』

「気を悪くしたのなら、謝るよ」

佐山がうろたえるので、少し俺は溜飲《りゅういん》を下げた。彼は伝票に手を伸ばしかけるが、須磨子が先に取る。

「この前はコーヒーをご馳走になりましたから、今日は私が払います。次回からは割勘がいいですね」

「ああ、そうだね」

須磨子は、つかつかとレジに向かう。見かけ倒しのハードボイルド野郎は慌ててコートを着ようとして、おかしなところに腕を通してもがいていた。

『もたつくな、頓馬。自分のレベルにあった女を探しな』

その尻を蹴り上げるふりをしながら、俺の気分は晴れない。

話す相手がどこかに存在するとしたら、俺が佐山に対して腹を立てる理由を理解してもらえることだろう。恋人を亡くして間もない女性に言い寄るなんて嫌な男だ、と。だが、その怒りが妥当だと思ってもらえるのは、いつまでなのだろう？　一年たち、二年たち、十年たっても、須磨子に近づいてくる男がいたら、俺は嫉妬に狂いかねないが、その怒りは余人に理解してもらえそうにない。俺自身ですら、嫉妬するのが理不尽だと思う。

それでも、俺は須磨子を諦められない。彼女に言い寄る男が赦せない。

しかし——

生きている須磨子、まだこれから美しくなる彼女に向かって、「生涯、死んだ俺以外の男に心を寄せるのはよせ」と命じる権利はあろうはずがない。きっと、いつか悲しい日を迎えなくてはならない。

くそ！　この俺には、いくつ試練があるのだ。

13

市役所の尖塔の前を過ぎる。庁舎の時計は、十一時五分前を指していた。

俺は早川に指定された児童公園に向かう。二人だけの捜査会議のために。

あれかな、という公園を見つけて下降してみると、相棒はブランコに掛けて常夜灯を眺めていた。まるで、恋人か女房に締め出しをくって途方に暮れている男のようだ。やがてこちらを発見したらしく、手を振って招く。俺は隣のブランコにふわりと着地した。

『待たせたか？』

「ほんの五分ほどです。お疲れ様でしたね、神崎さん。すごく精力的に動き回っていたみたいだ」

本当のところは、そうでもない。〈アルバトロス〉で須磨子と佐山を目撃した後、すっかり気分が落ち込んでしまい、暗くなるまで砂浜でぼうっとしていた。巴東署に戻ったのは、七時が近くなってからだ。聞き込みに出た四人はすでに帰っており、課長と早川以外は退庁のしたくをしていた。そこで相棒に『十一時にお前が言ってた児童公園で会おう。俺はとりあえず佐山に張りついてみる』と耳打ちして、ハードボイルド野郎をマークすることにしたのだが……。

『肉体的疲労はないけれど、色々あると、やっぱりくたびれるな』

そろそろ眠たくなりかけている。幽霊になって初めて、欠伸が出た。

「佐山さんに張りついてみて、収穫はありましたか？」

俺は首を振る。彼は自宅アパート近くの食堂で鯖《さば》の味噌煮定食を食べてからパチンコ屋に入り、一時間ほど玉を弾いて三千円すった。それから赤提灯《ちょうちん》で軽くひっかけて、十時に帰宅して、すぐ入浴。風呂から上がると、テレビを観ながらうつらうつらと寝入ってしまった。それだけだ。

「そうか。空振りですね」

収穫はなかったが、彼が今夜は須磨子に電話をしなかったことには安堵した。しかしまぁ、これは早川には言えないことだ。

『一日目から、うまくはいかないな。うちの連中がどんな様子で捜査に当たっているかは判ったよ。聞き込みは、さっぱり駄目だっただろ？』

「無駄足になることが判っているから、課長はあんな指示を出したんでしょうね」

『そのとおり。憎たらしいじゃないか。つまり、奴は現場付近で誰にも目撃されなかったわけだ』

「じゃあ、どこを探られたら弱いんでしょうね。ウィークポイントを見つけて、ぐりぐりとしてやりたいな」

『課長の机の抽斗を調べたか？』

「鍵が掛かっていますし——」

『だったら破れって言っただろ』

「あの人、ずっと席を離れなかったのでできませんでした。それに、本当に錠を壊すのはまずいでしょう。そのうち課長にも隙ができるかもしれませんから、そのチャンスを待てばいい」

『抽斗の中が見たいんだけれどなぁ。お前、ドクターに弟子入りして錠の破り方を習わないか？』

「僕の警察官人生を狂わせるようなことをさせないでくださいね」

『すまん』

ふと俺たちは黙り、園内を見渡す。常夜灯の光が届いているいくつかのベンチ、滑り台、そしてコンクリート製の栗鼠《りす》や象たちだけが、闇の中に浮かび上がっていた。栗鼠も象も愛らしい顔をしているのだが、どぎつく陰影がついているために無気味だ。

『毎晩、ここにくるのか？』

「いやぁ、毎晩ってことはありません。週に二、三度かな。落ち着いて、いい場所でしょ？考えごとをするのに最適です」

彼はゆっくりとブランコを漕ぎ始めた。ギイと侘しく鎖が軋む。

『どんなことを考えるんだ？』

「それは……」早川はうつむいて「色々ですよ」

踏み込んで訊かない方がよさそうだ。片方のブランコだけが揺れ続けた。

「課長は、確かに変ですね」

相棒は不意に、きっぱりと言うので、『どういう点がだ?』と俺は尋ねる。

「今日、最後に刑事部屋を出たのは、僕と課長です。署内にいる時はしっかりマークしてやろう、と思って張りついていたんですよ。それで、ちょこっと鎌を掛けてみたら、意味ありげな反応をするんですよねぇ」

『ほぉ。たとえば?』

「神崎さん殺しの犯人は警察内部にいるように思えてならない、と言ってやったんです。根拠はあるのかと訊かれたので、こう答えました。『夢に出てきた神崎さんがそう話したんです』って」

やり過ぎではないのか、とも思ったが、悪くないかもしれない。経堂を揺さぶってやれば、不安に駆られて黒幕と接触することが期待できる。

『課長の反応は?』

「蒼くなりました。ふだんの僕なら見過ごしたかもしれませんが、今は違う。彼が真犯人であることを知った上で観察しているんですからね。蒼くなりながら『そんなことを真面目に言ってたら本部の人間に馬鹿にされるぞ』なんて笑うんだけれど、その顔がまた引き攣っているんですよ」

『引き攣るか、やっぱり』

「内部犯行説を信じている人は他にもいるだろうから、色んな人と意見交換をしたい、と言ったら、またまた蒼くなる。そして『誰がそう信じているんだね？』とか訊いてくるんですよ。それには答えずにごまかしておきました」

そのぐらいで留めておくのがいいだろう。度が過ぎて、早川が警戒されるようになったら捜査がやりにくくなってしまう。その点は、彼も承知していた。

「際どいあたりで止めています。内部犯行を疑っている者がいて、自分が包囲されつつあるのかもしれない、という不安を植えつけるぐらいが得策ですからね」

『そうだ。デリケートにやってくれよ』

「今夜も手加減をして切り上げました。課長は本部に提出する報告書をまとめていたんです。本当はさっさと片づけたかったんでしょう。そこへ僕が用事もないのに居残って内部犯行説を述べるものだから苛立《いらだ》っていました。しまいには『早川君、まだ帰らないのかね』とまで言われた」

『お前を帰らせた後で、誰かと接触したかったんじゃないのか？』

「そうかもしれません。でも、僕がいつまでも愚図愚図《ぐずぐず》しているので、書類がまとまらないうちに『帰るぞ』と立ってしまいました。『では、僕も』と言うと、ちょっと不愉快そうでしたね。そんな様子だったんです」

『上出来だろうな。ぜひ、その調子で進めてくれ。じわじわと精神的に揺さぶって、彼が黒幕と連絡をとるところを俺がキャッチする、というコンビ・プレイでいこう』

「そして、神崎さんが黒幕を突き止めたら僕がそれを裏づける証拠を探す、という段取りですね。了解。——捜査方針として間違っていませんよね」

『これしかないだろう。食らいついていこうぜ』

景気よく言ってみた。

「がんばりましょう」早川はブランコを止めて「今夜の会議はこれぐらいですかね」

物足りない気もしたが、まだ情報の収集が充分ではない。

『そうだな。お前は寝不足だろうから、早く休め』

「神崎さんはどうするんですか？」

『課長におやすみの挨拶をしてくるよ。余力があったら、他の課員の様子も覗かせてもらう』

「うわぁ、みんな覗かれるんだ。神崎さんにかかったら誰にもプライバシーはないんだな」

ちょっとひっかかる言い方だった。彼も気づいたらしく、

「いえ、もちろん好きで覗き見をしているわけじゃないことは判っていますよ。非難がましく聞こえたのなら、お詫びします」

謝ってもらうには及ばなかった。幽霊の俺がその気になれば、誰も彼もが丸裸にされる。そのことに対して、彼が一抹の嫌悪を感じるのは無理もないことだ。今夜お前の部屋で捜査会議をやろうかと持ちかけた時、ちらかっているからこないでくれ、と拒《こば》んだのも、そんな気持ちもあったからだろう。

『いや、俺こそ軽率な表現だったかもしれない。不必要にプライバシーを嗅ぎ回ることは控えるようにするよ。そもそも、俺だってあまり気分のいいものでもないんだ。今日だけでも見たくないものをいくつか見た』

彼は警戒の色を顔に出す。

『大したものじゃない。毬村主任が〈ジャルダン〉でスティックシュガーをくすねるところや、佐山の部屋に刑事ものの映画やドラマを録画したビデオがどっさりあるのを見てしまったぐらいさ』

当たり障りのない例を二つだけ挙げた。早川が失笑したので、ほっとする。

「何だ、そんなことですか。それにしてもせこいな、毬村さん。佐山さんの方は、いかにも、という感じがおかしいですね」

『ああ。佐山のコレクションにあったのは、拳銃を派手にドンパチぶっぱなす類《たぐい》のビデオばっかりだ。いつか犯人と銃撃戦をしてみたい、と憧れてるのかもしれないぞ、あいつ。壁にモデルガンが二十挺ほど飾ってあったのにも呆れたな。毬村さんが砂糖のお持ち帰りをしているのは、今日にかぎったことじゃない。西署にいた頃、東署に用事できた帰りに〈ジャルダン〉に入ったことがある。その時もやっていたのを思い出したよ。まぁ、ここだけの話だ。武士の情けということで、どっちも内緒にしておいてやろう』

「聞かなかったことにします。だから神崎さんは、これからはそういう情報を僕の耳に入れないようにしてください」

早川の方が、俺よりずっと紳士だった。そのとおりだ。内緒にしておいてやろう、と言いながら他人の秘密を相棒にべらべら話すのは行儀が悪い。

『じゃあ、解散するか。また明日会おう』

「神崎さんも、がんばり過ぎないように」

俺は舞い上がって、手を振った。眼下に小さくなっていく早川は、ブランコの上に立って敬礼をしていた。

がんばり過ぎないように、か。

うれしいことを言ってくれる。思えば昨日の今頃は、須磨子にも俺が見えないことを知って絶望していたっけ。彼女のことを考えると胸が苦しくなるのは変わらないが、それでも早川と出会えたことでどれほど救われたことか。いくら感謝しても足りない。

しかし、俺と早川の関係についても不安がないわけではなかった。つまり、いつまで彼が俺の相手をしてくれるか、ということ。それは、経堂を断罪できるか否かということを超越した問題だ。俺がコミュニケートできる人間は、この世で早川しかいないから、いつまでもパートナーでいて欲しい。けれども、幽霊にいつまでもどこまでも付き纏《まと》われることは、彼にとってやりきれないことなのではないか？　親兄弟でもなく、妻や恋人でもない、刑事課の先輩だったというだけの男が生涯そばを離れないという事態は、彼にとって災厄だろう。「あなたには愛想が尽きた」「鬱陶しいから離れてください」「プライバシーを侵されそうで迷惑だ」と言われた日には、俺は完全に〈人間〉でなくなる。それは地獄のような事態だった。

『性懲《しょうこ》りもなくつまらないことに悩みかけているな。くよくよ考えるのはやめたんだろ』

自分を叱った。また嫌な感じになっている。これ以上、淋しくならないように歌でも歌ってみるか。

巴市の上空およそ二百メートルで、俺は声高く歌った。三大テノールも立てないようなステージを得て、歌いまくる。『銭形平次』の主題歌を。誰も聞いていないことを確信しながら大声で歌うのは気持ちがいい。次第に憂《う》さが晴れ、爽快な気分になっていった。われながら、二十七歳の男が『銭形平次』という選曲は何とかならないか、と思うが。

生来の音痴に加えて、俺は最新のヒット曲というものに興味が薄い。だから、課の連中とたまにカラオケに行っても恰好がつかなかった。困ったことに、うちの課には妙に歌がうまいのが揃っているのだ。佐山は熱唱型で、沢田研二の『サムライ』を十八番にしている。もちろん、「片手にピストル、心に花束」というフレーズが好きなのだ。人妻・漆原が艶然《えんぜん》と歌うマドンナの『ライク・ア・ヴァージン』は署内の名物である。高慢なおぼっちゃまの毬村は、柄にもなく物真似が異様にうまい。練習すれば女性歌手であろうとそっくりに真似てみせるほど見事なのだが、『昭和枯れすすき』だの『神田川』だの貧しげな歌ばかり歌うのが嫌味だった。須磨子は美声だし、音感も抜群だ。ただし、最新のベストヒットをレパートリーにしているので、何というバンドの曲を歌っているのか、その方面に疎《うと》い俺は何回聞いても覚えられなかった。——彼女の歌が聴きたくなってきた。

おっと、今は須磨子のことを考えている場合ではない。経堂の家が見えてきているではないか。

『必ず尻尾《しっぽ》を摑んでやるよ、課長。あんたが好きな森進一や五木ひろしが慰問にきてくれれば、塀の中も楽しいかもしれないぜ』

昨夜と同じようにベランダに降りた。まだ明かりが点いている寝室を覗いてみると、まず妻の保美が見えた。ベッドで横になって雑誌を読んでいる。経堂はというと——隣のベッドで眠っていやがった。勢い込んできただけに、拍子抜けしてしまった。

今夜はこれまでにしろ、ということなのか。しかし、歌っているうちに元気を回復していたので、もうひと仕事したい気もする。毬村と漆原の様子を窺ってみたらどうだろう。

——須磨子の部屋には行かないのか？

俺の中で、俺が尋ねた。ノーだ、と俺は答える。

今は足が向かない。彼女を見ると、ひどくつらい気分になりそうなのだ。そのつもりになったら、いつでもどこでも会えるのだから、もっと落ち着いた精神状態で顔を見にいきたい。母親についていても、しかり。

決めた。幽霊二日目は、主任と係長の家庭訪問で締《し》め括《くく》ろう。毬村からがいい。山の手の豪邸なので、迷うことなく飛んでいける。

俺は北へ向かった。おぼっちゃまの城は、市街を一望できる高台にそびえていた。聞き込みで近くを通った時に、「あそこのサンルームがある家が僕んちだ」と本人が教えてくれたのだ。むっとするほど立派な邸宅だった。

その家を上から見ると、敷地は四百坪以上はあるだろうか。建坪は百坪ほど。暗くてよく判らないが、コンクリートを打ちっぱなしにしたモダンなデザインの家だ。四方の窓はどれも勝ち誇ったように大きい。

その窓の一つに明かりが灯っている。おぼっちゃまは、まだ起きているのだ。俺はその窓から侵入することにした。入ると——

音楽が流れていた。

クラシック音楽だ。キンキンと甲高《かんだか》いこの音色は……そう、チェンバロとかハープシコードとかいう楽器だっけ。毬村は部屋の真ん中のアームチェアに座って瞑目《めいもく》していた。眠っているんじゃないのか、と思ったが、肘掛けに置いた右手がリズミカルに動いている。陶酔して聴き入っているらしい。相当な音量だ。部屋の外にまったく音が洩れていなかったところをみると、防音処置が施されているのだろう。広壮な家なのに贅沢なことだ。オーディオ装置についても俺は無知だが、一般家庭用としては最高級であろうことは見当がついた。壁一面を使ったラックは、何千枚というCDで埋まっている。どれもこれもクラシック音楽で、オペラも多かった。見栄ではここまで揃えられない。彼が〈ジャルダン〉を贔屓《ひいき》にしているのは、BGMも趣味に合うからなのかもしれない。

しばらく部屋の隅に立って見ていたが、変化が起きる気配がなかった。毬村は陶然として、いつまでも音楽に耳を傾けている。心地よい調べに包まれているうちに、俺のまぶたは重くなってきた。

『退散するよ、主任。どうぞごゆっくり』

窓から出ようとした時、「ふっ」と笑い声がした。振り向くと、毬村の口許に笑みが浮かんでいる。俺の声に応えたかのようだったが、そうでもないらしい。彼は音楽に酔っているのだ。風呂につかって「ああ、極楽」と唸るように。

「とても、いい。最高だ」

そんなことを呟きながらCDを聴くのも変わっている。付き合っていられないから、漆原係長宅へ急ぐことにした。

今度は南西に飛ぶ。警部補殿の住所は知らないが、何とか捜し当てることはできるだろう。雑談の中で、神足《こうたり》二丁目のバス停から傘いらずのところ、と聞いたことがあったからだ。神足町方面には、若干の土地勘がある。

バス停の周りを見回しただけで漆原家は見つかった。二階の窓はどれも真っ暗だったが、一階の窓からは明かりがこぼれている。入ってみたら、そこはダイニングだった。漆原夏美は、夫らしい男と差し向かいでビールを飲んでいた。元々がそうなのか、主夫を務めているうちにそうなったのか、見るからに穏やかで家庭的な雰囲気の男だ。高級感のある洒落たデザインのセーターを着ているので、生活臭さなどはない。むしろ、会社でボロ雑巾のように扱われているお父さんたちよりも若々しくて、潑剌とした感じだ。

「十二時を過ぎてるぞ。そろそろ休もうか。君も疲れてるだろう」

優しい夫だ。口のきき方で判る。

「そうね。あなたも明日は朝から掃除当番だって言ってたし」彼女はビールの残りをグラスに注ぐ。「これ、飲んでしまう。あなたは先に上がってて」

「うん」と応えて、夫は階段を上っていく。バタンとドアが閉じる音がした。

何だ、ここも閉店時間か。まぁ、早くやってきても、夫婦が子供の話をするのを延々と聞かされただけだったろう。どうにも盛り上がらない。

こっちも忘れていた眠気を思い出しかけた時に、彼女の目の光が変わった。ビールをひと息に呷《あお》ってしまい、テーブルの上の携帯電話を取る。こんな深夜に電話か、と俺はぼんやり見ていた。

「漆原です」きびきびとした職場の口調だった。「遅くにかけろ、ということでしたので、こんな時間に失礼します」

肉親や友人にかけているのではない。誰にだ、と思ったが、迂闊なことにプッシュボタンを押す指を見ていなかった。

「こちらは計画どおりにやっています。サポートをいただく必要は感じていません。……ええ、大丈夫です」

　計画とは？

　問題？

「……ええ、そうですね。大いに問題があります。このままにしてはおけない」

「確認した方がいいでしょう。……はい、そういうことです。慎重にやりますから。……ええ。……ええ」

　会話の内容が知りたくてならない。あまりにも秘密めいたやりとりではないか。盗聴する手段はないものか。——馬鹿、幽霊ならできるじゃないか。受話器に耳を押しつければいいのだ。

　しかし、気がつくのが遅かった。漆原は「では」と言って切ってしまった。とんだ失策だ。彼女はダイニングの明かりを消し、二階に上がっていく。その表情からは何も読み取ることができなかった。

　怪しい電話だ。相手は誰だったのだろうか、と考えて思いつく。彼女は終始、丁寧語でしゃべっていたではないか。もしも職場の人間にかけていたのだとしたら、相手は上司ということになる。つまり、経堂芳郎。

　本当にそうか？　二人の間には、秘密めいたコネクションがあるのか？　しかし、昼間は二人きりの時もよそよそしい態度だった。

二階の漆原を追っていって問い詰めることはできない。だとしたら、経堂の様子を確認するしかない。

俺は課長の家に引き返すことにした。経堂が通話の相手だったとしても、すでに電話の前を離れているのは間違いないが、気配で感ずるものがあるかもしれない。急ぎに急いだ。時速にすれば、百キロ近く出ていただろう。

ものの五分ほどで、あのバルコニーに降り立った。寝室の明かりは消えている。窓をすり抜けて入ってみると——経堂夫婦は眠っていた。

『起きなよ、課長。あんたはつい今しがた、漆原さんと電話で話してたんだろ？』

問いかけても返事はない。本当に眠っているようだ。ということは、経堂は電話の相手ではなかったのか？

そうとも断じられない。電話を終えてから五分あれば眠りに就くことも可能だ。

何てこったい。

俺は〈シャーロック・ホームズや明智小五郎も羨む能力〉を獲得したはずだった。しかし、その超越的能力にも限界があることを自覚していなかった。

幽霊といえども、同時に二ヵ所には存在できないのだ。

14

幽霊三日目。

俺はまた、雀の囀りで眠りから覚める。昨日名前をつけたチュン吉は、ちゃんと鐘楼の手摺りにやってきていた。

『おはよう』

ひと声かけてから、空を仰いだ。夜半まで星がたくさん瞬いていたのに、一夜明けてみると陰鬱に曇っている。低くたれ込めた雲からは、じきに雨粒が落ちてきそうだ。土砂降りになろうと濡れることのない身だから、天気などどうでもいい。幽霊が雨に打たれても溶けたりしないことは、初日に実証されていることだし。それでもやはり、灰色に塗りつぶされた空を見ると、明るい気分にはなれなかった。

早川という相棒を得て、経堂の身辺を調べだして二日目だ。すでに殺されてしまっている俺が焦っても仕方がないのだろうが、早く決着をつけたい。昨日は収穫なしだったので、今日こそ捜査を大きく前進させてやる。

癖というのは抜けないもので、またまた腕時計を見て、舌打ちをした。昨日の朝もこうだった。いつになったら直るやら。

俺は体を浮かせて、庁舎の正面の時計を見下ろした。午前十時二十分ということは、刑事失格の寝坊だ。巴東署では八時半頃から捜査会議が始まっていたはずなのに、それを覗きそこねてしまったではないか。深夜まで刑事課の連中の家庭訪問をしたり、課長に張りついたりで、規則正しく睡眠をとることは無理かもしれないが、なるべく捜査会議には出席するようにしなくては。

昨日はたいていの捜査員らが休みを取っていたから、今日はフルメンバーが出てきているだろう。彼らと中井警部のお手並みが拝見したい。俺は早速に署に向かった。

いきなり窓から飛び込んだら早川がびっくりするだろうか、とも思ったが、あいつには慣れてもらわなくてはならない。勢いよく窓ガラスをすり抜けた。

刑事部屋には、ほとんど人がいなかった。みんなすでに出払ってしまったか？——残っているのは、須磨子だけだった。制服姿で席に着いている。

『須磨子』

無駄と知りつつも、呼びかけずにいられない。

『須磨ちゃんてば』

後ろから近づいてその肩に手を伸ばしたところで、電話が鳴った。須磨子は素早く受話器を取る。

「はい、刑事課の森です」

何かの連絡が入るのを待っていたようだ。もしかしたら、捜査が大きく動いたのか、と俺は緊張する。

「私以外の課員は、全員がトモエ銀行高砂支店に出ております。……はい、本部の中井警部もあちらです。緊急の伝達事項がありましたら、無線ではなく携帯におかけください。電話に出られない状態ではないと思いますので。……はい、よろしくお願いいたします」

通話が終わった。須磨子は受話器を置いて、手近にあった資料を開く。何か様子が変だった。

中井警部を筆頭に、捜査員らはみんなトモエ銀行高砂支店に出払っているらしいが、どうしてそんなところに用があるのだろう。俺の事件とトモエ銀行との関連が判らない。もしかしたら別件なのか？　高砂支店は巴西署の管轄なのに、そこにうちの刑事たちが応援に駆り出されているのか？　もしそうだとしたら——

『ひょっとして……』

俺は刑事部屋を出て、三階にある警備課に首を突っ込むと、見事に空っぽだ。どうも署内の空気が普通ではないのを感じて、四階の署長室に上がってみた。お懐かしい署長は不在で、背中を丸めて電話にがなっているのは副署長だった。

「ですから、うちからも最大限の応援を出しています。……はい、そうです。署長も臨時の現地指揮本部に入っています。……そういうことですね。私はこちらで待機して、本部の指示を待ちます。……はい」

署長が現地指揮本部に入っている、と聞いて確信した。それがトモエ銀行高砂支店にからんだものだとしたら、考えられることは一つだ。

俺は、電話を続ける副署長の肩をかすめて窓から飛び出して、トモエ銀行のある高砂町一丁目の交差点に向かった。ねぐらとは反対の方角なのでさっき飛んできた時は気づかなかったが、車の流れが異常だ。こちらに向かってくる車が一台もない。この先でよほど大きな事件が起きている証拠だ。さらに進むと、交差点の三十メートル手前にはバリケードが築かれ、完全に交通を遮断《しゃだん》していた。向こう行きの車はすべて迂回《うかい》を命じられている。付近には野次馬らしき群集が固まって、バリケードの彼方に顔を向けていた。

交差点の北西角にある銀行が機動隊員らの円陣で包囲されているのを見て、『やっぱりな』と俺は呟く。予想が的中した。銀行の玄関前には、五台の機動隊車両が縦に並んで停車しており、あたりの空気は重く緊迫していた。間違いない。トモエ銀行に強盗が押し入り、立てこもっているのだ。この物々しさからすると、それもかなり凶暴な奴だろう。刃物ではなく銃器を所持したグループかもしれない。

『まずいことになってるな』

銀行の看板あたりで静止したまま、俺はぐるりを見渡す。出動している警察官の数は、優に百五十人以上。円陣の中に踏み込もうとする報道関係者が、あちこちで制服警官に押し戻されている。正面玄関のすぐ脇に私服が五人。機動隊車両や建物の陰には、ジュラルミン製の盾を持った大勢の機動隊員らが佇立《ちょりつ》して待機する。装甲車と並んで停まった救急車はこれから起きるかもしれない不測の事態に備えてのものなのか？　あるいは、すでに別の救急車が負傷した被害者を病院に運んだ後なのか？　銀行強盗だとしたら、営業開始時間の九時を過ぎてから押し入ったはずだ。寝坊をしなかったら端緒《たんしょ》から目撃することができたのに、と悔やまれる。

巴東署の機動隊員らは大勢いたが、刑事課の連中が見つからない。現場に渦巻く怒声を聞きながら、どうしたものか、と迷ったのも短い間のこと。俺は銀行の中に入ってみることにした。そうすれば、何が起きているのかすべて判る。犯人が機関銃で武装していても幽霊には関係がないのだ。

堂々と正面玄関に下り立ち、八分ほど下ろされたシャッターをすり抜ける。入ってすぐの壁に何枚もポスターが貼ってあった。地元出身の若手女優がにっこりと微笑んでいるのがグロテスクなほど場違いだ。ぞっとするような地獄絵図が行内に展開していたら、と案じたのだが——幸いなことに、床が流血で染まっているようなことはなかった。ただ、天井に一つだけ、銃痕らしき黒い穴が開いていた。強盗が威嚇《いかく》のために発砲したのだろう。

俺はつかつかと預金窓口に進んだ。カウンターの向こうにある支店長席の周辺に、十数人が固まっていた。男子行員三人、女子行員七人、警備員一人、男性客二人、女性客三人だから、合計十六人。みんな頭に両手を置いて、床にぺたんと座らされている。

その両側で椅子に座って、人質らににらみを利かせている男二人が犯人だ。いずれもサングラスとマスクで顔を隠している。年齢は三十代前半。一人は長身で長髪、一人は短軀で短髪。個性を殺すためか、揃って地味なオーバーシャツにジーンズ姿で、それぞれの手には自動式拳銃が握られていた。犯人らが腕をだらりと垂らしているので銃口は床を向いているが、人質たちは生きた心地がしないだろう。

俺の命を奪った道具。拳銃を目にして、ふつふつと怒りが込み上げてきた。こいつら、どうしてくれようか。

憤りながらカウンターの上に立った俺は、思いがけない顔を人質の中に発見して、『あっ』と声をあげた。

『亜佐子。お前、どうしてこんなところに……』

妹を見つけて狼狽した。しかし、彼女がここで囚《とら》われているのも不思議なことではない。あいつが預金をしているのはトモエ銀行だった。客として来店して、事件に巻き込まれたのだろう。冷静そうではあったが、蒼い顔をしているのが痛々しい。

『待ってろ。俺が必ず助けてやるからな』

「じっとしてろよ。抵抗しない奴をいきなり射つ気はないけど、弾みということもあるからな。変な動きをして射たれたら、自業自得と思え」

短髪が、ねっとりとした声で人質に言った。誰も動くそぶりを見せていないのに、そうやって威嚇するのを楽しんでいるのだろう。長髪は口を真一文字にしたまま無言だ。どちらがリーダー格なのか、それとも対等のパートナーなのか判らない。二人とも不健康そうな、ざらついた肌をしている。

人質は十六人。犯人は二人組で他に仲間はいない。いずれも本物の拳銃を所持している。このことを警察は確認しているのだろうか？　掴んでいないのなら、教えてやる必要がある。俺の声を聞ける人間は一人しかいないから、早川を捜して伝えなくては。だが、その前にもっと有益な情報を収集した方がいい。俺は、もうしばらく観察することにした。そう、幽霊の俺にできるのは、見ることだけだ。

「多い」

長髪が陰気な声で吐き捨てた。それだけで、短髪とは意思の疎通ができたらしい。

「そうだな。男を出すか」

「女だけ残そう」

「五、六人にするか」

人質を女だけにしようとしている。女子行員だけを残すというのなら亜佐子は解放される、と俺は身勝手な期待をしたのだが、それは長髪によって裏切られた。

「客も交ぜよう」

「そうだな。その方が銀行が嫌がりそうだからな。へへ、えへへ」

短髪が薄気味の悪い声で笑った。少しサディストの気があるようで、俺は不安になる。

「いっそ女の客だけにするか？」

短髪がいちいち長髪に確認するところを見ると、そちらが精神的リーダーなのかもしれない。長髪は同意しない。

「三人は少ない。六枚ぐらいカードがあった方が、切る時に便利だ」

カードを切るとは、一人解放するからこういう要求を呑めとか、交渉の材料に使える、ということなのだろう。しかし、切るイコール殺すともとれて、人質の胸中は穏やかでないはずだ。

「よし、女子行員を三人だけ残そう。こっち側のお前ら、残れ。そっちのご婦人客のそばに移動しな」

短髪が銃で指図すると、年配の男が発言を求めた。名札には支店長の肩書がついている。

「お、お客様を優先して解放してください。行員が残ります」

「指示するな、馬鹿」

短髪は床に唾《つば》を吐いた。支店長はなおも訴える。

「では、せめて私だけはここに残らせてくれ。私はここの責任――」

最後までしゃべることは許されなかった。短髪が肩を蹴り上げたからだ。女子行員の一人が悲鳴をあげる。

「口をきくなってんだ、この馬鹿がよ。今お前らは、俺たちに平伏してんだ。拳銃を向けられながらカッコつけやがって。死にたきゃ、本当に殺してやるぞ。俺は銀行員なんて同じ人間だと思ってねぇんだからな」

射ちかねない。爆発寸前の危険な空気が行内に充満し始めていた。サングラスをしているので表情は読めないが、長髪は平然としているようだ。こいつの方は、感情が乏しいのかもしれない。

短髪の罵声に怯えて、人質たちは顫え上がっている。かわいそうに、亜佐子は固く目を閉じていた。

「こいつ、偉そうに。銀行員が責任なんて言葉を口にしやがったら反吐《へど》が出る。お前らはな、道の真ん中を歩く権利もねぇんだよ。自分たちがやってきたことを判ってたら、そうだろが。身を粉《こ》にして働いてきた真っ当な人間の工場は貸し渋りでぶっつぶすわ、ろくに金利もつけないわ、詐欺師にでも小切手帳をくれてやって犯罪に手を貸すわ、そのくせ国とグルになって公的資金とかぬかして税金は呑むわ、世間に害毒ばっかり垂れ流しやがる。俺はな、お前らに何をしても、これっぽっちも悪いと感じないぜ」

支店長は蹴られた肩を押さえたまま、口汚い罵倒に耐えていた。短髪はすっかり逆上している。

「ああ、むしゃくしゃしてきた。おい、この支店長だけ希望どおり残しておいて、いたぶってやるか？」

短髪が嚙みつくように訊くと、長髪はゆっくりと首を振った。

「そいつは出す」

貫禄《かんろく》のある、ドスの利いた声だ。

「……判った、そうしよう」

短髪がカウンターを出ていった。そしてシャッターをわずかに持ち上げ、玄関脇にいる私服警官に「人質の一部を解放する」と大声で伝える。それに反応して、ざわざわと外が騒がしくなった。

俺は入口近くに立って、その様子を見守った。まず、長髪が顎でしゃくって該当者に「出ろ」と言う。指名された者たちは、残される者たちに目顔で詫びながら、一人ずつシャッターをくぐっていった。支店長は最後まで無念そうにしていたが、従わざるを得ない。短髪は、そんなふうに人質たちを操ることに快感を覚えているらしく、へらへら笑っていた。完全に追い詰められているというのに、こんな場面で笑ったり平然としたりしているのが無気味だ。

「おい」

支店長が出ていくと、短髪は拳銃でちょいちょいと相棒を招いた。長髪は銃口を人質に向けたまま、後退《あとずさ》りして寄る。

「支店長、見たか？　半泣きだったぜ。うちの親父と兄貴にも見せてやりたかった。あの支店長にけんもほろろに扱われて、店つぶされたんだからな。あー、すっとした。融資課長の野郎がいたらぶん殴ってやったのに、出張中とはな」

短髪は相手の耳許で言う。マスク越しの囁き声でも、俺ならいくらでも近寄れるから全部聴き取れた。さっきの讒謗《ざんぼう》で知れていたが、やはり短髪は銀行に深い恨みを抱いているらしい。家族ともども、よほどの辛酸をなめさせられたのだろう。

「俺、たまらないよ。背筋がぞくぞくしてきた。こんなの、生まれて初めてだ」

長髪は、目尻に皺を寄せて笑っていた。

「調子に乗るな。最悪だろうが」

「そりゃ、まぁ、仕事としては大失敗さ。でも、檜舞台《ひのきぶたい》に立ってるようないい気分じゃないか」

「遊んでるんじゃないぞ。このままだといずれ踏み込まれて、おしまいだ。俺たちのことだから、懲役十年は食らう」

そんな二人のやりとりは、人質たちには全然聞こえていないはずだ。みんな怯えきった目でこちらを見ている。二人組がちらちらと視線を向けながら話すので、どいつから血祭りにするか打ち合わせをしているようにも映っているだろう。

ちょっと待てよ。

〈俺たちのことだから〉という言葉にひっかかった。〈前科《マエ》のある自分たちのことだから〉という意味にもとれるではないか。前科。そういえば、長髪の方に見覚えがあるような気がしてきた。サングラスとマスクをはずしたらどんな顔になるかを頭に描き、俺は記憶の襞《ひだ》を探る。

「怖いこと言うな。賢くやれば逃げられるかもしれないだろ。諦めずにじっくり考えようや。交替で休めるんだから、長期戦になっても大丈夫だし」

「遅かれ早かれ捕まる」

「強気になれって。拳銃を持ってるのを警察の奴らも知ってるんだから、手は出せないって」

「弾《たま》がないことが、そのうちばれる」

『おい、何だって?』

できたなら、俺は長髪の胸ぐらを摑んでいただろう。

『弾がないって言ったな。お前らの銃、もう弾がないのか?』

「へっ、ばれるもんか。ちゃんと一発射ったじゃないか。今、出してやった奴らも『拳銃は本物です。天井に発砲しました』ってお巡りに話すだろう。一発しか射ってないんだから、弾倉にはまだたくさん弾が詰まっていると思うはずだ」

「楽観的だな、お前は」

「あんたが悲観的すぎるんだよ。〈ベルスター〉でしくじってから弱気になってるんだ」

〈ベルスター〉。コンビニの〈ベルスター〉か。長髪の方はそこでしくじった……。

それで思い出した。こいつは袋井《ふくろい》だ。たしか袋井左兵《さへい》。時代劇に出てきそうな名前なので印象に残っている。俺が巴東署の留置所係をしていた頃に、コンビニ強盗で捕まってぶち込まれてきたのを世話したことがある。あいつだったのか。短髪の方には覚えがないが、こっちも前歴があるらしいから、よからぬところで知り合ったのだろう。

『べらべらと貴重な情報をくれて、ありがとうよ。——もう少しの辛抱だ。安心してていいぞ』

と、亜佐子にひと声かけてから、俺は外に抜け出した。犯人の片割れの身元が割れただけでなく、彼らの拳銃は今やおもちゃ同然であることが判ったのだから、一刻も早く現地本部に——いや、早川に伝えなくてはならない。

上空を旋回してみたが、銀行周辺で人の整理にあたっている警官の中に、わが刑事課の連中は見当たらなかった。交通規制を手伝っているのか、それとも、現地本部で雑用を言いつけられて右往左往しているのか。——そうだ、見つからないのなら、あいつに俺を見つけさせよう。

『早川、どこだ？　聞こえたら返事をしろ！』

大声で叫びながら、交差点の上で低く旋回した。なかなか応答がない。それでも諦めずに飛び続けていると、意外なところに彼の顔を発見した。銀行の三階の窓だ。閉じた窓越しに、小さく手を振っている。そうか、あんなところに現地本部を設置していたのか。

窓のそばに寄って彼の背後を窺うと、会議室らしい部屋に捜査員らがごった返していた。さかんに電話が鳴っており、修羅場のようだ。うちの署長がいた。地図のコピーを取っている漆原係長の横顔も見える。

「すみません。気分が悪いので、外の空気を吸わせてもらいます」

早川はそう口実を設けて、窓を細めに開いた。よしよし、と俺は頷く。

『おはよう。寝坊してきてみたら、こんなことになってたんで驚いたよ』

「ご覧のとおり手が離せません。用事があるなら、後にしてください」

彼は努めて小さな声で言ったのだが、それでも周囲の何人かが怪訝そうに振り返った。

『怪しまれるからお前はしゃべるな。黙って俺の話を聞くんだ。——いいか、俺はさっき行内に潜入してきた。そこで見聞きした事実だけを述べるから、しっかり聴いてくれ』

まず、犯人の風体《ふうてい》とその片方が袋井左兵であることを伝えた。人質の人数と構成、行内の様子についても手短に話す。そして、彼らの拳銃の残弾がゼロであることも。

「間違いありませんね?」

早川は、蚊が鳴くような声で言った。

『ああ、確かだよ。犯人たちは、拳銃の威光がしばらくは有効だと思っている。刺激しないように猫撫で声で近づいていって、ガブッとやればおしまいだ。長期戦もあるなんて勘違いしているから、隙はあるはずだ。それから、狙撃班なんて物騒なものは用意しなくてもいいぞ。無傷で逮捕できる。──判ったか？』

相棒は腰に手を当て、溜め息をついた。

「判りましたけど、今のをそのまま一課長に報告したり進言することはできませんよ。根拠がないんだもの」

『根拠も何も、俺は──』

神崎巡査の幽霊が行内に潜入して確認してきた、と言えるはずもない。早川は哀れむような目で俺を見ていた。

「どうします？」

『どうしますったって……だからといってこんな重大なことを、お前と俺との立ち話ですませていいわけないだろう。何とかして上の連中に知らせなきゃ』

「だから、どうやって？」

「早川君」漆原の声がした。「あら、どこに携帯電話をかけてるのかと思ったら手ぶらじゃないの。何をぶつぶつ言ってるの？」

しゃべりすぎだと思った。霊媒は、また慌てて演技をしなくてはならない。

「いやぁ、その、胃の具合が悪くて。痛むので気を紛《まぎ》らわせようとして、ついぶつぶつと

「……」

「ひどく痛むの？」

ピンと閃いた。俺は早口でまくしたてる。

『いいぞ、腹痛を口実にして、この部屋から出るんだ。俺に考えがある』

俺だけに見えるように、早川は指でＯＫのサインを出した。

「ええ、かなり。こんな時に申し訳ないんですが、薬を買いに行ってきてよろしいですか？　服《の》めば効く薬があるんです」

「いいわ」漆原は許可した。「課長には私が言っておくから、急いで行ってらっしゃい」

「本当にすみません。すぐ戻りますから」

彼は両手で腹を押さえ、ふらつきながら部屋を出ていく。俺は窓から中に飛び込み、廊下で追いついた。

『ここにいるとは思わなかったよ。一階で犯人が立てこもってるのに、どこから入ってきて本部を設置したんだ？』

それが不思議だったのだが、聞いてみると何でもなかった。

「ビルの側面に非常階段があるじゃないですか。二階も三階も自由に出入りしていますよ。——で、外に出るんですね？　じゃあ、階段はそっちです」

　俺たちは廊下の端のドアを開け、非常階段に出た。隣接するビルの屋上に配備された機動隊員が見ているので、早川に不自然なそぶりをさせるわけにはいかない。

『このまま下りて、電話を探そう。現場から少し離れたところのがいい』

「どこに電話をかけるんですか？」

『高砂署にでも一一〇番するか。お前は、袋井をよく知った男のふりをするんだ。もちろん名乗らなくていい。たれ込みの電話だからな』

「たれ込み？」早川はまっすぐ前を向いたまま訊き返した。「つまり、銀行に立てこもってるうちの一人が袋井で、持ってる拳銃は本物だけど弾丸は一発しかなかった、と？」

　そういうことだ。その架空の男は、袋井に銀行強盗を誘われたものの、そんな馬鹿な真似はよせ、と止めたのだ。それで袋井も諦めたかと思っていたら、今朝のこの騒動。びっくりして警察に通報した、という設定だ。

「まいったなぁ。かなり高度な演技力が必要ですよ。うまくいくかな」

　俺たちは銀行を離れ、警官による包囲の外に出た。一階が商店になった雑居ビルが蝟集《いしゅう》する地域だ。気の毒に、このあたりの店はひどい営業妨害を被《こうむ》っている。

『できるさ。お前が演じる男は、知人が大事件を起こして狼狽しているわけだから、多少はしどろもどろでもかまわない。ただし、要点を掻《か》い摘《つま》んで話さないと、逆探知《ギャクタン》されるおそれがあるぞ』

「逆探知は防いだとしても、通話は録音されますよ。僕の声だってばれないかな」

『鼻でもつまんで変な声でしゃべればいいだろう。銀行を襲わないか、と相談されるような奴だから、自分の素性を知られたくないわけだ。そうしておけば、お前の声紋と照合されるはずはない。――だろ？』

「了解」彼はやっと承諾した。「この世で僕にしか務まらない役目ですから、やります。でも、悪戯電話だと受け取られるかもしれませんね」

『袋井の風体を話せ。解放された人質の証言と突き合わせれば、信憑性《しんぴょうせい》が高いと認められるはずだ。うまくやって、早く中の人質を助け出してくれ。……妹がいるんだ』

　早川は立ち止まって、俺を見た。

「神崎さんの妹さんが、行内にいるんですか？」

『そうなんだ。俺があんなふうになって、妹の身にまで何かあったら、今度こそおふくろが倒れてしまう。亭主も悲しむ。だから……』

　不覚にも言葉に詰まってしまった。早川は「判りました」と力強く言って歩きだす。

「任せてください。精一杯、うまくやりますから。――じゃあ、電話を探しながら聞きますよ。袋井の風体やらしゃべり方の特徴を、もっと詳しく教えてもらいましょう」

15

よかったよかった、という言葉がさっきから何回繰り返されているだろうか。まるで、とんでもない幸運が降ってきたのを祝っているかのようだ。何も得ず何も失わずに一日が過ぎた、というだけなのに。何も得ず、何も失わない。そんなことが祝福すべきことだ、と人は時々思い知るのか。

頬を染めた野々村に、亜佐子がビールを注ぎ足してやる。おふくろが「私にも」とグラスを差し出した。妹は、椅子に座ったまま体をひねって、冷蔵庫から新しい大瓶を出す。テーブルの上には、出前でとった上寿司の盛り合わせ。ささやかな祝宴だ。

「お昼のニュースを観るまで、トモエ銀行であんなことが起きてるなんて、母さんはちっとも知らなかったからねぇ。でも、やっぱり虫の知らせって、あるのよ。お前が朝っぱらから銀行に行ってるなんて考える理由はないのに、トモエ銀行というだけで、もしかしたら人質の中にいるんじゃないか、と感じたんだもの。不思議よねぇ」

「母娘の絆っていうのかな。僕は『強盗の人質にとられていた奥さんが救助されました』と警察から電話があった時も、何のことだか判らなくて、ぽかんとしてた」

野々村は、糸のように細い目をさらに細くして苦笑している。

「たまたまなのよ」亜佐子は鉄火巻をつまみながら「昨日、大家さんから電話があったの。お家賃がまだ振込まれてませんって。知らないうちに残高が足りなくなってたのね。そういうの恥ずかしいじゃない。だから、朝一番で入金しようと思って。そうしたら、アレよ。ついてないわ」

「無事だったから、よかったわよ」

「テレビで全国に顔を売ったしな」

野々村が言うと、妹は「それは言わないの！」と言って夫の肩を叩いた。人質の中で自分だけがテレビでクローズアップされたのが照れ臭いらしい。野々村にしても、亜佐子がかすり傷でも負っていたら冗談を吐く気になれなかっただろう。

俺はダイニングの片隅で膝を抱え、そんな団欒《だんらん》の風景を眺めていた。知らないうちに、こちらの頬までゆるむ。

電話が鳴ったので、一番近い野々村が立った。俺がここにきてからだけでも、これが六本目の電話だ。トモエ銀行強盗人質籠城《ろうじょう》事件のニュースをテレビで観て、亜佐子が九死に一生を得たことを知った親戚や知人から、ひっきりなしにかかってくるのだ。野々村の応答を聞いていると、今度の電話もそのたぐいのものらしい。「無事で元気にしていますから、ご安心ください」と言って、彼はぺこぺこ電話機に頭を下げた。

「誰だったの？」

夫が受話器を置くと、亜佐子が尋ねる。

「仲人《なこうど》をやってくれた蔵田《くらた》さん。九時のＮＨＫニュースで知ったんだって。奥さんを大事にしてあげなさいよ、とか言われちゃったよ。別に、僕に落度があって亜佐子があんな目に遭ったわけじゃないのにな」

三人が声を揃えて笑う。俺の耳には、四人分の笑い声が聞こえているのだけれど。

「あら、もう十時ね。そろそろお暇するわ。亜佐子も早く寝たいでしょうし」

掛け時計を見て中腰になったおふくろを、野々村が止める。

「今夜は泊まっていってくださいよ、お義母《かあ》さん。僕、飲んでしまって運転できませんから。それに、まだ雨が降ってるじゃないですか」

最終のバスがあるから、とおふくろは帰りかけたが、娘夫婦に引き止められて「そうかい」と腰を下ろした。うれしそうだ。

「そうと決まったら、もっと飲むわよ。酔っ払ってもいいんだから」

おふくろがビールを呷ると、野々村がお代わりを注ぐ準備をする。「あんまり勧めないで」と亜佐子がそれを制したりして、ホームドラマは続く。この調子でだらだらやるのだろう。

もういいな、と俺は立ち上がった。

「ねぇ」亜佐子が何か思い出す。「最後に長髪の犯人を取り押さえてくれたお巡りさんの名前、言ったかしら？　私ね、頭が混乱していたせいもあって『ありがとうございます。お名前を伺えますか？』なんて訊いちゃったのよ。そしたら、きりっとした顔で『県警捜査一課のイモトタツヤと申します』だって。どんな字だか知らないけれど、タツヤよ」

「義兄《にい》さんと同じだ」

「それは偶然じゃないわ。達也が力を貸してくれたのよ。何かしらしてくれたのに違いない」

おふくろは少し興奮したように言った。俺は、『そうだよ』とだけ答え、野々村家を辞した。

外は雨。

夜空から無数の針となって落ちてくる雨粒を見上げながら、あらためて安堵を嚙みしめる。危ないところだった。早川が存分に演技力を発揮してくれたものの、現地本部は迅速に動いてくれなかった。人質の証言から犯人の一人が袋井らしいと認め、たれ込み電話の信憑性が高いと判断してからも、残弾がゼロかどうかは密告者も断言できないはずだ、という慎重な意見が出されたために、ただちに突入というわけにはいかなかったのである。投降するよう説得を継続しながら、しばらく様子を見ることになった。犯人側が話し合う姿勢を示していたため、防弾チョッキを装備した捜査一課長が上着を脱いで銀行の玄関近くまで歩み寄って話す。何度かやりとりを交わす間に、課長は犯人たちの拳銃の扱い方を観察し、実弾を装塡しているとは思えない、と見抜いたのだ。

　午後三時を過ぎて、犯人側から遅い昼食の差し入れ要求が出た時、本部は隙あらば強行突入と決断。人数分の弁当を受け取りに出てきた短髪が間抜けにも拳銃をジーンズに差し込んだ瞬間に、捜査一課特殊班の三人が飛びかかって逮捕すると同時に、拳銃を手にした別の捜査員三人が「弾がないのは判っている！」と叫びながら行内に突入した。刑事とはいえ、そんな場面に出くわしたのは初めてのことだ。玄関の脇で見ていた俺の全身には、思わず——幽霊なのに——鳥肌が立った。

　袋井はすぐに観念すると思ったのだが、そこに誤算があった。奴は銃を投げ捨てると、隠し持っていた登山ナイフを抜き、手近にいた人質の一人——つまり亜佐子の喉元に突きつけたのである。しまった、とんでもない失敗をしてしまった、と血が凍った。たじろぐ捜査員らを、袋井は外に追い返す。そして、自分も玄関先まで出てきては、包囲している警察官たちに、十メートル後退しろと叫んだ。凶器を突きつけられた妹を眼前にしながら、拱手《きょうしゅ》しているしかないことが、悔しくてならなかった。

それまで冷静さを保っていた袋井も、さすがに興奮していた。ナイフを頭上に振りかざしては、人質の喉元に戻すのを繰り返すので、今にも弾みで亜佐子が傷つきそうだ。妹の顔が恐怖で歪む。どうしたらいいのだ、と頭を抱えた。そんな俺の傍らを音もなくすり抜けたのが、イモトタツヤ刑事だった。退去すると見せかけて観葉植物の陰に隠れていた彼は、斜め後方から袋井に接近すると、振り上げられたナイフを特殊警棒であっさりと叩き落とした。ナイフとともに、指もしたたか打たれたのだろう。袋井は右手を押さえて倒れ込み、抵抗するどころではなかった。たちまち五、六人の捜査員に取り押さえられ、事件は発生からおよそ六時間半で解決した。長い長い六時間半だった。

ナイフを突きつけられて顫える妹を救えなかったことには忸怩《じくじ》たるものが残るが、俺はベストを尽くし、できるだけのことはした。よくやった、と自分を労《ねぎら》ってもいいだろう。

『そうだよな』

誰に同意を求めたのだろう？　一緒に作戦を遂行した早川にか？　いや、違う。よくやったわ、と須磨子に褒めてもらいたかったのだ。

俺は空に舞う。

とんだハプニングのせいで、今日も警官殺しの捜査は進まなかったが、早川と二人だけの捜査会議は開かなくてはならない。雨天の場合は児童公園ではなく、巴東署の刑事部屋で十時に会うことに決めていた。もう待っているだろう。俺は急いだ。

　いつもの窓から飛び込むと、彼は自分の席でうまそうにコーヒーを飲んでいた。昼間の緊張から解放されたせいか、気の抜けた顔をしている。

『よぉ』

「ああ……」

　返事もだらしがない。

「お待ちしていました。それにしても、おきれいですね、夜は特に」

『よせ。男同士で、お世辞にもならないだろうが』

「いや、お世辞ではありません。天使のように輝いてるんですから」

『もういいよ。やっとコーヒーをこぼさずに飲めるようになったらしいな』

「待ち合わせをしていたんですから、驚いたりしませんよ。——それにしても、今日はお疲れ様でした」

『お互いにな。よくやってくれたよ。あの電話をして戻った後も、現地本部でこき使われたんだろ？』

「それは課員全員です」

『毬村主任や佐山はいなかったな』

「あの二人は地上にいましたから。袋井左兵が犯人らしいと判ってから、肉親に説得させる案も出たので、母親や弟を捜す車の運転を命じられていました。毬村さんが運転手をする車っていうのに、一度乗ってみたいもんです」

まったくだ。

『お前がいなかったら、俺にはどうすることもできなかった。袋井が刃物を所持していることを確認しなかったのは大きなミスだったけれど、何ともなくてよかった』

「冷汗をかきましたね。でも、ご無事でよかった。妹さんだけでなく、誰も受傷せずにすみましたから、ハッピーエンドです。そのおかげで、こっちの捜査がまるでできませんでしたけれど」

『こんな日もあるさ』

「ええ、そうですね。明日からまた仕切り直しだ」

室内を見回すと、どの机もきれいに片づいていた。今日はみんなトモエ銀行に出ずっぱりで、仕事にならなかったことを表わしている。

「ついさっきまで、大勢残っていたんですよ。十時を潮に引き上げました」

『残業しやがれ、と怒ったりしていないよ。今日は大変だったからな』

「だんだん優しくなりますね」

『とんでもない、昔からこうだ』

「おや、それは失礼しました」

他愛もない会話を交わすだけで、心が和む。人と話せることが、うれしい。俺は、捜査会議と称してこんな時間が持ちたいだけなのかもしれない。

「さて、会議を始めましょうか。僕の方はまるで何もありません」

『俺も何も摑めなかった。亜佐子がショックを受けていないか心配で、ずっとそっちにくっついてたからな。さっきまで、あいつの家にいたんだ。本人も旦那もおふくろも、みんな元気だった』

「それを確認するのも大切でしたよ。——新しい情報はなし、ですね。何か思いついたことなど、ありませんか?」

『自分の事件について考える時間もなかったからなぁ』

捜査会議にならない。早川は紙コップの縁を見ながら、鼻の頭を擦《こす》った。

「課長は発砲する直前に『すまん』と言ったんでしたね。それ、何かの聞き違いということはありませんか?」

今さら何を言うのだ。

「あ、疑ってすみません。殺す相手に『すまん』と言うのって、やっぱり異常ですから、確かめたかっただけです」

『間違いないよ。謝りながら射ちやがったんだ』

「謝りながら射った、か。そんな重要な極秘情報をキャッチしているのに、なかなか活かせませんね。誰が課長を操ったんだろうなぁ」

『身近にいる奴に違いない』

「身近にいる奴。どこまでを身近というか、という問題もあります。この署内なのか、警察内部なのか、あるいは……いや、仕事を離れた交遊関係者ということはないか」

『プライベートがからむと、経堂と俺の共通の知人というのはいないからな』

「じゃ、やっぱり黒幕は警察関係者か。うーん、考えたくないんだけどな。同僚を疑いの目で見るというのは、つらいもんですね」

そんな甘いことを言っている場合ではないのだ。

『おい、課長の抽斗の中を調べよう』

「えっ、まずいですよ」と相棒は難色を示す。「壊したりしたら騒動になります」

『決定的な証拠が出てきたら、それで事件解決だ』

「出てこなかったら、相手を警戒させるだけです。刑事部屋の抽斗にそんな危ないものは隠してませんって」

『やれ。命令だ』

　そのひと言で早川はむくれた。

「命令？　どうして僕が命令されなくっちゃならないんですか？　そんなにこだわるのなら、ご自分がすればいいでしょう」

『それができないから頼んでるんだ』

「頼んでるって……さっきは命令って言いましたよ。どうしてあなたが僕に命令をする――」

『命令する権限はあるだろう。上長なんだから。何だ、その顔は。どっちも対等な平巡査じゃないか、と言いたげだな』

「ええ……まぁ、そうです」

　ふん、俺は鼻を鳴らし、尊大ぶって腕組みをする。

『早川、よく考えてみろ。お前は平。俺は、違う。――まだ判らないみたいだな』

「判りませんよ。何が言いたいんです？」

『俺は、殉職扱いになっているんだろ？　警察官や自衛官が殉職した場合、二階級特進することぐらい常識だろう』

「あっ！」

　ははは、愕然としてやがる。

『ようやく気がついたみたいだな。俺は、神崎警部補なんだ』

「汚いぞ」

『ん、何か言ったかね、早川巡査？』

「……いいえ、別に」

『何が、《いいえ、別に》だ。まるで小学生だな。状況が理解できたのなら、早く命令に従いたまえ』

「判りました、警部補」

『ちょ、ちょっと待て』

　課長の机に向かいかけた早川は、面倒臭そうに振り返った。

『いいな、その響き。《判りました、警部補》。快感だよ。もういっぺん言ってみてくれるか』

　子供っぽいのは承知の上だ。上長にあるまじきことだが、俺は両手を合わせてお願いしていた。早川は「いいですよ」と聞き入れてくれる。おそらく呆れているのだろう。

「判りました、警部補」

　敬礼まで添えてくれた。昇任試験で巡査部長をめざしていた俺が、一足飛びに警部補。殉職してよかったのはこれだけだな、と馬鹿なことを考える。

『ああ、やっぱりいい。すまん、もういっぺんだけ頼む』

こうなったら彼もやけくそだ。背筋を伸ばして踵《かかと》を合わせ、惚れ惚れするような敬礼とともに——

「判りました、警部補!……もうよろしいですか?」

『いい、いい。ありがとう。これっきりにするよ。とにかく、課長の抽斗を開けてくれ。責任は俺が取るから』

「どう取ってくれるんですか」とぼやきながらも、彼は抽斗に手を掛ける。やはり鍵が掛かっていた。

「手荒なことをするしかありませんね。でもよく見たらこの錠、ちゃちなもんだ。刑事課長の机がこんなことでいいのかしら。まさか、ここに泥棒が侵入するとは想定していない、ということか」

ぶつぶつ言いながら、自分の席から鋏《はさみ》とクリップを取って戻る。そして、鍵穴をガチャガチャやりだした。楽しんでいるようにも見える。他の抽斗を捜したら鍵が入っているかもしれないぞ、と言いかけた時に抽斗は勢いよく開いた。

「開きましたよ。秘密の扉が」

俺たちは、額を寄せて覗き込む。本部からの通達文書やら去年の手帳やら喉飴やらが、雑然と突っ込んであるだけだ。鍵を掛けておくほどの抽斗か、と言いたくなる。その一つ一つを仔細に調べてみたが、めぼしいものはなかった。ここに凶器が隠してあると期待していたわけでもないが、やはりがっかりした。

『ありがとう、気がすんだよ』

早川は静かに抽斗を閉めた。錠を壊した痕跡は歴然としているが、致し方ない。

「こうなったら、課長を締め上げるしかありませんね。黒幕と接触するのを悠長に待っていても、埒が明かないでしょう」

『急に過激になったな』

こそ泥の真似をして、肝が据わったのかもしれない。

「課長が怪しい、という段階だったら慎みますけれど、経堂芳郎が実行犯であることは確かなんだから、それぐらいやってもいいかな、と思うんです」

『落ち着け。締め上げるったって、火責め水責めの拷問にかけるわけにはいかないんだ。きつく問い詰めても、白《しら》を切られるに決まっている』

「しかし――」

『自白偏重はよくない、というのがお前の持論だったはずだろ。気持ちはうれしいけれど、そんなに焦らなくてもいい。俺はもう死んでいるんだし』

　本当は、俺だって早くけりをつけたい。しかし、無茶なことをして早川の経歴に傷がついたら、それこそ償いようがないではないか。

「了解。もうしばらくは、課長の身辺の観察を続けます」

『それでいい。なぁに、そんなに長くはかからないさ。課長は意外と気が小さくて、びびっている。じわじわ追い詰めていけば、終《しま》いには白旗を揚げるよ』

　自分自身に言い聞かせる台詞だった。

『俺は引き続き、課長とその身辺の人間に張りついて観察する。お前は、持ち前の演技力でみんなと話しながら感触を探ってくれ』

「それは命令ですか、警部補？」

　目が笑っている。

『馬鹿。それはもういいんだよ。——また明日もよろしくな』

　俺たちは別れた。

　外は、まだ雨。

　また明日、と早川に言ったのが耳に残っているせいか、今夜はもう捜査をする気になれない。銀行強盗事件による疲れのせいもあるだろう。

今夜はどこで眠ろうか。

雨の音が聴こえないところがいい。市役所の鐘楼は嫌だ。こんな冷たく淋しげな雨の音に包まれて眠るなんて、まっぴらだ。できるなら、肉体でぬくもりは感じられなくとも、赤々《あかあか》と火が燃える暖炉のそばで眠りたい。

胸の疼《うず》きとともに、俺は須磨子の許へと飛んだ。こんな夜、他にどこへ行けばいいと言うのだ。

行く手に見えてきた彼女の部屋には、まだ明かりが灯っていた。嵐が吹き荒《すさ》ぶ海を照らす灯台のように。

まさか、また佐山から電話がかかってきてるのではあるまいな、と窓の外で聞き耳をたててみた。と、須磨子の声がする。

「――疲れちゃった。署で待機している間にも、電話が多くて大変だったのよ」

やけに馴々しい口調だったので、心臓がきゅっと縮む。

「犯人のナイフをはたき落とした人ね、捜査一課の井本辰也《いもとたつや》さんっていうの。みんなにヒーロー扱いされていたわ。テレビを観てた署の婦人警官の間で、『カッコいい！』って歓声が上がったんですって。嘘かもしれないけど。……でも、顔は大したことなかったよ。あなたに較《くら》べたら」

相手の声が聞こえないところをみると、電話なのだろう。誰と話しているんだ？　こらえきれずに、俺は部屋に飛び込む。

須磨子はベッドにいた。こちらに背中を向けている。手ぶらで話せるように設定しているのかと思って電話機を見たら、ランプが灯っていない。

「似ているのは名前だけだったわ。タ・ツ・ヤ」

彼女は、俺の写真を手にしてしゃべっていたのだ。それでこんな口調だったのか、と判って脱力する。俺は、ベッドの脇にへなへなとしゃがみ込んだ。

「あなたの事件について、今日は誰も何もできなかった。ごめんなさいね。でも、明日はきっと……」

須磨子はベッドを降り、写真立てをドレッサーの前に戻した。そして、キッチンでグラスに水を注いできて、常用の睡眠薬を服む。部屋の明かりを消す前に、写真の俺に「おやすみなさい」と言った。

暗くなる。

静かだ。

雨は途切れることなく降っていたが、その音は遠く遠く聞こえる。

『今夜は泊めてもらうよ』

俺はベッドに上がり、須磨子の隣に身を横たえた。早くも眠りに落ちかけている彼女の鼻から洩れた息が、うん、という返事にもとれた。

早川に何か言い忘れていたような気がする。何だっけ？――そうだ、昨日の夜、漆原係長が誰かと秘密めいた連絡をとっていたことだ。あれは、どういうことだったのだろうか？

それも明日だ。

明日こそ、事件は大きな進展をみせる。そんな予感がする。

うん、とまた須磨子の寝息が応えた。

16

幽霊四日目にして、初めて八時に登庁することがかなった。それも須磨子と同伴で、だ。二人で肩を並べて満員のバスに揺られながら、まるで新婚の警察官カップルのような甘酸《あまず》っぱい気分を束の間だけ味わえた。もちろん、本当に結婚できていたとしても、こんなふうに同じ署の同じ部署に出勤することにはならなかったろうけど。

須磨子は「おはようございます」と挨拶《あいさつ》をしながら刑事部屋に入っていく。俺もそれに続いた。

「おはようございます。――あれ、カンザ……」

早川が絶句する。俺の意外な登場の仕方に驚いたのだろう。須磨子は怪訝そうにする。

「どうしたの、早川さん？　もしかして、神崎さんが何か――」

「神崎さんなんて言ってませんよ」早川はきっぱり否定する。「いやぁ、その、雑誌に載っていたクロスワードパズルの答えを思いついただけです。〈『オズの魔法使い』の舞台になったアメリカの州〉っていう鍵で、答えはカンザス州だったなぁ、と」

「ふうん。クイズとかパズルが好きだったのね」

『妙に納得されてやがる。学生時代はクイズ研究会に入ってました、と言っても違和感なさそうだぞ』

俺のよけいなひと言に、慌て者の彼は「入ってませんよ」と反応する。

「入ってませんって、何のこと？」

「すみません、それは独り言です。……もう、朝からまいったなぁ」

早川の言動が理解できずに、須磨子は首をひねっている。

「どうも変なのよね、ここのところの早川さん。寝呆けているのなら、顔を洗ってきた方がいいわよ。会議の後、九時から射撃訓練があるし」

「ああ、そうでしたね。今朝は東署自慢の練習場で射撃訓練だった。また森さんの鮮やかなシューティングを拝見させてもらいます」

『すまんすまん。しばらく俺はおとなしくしてるよ』

そう声をかけたが、今度は早川にきれいに無視された。いや、無視されなくては困るのだが。

八時半から朝の捜査会議が始まった。本部からきている連中の顔がずらりと並んだところを初めて見た。どんな様子なのか覗きたくてならなかった会議だったのだが、捜査に進展がないせいか内容に乏しく、ちっとも盛り上がらない。一番後ろの空いた椅子に座って参観していた俺は、中井洋佑警部が総花《そうばな》的な捜査方針を説明するのを聞いて失望した。名刑事の誉《ほま》れ高い警部だが、今回は何の手応えも得ていないらしい。豆狸に似た風貌《ふうぼう》で眠たそうな目をしているせいか、敏腕という噂は本当なんだろうか、と意地悪く思ったりもする。会議の締め括りでは前日のトモエ銀行強盗事件が迅速に解決したことについて言及し、あれに較べて刑事殺しを担当している連中は何だ、と言われないよう気合いを入れろ、と発破をかけていた。気合いだけじゃ、どうしようもないだろうが。

今日の段取りを確認して、会議は三十分足らずで終わった。過度の期待はしていなかったとはいえ、俺は大いに不満である。やはり、早川の協力をもらいながら自分の手で片をつけるしかなさそうだ。

会議の後、一係の捜査員たちは地下の射撃練習場へと下りていった。俺は射殺されてすっかり拳銃アレルギーになっているし、訓練など珍しくもない。終わるまで休んでいようと思ったのだが、須磨子の凛々しい姿が久しぶりに見たくなって、途中からのこのこと地下へ向かった。模擬弾ではなく、実弾が発射される音が天井の低い練習場に響いている。硝煙《しょうえん》の匂いが鼻を衝いた。

六人が並んだシューティングレンジの真ん中に立った須磨子は、鋭い目で標的を見つめていた。ニューナンブM60を両手で保持し、腰を落とさない高射ちの姿勢で構えて——

射つ。

二十メートル先の的の中心に命中した。黒点の部分には、すでにいくつもの穴が重なって穿《うが》たれている。相変わらず素晴らしい腕前、恐ろしいほどの集中力だ。惚れ惚れしながら俺が見ている間にも、彼女は黒点を射抜き続けた。ぞくぞくと身顫いがする。

須磨子の右隣で射っているのは佐山だ。このガンマニアにとって実弾による射撃訓練は至《し》福《ふく》のひと時だろう。しかし、いくらしゃかりきになったところで、彼の技能は須磨子とは比較にならない。時折、彼女の方をちらりと見ては、感に堪えないというように溜め息をついていた。

漆原、毬村、早川らも真剣な面持ちで訓練に臨《のぞ》んでいる。経堂だけは、俺がきてから二、三発射っただけで切り上げた。俺を射ち殺した感触が甦って気分がよくないからではないのか。おい、きっとそうだ、と早川に同意を求めたかったのだが、射撃訓練中に気が散ってはまずかろうと慎んだ。

十五分ほどで訓練は終了し、よその係の者と交代をする。佐山は須磨子にすり寄って、その腕前をしきりに称賛した。

「いつもながら、すごいね。隣に立ってて、鬼気迫るものがあった。今度はオリンピックも狙えるよ。俺も早く追いつきたい、と思っているんだけれど、まだまだ駄目だなぁ。コツを摑みきれてないんだ。どこが問題なんだろう」

純粋に指導を仰ぎたがっているのか、別の下心があるのか判らない。須磨子はいたってクールに「集中するだけです」と答えて、さっさと階上に向かった。近くでそれを見ていた毬村が笑っている。佐山は少しバツが悪そうにしたが、照れ隠しのように経堂に話しかけた。

「ねぇ、課長。私は思うんですけど、日本の警察も38スペシャル弾なんか使わずにホローポイント弾を使用するようにした方がいいんじゃないでしょうか。着弾したら広がるように、弾頭に穴があいてる弾丸ですよ。現状のように殺傷力を抑えた武器では、多発する凶悪犯罪に対抗できません。それに、ホローポイント弾なら貫通せずに必ず犯人の体内に残りますから、近くにいた一般市民が巻き添えをくうなんていう危険もなくなります」

経堂は「私たちが決めることではない」と気のない返事をしただけで、佐山は面白くなさそうだった。

「森さん、いつもにも増してすごかったわねぇ」

漆原がギザギザの前髪を掻き上げながら、毬村に話しかける。

「まるで鬼神が取り憑いたみたいだったわ。オール黒点賞よ。あんなふうに他のことに集中している時だけ、神崎君のことを頭から払えるからかもしれないわね」

「うん、すごくセクシーだったな。美しい女性が全身に緊張感を漲《みなぎ》らせて射撃をしているところというのは、たまらないもんです。僕なんか、彼女と漆原さんの間に挟まれていたから、くらくらきそうでしたよ」

「何つまらないこと言ってるの」

フェミニスト警部補は、おぼっちゃま刑事の胃のあたりを拳で突く。毬村は腹を押さえて
「うっ」とうめいた。

それから洗面所で両手を洗うのだが、早川は俺と話す機会を作るために石鹸をたっぷり使って、わざと愚図愚図してくれた。

「やれやれ、昨日は銀行強盗現場でぐるぐる旋回、今朝は森さんと同伴出勤ですか。毎日、登場パターンを変えて楽しませてくれるじゃありませんか。あまり予想がつかない出方はし

て欲しくないんですけれどね」

　ハンカチで手を拭いながら、ちょっと不平がましく言う。

『そう言われても、こっちにも色々と都合があるからな。以後なるべく注意するよ』としか約束できない。『それはそうと、実のない捜査会議をやってるな。中井警部っていうのも評判ほどではなさそうだし』

「難事件なんだから仕方がありません。神崎さんは、事件の目撃者……というのも変だけど、とにかく犯人を知っているから、みんなが無能に見えるんでしょう」

『会議の終わりに言っていたけど、お前、本部の刑事と組んで俺の高校時代の友だちの話を聞きにいくんだってな。無駄足と判っているのに、ご苦労さま。津田《つだ》っていう奴が俺の悪口を言うかもしれないけれど、聞き流してくれ』

「あれ、何かその人によからぬことをしたんですか？」

『卑劣なことをしたわけじゃないぞ。サークルの夏合宿に行って肝試《きもだめ》しをした時、俺がお化け役で上手に怖がらせ過ぎたんだ。あいつ、好きだった女の子の前で一世一代の醜態《しゅうたい》をさらしてしまって、それ以来、立ち直れていない』

「うわぁ」早川は眉をひそめる。「つらい話だなぁ。一緒にいたその女の子を放って逃げ出しでもしたんですか？　おしっこチビったとか？」

『いいや。思わず《ママ！》って叫んでしまったんだ』

「そいつは致命的ですね。人生は残酷なもんだ」

まったくだ。その報《むく》いで、俺はお化けになっちまったのかもしれない。

『俺は課長と漆原さんをマークしてみる。今日は雨の心配がなさそうだから、また夜の十一時にあの公園で会うことにしよう』

「了解。——漆原さんをマークするというのは、特別の意味があるんですか？」

彼女が自宅で深夜に秘密めいた電話をかけていたことを話す。早川はいくらか興味を抱いたようだ。

「係長が丁寧語で話す相手と言えば、まずは課長でしょうから匂いますね。でも、あの二人がどんな事情でつるむのか見当がつかない。まさか、不倫の関係にあるとも思えません」

それに、仮にそんな間柄だったとしても、俺を抹殺する理由がない。謎は深い。

ともあれ、俺たちは夜まで別行動をとることにした。と、洗面所を出たところで毬村が立っていた。誰もいないと思っていたので、早川は「わっ」と叫ぶ。

「何をそんなに驚いているんだ、君は？　こっちがびっくりするじゃないか」

「すみません」早川は胸に手を置いて「考えごとをしていたもんですから」

毬村はそんな彼を疑わしげに見る。

「もとからユニークなキャラクターではあったけれど、ここ数日の君の態度はどうも普通じゃない。みんな言ってるよ。もしかして、何か隠しているんじゃないのか？」

「めめ、滅相《めっそう》もございません」

相棒は顔の前で大きく手を振る。平静でなくなると、時代劇口調になる質《たち》らしい。

「まま、毬村さんこそ、どうして洗面所の前に立っていたんですか？」

「スーツの袖口に染《し》みがついているのに気がついたんで、洗い落としに戻ってきたんだよ。ほら、ここ」と微かな汚れを示す。「そしたら、中から君の話し声がする。おかしいなぁ、一人きりしかいないはずなのに、と不審に思っていたんだ。――あれ、やっぱり他に誰もいないな」

どこまで聞いていたのか知らないが、まずいことになった。どうする、早川？

「ええ、いません。僕だけです。一人に決まってますよ。だって……だって、ほら、あの、何です。忘年会に備えて落語の稽古をしていたんですから」

「落語？　射撃訓練がすんで、これから捜査に出るという時に洗面所で落語の稽古だって？　君はやっぱりおかしいな。脳の健康診断を受けた方がいいぞ」

無茶苦茶な弁明をしやがった。しかし、毬村は呆れながらも「嘘をつくな」とは詰《なじ》らなかった。早川がぼそぼそと小声でしゃべっていたので、俺との会話の中身は聴き取れていなかったのだろう。毬村はそれ以上は追及せずに、ハンカチを濡らして袖口を拭き始めた。早川は「不真面目でした。反省しています」と低頭しながら洗面所を去る。どうにかごまかし通せたらしい。

『みんなが変に思いだしているみたいだな。俺も充分に気をつけるよ。じゃあ、また夜に』

相棒は胸のあたりでＯＫのサインを作った。そんな仕草が不自然だと指摘されたら、手話の練習中です、とでも説明するしかないかもしれない。

経堂は午前中はずっと署内にいるということだったので、尻尾を出すようなことはしないだろう。それより、単独で外へ出て動くことになっている漆原に張りつく方がハプニングを期待できそうだ。会議で聞いたところによると彼女は、県警本部にいた頃から個人的に抱き込んでいる情報ソースと接触するのだという。これは結構、怪しいのではないか。一人で行動するために、そんな内偵を申し出たのかもしれない。

どこで誰と会うかも判らなかったので、彼女にぴったりとくっついて署を出た。漆原は車もバスも使わず、けやき通りを足早に北へと歩く。ロングジャケットスーツの裾を翻しながら、颯爽と。俺は、五メートルほどの距離を置いて尾行した。幽霊なのだから真横に並んで歩いてもよさそうなものだが、少しは気分を出したかったのである。雑踏でもないのだから、見失うおそれは寸毫《すんごう》もない。

それでも市内きっての繁華街である松園《まつぞの》町方面に向かっているので、しだいに人通りが多くなってきた。ウイークデーの午前中だというのに、ふらふら遊び歩いている人間が大勢いるものだ。高校生ぐらいに見える若い連中が、電子音が渦巻く中で苦行のようなゲームに黙々と興じているのを見るにつけ、妙な気がする。勤労青年が休日を楽しんでいるだけなのかもしれないが。ゲームセンターというところは好きではないので、ほとんど足を踏み入れたことがないのだが、通り過ぎざまにちらりと覗いたところ、最近は恐ろしく複雑な遊戯がはやっているようだ。

あれは何をしているのだ？　体の動きに連動して画面の映像が動き、スキーをしている疑似体験ができるゲームらしい。ヴァーチャル・リアリティというものか。なるほど、スキー板を履《は》いたことがない人間でも、街の真ん中でスキーの真似事ができるわけだ。泳げなくてもスキューバダイヴィングができるゲームなどというものも、そのうちできるかもしれない。便利だな。万一の事故を考えたら怖くてできないスカイダイヴィングもゲームでできるなら体験してみたい気がするし、夢の宇宙飛行士になれるゲームなんかもあれば面白そうだ。仮想と現実の区別がつかない子供を作っている、と糾弾《きゅうだん》されたりしているヴァーチャル・リアリティだが、新しい認知の地平を拓《ひら》く豊かな可能性も持っているのではないか。

呑気にそんなことを考えていて、愕然とした。何を珍しがっているんだ。ヴァーチャル・

リアリティというのは、今、俺がどっぷりとひたっている世界のことではないか。リアルで活き活きとした世界の像が眼前に広がっていながら、俺は決してそれに指一本たりとて触れることができない。それは、ただ見えているだけの世界。鷲摑《わしづか》みにしたり、抱き締めることは永遠にかなわないリアルな幻想。――いや、俺が見ている世界は幻想どころか、紛れもない現実か。そうであれば、世界ではなく、俺自身の徹底的に希薄な存在こそがヴァーチャルなのだ。

――やっぱり、俺は影だ。

――まるで、ゲームの中の映像。

――コンピュータに入力された情報のように儚《はかな》い。

あらためて絶望したわけではない。それどころか、悟ったというのとも違うが、死んでから初めて新しい知見を得たように感じた。しかし、その先に某《なにがし》かの希望や展望が見えたりもしない。ただ、こうは言える。生物的には生きていながらも、主体的な意思を欠いて厚みを持たずに生きている人間、そんなふうに貧しく生かされている人間というのは、いくらでもいる。彼ら、彼女らもまた、幽霊なのではあるまいか。いや、生前の俺にしたところで、須磨子と巡り合っていなかったら、与えられた生を燃焼し尽くしていたかどうか。だとすれば、今、この世界をさまよっている幽霊は俺一人ではない。世界は、幽霊たちで賑わっているとも言えるのだ。

もう、いい。

そんな益体《やくたい》もない考えに耽《ふけ》るのは、寝る前の暇つぶしにしておこう。今は、刑事として捜査の最中だ。前方を行く鳶色のスーツの背中を見失わないように、気を散らしてはならない。

松園町の交差点が近くなり、一段と人の姿が増えだした。

漆原は赤信号で立ち止まり、左手首をひねって腕時計を見た。約束の時間を確認しているのだろう。この付近の喫茶店ででも待ち合わせているのか。

青に変わった。スクランブル式の交差点を、彼女は斜めに横断しようとする。それに続こうとした瞬間に、俺は誰かの視線をこめかみあたりに感じた。

視線？　馬鹿な。

そんなはずはない、と思いながら気配のする方を見た。漆原が向かおうとしている北西とは九十度ずれた交差点の南西の角。そちらからこちらへと、歩行者の一団が向かってきていた。誰も俺なんか目に留めていない。やはり気のせいか、と思いかけた時、トレンチコートをはおった初老の男が歩道に佇んでいるのが見えた。どうやら、彼の視線がたまたま俺にぶつかっているらしい。

……いや。

違う……。

男は彫りの深い顔に微笑を浮かべた。そして、ゆっくりと右手を上げる。俺に挨拶をしているのだ！

『まさか』

思わず声が出た。俺が見える人間が街角に立っているなんて信じられない。あれほど探し回っても、早川しかいなかったのに。これは錯覚に違いない。あの男は、俺の後方にいる他の誰かに挨拶をしているだけだ。

そう思おうとしたが、さらに驚くべきことを発見した。男は、ぼんやりと光りながら、透き通っていた。俺と同じように。つまり彼は、彼も——

『あなた、幽霊なのか……？』

問いかけたが、声が届く距離ではないので、相手はにこにこ笑っているだけだ。雑踏の向こうに、漆原がどんどん遠ざかっていることを承知しながら、俺はその後を追おうとしなかった。それどころではない。ついさっき、世界は幽霊のような生者で満ちている、と考えたりしていたが、俺と同じような本物の幽霊と出会えるとは思っていなかった。それは、とっくに捨てた期待だった。

男は、こちらに歩いてくる。行き交う通行人が何人も、前から後ろから横から、その体を突き抜けた。彼が幽霊であることに、もう疑いの余地はない。

『かなり驚いた様子だな』

渡ってきた男は、掠《かす》れた声で話しかけてきた。上背は俺の鼻の高さぐらいしかないのだが、その口調にはたいそう貫禄がある。年齢は六十代前半か。

『あんた、自分以外の幽霊を見たのは初めてか？』

『はい』と頷く。

『そうかい。大口を開けて驚いてたから、そんなことだろうと思った。幽霊になって、まだ新米だろう？　遠くから見ても判る』

『どうして判るんですか？』

『輝きだよ』男は、俺の右手と自分の右手を並べてみせる。『違うだろ』

俺の手が放つ光の方が、かなり明るかった。男の光は非常に弱々しく、切れかけの電球のようである。だから、交差点に佇んでいる姿にもなかなか気がつかなかったのだ。

『まだ四日目なんです』

『なりたてのほやほやだな。まだ右も左も判らないだろう。話し相手は、わしが初めてか？』

『いいえ、友人にイタコの孫という男がいたので、彼だけは――』

『それは幸いだ。わしが出会った幽霊たちのほとんどは、そんな相手を持てずにいた。わしにだって、いなかった』

早川の存在は素晴らしい幸運だったのだ。

『いいかね、世の中には霊能力者を自称する輩《やから》がごろごろ転がっているが、そんなものは九十九パーセントまで偽者なのだ。わしは、テレビに出演したり本を書いて稼いでいる著名な自称霊能力者を何人も訪ねたが、全員がペテン師だったよ。まぁ、芸人だと思えばいいんだろうけれどね』

『幽霊には、何人か会っているんですね？』

『六人。十年間で、たったの六人だけだ』

『十年も……』

そんなに長い間、浮かばれずにさまよっているのですか、と言おうとして口を慎んだ。

『そう、十年も迷っている大ベテランだ。よほど業《ごう》が深くできておるんだろうな。ああ、こんな言い方は坊主みたいで不適当か。――最後にお仲間に出会ったのは、もう二年前の春になるな。京都で若い娘さんと会った。円山《まるやま》公園の満開の桜の下で、身の上話を聞いてあげたのが懐かしい。交通事故で死んだ女子大生でな。小学生の弟とだけ話ができる、と言っていた。《お姉ちゃんが見えるなんて言うたら頭がおかしいと思われるから、内緒にしとくんやで》と言い聞かせていたとか。聡明《そうめい》で、可愛い娘さんだった』

何人も、何人もが、立ち止まって話すわれわれをすり抜けていく。

『その娘さんは、どうなったんですか？』

『行ったよ』こともなげに言う。『どこかへ、行ってしまったよ。わしの知らんどこか遠くだ。もしかしたら、天国なのかもしれない』

『本当ですか⁉』

思わず叫んでいた。諦めていた救いのロープが、するすると降りてきたようだ。天国に行くことができるなら、どれだけ長くみじめに幽霊として放浪しようとも耐えることができる。だが、俺の希望に水を差すように、男はかぶりを振った。

『天国へ召された、とは言ってないぞ。ただ消えてしまったのかもしれない。わしが見ている前で、ふっと、いなくなったんだ』

『消えたっていうのは、成仏した、ということでしょう？』

男は、ためらいがちに頷いた。

『そういうことかな。自分を轢いて逃げていたトラックの運転手が逮捕されて、思い残すことがなくなった後で消えたんだから』

『交通事故というのは、轢き逃げだったんですか。俺は、職場の上司に理由も判らずに殺されたんです。あなたも、犯罪の被害者なんですか?』

『わしはな……ああ、あんたは、こんな人込みに立ってると落ち着かないんじゃないか。わしは慣れたけれどな。人間の真似をして、そこにでも掛けよう』

男と俺は、古い銀行の石段の端に腰を下ろした。御影石《みかげいし》の縁が摩滅《まめつ》して、角がすっかり丸くなっている。

『そう。わしも、他人の手にかかって命を落としたんだ。煙草を買って帰る途中の夜道で、複数の暴漢に襲われてな。みんな顔をマスクで隠していたので、若い男ということしか判らなかった。わしも早まったよ。《金を出せ》と言われて、かっときてな。《生意気なことをぬかすな、小僧》と逆《さか》らったんだ。てっきり、相手が一人だと思ってな。そうしたら塀の陰からぞろぞろ現われやがったんだ。そのうちの一人に後ろから鉄パイプみたいなもので殴られたのが致命傷だ。遠くなる意識の下で、誰かがコートのポケットをまさぐるのが判った。財布には、十万円ほど入っていたかな。たった十万円だ。わしにすれば、そんなものは銀座に飲みにいくひと晩の小遣いだよ。頼み方しだいでは、通りすがりの人間にくれてやっても惜しい金額ではない。それなのにあんなことになって、まったく無念だったよ』

銀座に飲みにいくということは、東京の近辺で暮らしていたのだろう。そして、かなり裕福だったらしい。身形《みなり》をよく観察してみると、コートはカシミヤの上物だし、腕時計はロレックスだ。節くれ立った両手の中指には、それぞれプラチナらしい指輪が嵌まっていた。

『死んだはずなのに、どうしたことか気がついたら殺された現場に立っていた。あんたもそうか？　やはりな。それ以来、幽霊人生が始まったというわけだ』

『犯人は捕まらなかったんですね？』

男は頷く。

『通り魔的な犯行だったからな。犯人たちが自首してくることもなかった。わしが死んだことに後悔をしたのかショックを受けたのか、犯行を重ねることもしなかったらしい。という事件は未解決のままだ』

『六人の幽霊と出会ったとおっしゃいましたが、みんな犯罪被害者ですか？』

『いいや。工事現場の事故や土砂災害で死んだ人間もおった。いずれも人災めいた事情だったらしいがな。ともあれ、この世に強く思いを残していたことだけが共通していた。――しかしな、それも本当のところは判らないんだぞ。強い思いを残していたら成仏できない、というのなら、この世はたちまち幽霊だらけになってしまうだろうが。おそらく、わしらが行き先を迷ってしまったのは、人知では計り知れない偶然が作用しているんだろう』

それはそうだろうが……。

『あんたは職場の上司に殺された、と言っていたな。警察はそいつを捕まえていないわけか？』

『ええ。まず、私の職場についてお話ししますけれども――』

俺は、自分が殺された経緯について説明した。警察官による警察官殺しという事件の特異性に、男も驚いた様子だった。

『あんたは刑事さんだったのか。そうか、それで自らが犯人を逮捕するために捜査を。ふうん、これは初めて聞く話だ。口惜しくてたまらんだろうが、当面の目標がはっきりしているのは悪いことではないかもしれん』

そうだ。かろうじて自暴自棄にならずにすんでいる。

『うまくいくよう、祈っているよ』

男はあっさりと言った。幽霊人生十年の結果か、感情の起伏が乏しいようだ。彼にすれば俺が二年ぶりの話し相手だというのに、会話できることを喜んでいるふうでもない。だんだんとそうなっていくものなのか？

『色々と質問してもいいですか？』

『おお、めったにない機会だ。何なりと訊きなさい』

『京都で会った娘さんは、消える前に何か言っていませんでしたか？　そのう……天使がお迎えにやってきたとか、極楽往生を暗示させるようなことを』

男は穏やかな目をして語る。

『その子とは、いつも朝の決まった時間に公園で会うのを日課にしてた。それがある日のこと、《ついさっき、私を轢いて逃げた運転手が捕まりました。警察からうちに連絡が入ったんです。だから、もうお別れしなくてはならないみたいです》と言うんだな。何故かと訊くと、《そんな気配がします。犯人が逮捕されたと知った直後から、視野の隅に緑色の影が現われました。それに、小さな光の点が目の前をちらちら飛ぶんです》と言う。そこでわしは彼女を安心させるために、それまで出会った四人も自分の死に責任があった人間の処断が決まった後でいなくなっていった、ということを教えてやったよ。その子は《不安はありません。ただ、この世からいなくなってしまいそうなので、最後のご挨拶にきただけです》と微笑んでいた。微笑みながら《あっ》と言って……』

『消えたんですね？』

『すうっと、輝きが遠退《とおの》いていく感じでな。ほんの数秒で行ってしまったよ。残念ながら、《天国が見える》と言い残してはくれなかった。しかし、恐ろしい変化ではないんだろう。微笑みながら消えていったんだから』

『あなたが出会った四人の人たちは、みんな自分の死に責任がある人間が罰を受けることが決まった後にいなくなった、というのは、確かなんですね？』

『ああ、そうだ。そういう法則があるんだな』

『では』訊きにくいことを尋ねる。『犯人がとうとう判らずじまいの、あなたのようなケースはどうなるんでしょう？』

『いつまでも、この世に留まるしかない。悲しみ、苦しみは時間がたつとともに薄らいでいくから、仙人めいてくる。しかし、幽霊として永遠にこの世で迷う、という仕組みでもないらしい』

『……と言うと？』

男は両の目尻を指差した。

『視野の隅、このあたりにな、一週間ほど前から緑色の影が見え始めたんだ。小さな光の点がちらつくこともある。どうやら、ようやくお迎えがきたらしい』

『犯人が捕まらなくても、時間が経過したら消えるということですか？』

『いいかね、わしはさっき《それまで出会った四人も》と言ったけれど、それだと計算が合わないだろう』

言われてみると、そうだ。彼は京都の娘と会う以前に、五人の幽霊と遭遇していたはずだ。

『残りの一人が、わしと同じようなケースだった。酔っぱらって喧嘩した挙《あ》げ句《く》に死んだ中年の男で、犯人はとうとう判らないまま。それで、十年近くさまよっていたそうだ。今のわしのように、その体から出る光はとても弱くなっていたな。ある日、その男が言ったよ。《緑色の影やら光の点がちらちら見える。変化が起きる前兆だろう》。それっきり、いなくなった』

『つまり、幽霊が成仏する条件は二つあるわけですね。一つは、自分を殺した犯人が捕まって事件にケリがつくこと。もう一つは、一定の時間が経過して——』

『擦《す》り切れてしまう、とでも言うのかな。霊体として意志や形を保つエネルギー——それがどういうものかは判らない——が消費し尽くされてしまうのかもしれない。それに要する時間が約十年だ。長い時間だったが、もうすぐ幕が下りる』

男は、晴れ晴れとした顔になっていた。

『しかし、あんたの場合はそんなに長くかからずにすむだろう。犯人の正体を知っているんだし、それを伝え聞いた警察官の友人も協力してくれている。解決は時間の問題じゃないか』

『ええ』と応えながら、心中は複雑だった。経堂の罪を暴くことが、この世に別れを告げることになるのだとしたら、それは幽霊としての自決を意味する。その時こそ、俺は須磨子と完全に離れなくてはならないのだ。もちろん、こんな影になって永遠にこの世をさまようなんてごめんだ。が、まだ断ち切れない未練もある。

『あなたは……』

『ん、何だ？』

『十年も迷っていたんですから、この世を去れることを、さぞお喜びでしょう。そのお気持ちは当然のことだし、私にもよく理解できます。でも、なお思い残すことはないんですか？』

不躾《ぶしつけ》な質問だったが、相手は気を悪くしたりしなかった。

『そりゃ、幽霊になったぐらいだから死んだ当初はあったけれど、今はないね。わしが思いを残したのは、金だった。肥溜《こえだ》めに両腕を突っ込むような真似までして稼いだ金。それを、ほんの二割程度しか使い切らないままに死んだことが無念でならなかったんだ。業突張《ごうつくば》りの、嫌な男だろう？』

『いえ、そんな。……ご家族のこととかは心配ではなかったんですか？』

『家族はない。愛人が三人いただけだ。それも苦労して理想的なのを三タイプ揃えたばかりだったというのに。あれでは、まだ元を取っておらん。もったいないことだ。ろくに楽しむ暇もなかった。——あんたは、何に思いを残したんだ？」

結婚したい女性がいたのだ、と話すと、男の表情が曇る。

『同情するよ』

慰めの言葉は短かった。二人はしばし黙り込む。やがて男は『さて』とおもむろに立ち上がった。俺の相手をすることに倦んだらしい。

『いつも、どちらにいらっしゃるんですか？』

『わしの連絡先が知りたい、ということかな。萩ノ森公園の近くの墓地をねぐらにしているよ。幽霊は幽霊らしく、ということでもないがな。あそこは静かで環境がいい。山と海に挟まれたこんな街は好みだし、もうしばらくは滞在しているつもりだ。お迎えがくるまでだがな』

『訪ねていってもかまいませんか？』

『ああ、いいとも。ただし、もう何回も会えないかもしれないぞ。――久しぶりのことなんで、話し疲れた。独りになって休ませてもらうよ』

『ありがとうございました』

頭を下げる俺に背を向けて、男はまた交差点を渡っていく。彼の名前も聞かなかったことに気がついたが、そんな些末《さまつ》なことはどうでもよかった。相手だって、尋ねようとしなかったではないか。

俺の頭の中はひどく混乱したままだ。事件が解決した途端にこの世から消えるのだとしたら、須磨子を見ることもできなくなるのだとしたら――

17

海が光っている。
水平線に雲はない。
沖を行くヨットの白い帆。
砂浜で膝を抱いて蹲《うずくま》る。
潮風が体を吹き抜けていく。
太陽は頭の真上にある。
暈《かさ》が掛かったクリーム色の太陽。
砂浜で膝を抱いて蹲ったまま。

幾千もの波が、渚を洗う。

海に陽が落ちて。
暮れた空に水平線が溶ける。

はるか沖で瞬くタンカーの灯。

薄暮に抱かれて蹲る。

海は凪《な》いで風はやむ。

月は岬の上にある。

でっぷりと満ちた銀色の月。

深まる闇の底で蹲ったまま。


俺は、ずっと波の音を聞いていた。

18

夜になって、ようやく正気に返った。

『何を悩んでるんだよ。くよくよしたって仕方ないだろうが、神崎』

わざと軽薄な調子で言ってみる。事件を解決することが己れの存在に決定的な終止符を打つことになるのなら、それも運命だ。あるがままを受け容《い》れるしかない。一度死んだ人間には、もう思い煩うことなどないではないか。

須磨子のことにしたって、悩む必要はない。この地上にいつまでも留まって、彼女の幸福を祈りながら、他の男が近づくたびに嫉妬するよりは……消えてしまった方がいい。

俺は必ず経堂を刑に服させる。刑事として、自分の手でケリをつける。

そして、微笑みながら消えていこう。

それが俺の誇りだ。彼方に待っているものが天国であろうと、無であろうと、かまいはしない。悩むのは今度こそやめた。これからは捜査の鬼になる。

俺は助走をつけて、空へ飛んだ。早川と待ち合わせている十一時にはまだ間があるだろうから、寄り道ができるはずだ。目指すのは萩ノ森公園に隣接している墓地。そこへ行って、午前中に会った初老の男にもう一度礼を言っておこう。彼にあれこれ聞いたおかげで、目隠しをしたまま砂漠を歩くような状態から抜け出し、自分の未来を知ることができた。よくぞ出会えたものだ。いくら感謝してもし足りない。人間らしく、せめて名前だけでも聞いておきたい。そして、俺の名前を伝えたかった。

巴市民の憩いの場、萩ノ森公園は市街地の中心から三キロほど西にはずれたところにある。かつて巴藩主の平城《ひらじろ》があった敷地が、明治六年の太政官《だじょうかん》布告に基づいて公園となったのだという。遠方から大勢の観光客を呼ぶほどではないが、秋は萩の花が美しいことで知られており、ささやかな回遊式日本庭園を一角に持っていた。墓地は、そのすぐ裏手だ。

月明かりに照らされた墓石の谷間に、ひらりと着地する。わが身が幽霊だというのに、やはり夜の墓場というのはあまり気味のいいものではなかった。特に、芒《すすき》が手招きするように揺れているのが。虫の鳴き声がまばらになっていることで、秋が去りゆこうとしているのを実感した。

『もしもーし、いらっしゃいますか？』

あの男の姿が見当らなかったので、静寂に向かって呼びかけてみる。返事はなかった。

『昼間、松園町の交差点でお話しした者です。いらっしゃいませんか？』

蟋蟀《こおろぎ》しか応えない。

——もう何回も会えないかもしれないぞ。

別れ際に、男はそう言っていた。もう会えないかもしれないぞ、と言う方が正確だったのかもしれない。

『行って……しまったんですね』

どうやら、そういうことのようだ。たまたま留守にしているだけの可能性もあるが、俺には何とはなく感じられる。彼は消えたのだ。せめて最後のメッセージを遺していてくれていたら、と思うが、それは彼自身が望んでもできなかったことだ。

『さようなら』

どこへともなく、俺は言葉を投げた。

孤独ではない。俺には、早川がいる。彼に会いにいかなくては。

しかし、捜査会議のために児童公園に行って待つには、まだ少し早いだろう。それならば、刑事部屋に寄って様子を窺ってみるのがいい。

俺は再び舞い上がって、巴東署へと飛ぶ。昨日、今日と二日続けて捜査はまるで進展しなかったが、予期せぬことが起きたのだからやむを得まい。相棒にも収穫がなかったとしても、明日があるさ、ですませよう。明日は、掃いて捨てるほどあるのだ。

市役所の前を横切りざまに庁舎の時計を見ると、十時二十五分だった。もしかしたら、まだ早川や経堂は署に残っているかもしれない。迷いがなくなると、俄然、捜査への意欲が湧いてきて、漆原に張りつき損《そこ》ねたことも残念に思えてくる。早川との会議を終えたら、また係長殿の家庭訪問をしてみようか。

どこからか、屋台のラーメン屋のチャルメラが聞こえてきた。秋の夜気に、よく響く。生身の体だったら、グゥと腹が鳴ったかもしれない。

赤提灯をぶら下げた屋台が遠ざかると、いつもの窓が見えてくる。煌々と明かりが灯っていて、たくさんの人影が動いていた。おやおや、今宵はお揃いで残業をしているらしい。被害者としては、できるなら差し入れをしたいところだ。

窓から勢いよく飛び込みかけて、俺は考え直した。できるだけ穏当《おんとう》な現われ方をしてやらなければ、また早川が奇声を発するかもしれない。登場すると予告してから入るのが親切だろう。そこで、窓の外で一旦停止して声をかける。

『早川ぁ。俺だぁ。これから入るぞぉ』

何となく間抜けだったが、気にしていられない。これで準備はよかろう、と窓をすり抜けた。

思いがけないことに、部屋の中には一係の捜査員がほとんど揃っていた。漆原も、毬村も、佐山も、須磨子も、早川も。経堂だけがいない。そのかわり、刑事でない人間が一人まぎれていた。——鼠面《ねずみづら》をしたドクターXこと、久須悦夫だ。

「出鱈目《でたらめ》ばかり言ってると承知しないぞ、この野郎。万引きの現場を押さえられたのとは、わけが違うんだ。お前もワルなら肚《はら》を括れ!」

ドクターの鼻先まで自分の顔を突きつけ、コートを着た佐山がえらい剣幕でどなっていた。盛大に唾を飛ばすその迫力に、俺は呆気にとられる。

「下手な嘘をついても、すぐにバレるよ。正直に吐くことだ。君のような人間からいい加減な話を聞かされるだなんて、僕には我慢ならない。プライドが傷つくよ」

どなり散らしこそしないが、毬村もすっかり平静さを失っている。二人がドクターに詰め寄り、体に触れようとするのを、「およしなさい」と漆原が制した。

「ねぇ、ちょっと。ドクターから離れて。何か話そうとしてるじゃないの。しゃべらせなさい」

気取り屋のドクターが、顔を歪ませて半泣きになっていた。そして、漆原の言葉に手を合わせる。

「ああ、係長さん、ありがとうございます。佐山さんみたいに凄まれたら、話をすることもできません。わ、私だって、すっかり気が動転しているんですから。あのう……できれば冷たい水を一杯いただけませんか？」

漆原が、きっとドクターをにらむ。

「甘くみなさんな。あたしが一番シビアなのよ。寝言は措いて、さっさと本当のことを話しなさい」

「だから、さっきお話ししたとおりなんですよ」

「ふざけるな、久須！」

佐山と毬村も、思わずビクリとするような声だった。

何なんだ、いったい何が起きたのだ？

コートを羽織った須磨子は、一歩退いて様子を見守っている。その隣のこれまたコートを着た早川を見やると、気のせいか、怒ったような目を俺に向けた。

「水を持ってきてやります」

漆原が何か言う前に、彼は廊下につかつかと出ていった。ドクターのリクエストに応えてやるふりをして、俺と二人きりになろうということだろう。そう理解して後に続き、給湯室で追いついた。

『おい、ドクターが何をしたって言うんだ？　まさか俺が殺された事件に——』

「神崎さん」

早川は、険しい目で俺を見た。間違いなく腹を立てている。責められる事情には、まるで心当たりがないのだが。

「あなたは今まで、どこで何をしていたんですか？」

つらい質問である。日がな一日、海岸で惚けたように座っていました、と即答するのは憚《はばか》られる。

『いやぁ、答えにくいな。わけがあって、ずっと独りで考えごとをしていたんだ。捜査はサボってしまった』

「どこで考えごとを？」

『思い出がたくさんある釈迦ケ浜だよ』

そんなこと、どうだっていいだろう。

『なあ、それより何があったんだ？　教えてくれよ』

「経堂課長が死にました」

『死んだ？』

死んだ、とはどういう状態を喩《たと》えているのか、と考える。

「取調室で死にました」

『……本当か？』

「ええ、つい十分ほど前のことです。みんな、そろそろ引き上げかけたところでした。正常な時計をお持ちでない神崎さんのために言うと、十時二十分のことです」

一つ腑に落ちた。佐山や須磨子や早川がコートを身につけていたのは、帰りじたくをしていたからなのだ。

「こんな時まで、神崎さんはどこをほっつき歩いていたんです？　まったく、もう、役に立たない人だな。あなたが課長に張りついていたなら、犯人を目撃することができたはずなのに」

叩きつけるような早川の言葉。衝撃が俺の全身を貫く。

『犯人……。経堂は殺されたって言うのか？』

「ええ、そうです。一人で取調室に入っていって、中で何者かに殺されたんです。右のこめかみを射ち抜かれています。多分、即死でしょうね。神崎さんと同じく、射殺だ。現場に凶器はありません」

警察署内の取調室で刑事課長が射殺されるだなんて、そんな馬鹿な話は聞いたことがない。刑事ドラマにも採用されない荒唐無稽《こうとうむけい》な設定ではないか。

しかし、そう言われてみると、刑事部屋とつながった二つの取調室のうち、左のドアの内側から何やら音が洩れてきていたようだ。あれは、中で殺人現場の実況見分が行なわれている音だったのか。

『信じられないな。状況を詳しく説明してくれ』

「ここで長々と話していたら、みんなに怪しまれてしまいます。それに、僕にだってさっぱりわけが判らないんだ。部屋に戻ってドクターが話すのを一緒に聞いてください」

『あいつは、事件にどう関係しているんだ?』

「死体の第一発見者なんです。――行きましょう」

水を注いだコップを片手に、早川は給湯室を出た。その動作はやはり刺々《とげとげ》しい。俺の無能ぶりに、心底腹が立っているのだ。前を行く背中が語っている。何が幽霊刑事だ、ガキの使い以下じゃないか、と。

「すみませんでした」

不意に、小さな声が言う。

「興奮して、失礼なことを言いました。赦してください」

『言い過ぎたりしていないさ』

「役に立たない人だなんて、心にもないことです」

『判ってる。気にするな』

俺たちは部屋に戻った。早川が差し出すコップをドクターはありがたそうに受け取る。よけいな世話を焼いて、と言いたげな漆原は、腰に両手をやってむっとしていた。

『中を見てくる』

早川に言ってから、俺は左の取調室のドアをすり抜ける。検視と写真撮影と指紋採取が、同時に進んでいた。刑事にとっては日常的な光景だが、その現場が取調室となるといかにも異様だ。

経堂芳郎は椅子に座って机に突っ伏していた。早川から聞いたとおり、右のこめかみに弾痕がある。傷口周辺が焦げているところからすると、ほとんど接射だったらしい。両腕は、だらりと机の下に垂れていた。憎んでも憎みきれなかった男が、骸《むくろ》になっている。どんな死顔をしているのだろう、と覗いてみて驚いた。両目をかっと見開き、口許が歪んでいるではないか。恐怖がべったりと張りついた顔。

これはどうしたことか。経堂は死の直前に、何を見たのだろう？

刑事部屋の方が、突如、がやがやと騒がしくなった。ドアから顔を突き出すと、署長、副署長、中井警部が駈けつけていた。三人とも、こんな理不尽な災厄に襲われたことを呪うかのように苛立っている。

「推理小説でもあるまいし、何が何だか判らん。最初から説明しろ」

警部が短軀に似合わない大声を出した。

「密室殺人とは、どういうことなんだ？」

19

密室殺人。

中井警部はそう言った。密室殺人というと、推理小説に出てくるアレか？　内側から鍵の掛かった部屋の中で人が殺されるという……。けれど、そんなことが実際に起こるわけがない。

俺は取調室に引き返して、現場をじっくりと眺めてみる。がらんと殺風景な部屋だから、死角になっているのは机と椅子と経堂の脚の陰だけだ。凶器はそこに隠れて落ちているのだろう、と捜してみたのだが——ない。機動捜査隊員や鑑識課員の体に隠れているわけでもないし、机に突っ伏した経堂の上体の下にもないようだ。上着の右ポケットがふくらんでいたので覗いてみたが、入っていたのは携帯電話だ。

警部たちが現場に入ってきて、ざっと見分する。「短銃ですな」「しかし、ない」というやりとりが交わされる。

ここには凶器がない。なるほど、だから早川もさっき他殺だと話していたのか。しかし、密室とはどういうことなのだ？　俺は一つだけある窓に寄ってみる。縦三十センチ、横六十センチほどのサッシの窓には、しっかりとクレセント錠が掛かっていた。もしも大きく開け放されていたとしても、鉄格子《てつごうし》が嵌まっているので、せいぜい握り拳ぐらいしか外に出せないのだが。

怖いもの見たさもあって、引き攣ったような経堂の死顔をもう一度見た。やはり、そこから読み取れるのは恐怖だ。死の直前に信じられないほど恐ろしいものを目撃したかのよう。筋肉の収縮の具合で、たまたまこのような表情ができただけなのかもしれないが。

「こんなことって、ありますか？」などと呟きながら三人のお偉方《えらがた》が刑事部屋に戻るので、俺も従う。

「説明したまえ、漆原君」

署長が威厳を込めて問うが、その表情に当惑が隠せなかった。

「あたしにも状況が把握できていません。現場に凶器がないので他殺のようです。しかし、久須悦夫の言うことが本当だとしたら、犯人は煙のように現場から消えたことになります」

漆原はドクターを見据える。「おそらく、彼が苦しまぎれにでまかせを話しているのか、死体を発見したショックであらぬ勘違いをしているのでしょう」

顔の前の蠅《はえ》を払うように、ドクターはぶらぶらと手を振る。

「私は嘘は言っていません。勘違いもしていない。すべて、お話ししたとおりなんです。信じてください」

中腰になって訴えるドクターに、警部は座れと手ぶりで言った。

「では、私にも詳しく聞かせてもらおうか。――そもそも、君はどうして署内をうろついていたんだ？」

久須は、両膝をすり合わせてもじもじしている。頭の上で『さっさと話せよ』と俺が言うのが聞こえたはずはないが、彼は重たい口を開いた。

「お叱りを受けることを覚悟して正直に話します。私がこちらにお邪魔したのは、ささやかな品物をちょうだいできるのではないか、とよからぬことを考えたからでして……。ささやかな品物とは何だ、ですか？　それはつまり、警察にしかない品物です。具体的に言われましても……まぁ、色々ありますよね。いいえ、手錠や拳銃なんて物騒なものではありませんよ。制帽や制服の付属品だとか、指紋採取用のインクだとか。事件解決の記念バッジやカフスボタンなんていうのを抽斗にしまってある刑事さんもいるかなぁ、と思ったり」

「お前、マニア向けに警察グッズの注文もとって稼いでやがるのか」佐山が舌打ちする。

「まったく、もう。そんな馬鹿なマニアがいるから、警察はちょくちょく制服を変えなきゃならないんだよ」

「佐山君、黙って」漆原がたしなめる。「ドクター。あなたが大きなスポーツバッグを提げて、好きでもない警察をひょっこり訪ねてきたわけが判ったわ。『新田さんや神崎さんの事件の捜査が進んでいるか気になって』とかもっともらしいことを言っていたけれど、どうもおかしいと思っていたのよ。こっちの閉店まぎわの遅い時間にやってきて、話がすんでもなかなか帰ろうとしなかったし」

署長と副署長は顔を見合わせている。こんな不届きな奴に署内を自由に歩かせていた失態に呆れているのだ。もちろん、普通の人間だったらすぐに不審を招いただろうが、そのあたりドクターはプロだ。

「申し訳ありません」窃盗常習犯は身を縮める。「そんなわけですので、漆原さんや毬村さんとお話しさせていただいた後も、帰ったふりだけして、用事ありげに署内をうろついてました。皆さんが帰ったらここで仕事をさせてもらおうと。あまりうろうろしていたら怪しまれるので、トイレの個室にこもったりして。十時をしばらく過ぎた頃、お帰りになる気配がしたので、こそこそと這い出してきたんですが――」

ドクターXこと久須悦夫の話に基づいて死体発見までの経緯を再現すると、こういうことだった。

十時十分。

いくつもの靴音が廊下に響いて去る。周りが静かになったのを確かめて、彼は二階奥のトイレから出てきた。ドアを開いて刑事部屋を覗くと、明かりが消えて誰もいない。これだ。この状態を待っていたのだ。無人の刑事部屋にただ一人。〈お宝〉の山に両手を突っ込んだも同然だ。スポーツバッグを提げてきたので、少々嵩《かさ》ばる品物でも持ち出すことができる。

とは言うものの、油断は禁物。物音をたてないように細心の注意を払いながら、まずは課員の机をチェックして回った。鍵の掛かった抽斗の中にこそおいしいブツがあるのだろうが、それを開けるのが面倒なのでそっちは後回しにする。すぐに探れるところだけを見てみたら、それでもあるある。警察学校卒業記念キーホルダーやら、巴東署が県警の剣道大会で優勝したのを記念して作られたオリジナル・テレホンカードやら、警察マーク入りの警笛やら。小物ばかりで大した売値にはならないが、大喜びするお客は必ず存在する。マニアが喜ぶ顔を見ることこそ、価値のアナーキストたるドクターXの幸せ。ためらわずに目についたものを、ぽいぽいとバッグにほうり込んでいった。

邪魔は入らなかったが、ふと誰かに見られたような気がした。落ち着かなくなって振り向いて見ると、何のことはない、新田と神崎の遺影が飾られていただけである。胸を撫でおろしながら「おどかさないでくださいや」と口の中で呟いた。それにしても、かつて自分に縄を掛けた二人の警官に見下ろされながら盗みを働くというのも、やはり後ろめたい。仕事をしている間は、目をつぶっていてもらおうと考え、遺影をひっくり返すことにした。

「ちょっとごめんなさいよ」

断わってから、右の遺影に手を掛ける。と、額縁に警察の紋章がついているのが見えた。これは面白い商品かもしれない。しかし、いくら商売だとはいえ、殉職警官の遺影を収めた額縁を盗み出すというのは人情味がなさすぎるのではないか。逡巡《しゅんじゅん》しながら、とりあえず額縁を裏返しかけたところで、どこからか甲高い音が聞こえた。

「お……っぷ」

声が出そうになったので、思わず口許を両手で覆う。しかし、次の瞬間には苦笑いが込み上げてきた。ラーメン屋のチャルメラじゃないか。びっくりさせやがる。屋台が窓の下を通ったのだろう。そういえば、まだ晩飯を食っていなかったな、と思い出したら、クゥと腹が鳴った。手早くすませて、帰りにどこかでラーメンを食べるとしよう。松園二丁目の角にできた店の塩バターラーメンはかなりいけるらしい。あれ、何をしていたんだっけ？　ああ、遺影の入った額縁を裏返すところだったんだ。

「では失礼しますよ、神崎刑事」

手を伸ばしかけた時に、今度は取調室で人の声がした。搾り出すような、苦しげな男の声が――

「す……すまん！」

何てこった、人がいたのか！

彼は慌ててバッグを手に取り、逃げようとした。車のバックファイアに似た大きな音が轟いたのは、その時だ。ドクターXは「え？」と、わが耳を疑う。

テレビや映画でしか聞いたことはないけれど、今の音はまるで銃声のようだった。取調室の中から聞こえたが、警察署内で発砲だなんておかしいではないか。銃声であるはずがない。

しかし、では何だったのか？　あたりは再び静寂に戻り、それっきり何が起こる様子もない。ただ、廊下の遠くから誰かが駈けだしてくる靴音がしていた。

「あー、こりゃ駄目だ」

もはやこれまで。こんなところで何をしていたんだ、とバッグの中身を調べられるだろう。言い逃れの余地はない。くすねたものを元の場所に戻す時間はないし、そのあたりに隠してもすぐにばれるだろうし。時間にして、ものの一秒ほどで彼はあっさり諦める。土壇場《どたんば》でじたばたするのは性分に合わない。

観念して、取調室の二つのドアを見つめているうちに、さっきの音が何だったのかが気になってきた。ドア一枚隔てた向こうに危険なものが待っている気配はまったく感じない。持ち前の旺盛《おうせい》な好奇心がむくむくと湧いてきた。

「こっちの部屋だったよな」

左手のノブをひねって、そっと押し開いてみる。明かりが点いていたので、中の様子はひと目で判った。

男が机に突っ伏している。そのこめかみに空いた穴から血が流れており、硝煙の匂いが漂っていた。

「うわぁ！」

彼は叫んで、よろよろと後退りする。足がもつれて転び、尾骶骨《びていこつ》をしたたか打ったために、もう一度悲鳴を上げなくてはならなかった。

痛む尻をさすってうめいていると、廊下側のドアが勢いよく開く。コートの裾を翻して飛び込んできたのは佐山だ。

「どうした、何があった？」

ドクターが何故ここにいるかを問う前に、彼はそう尋ねた。とっさに言葉が出てこないドクターは、顫える手でわずかに開いたドアを指差す。佐山はためらうことなく、つかつかとそちらに進み、室内に入る。

ドクターは、息を殺してなりゆきを見守ったが、佐山はすぐに出てきて、閉じたドアにもたれた。

「さ、佐山さん。あれは……」

刑事の顔は蒼白だ。

「見たんじゃないのか？　経堂課長だよ。死んでいる」

「やっぱり課長さんですか。死んでるって……あの、ここをピストルで射たれたようでしたけれど……」

「ああ、至近距離から射たれてる。お前がやったのか？」

「違います！」

「じゃ、誰だ？」

「知りませんよ。私は無関係です。ただ、ここに偶然居合わせただけなんですから」

「おかしなことを言う奴だな。こんな時間に刑事部屋で何を――」

言いかけたところへ、「どうしたの？」と漆原がやってきた。十秒と間を置かず、毬村。続いて須磨子も。

「課長が第一取調室で死んでいます」

佐山の言葉に「何ですって？」と言うなり、漆原は現場を覗いた。戸口に立ったまま、室内に入ろうとはしない。そこからすべてが見えたからだろう。

「ご覧なさい」

彼女は体をずらして、毬村と須磨子に中の様子を見せた。あまりのことに、一同、声もない。

「署長を呼んできます」

佐山が飛んで出ていくのと入れ違いにやってきた早川は、「何があったんです？」を連発する。

漆原は、息がかかるほど近くまでドクターに顔を近寄せた。

「やったの？」

彼は泣きだしたかった。

「——と、そんな具合なんです。私がお話しできることは、これで全部です」

ドクターが丁寧に説明し直してくれたおかげで、俺にもだいたいの状況が呑み込めた。だが、ことが起きた前後の様子がまだはっきりしない。それは中井警部も同じだったらしい。

「この男の話だけでは判らんことがある。そもそも経堂課長は取調室で何をしていたんだ？　残業だったら、自分のデスクにいたはずだろう」

「あ、それはですね」早川がおずおずと手を挙げた。「一人で考えごとをなさっていたようです」

「何を？」

「それは仕事のことだったり、プライベートなことだったり、色々じゃないでしょうか。『一人にしてくれ。考えごとをしているんだ』とおっしゃっただけなので」

「課長があの部屋に入った時、君はここにいたんだね？」

「はい。私だけがいました」

「他の者は？」

警部は畳みかけるように質問する。

「他の方たちは、先に帰りかけていました。十時であがったんです」

「しかし、久須の話によると、十時二十分に彼が悲鳴をあげると、それを聞きつけて全員がすぐに集まってきたそうだが。ああ、それについては後でみんなに訊こう。――君も退庁するところだったんだな？」

「はい。本当は、今後の捜査方針について話したかったのですが、課長はお疲れだったのか、話しかけても生返事しか返してくれませんでした。気持ちが逸《はや》っているだけで、私が建設的な意見を持っていないのが明白だったためかもしれません。それでもしつこく話しかけたので、課長はうとましくなったんでしょう。『一人にしてくれ。考えごとをしているんだ』と不機嫌そうにおっしゃって、第一取調室に入っていかれました」

「まるで君を避けるように、か？」

「それは……そうですね。私が自分の席に座って居残ると鬱陶しいと思って、あそこに移動したのかもしれません」

「課長はそんなに深刻に考え込んでいたのかね？」

「いやぁ、ふだんとかけ離れた様子でもありませんでした。元来、課長は寡黙《かもく》な方でしたし」

「不審な点はなかったわけか」

「はい。単に、私の話し方がくどくて、辟易したのだろうと思います」

そこで早川は、ちらりと俺を見た。そんなふうに自分が執拗《しつよう》につきまとっていたのは、経堂を監視するためだったのだ、ということを伝えているのだ。『判っているさ』と俺は応えてやる。

「課長に相手にしてもらえないので、君はやむなく家路につくことにしたんだな。それは何分頃だ？」

「十時十分です」

ドクターの証言と一致している。

「すぐに帰らなかったのかね？」

「コートを着て帰りかけたところで、給湯室に洗いものを残していたことを思い出したんです。それで、また二階に上がろうとした時に銃声を聞きました」

ちょっと変だな。と思ったら、警部もすかさず突っ込んだ。

「待ちたまえ、早川君。久須の話によると、ここに引き返してきたのが一番遅かったのは君だったぞ。コートを着て階段を上りかけたところで銃声を聞いたのなら、もっと早くに駆けつけられただろう？」

早川は背筋を伸ばす。

「すみません。少し省略をしてしまいました。コートを取ったところで便意をもよおしたものですから、トイレに行っておりました。時間のかかる方です。それから洗いもののことを思い出した次第で……」

「久須と入れ違いにトイレの個室に入ったのか？　しかし、彼の話によると、君とすれ違ってはいなかったがな」

「トイレと言いましても、二階のではないんです。階下《した》の奥の方でした」

「どうして階下のトイレを使った？」

　警部は細かな疑問を残さない主義らしい。

「つまらない癖です。そのぅ、警部にはご経験ありませんか？　私は昔から、学校のトイレに入るのがとても苦手なタイプだったんです。扉一枚隔てたところに同じクラスの友だちがいるかもしれない、と思ったら、恥ずかしい気がして……」

「何だ、それは？　私には判らん」

「とにかく、そういう神経質な一面がありまして、どうしても学校や職場でトイレを使わないといけない場合は、なるべく離れたところに行くようにしているんです」

「そういう習性なのか。まぁ、いいだろう」警部は煙たそうな顔をして「私と署長、副署長は揃って署から帰りかけていたんだ。外に出ていたので、銃声を聞いておらん。君たちは、どこで耳にしたのかね？」

「あたしは帰る前に使ったファイルを戻そうと、資料室に寄っていました」

漆原が体を警部に向けて答える。

「この階の、だね？」

「もちろんそうです。銃声に驚いてすぐに飛び出しました。佐山はすでに刑事部屋に入っており、あたしの後方からは毬村が走ってきました」

「毬村君はどこにいたんだ？」

「奥のロッカールームです。着替えようとして鏡を見たら、みっともない髭《ひげ》の剃《そ》り残しがあったんです。それで、毛抜きで手入れをしていました」

おぼっちゃまは涼しい顔で言う。

「毛抜きで剃り残しの手入れね。もう夜も更けて、帰って寝るだけだというのに」

「性分だもので」

おかしな刑事が揃っていやがる、と警部は言いたげだ。

「あー、佐山君は？」

「はい。私はいったん署を出かかったんですが、忘れものに気づいて取りに戻るところでした」

「何を忘れた？」

「昼間、休憩の際に購入した趣味の雑誌です。あのぅ……また忘れないように取っておきます」

佐山は自分の抽斗を開けて、書店の紙袋をこそこそと鞄に収めた。透けて見えるほど袋が薄かったので、中身はガンマニア向けの専門誌だと判った。まったく好きだな、こいつ。

問いかけられるまでもなく、警部と目が合った須磨子が話す。

「私は、九時頃から少し気分がすぐれなかったので、非常階段に出て空気にあたっていました。そのままバスに乗ると酔いそうだったものですから」

「なるほど、非常階段は資料室やロッカー室よりもさらに奥だから、君が係長や主任よりも遅れて駈けつけたことは合点がいく。そうか、みんな現場のすぐ近くにいたわけだ。それならば、誰か一人ぐらい犯人が逃げる姿を見ているだろう」

すぐには返事がなかった。やがて漆原が、

「残念ながら、誰も犯人を目撃していません。犯人は取調室から刑事部屋の方へは出てきていませんので」

「それは久須の証言が真実だったならば、だろう？」

ドクターが切なげな顔をする。

「彼は信頼のおける人物ではありませんが、今の話は真実であろうと推察します。久須の証言が虚偽で、犯人が刑事部屋の方に出てきたのだとしたら、佐山の目に触れずにはいられなかったでしょうから」

「とっさにどこかに身を隠したということは？」

「あり得ません。第二取調室に隠れていないことはすぐに確認しましたし、佐山が駆けつけて以降、この刑事部屋には人が増えるばかりです。今なお、犯人がどこかに潜んでいるはずはありません」

「愚問だったな」と警部は認める。「とすると、犯人は窓から逃げたということか？　しかし、それはおかしいだろう、漆原君」

「はい」

「『はい』じゃないよ」署長が割り込んだ。「現場の窓は内側から施錠されていた。いや、たとえ錠がおりていなかったとしても鉄格子がしっかり嵌まっているんだから、鼠ぐらいしか出入りできない」

　まるで、漆原に重大な落ち度があってこんな状況が生まれたのだ、とでも言いたそうな口振りだ。署長自身、さっぱり見当がつかずに混乱しているのだろう。

「しかし、犯人の逃走経路は窓しかありません。未確認ですが、窓の錠や鉄格子に細工が施《ほどこ》してあるのかもしれません」

「では、確認してみよう」

中井警部は漆原を手招きして、現場に入っていった。俺も後を追う。

二人はサッシ窓のクレセント錠を動かしたり、ガラスに異常がないか調べていたが、不審な点はないようだ。次に窓を開いて、交代で鉄格子の吟味が行なわれた。物に触れられない俺には試すことができないが、二人の様子を観察していると、それがびくともしないことはよく判る。

「ここから出入りすることは不可能だね」警部は落胆したふうでもない。「ま、当然だな。取調室の窓に細工が施してあってたまるもんか」

「では、窓越しに狙撃したのかもしれません」

「漆原君、それも無茶だ。たかだか二階だとはいえ、外には何の足場もないんだよ。犯人は宙にふわふわ浮かんでいた、とでも？」

自分のことを言われたようで、どきりとする。警部は窓を開き切って、漆原に見せる。

「あそこの楡《にれ》の木に登ったら高さはちょうど合うが、角度が悪くてこの部屋の中の人間を狙うことは無理だろう。それに、もし射てたとしても、木に登ったままでは窓に施錠することができない」

「ええ、警部のおっしゃるとおりです。さらに、経堂課長が至近距離から射たれていたことの説明がつきません。近くで見分したわけではありませんが、あの銃創は接射によってできたもののようでしたから」

「そうだ。近くでよく見てみろ」

警部に促されて漆原は、まだ机の前に座った姿勢のままの遺体に近づく。俺も彼女とともに、あらためて見てみた。

「星形の銃創。ほとんど接射ですね。自分で射ったみたいに」

「では、自殺だというのかね？」

「いいえ、現場に凶器がありませんから、もちろん自殺ではありません。でも、床に拳銃が転がっていたら、自殺にしか思えなかったでしょう。遺書もありませんし……」

「その上、密室だからな。――しかし、妙だな」

「妙と言いますと？」

「推理小説の犯人というのは、他殺を自殺に偽装するために現場を密室に仕立てるんだろう。現実にはないことだが、フィクションとしては納得がいく。ところが、本件の場合は事態がその反対になっていると思わないか？　現場に凶器が遺っていたなら、経堂課長の死は自殺として処理された公算が大きいんだよ。それなのに、犯人は彼を射った拳銃を持ち去っている」

「はぁ」

「まさか、苦労して現場を密室にしたのに、ついうっかり拳銃を持っていってしまった、ということはあるまい。とすると……どういう結論が導かれるだろうね」

「現場が密室になったのは犯人の意図した結果ではない、ということでしょうか？」

「そういうことだ。何か予期しなかったハプニングでこういう状況ができてしまったとしか考えられない」

　なるほど。

「しかし、偶然、サッシ窓に錠がおりるとも思えません」

「うむ」と言ったきり、警部は口をつぐんで腕組みをした。その隣で、つい俺も同じポーズをとる。

「あの」と漆原が遠慮がちに「課長の右腕に硝煙反応が出たら、やはり自殺の線が強くなるのではないでしょうか」

「硝煙反応か。出るだろうな」

「では、自殺——」

「違うよ。そそっかしいな、君も。今朝のことをもう忘れているのか？」

「あっ」

『あっ』

俺も失念していた。射撃訓練があったではないか。硝煙反応の有無は、自殺か他殺かの決め手にはならない。

「凶器を見つけることが先だよ。密室がどうやってできたか、というようなことは後回しだ」

「判りました」

警部は刑事部屋に戻った。副署長は、マスコミ対応について本部と電話で打ち合せをしに別室に行ったということなので、署長に向かって話しかける。

「いやぁ、理解に苦しみます。犯人が出入りした形跡はどこにもありませんでした。凶器さえ現場にあれば自殺なのに、と漆原君が言うとおりです」

「自殺ではないよ、中井警部」

署長はきっぱりと言った。その傍らで須磨子が頷く。

「つい今しがた、階下の受付から電話が入ったんです。『十分前に〈明洋軒〉からラーメンの出前がきたけれど、取り込み中だからと断わりました』と」

「当たり前だろうが」警部は苦々しそうに「いったい誰なんだ、こんな時間に出前を頼むなんて奴は」

「経堂課長です」

「きょ、経堂？」と警部は目を剝いた。

「はい。〈明洋軒〉の話によると、九時半頃、盗犯係に出前にきた時に、廊下で会った課長から『いつものを、また十時半ぐらいに持ってきて欲しい』と注文を受けたのだそうです。残業する際の課長は、その時間によくラーメンの出前を頼んでいました」

「しかし、出前を頼んでいたから自殺しない、とも言い切れないわ」

漆原は簡単に納得しない。これに反論したのは早川だ。

「課長はあそこの玉子ラーメンが大好物だったじゃないですか。自殺をするのなら、最後にそれを食べてからでもよかったはずです。食べずに死んだということは、やはり殺しでは――」

「だがな、自殺なんて衝動でやるもんだろう」と佐山が止める。「死のうと覚悟を決めたら、ラーメンを注文していたことなんて頭からすっ飛んでしまうんじゃないのか」

毬村が鼻で溜め息をつくのが聞こえた。

「それなら拳銃はどこへ消えたって言うんだい？　まさか課長の人差し指の先から弾丸が飛び出したわけでもあるまい」

「俺だって知りませんよ」

部屋の中はまた騒がしくなる。背中を丸めて小さくなっていた久須を、不意に漆原が指差した。

「彼の手の硝煙反応を検査しましょう」

ドクターは戸惑いながら、どんな検査なのか尋ねる。

「拳銃を射つと、色んなものが手にこびり付くのよ。硝煙だけではなく、未燃焼火薬粒とかね。ちょっと洗ったぐらいでは落ちないわ」

「えっ、そんな検査をさせるということは、やっぱり私は容疑者扱いなんですね？」

「おいおい、お宅を容疑者扱いしないで刑事が務まるかよ」

佐山にねちっこく言われて、ドクターは心細そうな顔になる。

「そりぁ、まぁ、そうでしょうが……。でも、私を犯人に仕立てようったって駄目ですよ。身体検査をしても、凶器なんて出てこなかったでしょ。私が課長さんを射ったんだとしたら、拳銃を処分する間がなかったはずです。違いますか？」

「そのことは覚えておくよ」

佐山は恐ろしく不満げに吐き捨てた。

署長と警部は、額を寄せ合うようにして何やら話している。記者発表をいつどのような形で行なうか、という相談らしい。俺にはまったく関係のない心配だ。そんなふうに皮肉な目で警部らを眺めていたのだが、この事態は自分にとって深刻な意味を持っているのではないか、という危惧がじわじわと込み上げてきた。

俺が幽霊としてこの世に舞い戻ってきたのは、信頼しきっていた経堂にわけも判らないまま殺されたせいだ。今日の午前中に会った先輩幽霊に聞いたところでは、同じような例はままあるらしい。そして、そういう場合、自分の死に責任のある者が処断されたところで幽霊は成仏する、とも。だとすれば、経堂が死んだことによって、俺が成仏する条件は整ったのだろうか？　それとも、彼の死が自殺か他殺かも判然としない状況では、まだ駄目なのか？

そうであって欲しいような気がした。確かに、経堂が裁かれることを祈念してはいたが、こうも唐突に結論を出されては困る。これで決着がついた、とあの世に引っぱられたくない。いつかは消えていく身だとはいえ、須磨子と最後の時間を過ごしたり、おふくろたちに別れの言葉を投げるぐらいの猶予《ゆうよ》は欲しい。

『俺は消えるのか？』

答えを知っている者がいたなら、そいつに向かって大声で尋ねたかった。嫌だ。まだ消えたくない。もっと須磨子を見ていたい。それに、これでは経堂を操っていた黒幕が何者なのか判らないままではないか。

恐怖しながら、俺はお迎えがくる気配を窺う。視野の隅に緑色の影が現われ、目の前を光の点がちらちら飛ぶのが、幽霊がこの世を去る前兆だと言っていたっけ。今にも、それが出現しそうだ。そんなもの、まだ見たくはないぞ。

消えたくない。

まだ嫌だ。

怖い。

20

零時を回って、記者発表が始まった。朝刊の入稿締切までは、たっぷり時間がある。夜が明けたら、巴市民は一面にでかでかと躍る活字を見て、またもや繰り返された警官殺しに唖《あ》然《ぜん》とすることだろう。

マスコミの連中が参集しただけでなく、刑事課員らに総動員がかかるわ、本部から捜査一課長と管理官が血相を変えて飛んでくるわ、巴東署は不夜城と化した。しかし、刑事課長が警察署内で殺害されたとなればそんな騒動になるのも当然で、どうということはない。そんなことより重要なのは——

俺が消えなかったこと。

やはり、自分を殺した黒幕の正体が判明しないうちは成仏できないらしい。祝福すべきことでもなかろうが、とりあえず安堵した。これでまだしばらく須磨子と同じ世界に留まっていられる。

恐ろしかったのだ。リセットのボタンを押すと消えるゲームの画面のように、わが身がふっと一瞬で消滅してしまうのではないか、と思うのは、生きている時は想像もしなかった恐怖だった。

すぐ目の前で捜査員たちが慌ただしく立ち働き、時に新しい発見を告げる大きな声が響いているというのに、俺は刑事部屋の片隅でしゃがみ込んだまま、怖くて顫えていた。

そんな様子を横目で見ながら、早川もさぞや心配だっただろう。人目があるので俺に声一つかけることもままならなかったし。だが、もう大丈夫だ。経堂が殺されてから、もう二時間近くが経過したのに、緑色の影も光の点も現われない。俺は俺として生き残ったのだ。命は持っていないけれど。

消滅の恐怖がなくなると、事件についての興味が怒濤《どとう》のごとく押し寄せてきた。判らないことが山のようにある。経堂は何故に、誰によって殺されたのだろうか？　どのような手段で殺されたのか？　また、この事件は俺が殺された事件とつながっているのか？

最後の疑問については、つながっているはずだ、と直感する。おそらくは、新田克彦巡査殺害とも関連しているのだろう。巴東署の三人の警察官が、これだけ短い期間に別個の事情で殺されたなんてことは、およそ考えられないではないか。とすると、経堂を殺した犯人は、俺を殺すように彼に命じた黒幕である可能性が高い。では、どうして黒幕は経堂を抹殺したのか？　刑事部屋の片隅で蹲ったまま、俺は懸命に脳細胞を働かせる。

もしかすると、黒幕は口封じのために経堂を殺したのかもしれない。ありうる。それは、経堂の気の弱さに不安を感じてのことかもしれないし、あるいは予定として当初から計画に織り込んでいたことなのかもしれない。いずれにしても、卑劣で非情だ。誰なんだ、そいつは？

推理の糸をたぐろうとしたら、それがぷっつり切れていることに気がついた。俺と早川は、経堂がいつか黒幕と接触してくれるものと期待して内偵していた。それが功を奏する前に経堂を消されてしまったとなると、捜査は袋小路に突き当たったも同然だ。

『これはまずいことになったぞ』

ことの重大さを、ようやく理解した。ここで下手をすると迷宮に迷い込んでしまう。そんなことになったら、俺はあの先輩幽霊に聞いたように、十年間もこの世をさまよい続けなくてはならない。ついさっきは消えてなくなることを恐れたくせに、今度は十年という歳月を思うと気が滅入った。それはあまりに長過ぎる。感情が希薄化していって次第に仙人のようになる、ということだったが、それまでにとても苦しくつらい思いをしなくてはならないのではないか。先輩幽霊は、それを端折《はしょ》って話していたような気がする。

消えてなくなるのは、怖い。

消えてなくなれないのも、怖い。

行くも地獄、留まるも地獄か。

いや、待て。どちらも未知の体験だから不安なのは当然だ。どうせ怖いのならば、黒幕を裁いて自分でケリをつける方が望ましい。日が暮れた海岸で誓ったではないか。微笑みながら消えていこう、と。

俺は立ち上がる。刑事として、なすべきことをするために。

早川はどこにいるだろうか、ときょろきょろしたが見つからないので、とりあえず殺人現場をもう一度見てみることにした。経堂の遺体は運び出されていて、中井警部が管理官としかめっ面で何やら話している。インテリ臭を漂わせたキャリアの管理官は、「困ったことだ」を連発するばかりだった。立ち聞きをするにも値しない。

室内には見るべきものがないので、どうしても視線はあの窓に引き寄せられる。ここから人間が出入りできないとすると、やはり犯人は窓越しに狙撃したのだろう。

俺は窓をすり抜けて、外から現場を観察してみた。一番近くに立っている楡の木に登ったとしても、窓まで五メートル以上の距離があるし、弾丸が〈く〉の字を描いて飛ばなければ取調室の中には射ち込めないから、犯行はとても無理だ。とすると、どうなる？

犯人は窓のすぐそばまで接近して射たなくてはならなかったのだ。たとえば、梯子《はしご》を立て掛けるとか、屋上から垂らしたロープに摑まるとか。しかし、そこまで目立つことをして犯行に及ぶというのは無茶だし、仮にそんなことをしたならば、逃走する余裕がまるでなかったはずだ。その線もない。

犯人は接射で経堂を射ったんだっけ。それでいて犯人が室内に入った形跡がないとすると……経堂が窓辺に立っているところを射った、ということか？　窓から顔を突き出すことはできなかったとしても、こめかみを鉄格子に押しつけるようにしているところを、樹上から狙撃したとしたら、密室殺人の謎は解ける。

いや、駄目だ。被害者がそんな不自然な立ち方をしていたと考えるのがまず無理だし、経堂の死体は椅子に座っていた。即死ではなかったとしても、窓からよろよろと椅子まで歩いたのならば、床に血痕がつくなりして痕跡が遺っただろう。彼は机に向かっているところを襲われたのだ。しかし、そうだとしたら犯人は密室に出入りしたことになる。ドラキュラのように蝙蝠《こうもり》にでも変身して侵入したのか？

まったく奇怪な状況だな、と嘆息する。俺は窓の外に浮かんだまま頭を悩ませた。こういう事件は初めてなので、どう対処していいものか見当がつかない。一人で唸っているうちに、隣の第二取調室の窓が目に留まった。外から見ると、現場の左隣に見えるサッシ窓。犯人は、こちらの部屋を犯行に利用したのではないか？　どう利用したのかというと、それは……。閃いた。

どうしてこんな簡単なことにみんな気がつかなかったのだろう。経堂は、十時二十分よりも、もっと早くに殺されていたのだ。おそらく実際の犯行時刻は、十時十一分頃。つまり、早川が刑事部屋を退出した直後だ。それまで犯人は第二取調室に隠れていて、早川が帰るのを待っていたのだろう。そいつは刑事部屋が空っぽになったところで第一取調室に入り、消音器つきの拳銃で経堂を射殺した。そして、ドクターが刑事部屋に忍び込んでくる直前に逃走したのだ。そうだとすれば、現場が密室だった謎は霧消する。

さて、この推理を覆す材料があるか検証してみよう。十時二十分に銃声が轟いたという事実があるが、それは犯人がアリバイ工作のために仕掛けておいた録音による偽の銃声に違いない。そう考えればすべてに説明が……いや、つかない。ああ、落ち着け。もっと冷静にならなくては。

十時二十分の銃声はテープに録音された偽物だった、というのは三つの理由で不可だ。まず第一に、何人もの刑事たちが本物の銃声とテープで再生された銃声を聞き誤るはずがないこと。第二に、現場に再生装置が遺っていないこと。第三に、銃声の直前に生きている経堂の声がしたのをドクターが聞いていること。このうち、第三については、それも録音された声だった、と考えることもできるが、第一、第二の理由は決定的だろう。この事件の犯人は、いかなる再生装置も使っていない。犯行時刻は、あくまでも十時二十分なのである。

やり直しだ。

浮いているのも滑稽な気がして、俺は木の枝にふわりと腰を下ろした。

それにしても、経堂は銃声の直前におかしなことを口走っていたな。ドクターの証言によると——「すまん！」。釈迦ケ浜で俺を射つ前に言ったのと同じ言葉。それは、どういう思いを込めて誰に放った謝罪なのだろうか？　自分に拳銃を突きつけている犯人に向かって「すまん」と詫びたりするとも思えないのだが。

経堂は殺人を犯す直前に「すまん」と謝り、自分が殺される直前にも「すまん！」と詫びた。不可解な暗合だ。何となく気味が悪い。

『すまん……か』

拳銃を突きつけられながら詫びたのだとしたら、相手に赦しを乞うたとも考えられる。黒幕に指示されたとおり神崎達也を殺したはいいが、このままでは隠し通せそうもない。その腑甲斐なさに対して「すまん！」。

いや、それは変だ。おかしいおかしい。

確かに、俺と早川は懸命に経堂の周辺を嗅ぎ回っていた。しかし、あれしきのことで経堂が観念するはずがない。今夜のように、早川がまとわりつくので辟易する、というのが関の山だろう。黒幕に詫びて赦しを乞うのはピンとこない。

『おい、そうだよ。変じゃないのか』

密室の謎もさりながら、どうして経堂が今この時点で殺されなくてはならないのか腑に落ちない。彼が「すまん！」と謝る必要があったとしたら、それは黒幕の意に反して自首しようとした場合ぐらいだろう。

うん、それはありそうだ。ここ数日、経堂を観察していて感じたのは、身辺に警察の捜査の手が迫っているわけでもないのに、良心の呵責からか動揺している気配がはっきりとあったことだ。覚悟を決めて自首しようとした可能性はゼロではない。そして、彼はその決意を黒幕に伝えながら「すまん！」と詫びた。経堂が自白するとなったら、黒幕の正体について語らざるを得ないことを了解して欲しい、ということなのだろう。

『そして、黒幕はそれを赦さなかった、ということか』

一応の筋は通っている。いやいや。しかし、経堂が本当に自首しようとしたのなら、黒幕に義理堅く報告したりするものか？　諌めても従わなければ、消されることも予想できたはずだ。彼は怯懦なところがあるが、愚鈍な男ではない。

また、経堂と黒幕が取調室でそんなやりとりをしていたのなら、刑事部屋にいたドクターが会話の断片ぐらい聞いていていてもいいのではあるまいか。「すまん！」のひと言しか耳にしていないのは不自然だ。二人は囁くように話していたのだろうか？

畜生、幽霊でなければドクターを尋問することもできるのに。

いつまでも木の上にいても仕方がない。第一取調室の窓をくぐって、刑事部屋に戻った。本部からの連中がうじゃうじゃといる中に、漆原や毬村や佐山の姿が混じっていて、「犯人を見てないってこと、あるかね」「ドクターの話が出鱈目だったらどうだ」などと集中砲火を浴びている。そんな喧騒《けんそう》の向こうから、女がすすり泣く声がしていた。

入口近くの席で肩を顫わせて泣いているのは、経堂の妻の保美だった。少女のあどけなさを残しているだけに、痛々しさが一入《ひとしお》だ。須磨子がその肩に手を置いて、つらそうな顔をしている。慰める言葉も見つからない、という風情だ。俺を喪《うしな》った時の悲しみを思い出しているのかもしれない。

「こんな、ことに……なるなんて……ひどい。警察署の中で……警察官が殺されるなんて……聞いたことが、ありません。……信じられない。こんなことが、あって……いいわけない」

嗚咽の中から、保美が苦しそうに訴える。

「どうして、あの人が……殺されなきゃ、ならないの……」

かつて新田克彦と不倫関係を結んだこともある彼女だが、やはり夫を愛していたらしい。ショックだけではこんなふうに泣けないものだ。

「課長は、人から恨みを買うような方ではありませんでした。殺人だとしたら、仕事にからんでの犯行だと思います」

須磨子は穏やかに言う。

「ええ、もちろん……そうに決まってます。そうでなければ、あの人が、殺されるだなんて……」

「課長が手懸けていた事件にからんで、動機があった者がいないか徹底的に調べます。思い当たる事件はないんですけれど……自殺なさるとも思えませんから」

須磨子はごく自然に話しかけながら、経堂に自殺の動機がなかったかを聞き出そうとしているようだ。保美はやや落ち着いてきたらしく、明瞭にそれに応える。

「自殺なんて、思いもよりません。そりゃ、仕事が忙しくて疲れ気味だったり、ふさぎ込んだような時もありましたけれど、そんなことは誰にでもあることです。仕事や職場の人間関係で悩むことがあったとしても……私を遺して自殺するだなんて、そんな馬鹿なこと……」

「おっしゃるとおりです。でも、お宅であまり元気がなかったんですか？」

「私が話しかけても上の空、ということが、たまにありました。でも、そんなことは、どこの夫婦にでもあることだわ。世界中の奥さんは、『あなた、また私の話を聞いていなかったでしょ』って、しょっちゅうむくれているでしょ？」

俺も結婚していたら、須磨子にそんなふうに怒られたりしたのだろうか。むくれさせてみたかった。

「世界中の奥さんは、ですか……」

須磨子の横顔に影が差した。俺と同じことを、ふと考えたのかもしれない。そして、保美は敏感にそのことを察したようだ。

「ごめんなさい。森さんのフィアンセの神崎さんも殉職なさったんでしたね。つい既婚者同士みたいなしゃべり方をしてしまって……」

須磨子は、きっぱりと首を振る。

「どうかお気になさらないでください。私は平気ですから。彼が殺された事件の捜査に没頭して、課長は心身に大変な負担を抱えていらしたと思います。そして、もしかすると今回の犯行は、神崎巡査を殺したのと同一の犯人の手によるものかもしれません。私の能力や権限には限りがありますが、捜査に全身全霊を打ち込んで、その犯人を検挙したいと思います」

保美は、須磨子の手を握った。潤んだ瞳から、大粒の涙があふれて流れる。

「私には泣くしか能がないけれど、あなたはすごい」

「そんなことはありません」

「いいえ、すごいわ」

「すごいことや、立派なことは言っていません。やらなくてはならないことです」

須磨子は、顔を上げて相手を見た。

「私は、刑事ですから」

そんな痺《しび》れる台詞を聞きながら、俺の気分は暗かった。須磨子は、経堂を殺害した犯人を挙げることが、俺を殺した犯人の逮捕につながると考えている。それは正しいと同時に大間違いだ。その犯人とは、おそらく神崎達也を殺した黒幕なのだろうが、俺の胸に銃弾を射ち込んだ実行犯は、他ならぬ経堂芳郎なのだから。それを知った時、彼女も保美も深く傷つかなくてはならないのが悲しい。

「主人は、解剖されているんですね」

「ご遺体は、まだ監察医務院に運ばれている途中だと思います」

「私もそちらに行ってかまいませんか？」

「はい、手配いたします」

立ち上がった須磨子の手を、保美は放さない。

「森さんも、一緒にきてください」

「できればそうしたいのですが」須磨子は残念そうに「私は、ここにいなくてはなりません。事件発生当時の様子について、まだこれから色々と訊かれるんです。判らないことが多いものですから」

「そうですか。勝手なことを言って、ごめんなさい」

保美は少し恥ずかしそうだった。須磨子は漆原に断ってから、被害者の妻を連れて部屋から出ていった。

刑事たちがいる方に移動して、初動捜査の進み具合がどんなものか聞き耳をたててみる。あまり捗々《はかばか》しくはないようだ。「密室殺人だなんて、そんな馬鹿な」と唇を尖らせているベテラン刑事がいたりする。事件は現実に密室内で起きたのだ。ぶつくさ文句を垂れてどうなるというのだ。「殺しだとしたら動機は何なんだ?」と毒づいているのもいる。経堂芳郎が神崎達也殺しの犯人だと知らなければ、動機は大きな謎だろう。

だが、俺にしたところで、経堂が殺された理由を完全に掴んでいるわけではない。彼は捜査の手が近くに及んでいることを自覚していなかっただろう。だから、自首しようとするほど追い詰められていなかったし、彼を始末しなくては、と黒幕が焦る局面でもなかった。そう、ここが判らない。黒幕がいくら狡猾《こうかつ》な奴だったとしても、経堂を切り捨てなくては自分の身が危ない、と察知できたとは思えないのである。そんなことをしたら、せっかく暗礁に乗り上げている連続警官殺しの捜査に動きが生じることになるかもしれない。

殺人現場の隣室のドアが開き、のっそりと早川が出てきた。

「次、佐山さんだそうです」

ガンマニアは「あいよ」と腰を上げる。須磨子が言っていたのは、このことか。わが同僚たちは、第二取調室でより詳細な事情聴取を受けているのだ。この分では、明け方まで解放してもらえないだろう。

『ご苦労さん』

俺は片手を振ってみせる。相棒は無言のまま軽く頷いた。人目があるからというより、口を開くのも今は億劫《おっくう》という感じだ。疲労のためか、目に輝きがなく、濁っていた。

二人きりになる機会をこしらえて、早く彼と意見の交換がしたい、とやきもきしていたら、おかしな考えが頭に降って湧いた。愉快ではない思いつきなのに、困ったことに振り払えない。

つまり――経堂芳郎の身に捜査が肉薄していることを知っていた人物ならば、いるではないか。俺自身を除いて、この世にたった一人。

なぁ、早川篤君。

21

まだ夜は深い。

巴東署で未曽有《みぞう》の大事件が起きているというのに、眼下の街はぐっすりと眠っていた。巴市民だけでなく、日本中が衝撃に打たれるのは朝刊が届いてからだ。警察署の中で刑事課長が射殺されたとなると、警官が満員電車で痴漢をはたらいたとか暴力団員から贈賄《ぞうわい》を受けていたとかいう不祥事のレベルをはるかに超えている。警察庁も蜂の巣を突いたような大騒ぎになるだろう。いくら保秘に走ろうとしても、これほどの事件はうやむやにできるものではない。

お偉いさんたちが蒼白になろうと、幽霊の俺は知ったことではない。いや、生きていたって大して変わりはない。管理責任の名の下で弾劾《だんがい》される立場はつらいかもしれないが、こういう事態に対処する能力があるからいつも肘掛けのついた椅子に座っているのではないか。ちゃんとやれよ、と言いたいだけだ。ただ、善良な市民のみならず、ごろつきどもからも「警察はどうなっているんだ」という非難の飛礫《つぶて》を浴びせられ、仕事がやりにくくなるであろう現場のまともな警察官にだけは同情する。

署を抜けてくる直前、管理官と中井警部がこそこそやっているのを聞いてしまった。経堂の命を奪った銃声が轟いた後、署の建物から出た人間は一人もいないというのだ。「間違いないのか？」「確かです」というやりとりもあった。だとすれば、殺人犯は署内に留まっていることになる。いつまでもトイレの個室に隠れていられるわけもなかろう。二人が悲痛な表情を浮かべていたのは、あろうことか、犯人が警察官である可能性が濃厚であるためなのだ。

『警察官だって人を殺しますよ。現に、俺は経堂課長に射殺されたんですから』

思わず俺は、二人の横っ面にそんな言葉をぶつけていた。

パニック状態の巴東署は、どんどん後ろに遠くなっていった。俺は飛び続ける。修羅場に背を向けて逃走する卑怯者になった錯覚をしかけたが、どうせ幽霊の俺が現場でできることは何もない。初動捜査がどのように進んでいるのか気になりはするものの、朝の会議にもぐり込めば必要なことは全部聞けるはずだ。今は、他にするべきことがある。俺にしかできない捜査をしなくてはならない。

児童公園の木立が見えてきた。常夜灯がぽつねんと淋しそうに立っている。話しかけてやりたい風情だ。俺はそれをかすめて、公園の前のワンルーム・マンションの前に着地した。

他にそれらしい建物はないので、ここが早川の住まいだろう。

メールボックスを調べたら、彼の部屋は二〇一号室だった。彼の生活環境を探るために、あえて階段で二階に上がる。ところどころにクラックが走り、鉄骨が覗いている箇所もあって、家賃の安さが察せられる。侘しげではあったが、独りで気ままに暮らせるのは独身者にとってはありがたいことで、わが巴市に官舎がないことを歓迎している若い警察官は少なくない。

切れかかった蛍光灯が明滅する廊下を奥へと進む。早川篤、と律儀にフルネームで書いた表札が端の部屋に出ていた。こないでくれ、と頼まれていた部室に無断で上がり込むことに対して、今は罪悪感を感じることもない。これは、俺の幽霊としても全存在を懸けた捜査なのだ。ためらいはない。

意気込んできたものの、ドアを擦り抜けたとたんに自分の迂闊さに気がついた。暗いのだ。深夜なのだから、当たり前である。しかし、これでは室内をざっと見分することもできやしない。施錠された部屋に苦もなく侵入できたのは肉体のない幽霊なればこそだが、その幽霊なればこそ電気を点けることができない。臍《ほぞ》を噛みたくなった。

そのうち目が慣れてくる、と気を落ち着かせようとした。たしかに数分もすると、最初は真っ暗に思えた室内のあれやこれやの輪郭がだんだんと見えるようになってくる。カーテンの隙間から月明かりが差しているせいだ。ちらかっているからこないでくれ、と言っていたわりにはよく整頓されているようだった。床に漫画雑誌やタウン情報誌が何冊かちらばっている程度で、クロゼットからあふれたらしい衣服はきちんと壁のハンガーに掛けてある。同じワンルーム暮らしの佐山の部屋だと、キッチンの流しに洗いものが溜まっていたり、麺類のカップが捨てたままになっていたが、こちらはきれいなものだ。やはり、ちらかっているからというのは口実で、単にプライバシーを覗かれるのが嫌だったからなのかもしれない。あるいは……。

闇に慣れてきたといっても限度がある。いくら目を凝《こ》らしても机の上のノートの表紙に何と書いてあるのかまでは読み取れなかったし、ベッドの下に突っ込まれた何かの正体も判らない。どうやら、朝が訪れるまで待つしかなさそうだ。早川が突然帰ってくることはあり得ないから問題はないのだが、この忙しい時に朝まで時間つぶしとは、幽霊の身がもどかしかった。

コチコチと音がする。ベッドの枕許の目覚まし時計だ。まだ三時半だから、薄明が差すまで二時間以上はある。署に引き返してみようか、と思いかけたが、あんな喧騒のただ中に舞い戻るよりも、この暗く静かな場所で事件について整理してみるのもいい。そんな時にも、紙と鉛筆を使えないのがつらいところだが。

思いつくままに、腑に落ちない点を列挙していくことにした。メモをとれないので、せめて指折り数えていく。

まず、疑問点の一。経堂を殺したのは、本当に俺の殺害を命じた黒幕なのか？　そうだとしたら、実行犯である経堂がびくついているのに不安を覚えて抹殺した、という動機が成立する。しかし、まったく別の事情から生じた事件である可能性はないのか？　これは無茶な仮説だが、たとえば夫婦間のいさかいから妻の保美が犯行に及んだとか。そうだとしたら、経堂の罪を暴いて裁こうとした俺の目論《もくろ》みは、虚しく水泡に帰すことになる。しかし、断定はできないが、その線は薄いように思う。この数日間、経堂の身辺をマークしていた感じでは、彼が他のトラブルを抱えている気配がまるでなかったからだ。黒幕に消されたのだとしたら、銃声の直前にドクターが耳にした「すまん」も理解できなくはない。これ以上は罪の意識に耐えられない、自首させてくれ、すまん。そんな文脈で出た言葉だと考えられる。口封じに消されることも予測できたはずの経堂が、どうして犯人に自首についてあらかじめ断わろうとしたのか、という不自然さは残るが。

黒幕の犯行だと仮定して、疑問点の二。そいつはどのようにして密室から逃げることができたのか？　これは現時点ではまるで見当がつかない。何らかのトリックを弄《ろう》したのであろう、ということで次に進もう。

疑問点の三。犯人はどうして犯行に拳銃を用いたのか？　うん、たった今思いついたことだが、これは重要な問題かもしれない。警察署内で人を殺すというだけで信じられないほどの蛮行なのに、よりによって凶器に拳銃を選ぶというのはさらに理解を超えている。そんなことをしたら、たちまち大勢の刑事たちが飛んでくることは避けられない。それでもあえて射殺する理由でもあったのだろうか？　もしかすると、その理由が密室の謎とからんでいるのかもしれない。つまり、凶器が拳銃だったからこそ成立する密室トリックだったのでは？

——いや、待てよ。

疑問点の四が浮かんだ。黒幕は、何故に現場を密室にしなくてはならなかったのだろう？

そんなことをして、犯人に何かメリットがあるとも思えない。テレビや週刊誌にセンセーショナルな話題を提供するのが狙いだったわけもなかろう。さっぱり判らないので、これも宿題として措いておこう。

そして疑問点の五だ。黒幕による犯行だとしたら、そいつはどうして経堂の口を封じることを今になって決意したのか？　これについては、疑問点の一のところで考えたように、臆病風に吹かれた実行犯が自首をしたい、と言ってきたので抹殺した、ということなのかもしれない。だが、経堂には幾許《いくばく》かの罪の意識があったようだが、そこまで追い詰められていた様子もなかった。事件発生からひと月以上が無為に過ぎ、このままがんばり通せば迷宮入りになりそうだというところまで漕ぎ着けているのだ。そんなに簡単に音を上げるぐらいなら、初めから殺人を引き受けたりしなかっただろう。経堂をこのままにしておくとわが身に危険が及ぶ、と黒幕が判断して彼を消した、という見方の方がもっともらしい。そこで――

そこで、早川なのだ。霊媒体質のお前だけが頼りなんだ、と彼にすべてを話してしまったが、他ならぬ彼が黒幕だったとしたら、どんな行動を起こすであろうか？　幽霊の話なんて真に受けられない、と往《い》なしたって、俺にしつこくつきまとわれることは予想できる。そこで、適当に協力するふりをしながら、やっぱり証拠がないので諦めましょう、と諫めておしまいにする、というところか。しかし、ちょっとやそっとのことで俺が諦めるはずもない。どこにでも潜入捜査ができる、という特殊能力を活かして、どんな証拠を見つけ出すか判ったものではない。挙げ句に動かぬ証拠を摑まれたらどうなるか？　握りつぶすことはできる。僕には経堂課長を告発するつもりはありません、と居直られたら俺はお手上げだ。この野郎ふざけるな、と殴ることもできない。早川にすれば痛くも痒《かゆ》くもないようだが――

それが、そうでもない。逆上した俺に、一生つきまとわれることは彼にとって恐怖だろう。また、俺が日本中を探しまくって別の霊媒を見つけてこないとも限らない。となると、いっそ経堂を消してしまおう、と考えもするのではないのか？　この推理に無理があるのかないのか、できることなら誰かに意見を求めたかった。須磨子なら、どう言うだろう？

俺だって、早川が黒幕だったなんて思いたくない。しかし、いったん芽生えてしまった疑惑はいかんともしがたい。そういうわけで、彼の家の家宅捜査《ガサイレ》をすることにしたのだ。つらい話だ。彼と事件を結びつける証拠が出てきたら、俺は立往生してしまう。また、何も出てこなかったとしても、それは証拠をすべて湮滅《いんめつ》したからかもしれず、彼に対する全幅の信頼が回復することはない。つらい。

時計を見ると、まだ三十分もたっていなかった。畜生。時間というのは肝心な時は駆け足のくせに、どうでもいい時にはちんたら流れやがる。せめて頭を使って、有効に過ごそう。

早川が経堂を殺したのだとしたら、犯行の機会はあっただろうか？　刑事部屋を出た後、ふだん利用しない階下のトイレに入っていたと話していたけれど、その間にこっそり何かを行なっていたのでは、と疑えなくもない。何か、とはどういうことなのか説明できないが。

また、銃声がした後、現場に駈けつけたのは彼が最後だった。それには意味はないのか？　たとえば、トイレに入っていましたというのは嘘で、経堂とともに第一取調室の中にいたのかもしれない。そこへ久須悦夫が忍び込んできたのだが、取調室の二人は声を低くして話していたので、彼の耳には届かなかった。どういう会話が交わされたのか判らないが、やがて「すまん！」と詫びる経堂を早川は射殺。何らかの方法で窓から外に逃れ、あらかじめ開けておいた別の部屋の窓から入る。そして、最後にあたふたと現場に駈けつけた。

内側からクレセント錠がおり、鉄格子が嵌まった窓からどうやって脱出したのか、という点に目をつぶれば筋は通っている。しかし、あの窓から抜け出ることは生身の人間には絶対に不可能なのだ。目をつぶれば、なんて寝呆けたことを言っていられない。もっとも、密室の謎が阻んでいるのは早川犯人説だけではなく、誰が犯人だとしても、あの部屋から逃げ出すことはできなかったはずなのだ。解《げ》せない。

材料が揃わないまま推理をもてあそんでも成果は期待できない。というより、頭が痛くなってきたので、考えることを放棄した。そのとたんに、睡魔が俺にすり寄ってきた。少し眠るのもいいな、いやそれはまずいのでは、と思っているうちに、がくんと俺の首は落ちた。

そして——

目が覚めた時、部屋には弱々しい光が差し込んでいた。反射的に時計を見たら、六時六分前、われながら器用にうたた寝をしたものだ。

俺はさっそく捜査にとりかかる。机の上のノートの表紙には、ＤＩＡＲＹと記されていた。願ってもないものだが、残念ながら表紙をめくることもできない。今さら悔やんでも仕方がないので、次にベッドの下を覗いてみる。意味ありげに押し込んであるように見えたのは、ほこりをかぶった健康器具だった。拍子抜けもいいところだ。

室内を見回し、どこか俺が調べられる箇所はないものかと探してみた。ざっと見たところ、怪しいものはない。それはそうだろう。自分が殺人事件に関係したことを示すものを、無造作に放っておく人間なんかいるはずがない。もしかしたら、本箱に並んだ池波正太郎や柴田錬三郎の文庫本——やはり時代劇ファンなのか——のどこかのページに経堂からの秘密の通信メモが挟んであるのかもしれないし、机の抽斗には凶器のトカレフが入っているのかもしれないが、俺にはいかんともしがたい。つらいつらいと、悲壮な思いでガサ入れにきたものの、結局はお部屋拝見だけで終わってしまった。

しかし、まるっきり成果がなかったわけではない。すっきりとした部屋を見て、これは殺人犯のねぐらではない、と直感したのだ。根拠のない見方にすぎないかもしれないが、刑事でありながら何人もの命を奪える男の部屋だったら、何か禍々《まがまが》しい瘴気《しょうき》のようなものが沈殿しているように思う。ここにはそんなものは微塵もない。

早川を疑うなんて、馬鹿だった。あいつの身になって想像したら、昨夜、署内で経堂を殺すわけがない。いつ俺が刑事部屋を覗きにふわふわと飛んでくるかもしれないのだから。俺が目の前にいない時の早川は、神崎さんは今どこで何をしているんだろう、今度はいつどんな形で現われるんだろう、ということをしょっちゅう考えているはずだから、経堂を殺すなら俺が絶対に現われないタイミングを慎重に選ぶ。それに、彼には俺を殺す動機がまったくないではないか。そもそも、経堂に俺を殺させる理由がないのだ。

『血迷ったもんだ。疑ったりして悪かったよ、相棒。謝る』

思わず笑みがこぼれそうになった。それが引っ込んだのは、机の隅におかしな写真立てを見つけたからである。電気スタンドの陰になっていたので、気がつかなかった。どこにでもあるメタリックなフレームの写真立てなのだが、どうしたことか裏返しになっている。ガラス面が壁を向いているので、誰のどんな写真が飾ってあるのか判らない。まるで、不意にやってくる客に見られたくないためにひっくり返してあるかのようだ。不意にやってくる客。たとえば、幽霊の俺……。

気の回し過ぎかもしれないが、何かひっかかった。うちにこないでくれ、と断わった時の早川の口調を思い出す。多少、部屋が乱雑にちらかっているぐらいのことで、あんなに慌てるものだろうか？　同じ独身の男同士にしては、やけに頑《かたく》なだったようにも感じる。やはり何かやばいものがあるのではないか。そのうちの一つが、机の上の写真なのかもしれない。となると、何が写っているのか拝見せずにはいられない。

俺は壁に頰を寄せて、ごくわずかな隙間から写真立てのガラス面を覗き込もうとした。しかし、なかなかうまくいかない。手が使えたらなぁ、と悔やみかけたところで口許に苦笑が浮かんだ。こんなもの、簡単に見られるじゃないか。隣の部屋に失礼して、そちらから見ればいいのだ。

『お邪魔しますよ』

壁を抜けてみると、そこの主人は掛け布団をベッドの下に落とし、鼾《いびき》をかいて熟睡していた。まだ学生のような寝顔だが、ハンガーにスーツやネクタイが掛けてあるから社会人なのだろう。じろじろ見てはいけない。俺はすぐに振り向いて、写真立てがあったあたりに見当をつけて、顔だけ壁をすり抜けさせる。こんなふうに、たまには幽霊ならではの特技を活かせる場面がなくては。

裏返されていた写真が目の前にあった。あまりに近いので、うまく焦点が合わなかったが、何が写っているかぐらいは確認できた。若い女のバストショットだ。手にした何かを顔のあたりに掲げて笑っている。ビールのジョッキらしい。恋人と飲みに行った時のスナップショットか？——違う。

よく見ると、女は須磨子だった。

『なんで、あいつが須磨子の写真を……』

どうして早川が彼女だけが写っている写真を入手できたのかは、すぐに判った。これは、お盆の頃に捜査一係の面々でビアガーデンに飲みに行った時に写したものに違いない。たしか、あいつは使い切りカメラを買って、みんなを写して回っていた。俺も撮られた。口の周りに泡の髭ができた間抜けな写真をもらったっけ。おそらく、この須磨子の写真もその時のものだろう。

『それはいいけど、どうして写真立てに入れて飾ってるんだ？』

決まっている。あいつは須磨子に好意を抱いていたのだ。いや、佐山の例もあるから、あいつも、と言い直そう。思ってもみないことだったが、そうとしか考えられない。もしかしたら、ビアガーデンで剽軽《ひょうきん》にカメラマンを務めたのは、須磨子の写真が欲しかったがためなのかもしれない。

『……何てこった』

相棒の忍ぶ恋——しかも相手は自分の婚約者——を垣間《かいま》見てしまったことで気まずさを覚えたのではない。早川には、俺の死を希う理由があったということがショッキングだったのだ。そんなことはおくびにも出さなかったが、彼にとって俺は恋敵だったとは。

その事実を知った俺は、再び混乱する。まさかそんなぐらいのことで俺を殺そうとするとは信じられないが、もしかすると彼が黒幕なのかもしれない、という疑惑がまた頭にこびりついてしまった。こんな状態では、これから彼とパートナーを続けるのに支障をきたしそうだ。

クリアにしよう。

早川にこの疑惑を直接ぶつけてみるのだ。そうして彼がどんな反応を示すかを刑事としての目で確かめよう。怖いが、ここで逃げるわけにはいかない。そう決意した俺は、すぐに行動に移すことにした。

巴東署へ飛ぶ。朝の光の中を、俺はまっすぐに飛んだ。街はゆっくりと目覚め、活動を開始していた。仕事を終えたラーメンの屋台が牛乳配達とすれ違い、新聞を広げて停留所でバスを待つ人の姿がある。真新しい太陽は、山並みを紫色に染めていた。小学校の音楽の授業で鑑賞させられた『ペール・ギュント』の〈第一組曲・朝〉の伸びやかで美しい旋律が空いっぱいに広がっていくようだった。

巴東署の周囲には、テレビの中継車が何台も停まっていた。朝のニュースやモーニングショーでは、昨夜の事件がいっせいに報じられるだろう。署の玄関前ではマイクを持ったレポーターがそれぞれ立ち位置を決めて、現場中継のリハーサルに余念がなかった。俺は彼らの頭上を通過して、刑事部屋の窓をくぐる。

署長と管理官がいた。どちらも腕組みをしたまま黙りこくっている。もともと痩身だった署長は、一夜にして頬がすっかり痩《こ》けてしまったようだった。早川はどこだ。道場で仮眠をとっているかもしれない、と思って廊下に出た。自動販売機のある方に人の気配がある。もしや、と覗いてみると、インスタントコーヒー好きの相棒はそこにいた。

『よぉ』

近づいて声を掛けると、うつむいていた男はおもむろに顔を上げた。充血した目の下にはっきりと隈《くま》ができている。

『寝ていないな。それで眠気覚ましのコーヒーか。大変だったみたいだな』

「ああ、神崎さん。どこへ行ってたんですか?」だるそうな声。「やっぱり、あなたは最低の刑事ですよ。肝心な時にはいつもいない。凶器が出てきたので知らせようとしたら、また雲隠れだ。元気があったら、どなりたい」

『ほぉ、凶器が出たのか。じゃあ、捜査は進展しているんだ』

「どこから出てきたのか、聞きたくないんですか?」

おかしな言い方をする。そんなわけがないだろう。

『そりゃ、聞きたい。どこで見つかったんだ? トカレフか?』

「いいえ、スミス・アンド・ウェッソンです。S&W。佐山さんのお見立てによると、本場ものではなく、東南アジア製のコピーらしいですが。——あのぅ、場所を変えませんか?」

投げ遣《や》りな調子なのが妙だと思っていたら、人の耳を気にしていたのか。早川は紙コップをゴミ箱に捨てると、俺を廊下の反対側へと導いた。経堂が射殺された時、須磨子が風に当たっていた非常階段に出る。

『うん、ここなら落ち着いて話ができるな。凶器はS&Wだったんだな。俺が射たれたのはトカレフだから、犯人は銃を何挺か所持しているわけか。で、それはどこにあったんだ？』

　早川は鉄製の手摺りにもたれて「ロッカー」とだけ言う。俺はむっとした。

『ロッカーって、どこのだよ。丁寧に報告してもらいたいな』

「男子ロッカーの奥の左から三番目。つまり、神崎さんが使っていたロッカーですよ」

『空いていたから投げ込みやがったんだな。失敬な奴だ』

「そうですかね」

　こいつ、疲れてるのは判るが不機嫌そうな顔をしやがって。部屋に須磨子の写真を飾っていることを知った経緯について、なるべく傷つけないように話そうとしていたのだが、ストレートにぶつけてやろうか。

　俺が『早川』と言うのと、彼が「神崎さん」というのが重なった。

『仏頂面で何だよ』

「僕は、幽霊になっても刑事であろうとするあなたのために、至らないなりに誠心誠意がんばってお手伝いをしてきたつもりです。だけど、それはとんだお笑い草だったのかもしれない」

『何だと？』

　彼は右手を上げ、人差し指をまっすぐ俺の鼻先に突きつけた。

「経堂課長を殺したのは、あなたですね？」

22

『お』

喉に百円硬貨でも詰めたように、俺はつっかえた。

『お、お前、正気でそんなことを言っているのか？』

早川は突き出した右腕をゆっくりと下ろしながら強く頷く。その目はまともに俺を見据えており、挑戦的でさえあった。怒りと驚きと憐憫《れんびん》がブレンドされた複雑な心境だ。こいつ、どうしてこんなことになってしまったのだ……。

『とにかく話を聞こう。ふざけているんじゃなさそうだからな』

「もちろん真剣です。ロープなしでバンジージャンプをするぐらい決死の覚悟でしゃべっています」

『それじゃただの飛び下り自殺だろうが。——いいよ、言えよ。どんな無茶苦茶な勘違いだとしても、お前の頭をスリッパで叩くことも俺にはできないんだから』

彼の眉がぴくりと動いた。

「はたして、それは本当でしょうか。やろうと思えばできるんじゃないんですか？」

『まだそんなことを言うか。俺と何日付き合ってるんだ。幽霊がどういうものなのか、とっくに理解していると思っていたよ』

　相棒は堂々と胸を張る。

「とっくに理解しているつもりでした。でも、それは錯覚だったのかもしれない。いや、はっきり言いましょう。僕はだまされていた。神崎さんに」

『その顔からすると、冗談を並べているわけでもなさそうだな。俺がいつお前をだましたって言うんだ？』

「最初の最初からですよ。あなたは自分の能力と限界を洗《あら》い浚《ざら》い話してくれたものと信じていました。壁や窓をすり抜けたり空を飛んだりはできるけれど、霊媒体質の僕以外の誰にもその存在を認めてもらえないことや紙切れ一枚動かすことができない不自由な身の上なのだ、と。そのまま鵜《う》呑《の》みにしていました」

『全部本当のことだ』

「あなたが壁を抜けたり空を飛んだりするのは、この目で何度も目撃しているから信じます。でも、何と何ができないかについては、本人にしか判らない。できないふりをしているだけかもしれませんからね」

　彼が何を言おうとしているのか、ようやく見当がついてきた。

『俺が、自分の能力を過小に申告してるって言うんだな？』

「ええ、だから決死の覚悟なんですよ。あなたはその気にさえなれば、僕の頭を叩くどころか、ここから突き落とすこともできるんじゃないんですか？　抱き上げて空に舞って、高いところから落とすとかも……」

　くだらない。

『お前の理解力と学習能力がそこまで低いとは思っていなかったよ。そんなことができたら神様か悪魔じゃないか。こんなに苦労はしていない』

「否定するんですね？」

　気色《けしき》ばむ相棒を、『当たり前だ！』と一喝した。

『どうして急に馬鹿になったのか、話してもらおうか』

「お望みどおり話しますよ。ただし、馬鹿ではなく利口になったんです。昨日の夜の、あの事件のおかげで」

　朝日が彼の横顔を金色に照らしている。

『経堂が殺されたことがどうした？　ああ、俺が犯人だって言ってたな』

「課長を殺す最も強い動機があるのは神崎さんです。アリバイもない」

『因縁をつけられてるみたいだよ。まさか、だから俺が犯人だと決めつけたとでも言うのか？』

「取調室の唯一の窓はしっかり施錠されていた上、鉄格子にも異状はなかった。一枚だけのドアの外にはドクターがいた。現場は密室だった。課長の死が他殺ならば、犯人はそんな密室に自由に出入りできる能力を具《そな》えたあなたしかいないんだ。いや、邪魔をせずにしゃべらせてください。あなたはこう言いたいんでしょ。お前も知っているとおり俺は幽霊だから拳銃を持つこともできないんだぞ、と。でも、それは駄目です。さっき言ったように、あなたに何ができて何ができないのかは、僕には正確に知ることができないからです。あなたは、課長を告発する証拠がどうしても摑めない場合は、自らの手で処罰するつもりでいたんでしょう。だから、幽霊になって初めて僕と会った時から、自分の本当の能力について隠した。その気になれば拳銃に弾を込め、相手のこめかみに押しつけて引き金を引くこともできるんだ。凶器のS&Wは保管庫から押収品をくすねでもしたんでしょう。課長を射殺した後、窓を開けて外に出る。出てから、腕だけ窓ガラスをすり抜けさせて施錠した。そして、こっそりロッカーに凶器を隠した。その際、拳銃だけが空中を飛んでいるところを見られないよう注意する必要があったでしょうけれどね。——この推理、違っていますか？」

話にならない。邪魔をせずにしゃべらせてくださいと言うのでがまんをして聞いていたが、ここまでひどいと怒る気も萎えてくる。

『ああ、違うね』

「何ですか、苦笑いなんか浮かべて。真面目に答えてくださいよ。こっちは体を張ってるんだから。僕の言っていることは間違っていない。幽霊の能力の限界について、生きている僕には絶対に決定不可能――」

『しっかり考えろ。俺にとってこの世界は手出しのできない映像も同然なんだ。そのことは、お前にだって理解することができる。決定不可能なもんか。密室で変な事件が起きたぐらいで狼狽《うろた》えやがって』

早川の確信は、いくらかゆらいだようだ。

「……どうしたら、理解できるんです？」

『どこから考えても理解可能だろう。一番手っ取りばやい例を示してやるよ。お前、一昨日の銀行強盗事件の時、全力を尽くして手伝ってくれたな。うれしかったぞ』

「何を言っているんですか。そんなこと警察官なんだから当たり前でしょう。大勢の人質が危険な状態で、神崎さんの妹さんまでがその中にいましたから――」

『そうだ。亜佐子を助けてくれたことに感謝するよ。無能な俺一人では、指をくわえている他なかった。最後に袋井が逆上して妹にナイフを振りかざしていた時だって、俺はすぐ後ろで突っ立っているだけだったものなぁ。あそこで井本とかいう勇敢な刑事が飛び出さなかったら、どうなっていたことか。……どうした、早川君？　バツが悪そうな顔になったね。もしかして……』

　彼はがっくりと首を折り、「すみません」と搾り出すように言った。

「そうでした。あれは本当に危ない場面でした。犯人を取り押さえることができたなら、神崎さんが反応しないはずがない。僕に対する嘘を守るために妹さんを犠牲にするなんてあり得ない」

『おぅ、すごい理解力じゃないか。やればできるんだ』

「いじめないでください」

　早川は蝿のように両手を擦り合わせる。

『俺は影みたいにはかないんだ。自分の手で色んなことができるのなら、経堂を逮捕するためにお前の助けを借りる必要もなかった。あいつの周りに片っ端から証拠を捏《でっ》ち上げればよかったんだ。だろ？』

「まったく、おっしゃるとおり。重ねてお詫びします」

　照れて頭を掻いている。しかし、俺はつられて笑ったりしなかった。

『判ってくれればいい。肚の中にいらぬものを溜め込むのはよくないからな。ということで、今度は俺がきついことを言わせてもらうぞ。――お前、やったのか？』

単刀直入に切り出すと、早川は「何をです？」と鈍《にぶ》い応えを返した。

『決まってるだろう。お前が経堂を殺したのか、と訊いているんだ』

「またまた」と腰に両手をやって「冗談きついですよ。しっぺ返しですか？　謝ったんだから勘弁してください。そりゃあ、僕は神崎さんの境遇に本気で同情しているし、激しい義憤も感じていますよ。でも、だからといって神崎さんに代わって課長に天誅《てんちゅう》を下すなんてことはしませんよ。赤穂浪士《あこうろうし》じゃないんだもの」

とぼけているのか、本心なのか観察しただけでは判断がつかない。しらばっくれているのなら、相当な狸である。

『そうじゃないんだ。俺は、経堂を操っていた黒幕はお前だったんじゃないのか、という疑念を抱いているんだ。もしそうだとしたら、正直に吐いてくれ。わけがあるなら聞かせても欲しい。自白したって俺に突き落とされる心配がないことは判っただろ？』

「……神崎さん、もしかして、真剣？」

『タイミングからして、経堂を殺した犯人は、俺の殺害を命じた黒幕だとしか考えられない。課長に捜査の手がじりじりと迫っていることを知っていたのは、お前しかいないじゃないか』

「根拠はそれだけ？　それっぽっちのことで、神崎さんのために心を傷めつつ日夜がんばっている僕を殺人犯呼ばわりするんですか？　あー、嫌だ。もう人間不信じゃない幽霊不信になりそう。けなげに努力しているつもりだったのに、この仕打ちはないわ。あー、最低。そんでもって最悪。怒る気にもならない。何だか言われた方が恥ずかしくなってくるなぁ」

急に熱が出た、というように額に手を当てて、早川は狭い踊り場をうろうろと歩き回った。その姿を目で追いながら、俺は続けてぶつける言葉を探す。しかし、先に口を開いたのは彼だった。

「神崎さんこそ冷静になってください。あまりにも的はずれだから、きつく言わせてもらいますよ」

『お……おぅ』

「生身の人間である僕がどうして密室に出入りできたんですか、なんて反論はしません。それ以前の話だ。いいですか、あなたはこう言った。課長に捜査の手がじりじりと迫っている、と。その捜査の手って、中井警部が陣頭指揮を執っている捜査本部ではないでしょう。ホンボシの経堂芳郎に迫っていたのは誰ですか？」

『お前と、俺だ』

「違う。ぜーんぜん違います。大事なことですから、よーく考えてください。あなたは、この世界に何の関与もすることができないんでしょう。つい今しがたも自分でそう訴えた。だとしたら、課長を追い詰めることもできないはずですよね。もし、彼が追い詰められていたのだとしたら、それは誰のせいですか？　僕ですよ。僕がプレッシャーを掛けたこと以外の何ものでもない。違いますか？　そうではないと言うのなら、きっちりと論理的に反論してください」

十秒後、俺は相棒に向かって深々と頭《こうべ》を垂れた。「どうしました？」という声が頭の上でする。

『ぐうの音も出ない』

「お、さすがに理解力がありますねぇ」

それぐらいの皮肉は甘んじて受けなくてはならないだろう。

「まぁ、判ってもらえたらいいんです。そもそも、僕が先制パンチで神崎さんに因縁をつけちゃったんだし」

危ないところだった。早川が暴走を止めてくれなかったら、俺はきっと、彼の部屋に忍び込んだことも、そこで須磨子の写真を見てしまったことも得意げにしゃべっていただろう。そうなっていたら、直後に誤解が解けても二人の関係は修復不可能なまでに破壊されていたに違いない。早川は俺を軽蔑し、憎んだはずだ。そうならなくて、本当によかった。

『とんだ茶番だった。幕間狂言とか言うのかな』

「漫才ですよ。神崎・早川の推理漫才。二人で組めば、いいコンビができそうですよ。どーもー、ようこそいらっしゃいまし……」

　おどけて一礼しかけた早川だが、何故か突然に凍りついてしまった。瞠目《どうもく》して、俺の肩のあたりを凝視している。まるで、そこに幽霊でも見つけたかのように。

　振り返ると、須磨子が立っていた。

「あ……あっ……おはよう、ございます」

　彼女は挨拶に応えない。

「早川さん。さっきから誰と話しているのですか？　私には見えない。携帯電話にしゃべっていたんじゃないみたいだし」

　下手な言い逃れは許さない、と言わんばかりの口調だった。早川は唇を噛んで黙ってしまう。しばらく前からわれわれを見ていたのだろう。

「神崎さん、と何回も言ってたわ。まるで彼がここにいて会話しているみたいに。神崎さんというのは、達也さんのことよね？」

　もう駄目だ。早川はノイローゼで幻聴を聞いていると思われる。

「はい、そうです」

開き直ったのか、相棒はきっぱりと答えた。須磨子は踏み出して、後ろ手にドアを閉める。

「どういうことなの？」

「こうなったら、森さんに本当のことをお話しします。僕だけの秘密にしておいてはいけなかったんだ。もっと早く打ち明けるべきでした」

どうするつもりなんだ、と俺は慌てる。

「しばらく前からそこで見ていらしたんでしょ？　僕の頭がおかしくなったんじゃないか、とご心配くださったかもしれませんね。でも、そうではないんです。神崎さんと話していたんですよ」

「彼は死んだわ」

感情を削ぎ落としたような硬い声だった。

「はい。ですから僕が言っているのは、生きた神崎さんではありません。何というか……判りやすい表現を使うならば、神崎さんの幽霊です」

「ふざけないで」

叱るのではなく、優しくたしなめる。

「ふざけて言えることではありません。僕は完全に正気です。簡単に信じてもらえることではないでしょうけれども、真実なんです。神崎さんは、ここにいます」

早川は体を斜めにして、俺を右手で指した。生唾を呑んだのか、彼女の白い喉が小さく動く。

「ここにいるのは、早川君だけよ。他には誰もいない」

「幽霊だから見えないいんです。声も聞こえない。僕みたいに特殊な能力に恵まれた人間とだけコミュニケーションがとれるんですよ。そんな悲しそうな目をしないで。嘘ではありません」

「……よして」

「いいえ、せっかくお話しできたんだから、もう後へは引けません。神崎さんは、幽霊になって戻ってきたんです。月曜日、僕が当直だった夜に」

微かに顫える手で、須磨子は目にかぶさる前髪を搔き上げる。俺は、はらはらしながらりゆきを見守った。残酷な冗談で侮辱されている、と彼女は憤激しているのかもしれない。

「死んだ人間が舞い戻ってくるわけないわ。子供だって知ってる。神崎さんが化けて出てきただなんて、私にひどいことを言っていると思わない？」

「信じてもらえないだろうから、今まで言えませんでした。言えば森さんが傷つくだけだと思った。でも――」

須磨子は髪が乱れるほど首を振った。

「聞きたくない。もういい。だって、そんなのおかしいでしょう。彼が浮かばれずにあの世から戻ってきたんなら、真っ先に私のところにきてくれるはずよ。捜査の過程でしゃべらされたとおり、彼と私は婚約したのも同然だったんだから」

「ええ……そうでしたね」

「私に会うために化けて出てくれてもいいのに、どうして早川君の前に現われたりするの？　まるで納得がいかない。いいえ、そんなことがあるなんて赦せない」

「仕方がなかったんですよ。神崎さんは、森さんのところに飛んで行ったんだけれど——」

「私には見えなかったの？」

「そうです」

「馬鹿にしないで。そんな理不尽なことがあるもんですか。私だけに見える、ということならあるかもしれないけれど」

　彼女の頰に赤みが差し始めていた。

「同感です。僕だって、そうあるべきだと思います。でも、こればかりは思うようにいかないみたいです」

　水掛け論だ。やはり須磨子に判ってくれ、と求めるのが無理なのだ。俺は絶望的な気分になった。

「そこに神崎さんがいると言い張るのなら、証拠を出して。姿は見えず声は聞こえずでも、存在しているのなら証明する手段はあるはずよ」

早川は親指の爪をひと嚙みする。なかなか名案は閃かないようだ。と、やがてくるりとこちらを向いて叫ぶ。

「さっきから傍観してるだけですね、神崎さん。ご自分のことなんだから、何とかしたらどうです？　僕に任せっきりはないでしょう」

『そうは言っても、どうしようもないだろう』

われながら情けないことを口走ってしまう。心の準備もないまま、こんな場面を作った相棒を恨みたくなった。

「そうだ」早川は指を鳴らして「ねえ、神崎さん。二人の間だけでしか知らないことを何か教えてください。それを僕が森さんに伝えれば、信じてもらえるかもしれませんよ。あまり立ち入ったことでなくてもいいから」

『本気で言ってるのか？』

「もちろん。証拠を出してって、森さんが言ったでしょう。適当なのを見繕《みつくろ》ってください」

彼の背中めがけて、須磨子の声が飛ぶ。

「独り芝居はやめて。気味が悪くなってきたわ」

早川はそんな彼女を制して、俺を急き立てた。さぁ、早くと。しかし、何を話せばいいというのか。まさか、背中の真ん中に黒子が二つ、なんて暴露できるはずがない。

「そうだ。無難なところで、初めて二人で観た映画というのはどうです？　これぐらいなら差し障りがないでしょう。忘れた、とか言ったら怒られますよ」

『ちゃんと覚えてるよ。松園映劇で「タイタニック」を観た。行ったのは六月の半ば。正月映画だったけれど、俺が観てなかったんだ』

早川はＯＫと指で輪を作り、須磨子に向き直った。

「六月半ばに松園映劇で『タイタニック』。神崎さんが観逃していたから」

彼女は不愉快そうに眉根を寄せる。

「そのことを彼から聞いていたのね。たまたま知っていたことを、もっともらしく言わないで」

計算違いであった。彼女がそう受け取るのも自然なことだろう。早川はめげずに、次の質問をひねり出す。

「それじゃあ、こういうのはどうです？　二人きりでカラオケに行った時にだけ神崎さんが歌う歌」

『「上を向いて歩こう」。時代からずれてて悪かったな』

突っ込まれる前に言ってやった。

「不朽《ふきゅう》の名曲じゃないですか。――えー、『上を向いて歩こう』だそうです。正解ですね？」

裏目に出た。早川の得意気な顔が、須磨子を決定的に憤慨させたらしい。

「子供だましだわ。どうせそれも聞き齧《かじ》ったんでしょう。こんなことで、私が幽霊を信じると思っているの？　私はあなたの人間性を疑う。思いやりのある優しい人だと思っていたのに、見損なった」

早川は苦しげな表情になった。慕っていた須磨子から「見損なった」と面罵されて衝撃を受けたのだろう。それでも、俺のために引き下がらない。

「信じてもらうのが難しいようですね。それなら、森さんから僕に質問をしてくれませんか？　神崎さんでないと絶対に答えられないようなことを訊いてみてください。僕は本人に質しますから」

「まだそんなことを――」

「これで信じてもらえなかったら土下座をして謝ります。一回でいいからチャンスをください」

須磨子は迷惑そうだったが、最後には早川の剣幕に押し切られたのか、不承不承という様子で頷いた。そして、天を仰いで溜め息をつく。

「私って馬鹿みたい。からかわれていると判っているのに。これじゃ奇跡が存在する一縷《いちる》の望みに懸けているようだわ」

早川の方は俺に念を押す。

「いいですか、神崎さん。しくじらないでくださいよ。森さんに信じてもらえなかったら僕は人でなしだし、彼女も心に深手を負いますよ」

俺は無言のまま頷いた。

「では、そこにいるという神崎達也さんに伺います。いいですか？」

須磨子が虚空に問いかける。俺は右手に一歩動いて、自分の視線を彼女のものにぴたりと合わせた。

「ＵＦＯを見た七歳の女の子はどうしましたか？」

俺は迷うことなく答える。

『雨の日の思い出だね。大声で泣きながら走って家に帰った』

「雨の日の思い出だね。大声で泣きながら走って家に帰った、と神崎さんは言っています」

すかさず早川が伝えると、須磨子の顔から瞬時に血の気が引く。奇跡に頬をひと撫でされたのだ。

「嘘よ。そんなことまで早川君が知っているはずがないわ。まさか、そんな……」

「ええ、僕には質問の意味さえ判っていません。神崎さんの回答を口写しで伝えただけです。手品やトリックじゃありませんよ」

彼女はよろけそうになり、手摺りを摑んで体を支えた。貧血を起こしたように蒼くなっている。「大丈夫ですか？」と早川が気遣って手を伸べると、それを邪険に振り払い、俺の方を見つめて言った。

「ケダタナアシルテイア」

間髪容れずに返す。

『レオダモヨコスマ』

それを相棒が復唱すると、須磨子は悲鳴を上げて崩れ落ちた。早川は「森さん！」と叫んで抱き起こす。彼女は手摺りにもたれるように倒れたまま、虚ろな目をしていた。

「これ、どういうことです？　今のは何の暗号なんですか？」

困惑した相棒のどなり声にかまわず、俺は立ち尽くしていた。幽霊になって初めて須磨子と言葉を交わすことができた。その喜びで串刺しになっていたのだ。

俺が何の役にも立たないことを悟った早川は、ドアを開くと廊下に向かって人を呼んだ。そうするまでもなく、悲鳴を聞きつけたのか佐山が駈けてきている。

「おい、どうしたんだ？」

須磨子が倒れているのを見ると、彼はものすごい形相で早川をにらんだ。相棒は「さぁ、急に」とごまかすしかない。

「大丈夫か、須磨ちゃん？　しっかりするんだ」

彼女の両脇に手を差し入れて起こそうとする。俺はがまんができなかった。

『汚い手で彼女に触るな』

「汚い手で彼女に触るな」

それを思わず早川が復唱したものだから、佐山は目を剝いた。

「何だと。もう一度言ってみろ」

「ああ、違うんです。僕が言ったんじゃないんだ。かか、カンザ。いやぁ……、もう僕、帰ろうかな」

佐山は啞然としていた。

「お前、壊れちまったのか？」

廊下の向こうから、漆原と毬村が走ってくる。そのさらに後ろでも、たくさんの靴音が反響していた。大混乱だ。

「ぼさっとしてないで、ほら、そっちを持って起こせ。倒れた時に頭を打ったりしていないだろうな？」

「ああ、はい。それはありません。——森さん、意識はしっかりしていますか？」

二人の手を借りて上体を起こした彼女は、眦を上げて早川をにらむ。その眼光には憎悪すら宿っていた。

「あなた……いったい誰なの？」

23

漆原に支えられて、須磨子は医務室に連れられていった。疲れ過ぎだろう、と周りの者たちは囁きながら散っていくが、毬村と佐山はその場に残る。二人とも、早川に説明を求めたがった。

「早川君、どうも君の行動がひっかかるんだけれどね」毬村が言う。「最近、落ち着きがない。頻繁に独り言をぶつぶつ呟く。今度は森君を卒倒させた。やっぱり何か隠しているんじゃないのか？」

「人聞きが悪いですね。別に、私が卒倒させたわけではありません。気分が悪くなったのか、森さんが勝手にふらふらっと倒れただけで」

「勝手に倒れた、とは無責任な言い方だな」佐山が気色ばむ。「適当なことを言ってごまかそうとしてるんじゃないのか？　俺は聞いたぞ。須磨ちゃんはお前をにらんで『あなた、どういうつもりなの』とか言ってたじゃないか。彼女に変なことをしゃべったんだろう」

違う。早川が幽霊の俺と交信していることを信じざるを得なくなった須磨子は、「あなた……いったい誰なの？」と早川に問うたのだ。机を並べた同僚が、見知らぬ怪物に思えたから出た言葉なのだろう。

「変なことなんてしゃべっていませんって。不審に思うのなら、森さんに訊いて確かめたらいいでしょう」

明らかに早川は開き直っていた。さっきの「汚い手で彼女に触るな」という台詞がまだ頭にあるはずの佐山は、鼻息を荒くして早川の胸ぐらを摑んだ。

「ら、乱暴はやめてください」

「その態度は何だ。ころころと警察官が殺されて大童《おおわらわ》だっていうのに、お前はまるで真剣味が足りないみたいだな。頭の螺子《ねじ》がゆるんでるんだよ」

『やめろ』と言うだけで手出しできない俺に代わって、ひどく面倒くさそうに毬村が二人を分けた。

「おいおい、よしたまえ。こんな時に暴力沙汰を起こしてどうするんだ、佐山君。冷静にならないか」

「しかし、この男はまともじゃありません。きっと何か隠している」

　この男呼ばわりされながら、早川は唇を噛んで黙っていた。毬村は目を細めて、何故かうっすらと笑う。

「人間、誰にでも隠しごとはあるものさ。君にもあるような気がするんだが、どうだね？」

　真意のよく判らない問い掛けだったが、佐山の様子が変わった。まるで痛いところを突かれたように、急におとなしくなったのだ。早川を解放して、意味もなく両手でスーツの裾をぱたぱたと叩く。

「どういうことですか、主任？　そりゃあ、聖人君子でもありませんから、口外しにくいことも持っていますよ。しかし、それはプライバシーに属することばかりで、事件の捜査とは関係がありません」

「確かかね？」

「もちろんです」

　二人のやりとりを、俺は興味深く観察した。毬村は佐山に対して、鎌を掛けているらしい。何か秘密を摑んだのだろうか？　唇の端を歪めた自信ありげな表情が、無言のままプレッシャーをかける。やがて、佐山はそれに耐えかねたように、

「毬村さん、言いたいことがあるんだったら、はっきりおっしゃってください」

「おっと、そんな怖い顔をしなくてもいいよ。話すことがないのなら結構。僕は中井警部に呼びつけられていたので、また後で」

何か言いたげな部下を振り払うようにして、毬村は行ってしまった。後に残された佐山と早川は、さも気まずそうに顔を見合わせる。口を開いたのは早川だ。

「毬村さんも、ちょっとおかしくないですか？」

「ああ、おかしいね。だけど、多分、ポーズだろう。ドラマに出てくる皮肉屋の名探偵を気取ってるだけで、本当は何も判っちゃいないんだ。そうに決まっている。——それより」

「何ですか？」

佐山はまたスーツの裾のほこりを払うふりをした。

「興奮して悪かった。勘弁しろ」

「いいんです、あれぐらい。私も失礼なことを言いましたから」

子供が砂場で仲直りしているみたいだな、とおかしく思いながらも、ほっとした。これ以上、相棒が課内で浮き上がるのはまずかった。今後は俺もさらに気をつけなくては。

手摺りに雀が止まって囀る。ここ二日ほどねぐらの鐘楼に帰っていないが、チュン吉は元気にしているだろうか。

「それはそうと、早川」

佐山の口調ががらりとあらたまった。何を言い出すのかと注目していると、もったいぶるように煙草をくわえて一服する。

「お前、こんなところで須磨ちゃんと何を話していたのか教えてくれよ」

そんなことにしか関心が湧かないのか、こいつは。早川も同じように感じたらしく、やれやれという顔になる。

「雑談をしていただけです。大変なことになりましたね、とか言いながら」

「そうか。だったらもう訊かないよ。——ところでお前、彼女のことをどう思っているんだ？」

俺は複雑な心境になった。佐山だけでなく、早川も須磨子に好意を抱いているらしいと知っているだけに、あまり聞きたくない会話だ。おそらく佐山は、早川が恋敵であるか否かを探ろうとしているのだろう。須磨子の婚約者も同然だった俺が傍らにいるのも知らずに。

「どう思っているって……お気の毒だと心から同情しています。つらいだろうに、よくがんばっていると感心もしています。本来なら被害者の恋人だった森さんは捜査からはずされるべきところを、特例として枉《ま》げてもらっているからよけいに必死なんでしょう。痛々しい気もしますけれど」

佐山は火の点いた煙草を顔の前で振った。

「ああ違う。そんなことを訊いたんじゃないんだ。お前、須磨ちゃんに気があるんじゃないのか、と尋ねたつもりなんだよ。正直に言え」

やはり、そういうことか。ころころと警察官が殺されて大童と言ったくせに、色気づいた中学生みたいなことをぬかす。頭の螺子がゆるんでいるのは、そっちだろうが。

「僕は……私は、そんな気はありませんよ」早川はどぎまぎしている。「嫌だなぁ、佐山さん。二人きりで非常階段にいたからって誤解しないでください。こんなウルトラ大事件の最中に、しかも徹夜明けの朝っぱらに、先輩婦警をこそこそ口説くわけないでしょう。そんな馬鹿なこと……。あ、そんな馬鹿なことを訊くなんて、佐山さんこそ怪しいですよ。ご自分が森さんに懸想《けそう》してるんじゃないんですか？」

うまく切り返すではないか。佐山がむきになって怒り、この話題は打ち止めか。——そうはならなかった。

「いいや」佐山は無機的な声で答えた。「そうか、だったらいいんだ」

「はぁ。だったらいい……とは？」

早川が聞き返す。俺も同じことを尋ねたかった。どういうことなのか判らない。

「いいんだって。恋人を殉職でなくしたばかりの彼女にちょっかいを出す、なんて非常識なことをしている人間がいないのならば、よし。失礼なことを訊きやがって、と思ったらさっきの分と込みでもう一度謝るから赦せ。――さて、戻るとするか」

　足許に捨てた煙草を踏みにじって消し、廊下に向かおうとする。俺はその肩を摑んで引き止めたかった。気になるじゃないか、佐山。お前はまるで、自分はちっとも須磨子に惹かれていないような口ぶりだ。そんなわけはないだろう。嫌らしい奴だ。屁をひっておいて、〈何か臭わないか?〉と白々しく顔をしかめるタイプだったのか。

「佐山さんは、彼女に気があるんじゃないんですね?」

　追いかけながら早川が再び尋ねる。佐山は振り向いて、大きく頷いた。

「まったくない。俺が彼女に抱いているのは、純然たる捜査上の興味だけだ。お前が不埒な邪推をしていたのなら、もうやめろ」

　俺にぶつけられたように思えた。〈お前が不埒な邪推をしていたのなら、もうやめろ〉。その言葉が頭の中で反響する。

　本当にそうなのか?　だとしたら、〈純然たる捜査上の興味〉とは、どういうことを指しているんだ?　こいつ、やっぱり適当なことを言ってごまかしているだけだな、と俺は結論づけた。夜更けにおずおずと須磨子にかけてきた電話のことを忘れやしない。聞き込みの途中、事件と関係のない話で彼女を閉口させていたことも。

　おかしな奴だ。本当におかしな野郎。

「おい、行かないのか？」

ついてこない早川に声が飛ぶ。相棒は、とっさに屈んで靴の紐をいじりだした。

「先に戻っていてください。紐を結び直してから行きます」

短い時間だけでも俺と話す時間を確保しようとしているのだ。佐山は「そうか」と笑って去った。ここであまり愚図愚図していると、また怪しまれてしまうだろう。

「神崎さん。どうして森さんはあんなにショックを受けたんですか？　こっちがたまげましたよ」

彼は本当に紐をほどいて、丁寧に結び直しだす。

『詳しく解説している暇はない。とにかく、須磨子以外には死んだ俺しか知らないはずのことをお前はしゃべったんだよ』

「じゃあ、成功だったんですね？　森さんは、僕が神崎さんの幽霊と会話できることを信じてくれたわけだ」

まだ半信半疑かもしれないが、信じかけてはいるだろう。しかし、はたしてそれがよかったのかどうか。二人だけで通じる暗号を使って言葉を交わすことができたのは心底うれしいが、それが彼女をかえって苦しめることになりはしないか、と気になる。俺だって、心の準備ができていなかったので考えがまとまらない。これからどうなるのだろう？　早川と須磨子と俺で、刑事プラス幽霊の探偵団を結成すればいいのだろうか？

「さっき暗号をしゃべりましたよね。あれ、どういう意味だったんですか？」

『何て言ったか覚えているか？』

「無理ですよ。聞いたこともない外国語みたいだったもの」

『いつか教えてやるよ。行こう。また佐山に勘繰られるぞ』

早川は「了解」と応えて立ち上がった。彼が暗号文を覚えていなくて、幸いである。あのやりとりは、世界中で俺と須磨子だけのものだ。

――ケダタナアシルテイア。

――レオダモヨコスマ。

俺たちは、よくこんな話し方をした。署の廊下でその日のデートの時間の確認をする時やら、電車で遠出した帰りに周囲の耳を気にしながら睦言《むつごと》を交わす時やらに。他人に聞かれたくないことなら、電話を使うなり完全に人がいないところで話すなりすればいい。そこそこと意味不明の言葉でしゃべっている方がかえって目立つ。そんなことは承知していたが、秘密めかして暗号で話すこと自体が楽しかったのだ。

最初に使ったのは須磨子。二人で初めて映画を観た夜のことだった。しかし、映画館の暗い座席でこっそりと耳許で囁いてくれた、とかいうのではない。映画を観終わってから、俺は贔屓にしている落ち着いたバーに彼女を誘った。そして、自分たちがタイタニック号に乗り合わせていて、女性客だけ救命ボートに誘導されるという場面に直面したならばどのようにふるまうであろうか、と他愛もないことを話した。おそらく、世界中で『タイタニック』を観た何百万というカップルがそんな難問を話題にして戯れたことだろう。わが身にふりかかるとは考えられない危機について、「男はこうしている今だってタイタニック号に乗っているようなものだ」「恰好つけすぎよ」などと面白おかしく話しているうちはよかった。

トラブルは、カウンターに座っていた俺たちの斜め後ろで起きた。ぱりっとしたスーツに身を包んだサラリーマン風の二人連れが、これまた二人で飲んでいた女子大生たちをしつこく連れ出そうとして困らせていることには気づいていたのだが、ついに彼女らが「やめてください」と抗議をしたのだ。振り向くと、肩を抱き、腕を引っぱって無理に立たそうとしている。その不作法さに立腹した俺は、須磨子が止めるのも聞かずに立ち上がっていた。「迷惑そうじゃないか。やめたらどうだ」と言うと、サラリーマンらは「あんたは関係ないの」「邪魔しないでくれる」ととぼけたことをほざく。「もっと楽しく飲めばいいだろう」という俺の言葉が気に障ったらしく、「文句があるなら外に出るか？」とまで言われた。しかし、腕ずくの喧嘩をするつもりはまったくなかったようで、「面白くない店だ」と捨て台詞にもならないことを吐きながら、じきに退散した。女子大生たちには感謝されたが、須磨子は機嫌を損ねてしまった。「あの人たち、女の子に振られて出ていくところだったのに」と。つまり、俺がいらぬ介入をして店の雰囲気をぶち壊した、と言うのだ。これには承服しかねた。困っている女性を助けて非難されるだなんて理不尽ではないか。馬鹿らしいことに、それだけのことから口論になった。いづらくなって女子大生たちが席を立つと、今度は「ほら見なさい、あなたが大きな声を出すからよ」「そっちが喧嘩をふっかけてきたんだろう」。楽しかったはずのデートは、こうして台無しになってしまった。

お互い、頭に血を上らせたまま別れたその夜。彼女から電話がかかってきた。受話器から洩れてきたのは――

「メンゴサイナ。シタワガルワカッタ」

どういうことか判らなかった。返事を返せずに黙っていると、さらに続けて言う。

「シテルイア」

ようやくピンときた。そうか、そういうことか。何だ、照れやがって。電話の横のメモに〈こっちこそあやまるよ。あいしてる〉と殴り書きして、それを逆さまに読み上げた。

「え、何？　難しすぎて判らない。生真面目に反対から言ったでしょう。もっと簡単に話してよ」

「じゃ、シテルイア。これでいいだろ？　シテルイア」

「そんな業務連絡みたいな言い方しないでよ。もっと、感情を込めて」

俺は精一杯の気持ちを込めた。

「カライマ、イコヨ」

明るい笑い声がした。しかし、期待した返事はもらえない。

「メーダ」

「シテドウ？」

「……ウチノソ。また明日が早いでしょう。おやすみなさい。今日はリアトーガ」

甘い気分というのは、こういうものか、と生まれて初めて知った。きっと須磨子も同じだったのだろう。こんな幼稚な暗号もどきが気に入って、ここぞという時に冗談めかして使いたがった。もちろん、俺たちのそんな楽しみを知る者は他にいない。だからこそ、さっき彼女は幽霊の存在を信じざるを得なくなって気を失いかけたのだ。

「ああ、瞼が重くなってきた。神崎さん、眠くないですか？　幽霊だって睡眠不足はこたえるでしょう」

相棒はあくび混じりに小声で言う。

『そりゃ、そろそろ眠りたいさ。しかし、ここで事件から目を離すわけにはいかない。いつ急転直下の進展を見せるかもしれないからな』

「ごもっとも。眠気がふっ飛ぶような展開をしてもらいたいですね」

刑事部屋の前に、ぼさっと立っている男がいた。久須だ。俺たち、いや、早川の姿を見ると、にやりと曖昧に笑う。

『あいつ、どうしたんだ？　まだ署内をうろうろしているのか』

「武士の情けで、宿直室で仮眠をさせてやっていたんですよ。ちなみに、彼の手の硝煙反応を調べた結果は陰性でした。——どうしました、ドクター。何か用事？」

早川が歩み寄る。ドクターも目の下に隈をこしらえていた。

「大事なことを思い出したもので、お話ししにきたんです。さっきはこっちも動揺していたし、刑事さんたちが耳のそばで叫ぶので、つい言い忘れてしまって……」

「ほぉ、何だろう。中で聞きましょう」

ドアを開けると、佐山しかいなかった。早川とドクターを見て「どうした？」と低い声で訊く。

「言いそびれたことがあるんです」と久須は切り出した。「事件の直前のことで」

ハードボイルド野郎は組んでいた脚をほどき、身を乗り出した。そして、空いた椅子を顎で指す。

「座れよ。事件の直前に、誰かを目撃したのか？」

「そうではありません。あるものを見たんです。と言っても、課長さん殺しに関係があるかないかは判りません」

「もったいぶらず要点を話してくれ。いつ、どこで、何を見た?」

表情がよく観察できるように、俺は証人の真正面に移動した。久須は何かためらっているようだ。

「ここでお宝を漁《あさ》っている最中、甲高い音を聞いてどきりとした、と話しましたね。一瞬慌てたけれど、通りかかったラーメンの屋台のチャルメラだった。それで安心して、神崎刑事の遺影の額縁に手を伸ばした。と、今度は取調室から『すまん!』という声と銃声がした。それはすべて事実です。ただ、課長さんの遺体発見までの経緯の説明を求められていたので、そこで省《はぶ》いてしまったことがあるんです。実は、神崎さんの遺影を盗みかけた時に、妙なものを見つけて。——ご覧いただいた方が早いな」

彼は立ち上がって壁に向かい、俺の遺影に手を掛ける。それをひょいと裏返すと、黒い虫のようなものが貼りついていた。いや、虫ではない。機械か?

「まだあった。これですよ」

「何だ、それは?——触るな」

佐山は手袋を嵌めながら駈け寄る。そして額縁の裏にセロテープで貼りつけられていた品物をはがし、机の上に置いた。何ということだ。黒い虫に見えたものは、絶対にここにあってはならないものだった。

「佐山さん、これって盗聴器じゃないですか？」

早川が素っ頓狂《すっとんきょう》な声をあげる。俺にもそう見えた。

「らしいな。ＦＭ波を飛ばして受信するタイプのものだろう」

「こんなものがどうして刑事部屋に仕掛けられているんですか？　信じられない」と言ってから急に声をひそめ「こっちの声、今も誰かが聴いているんでしょうか？」

「どうだかな。ほれ、ここがマイクだ。『おいこら、そこの助平野郎』とでも叫んでみるか？」

「やっぱり……盗聴器ですよね。私、こういうのを使って仕事をしないので自信がなかったんです。まさか警察署の中にそんなものが、と思ったんですけれど……」

久須だけは、ほっとした様子だった。お前の悪戯か、とどなられる心配でもしていたのかもしれない。

「まったく、どうなっているのかしらね」

ドアのそばで声がした。いつの間にか腕組みをした漆原が立っていた。彼女は額に人差し指を押し当てたまま入ってきて、盗聴器に顔を近づける。そして、ちっと忌々《いまいま》しげに舌を鳴らした。

「安物ね。こんなもの、一万円札何枚かで買えそう。いつから仕掛けられていたのかしら」

「神崎さんの遺影が飾られたのは十七日の午後でしたから、それよりは後ということになりますね」

早川がすかさず答える。それ以降にこの部屋に出入りした者の中に盗聴犯人がいるとすると、誰にせよ警察官だろう。巴東署の悪夢はまだまだ続く。

「佐山君。あなた、このことを中井警部に知らせて。こういうものは一個だけとはかぎらないから、探知機を使って虫退治をしなくちゃならない。まずは署内の全部の電話とコンセントを洗いましょう」

「はい」と答えて出て行きかけた彼だが、廊下で誰かとぶつかる音がした。「慌ててどうしたんだい？」と毬村の声がする。

「入ってらっしゃい、毬村君。額縁の裏から素敵なプレゼントが出てきたの」

自棄になったように言って、彼女はメンソール煙草をくわえた。おぼっちゃまは、きょとんとしている。

「今度は盗聴器よ。あなた、ああいうの詳しかった？」

毬村は机の上のものを見て、首を振った。

「機械は得意じゃないもので。——しかし、どういうことです、これは？」

「仕掛けた人間を見つけ出して訊いてちょうだい。ああ、畜生、悔しい。証拠品でなかったら踏みつぶしてやりたいぐらいだわ」

「係長みたいな美人が畜生なんて言ってはいけませんよ」

よせばいいのに、つまらないことを。漆原から「こんな時にふざけないで！」と一喝されて、毬村は首をすくめた。それでも口許には笑みが浮かんだままなので、係長は不満そうだ。

「それより、あなた、今までどこに行っていたの？」

「中井警部に呼ばれていたんです。押収品の管理状況について質問されました。半年ごとの検査はちゃんと行なわれていたのか、とか」

「担当者でもないのに、どうしてあなたに尋ねるのかしら？」

「それは警部に訊いてください」

雰囲気がぎくしゃくしてきた。漆原は神経質そうに、うなじのあたりを掻く。

「ああ、そう。早川君」

相棒は背筋を伸ばす。

「はい、何でしょうか、係長」

「医務室に行ってきてちょうだい。森さんがあなたに話したいことがあるそうよ。でも、あまり時間はとらないでね。それから、何を話したのか差し障りがなかったら後で教えて」

「了解しました」と勢いよく立つ。俺もついていってみよう。早川の話を彼女が信じてくれたのなら、俺は須磨子と話すことができる。『失礼』と言って毬村の前を横切ろうとした時、おぼっちゃまは溜め息をついた。

「それにしても、気味の悪いところに盗聴器を仕掛けやがったものですね。まるで、神崎君がわれわれの仕事ぶりを窺っていたかのようだ」

俺はわざわざ引き返していって、毬村の顔のすぐ前で言ってやった。

『盗み聞きなんかしていませんよ。全部ここで拝見していますから』

急いでいるのに、よけいなことを言うな、と思ったのだろう。早川が思わず口を滑らせる。

「行きますよ。カンザ――」

毬村がきょとんとした。相棒は顔をぐちゃぐちゃにして微笑む。

「カンザって何だい？」

「ああ、そのぅ、主任。こんな時にリクエストも変ですが、また忘年会で歌ってくださいね。

『神田川』」

今回は最高に苦しいぞ。

24

須磨子は伏したりしていなかった。面接官でも待つように、両手を膝に置いてベッドに座っていた。早川が入っていくと、「座って」と椅子を示す。気のせいか、けだるげな動作だった。俺はベッドの端に腰を下ろした。

「さっきはびっくりさせて、すみませんでした」

相棒がまず詫びる。他に言うことを思いつかなかったのかもしれない。

「びっくりさせたのは私の方でしょう。ごめんなさい」

須磨子はそう言ったきり黙った。早川は何も話しかけられずにいる。じれったくなった俺は口を挟んだ。

『俺が舞い戻ってきたことを信じてくれたのかどうか、訊いてくれよ』

早川が「はい」と応えると、須磨子が顎を上げた。表情が引き締まっている。

「今の返事は、神崎さんに対して？」

もちろん早川は「そうです」と頷く。

「あくまでも彼の幽霊と話ができると言い張るわけね。撤回するつもりはない？」

「ありません。僕は真実を語っているんです。全人格を懸けて誓います」

須磨子はまた沈黙する。まだ疑っているのだ。無理はない。ああ、そりゃ無理もないさ、と俺は哀《かな》しく思った。

「あのね」須磨子は落ち着いた様子で「幽霊なんて、いるはずがないのよ。神崎さんしか知らないはずのことをあなたが口にしたので驚いたけれど、よく考えてみたら不思議でも何でもないことよね。あれやこれや彼はあなたに話していたんだわ。まさかそんなことまで、という話まで。意外とおしゃべりだったのね」

「いいえ。神崎さんはいます。今も、この部屋に」

早川も冷静さを保ったままだった。平静さをなくしそうなのは、俺だけのようだ。

「いないわ。気配すら感じない。あのね、早川さん。私は、あなたが悪意をもって私をだましているんだ、とは思っていないの。むしろ善意から話しているんでしょう。私は幽霊や霊魂というものを信じない。そんなものの姿が見えるとか声が聞こえる、という人がたくさんいるのは知っている。霊能力者だと自称するそんな人たちが、みんながみんな嘘つきや詐欺師だとは思わない。本当に見えたり聞こえたりするんでしょう。でも、やっぱり幽霊は存在しないのよ。すべて幻覚や幻聴。人間の脳の中で起きている生理現象にすぎない」

「僕は――」

「ちょっと聴いて。あなたのお祖母さんはイタコをなさっていたそうね。お祖母さんがどういう形で口寄せをしていたのか知らないけれど、子供の頃からその話を聞いていたあなたは自然に影響を受けて、幻覚を見やすくなっているんだと思う。幻覚なの。幻覚という現象は存在するけれど、幽霊そのものがいるわけじゃない」

まったくそのとおりだ、と俺は思った。充分に説得力がある。ただ違っているのは、それでも幽霊は存在する、ということだけである。

「あなたは神崎さんが殺されるという理不尽な事態が容認できなくて、彼の幽霊の幻覚を見るようになったのかもしれない。すごくリアルな幻なんでしょうね。そんなものを見られて羨ましいわ。でもね――」

「でも、いるんですよ。神崎さんは」早川は拳を握りしめていた。「僕を信じて欲しい、と言うんじゃありません。神崎さんを信じてあげてください。あの人の言うことを伝えますから、耳を傾けてください。森さんに否定されたら、神崎さんは救われない。助けが必要なんです」

「助けって、どういうこと？」

須磨子の目に警戒の色が宿る。

「神崎さんは成仏できなかったから幽霊になったんです。戻ってきた目的は、自分を殺した犯人を僕たちに知らせるため。誰が犯人なのか、僕は教えてもらいました。そして、そいつを逮捕するために手を貸してくれ、と懇願されたんです」

「そいつって?」

相棒は、経堂芳郎の名を告げた。須磨子は表情を変えない。衝撃があまりにも大きかったからか?――そうではなかった。

「それは卑怯じゃない? 課長は死んでしまった。死人に口なしとばかりに、あらぬ罪をなすりつけるなんて」

「神崎さん自身がはっきり証言しているんです。僕と神崎さんは、この数日間、課長が殺人犯人だという証拠を見つけるために必死で内偵していました。まだ尻尾は摑めていませんでしたが、揺さぶりをかけ続けたらそのうちボロを出したでしょう」

「私たちの知らないところで、あなたは刑事ドラマの主人公として真相に迫っていた、というわけね。そこまでいくと妄想だわ。ついでに誰が課長を殺したのかも教えてもらいましょうか」

「それは判りません。でも、課長が神崎さんを殺した背後には、黒幕的な人間がいたようなんです。実行犯は課長だったけれど、殺人を命じた者が別にいる。課長はそいつに消されたのかもしれない、と僕たちは推理しています」

「すごい想像力ね。新田さん殺害事件の犯人も教えてちょうだい」

「それもまだ不明です。神崎さんが殺された事件とつながりがあるのかもしれません」

早川の額に汗の粒が浮かんでいるのに気がついた。まだ暖房が入っておらずうすら寒いほどの部屋だというのに。須磨子を説得するために、尋常ではない精神的エネルギーを費やしているのだろう。何とか彼を援護できないものか、と焦るが思考は虚しく空転する。

「……ねえ、森さん。どうすれば信じてもらえますか？」

早川の問い掛けは、いつしか出発点に戻ってしまっていた。つらい。これまでのやりとりは無駄だったのか、と泥のような徒労感に襲われる。

「彼の幽霊がここにいるのなら、頼んでもらいましょうか。私に声を聞かせて」

「それはできません」

「じゃあ、自販機でミルクティーを買ってきてもらって。お金の持ち合わせがないというのなら、戸棚と扉をぱたぱた開け閉めしてくれるだけでもいい。ホラー映画の幽霊は、頼まれもしないのによくそんなことをするじゃない。そうだ、手紙を書いてくれるのがうれしい」

「……できません。幽霊は、霊媒に姿を見せたり声を聞かせることができるだけで、この世界の何かに触れることは不可能なんです。手紙も書けません」

「なら、いないも同然ね」

心を鉤爪《かぎづめ》で引っ掻かれたような痛みを感じた。最後まで見届けようと思ったが、これ以上は耐えがたい。ふがいなくも早川に後をまかせて、俺は部屋を飛び出した。「神崎さん！」と彼が叫ぶ声を背中で聞きながら。

目的もなく廊下をふらふらと歩きながら、俺は絶望を嚙み締めていた。

須磨子、君は賢い。幽霊なんか信じられなくて当然だ。君は子供の頃、こっくりさんのお告げがあったと騒いだり、未来の花婿の顔を見るために夜中に鏡を覗いたりするオカルト好きの同級生をこっそりと軽蔑していたのだろう。テレビって、どうしてあんな馬鹿みたいな番組を垂れ流すのかしら、と超能力ショーを腐《くさ》したこともあったっけ。頭の冴《さ》えた君が好きだった。しかし、須磨子。賢い君は正しくない。神様がいるとか、天国と地獄があるとかまでは俺にも断言できないが、幽霊だけは本当にいるのだ。現に、ここにいる。俺がそうなんだよ。

何人もの刑事たちとすれ違う。俺の体を貫いて追い越していく奴もいる。みんな忙しそうだ。盗聴器の発見で、署内の混乱はますます大きくなっているのだ。廊下の隅で本部の一課からきた連中が大声でわめいている。その姿が、ぐにゃりと歪んで見えた。まるで夢の中を泳いでいるようで、足が地につかない。いや、それは俺が幽霊だからか。いないも同然の幽霊だから。

信じられやしないか。

——UFOを見た七歳の女の子はどうしましたか？

須磨子。そんな良識ある君が、UFOを見てたまげたことがあったのがおかしいよ。七歳だったら仕方がないか。雨がそぼ降る夜、親戚の伯母さんの家から帰る途中で、ぼんやりと光る円盤が暗い空に浮かんでいるのを見たんだったね。それでどうしたんだった？

——大声で泣きながら走って家に帰った。

抱き締めてやりたいほど可愛いよ。泣きだした理由が素晴らしい。

君は言った。

「だって、宇宙人がやってきたんだ、と本気で思ったのよ。明日から世界はがらりと変わってしまうんだ、もうこれまでの生活はリセットされてしまうのかもしれない、と考えたら悲しくて悲しくて。毎日繰り返して当たり前だと思っていた暮らしがどれほど大切なものだったのか、初めて思い知ったの。親や先生にわがままばっかり言っていたことを反省しもしたわ。友だちに意地悪をしたことも悔いた。神様、これまでしてきたたくさんの悪いことを謝りますから、どうか赦してください。今日までと同じ暮らしを明日からも続けさせてください、と祈った。泣きながら祈っていた」

俺は笑った。

初めて君の部屋で過ごした夜、俺の腕を枕にしながら打ち明けてくれた話。ＵＦＯの正体は、新しくできたホテルのスカイ・ラウンジの明かりだった。母親からそう聞いて、家族みんなで笑った後も、君はその時の教えを心に刻んだと言う。退屈だったり面倒だったりするだけに思える日常が、本当はかけがえのない大切なものだということを。

なんて聡明な須磨子。でも、幽霊だけは本当にいるんだ。

海中を漂う藻《も》が潮に流されるように、俺は無意識のうちに刑事部屋まで歩いてきていた。中から大勢ががなり合う声がする。どれ、ぼんくらどもは何をしているんだ。見物させてくれ。

ドアをすり抜けると、鑑識課員らが虫退治に精を出していた。電波探知機で盗聴電波を探り、部屋中のスイッチパネルを開いて調べている。亡き課長の机の周りには漆原を中心に人垣ができていて、中井警部が口角泡を飛ばしながら何かを命じていた。どうやら刑事部屋に出入りした人間の詳細なリストを作成しているらしい。ドクターの姿が見えないのは、留置所へご案内されたのだろう。いいか、盗聴器の件は絶対に外部に洩らすな、と警部がわめく。マスコミに知られることを恐怖しているのか。悲惨だな。

俺は体を宙に浮かせてリストを覗き込む。刑事課の面々を中心にずらりと警察官の名前が並ぶ中に、ネタを漁りにきた事件記者、メンテナンスにきたコピー機の営業マン、〈明洋軒〉

の出前などが混じっていた。〈明洋軒〉といえば、経堂は死の数十分前に好物の玉子ラーメンの出前を頼んでいたんだっけ。ラーメンの話がよく登場する。「すまん！」という声と銃声の前にも、屋台のラーメン屋のチャルメラが聞こえたとドクターは話していた……。

屋台のチャルメラだって？

これまでは聞き流していたが、おかしなことに気がついた。昨夜、墓地からここに飛んでくる途中で、俺はチャルメラを吹きながら歩いているラーメンの屋台を見た。生身の体を持っていたら食欲を刺激されただろうな、と思ったのでよく覚えている。確か十時半より前だった。何とはなしに、あの屋台が事件が発生した時に署のそばを通過したのだろうと思っていたが、それはあり得ない。銃声がしたのは十時二十分。あの屋台は、巴東署からたっぷり三キロは離れたところにいた。十分足らずのうちにそれだけの距離を移動できたはずがない。しかも、進んでいた方向だって署の方からやってきたという感じではなかった。これはどういうわけだろうか。俺の目に入らなかっただけで、他の屋台が通りかかったのだろうか？

それとも、久須が嘘をついているのか？

確かめる方法はある。

俺は医務室に取って返した。そこで早川と須磨子がどんな状態になっているか不安だったが、恐れている場合ではない。俺の中で、刑事の血が騒いでいた。

「神崎さん。大丈夫ですか？」

俺を見るなり、早川はまず気遣いの言葉をくれた。二人は先ほどと同じように座ったままだが、須磨子は上着を羽織っていた。刑事部屋に戻ろうとしているところだったのかもしれない。

『ああ。ちょっと小便に行っていただけだ』われながら下手な冗談だ。『課長殺しの件で、刑事として須磨子に尋ねたいことができた。取り次いでくれ』

「森さん、神崎さんが戻ってきました。幻覚かもしれないけれど、僕にははっきり見えています」早川は力強く言う。「あなたに尋ねたいことがあるそうです」

「幽霊も超能力も信じない、と言って」

彼女は困ったように微笑んだ。早川の病癖に慣れて余裕が出てきたかのようだ。

「そんなことではなく、昨夜の事件についてだそうです。刑事としての質問です」

大きな瞳がまっすぐに早川を見つめた。興味をそそられたらしい。

「いいわ。何でも訊いて」

早川に顔を向けた須磨子に、俺は刑事として尋ねる。

『第一取調室から銃声がした時、君は気分がすぐれなかったので、非常階段で新鮮な空気にあたっていたんだったな。そうだとしたら、ドクターの証言におかしな点があるのに気がつかないか？』

　早川は一言一句と違えずに、俺の言葉をそのまま伝えてくれた。質問の趣旨が判らないのか、須磨子は「おかしな点？」と訊き返す。単刀直入に尋ねることもできるのだが、彼女に予見を与えたくなかったのだ。

「さあ、特になかったけれど」

『君らしくないな。よく考えてくれ』

　早川はこれも復唱する。変な言い方はよしてよ、と嫌がられたりはしなかった。須磨子は胸に右手を置いて考え込んでいる。駄目か、違っていたのか、と諦めかけた頃に、ようやく彼女の目が輝いた。

「判ったわ。そういうことね。私、迂闊だった」

「え、どういうことです？」

　早川は、俺と須磨子を交互に見た。彼女が説明する。

「ドクターは、銃声の前にチャルメラの音と『すまん！』という課長の声を聞いたと話していたわね。それが変なの。課長の声はともかく、チャルメラの方は非常階段に出ていた私に聞こえなかったはずがない。でも、私は聞いていないのよ。断言できる」

　俺は両方の親指を立てる。よくぞ思い出してくれた。それこそ望んでいた答えだった。

「神崎さんが、すごくうれしそうにしていますよ。——でも、森さんがチャルメラを聞いていないとしたら、どういうことになるんですか？」

早川は首を右に左に振って、俺と須磨子に尋ねる。俺たちはほとんど同時に答えた。

『ドクターは嘘をついている』

「ドクターは信用できないわ」

早川は「わぉ！」と歓声をあげる。

「ご意見が見事に一致しましたね。あ、神崎さんは〈ドクターは嘘をついている〉と言ったんです。なるほど、そうか。だとしたら……どうなるんでしょう？　他にも虚偽の証言をしているかもしれない、ということですかね」

そういうことだ、と言いかけて、俺は考え直した。銃声の前にチャルメラが聞こえたなんて偽証をして、ドクターにどんな利益があるのだろうか？　捜査を混乱させるのが目的だとも思えない。須磨子も同じ疑問を抱いたらしく、早川への返事をためらっていた。

『いや、嘘をついているのではなく思い違いをしているのかもしれないな』

これを早川が伝えると、須磨子も賛同してくれた。

「彼がそんな嘘をつく必然性がないわね。思い違いだとしたら、何かと聞き違えたということになる。外を通り過ぎた屋台のチャルメラの音にびっくりしたなんて、少し不自然だと思ったのよ」

『聞き違えか。取調室から何かドクターをびくりとさせる音が聞こえたのは確かなんだろう。しかし、チャルメラと聞き違えるような音がするものなんて、あの部屋にはないぞ。机と椅子しかないんだから、そもそも音を発するものがない』

同時通訳のように早川は懸命に伝言をする。須磨子はこめかみを両掌で挟んで考えていたが、やがてきっぱりと言った。

「あるわ」

彼女は内ポケットから手帳を出し、何ごとかを調べる。それから、机の上にあった電話の受話器を取った。何を問い合わせようとしているのか？

「どこに……かけているんですか？」

受話器を耳に当てたまま彼女は悪戯っぽく笑い、早川にも通話内容が判るように拡声ボタンを押した。呼び出し音が十秒ほどしてから、つながる。「はい、どなたですか？」と洩れてきたのは聞き覚えのある声だった。本部の一課の大久保《おおくぼ》という刑事ではないのか？

「森です。経堂課長の携帯電話にかかっていますね？」

相手は「そうだ」と答える。

「突然かけて失礼しました。お伺いしたいんですが、そちらの着信音はどんなメロディでしたか？」

　俺は『あっ！』と声をあげていた。大久保は「クソったれ」と毒づく。

「あの面白みのない課長にこんな茶目っ気があるとは思ってもみなかったぞ。まいったまいった。チャラララーララ。屋台のチャルメラの音だ。別嬪《べっぴん》さん、あんた、どこからかけてるんだ？」

「医務室です。これから刑事部屋に戻ります」

「こっちは鑑識んところだ。俺もすぐに刑事部屋に向かう。今度、一緒にラーメンを食べに行こうか」

「出前を奢《おご》ってください」と言って、彼女は電話を切った。そして、ちょっと得意げに早川に向き直る。

「携帯の着メロだったのか。大久保さんの言うとおりだ。課長がそんなお茶目なことをするなんて」

「多分、奥さんのしわざよ。私、しばらく付き添ってさしあげていたでしょう。気を紛らわせるために雑談をしたの。よく子供じみた悪戯をして課長を驚かせた、と話していたわ。同僚と温泉旅行に行く時に真っ赤なパンツを着替え用に入れておいたり、デパートではぐれた時にちゃん付けで呼び出しの店内放送をしてもらったり。勝手に着メロをチャルメラに変えておくなんて、あの奥さんがやりそうなことよ」

　そうかもしれないが、誰のしわざであるかは当面の問題ではない。銃声の直前にドクターが聞いたチャルメラは、経堂の携帯に電話がかかってきた音だったのだ。それがどこからのどんな電話だったのか、捜査側は重大な関心を寄せなくてはならない。

『課長のポケットに携帯が入っていたのを見たぞ。あれの発信と受信の記録の調べはついているのか？』

　早川も須磨子も、それについては知らなかった。末端の彼女らが聞いていないだけで、おそらく、誰かが電話会社に記録の照会を行なっているだろう。その情報は大きくクローズ・アップされることになる。

「死の間際に課長は誰かと電話で話していた。事件と関係がないはずがありませんね」

「ええ。でも即断はできないわ。間違い電話が偶然かかってきたのかもしれないし。受信記録を見てみないとね」

「でも、電話と銃声のタイミングがぴったり合いすぎですよ。もしかして、電話機から銃弾が飛び出す仕掛けが……」

『馬鹿。そんなわけあるか』

「今、神崎さんに冷たく〈馬鹿〉と言われました」

「どんなに巧みに仕掛けてあっても、電話機に銃口がついていたら、すぐに判るでしょう。それに、弾痕は耳ではなく、こめかみにあった」

『そのとおり』

「神崎さんが〈そのとおり〉と」

「戻りましょう」

俺たちは医務室を出た。三人とも肩で風を切って、颯爽と廊下を進む。もう周りの景色が歪んだりはしなかった。

「もう大丈夫なの、森さん？」

須磨子が入っていくと、漆原が声をかけてきた。その隣で伸びかけの髭を掻いていた大久保が「よぉ」と片手を上げた。

「急にチャルメラが鳴ったんで驚いたよ。どうして課長の携帯の着メロだと閃いたんだ？」

須磨子は経緯を説明した。もちろん、幽霊の俺の示唆については言及せずに。中井警部がのそりと出てくる。

「経堂課長の携帯電話の受発信の記録については調べていた。しかし、着信音がどういうものかについては、気にもかけていなかったよ。久須が聞いたチャルメラが電話を着信した音であることは、通話記録からも明白だ。十時十九分に電話を受けている」

「相手は誰ですか？」

警部は近くの机の上を指した。ビニール袋に入った見慣れない携帯電話が置いてある。

「凶器を探していた際、三階の廊下のゴミ箱から見つかった。経堂課長にかかってきた電話は、あれから発信されていたんだ。指紋はきれいに拭ってある」

「持ち主は特定できないんでしょうか？」

「非常に難しい。この電話はホーボー・ネットという通信会社が販売しているプリペイド式のものだ。電話機とプリペイドカードを買い、指定された専用番号にかけ、カードに記された十二桁の番号を登録すれば使用できるとかで、その際に運転免許証や住民票を提示する必要は一切ない。薬物や銃器の売買に利用されるケースも目立つ、とマル暴の連中から聞いたことがある。登録時に身元が割れないだけでなく、通信傍受も厄介らしい」

鬱陶しい道具が出回る時代になったものだ。それにしても、社名がホーボー・ネットとはふざけている。方々に電話できるという駄洒落なのだろうが、列車の屋根に無賃乗車して旅する野郎を英語でｈｏｂｏ《ホーボー》と呼ぶ、と古い映画で観たことがある。

「それが三階の廊下のゴミ箱から出てきたということは……犯人はこの署内の人間だと確定したわけですね？」

早川が今さらながらの発言をしたので、警部は不快そうだった。

「そんなことはとっくに判っとる。昨夜、署内にいた人間の全員が容疑者なんだ。この電話の主が、殺人犯人と同一人物なのかどうかは断定できんがな」

須磨子が深呼吸をした。どうかしたのか、見ていると、信じられないことを口にする。

「早川さんは、経堂課長殺しについて大胆な仮説を持っています。課長は神崎さんを殺した犯人で、その秘密を湮滅するために黒幕に殺された、と」

満座がどよめきに包まれ、俺と早川は同時に大声で叫んでいた。まさか、この場でそんな爆弾発言をするとは。

「森さん、言っちゃ駄目だ！」

『やめろ。その黒幕は今ここにいるかもしれないんだぞ！』

経堂が殺人犯人であることを捜査陣に判ってもらいたい、と望んではいた。しかし、この場面でそれをスッパ抜くのは短慮だ。犯人は経堂を切り捨ててひと息ついたところなのだから、油断させておく方が得策ではないか。警部を信頼して相談するのなら、他の人間がいない機会を選べばよかったではないか。

「どういうことだ、早川。根拠があって言っているのか？」

いいかげんな返事をしたらぶっ飛ばすぞ、という剣幕で警部が詰問する。

「はい。いえ、その……私はそう聞いただけでして……証拠は……」

「聞いた？　誰に聞いたと言うんだ」

彼の視線は頼りなくさまよい、俺を見る。しかし、窮地に陥った相棒を助けてやる方法はなかった。

「まさか冗談でそんなことを言ったわけはないだろう。誰から吹き込まれたのか正直に吐けよ」

佐山は怒るというより、なだめるように訊く。しかし、目つきは針で刺すように鋭かった。

早川が答えられずにいると、須磨子が進言する。

「警部。早川さんは精神的な疲労の蓄積によって、療養が必要な状態だと思われます。課長が神崎さんを殺した犯人だ、と吹き込んだ人物は実在しません。もしも、いると彼が本気で信じているのなら、それは人格が分裂してしまっているからでしょう」

何てことを。

早川は茫然として立ち尽くす。おそらく俺の目も今、同じように焦点を失っているのだろう。まさか、彼女がそんなふうに誤解するとは思ってもみなかった。裏切られたような気分だ。

たしかに彼の挙動はこのところ妙だった、と毬村や漆原が口々に言う。早川は弁明の言葉もなく、うつむいてしまった。

『……これはないぞ、須磨子』

俺は、彼女をにらみつけた。

25

昼前の公園にはほとんど人影もなく、ベンチに腰を下ろしているのは俺だけだった。幽霊でなかったなら、行くあてもなく途方に暮れている失業者に見えることだろう。あるいは、世捨て人めいた哲学者か。

指折り数えてみたら今日で幽霊になって六日目だが、もう一ヵ月はたったような気がする。激動の六日間だった。最もきつかったのはやはりこの世に舞い戻ってきた当日だったけれど、一昨日の夜から昨日の朝にかけての一連の出来事にもまいった。経堂が密室状態の取調室で射殺されるわ、須磨子と間接的に話すことに成功するわ、その彼女が裏切って早川を病人扱いしだすわ。

いや、須磨子には俺たちを裏切るつもりなどなかった。超自然現象のたぐいを一切信じない合理主義者としては、俺の幽霊と交信できると言い張る早川が嘘をついていないとしたなら、彼が精神に変調をきたしたのだ、と理解するのは当然だろう。そこまではやむを得ないとしても、経堂が殺人犯だと早川が摑んでいることまで満座で暴露するのだけはよして欲しかった。あれでまた、黒幕は顫え上がったに違いない。今後の捜査がやりにくくなった。

お利口さんの須磨子のおかげで、とんでもないダメージだ。科学では解明されていない人知の及ばない現象がこの世にはあるのだ。あいつが少しでもそれを想像できる女だったら、こんな事態にはならなかったのに。合理主義者の石頭ぶりは困ったものだ。

ポプラが風にそよいでいる。木枯らしの気配を感じさせる冷たい風なのかもしれない。それをぼんやり眺めているうちに、もしかすると須磨子は完全に正しいのではないか、という疑問が湧いてくる。

幽霊などというものは存在しないのではないか？　生前の俺だって、そんな非科学的なものは微塵も信じていなかった。幽霊なんて、愛しい者が消えてなくなることへの悲しみ、あるいは災いをもたらす者が甦ることへの恐れが人の心に呼び込む妄想でしかない、と確信して疑わなかった。やはり、それが真実なのかもしれない。科学では解明されていない現象はまだまだ無数にあるにせよ、幽霊は荒唐無稽すぎる。となると問題なのは、俺自身が幽霊としてここにいる現実にどう説明をつけるか、だが――

簡単なことだ。幽霊の俺なんて存在しておらず、つまり、これは現実ではなく夢なのだ。もちろん、睡眠中に見る夢がここまで首尾一貫してリアルなわけはないから、ただの夢でもない。経堂に釈迦ケ浜で射たれたところまでが現実で、これ以降のことは全部、臨死状態に陥った俺の脳の中で起きている幻覚というわけだ。本当の俺は、おそらく病院の集中治療室のベッドで何本ものチューブにつながれて、かろうじて生命を維持しているのだろう。そして、脳が長い長い夢を見ている。その中で俺は幽霊として蘇生し、怒ったり笑ったり悲しんだりしているのだとしたら、すべてに合理的な説明がつく。こんなに細部まで鮮明な夢があるものか、と反論しようにも、臨死状態特有の幻覚とはこういうものなのだ、と言い切ればそれまでだ。

いやいや、と俺は強く否定する。否定したい。そんなふうにニヒリストを気取って、すべてを振り出しに戻すのはやめよう。幽霊として甦った、というリアルな感覚を無視することは不可能だ。再会した早川と初めて言葉を交わした時の感激や、須磨子のベッドにもぐり込んだ時の切なさは、幻覚という一語で打ち消せるものではない。

はたして、そうかな？　再び幻覚主義をとるチャレンジャーがパンチを繰り出す。そんなことは、これが臨死体験ではないという証明になりっこない。日常的に見る夢の中でだって、人はリアルに怒ったり笑ったり悲しんだりするものだ。いくらリアルに感じられようと、夢は夢、幻覚は幻覚にすぎない。

おい、幽霊主義者のチャンピオン、しっかり反撃しろよ。自分は夢など見ていない、と鮮やかなカウンターをお見舞いしてやれ、と俺は檄《げき》を飛ばすのだが、チャレンジャーのアッパーがまともに顎に入ってしまったらしい。足許をふらつかせながら、チャンピオンはコーナーに追い詰められていく。このままではノックアウトは必至。もう足が止まりそうだ。おい、それはないぞ。幻覚だという証拠もないぞ、クリンチで逃れろ。と、熱くなったところで背中から呼ばれた。

「お待たせしました、神崎さん」

ショルダーバッグを提げた早川が立っていた。

『おう。ゴングに救われたか』

そんな感じだった。「何のことです？」と相棒は怪訝そうだったが、適当な返事でごまかす。

『思ったより長くかかったな。神経科のカウンセリングというのは経験したことがないんで、どれぐらいかかるものか見当をつけにくかったんだけど』

「のんびりと雑談をしてきただけです。日頃の生活習慣や仕事の様子なんかを、訊かれるままにしゃべりました。とても感じのいい年配の先生で、話していてリラックスできました」

『それなのに、病院を出て待ち合わせの公園にきてみたら、また神崎達也の幽霊が見えたので、ぞっとしなかったか？』

「するわけないでしょう」と言いながら横に座る。「あれ、そんなことを言うところをみると神崎さん、僕が診察を終えて出てくるのをびくびくしながら待っていたんじゃないですか。『よぉ』と声をかけても『こんなものは幻覚だ。こんなものは錯覚だ』と僕に拒絶されたらどうしよう、と怖がっていたんでしょう」

『少しはな』

正直に打ち明けると、彼は神妙な顔になった。いい奴だ。リアルにそう思う。

「薬をたくさん処方してもらいました。青いカプセル、黄色いカプセル、緑色のカプセル。色とりどりで、きれいですよ。もちろん、僕は幻覚を見ているわけではないので服むつもりはありません。もったいない買物です。それはいいとして、二、三日は仕事を離れて静養しろ、と言われてしまいました。でも、この大事な時に家で休んでいるわけにはいきません」

はやる気持ちは判る。

『かといって、これから署に顔を出して《言われたとおりカウンセリングを受けてきました。もう大丈夫です》と宣言しても、《ちょっと休んでろ》と押し返されるぞ。何しろ東署はマスコミによってたかって魔窟《まくつ》扱いされているんだ。ノイローゼ気味の刑事を無理に現場に出しておかしな行動をとられるのを心配するだろう』

早川は心外そうだ。

「そうかな。課長が殺されたことのショックが疲労と重なった上、徹夜明けで頭が朦朧《もうろう》としていただけだ、ということですませられると思うんですけど。医者に対する受け答えだって、ごくまともだったわけですし。それに、僕が透明人間と会話している異様な光景をじかに目撃しているのは、森さんだけです。他の人は、森さんの話も大袈裟だったのかな、と思ってくれるかもしれませんよ」

それはどうだろうか。このところの早川の様子が普通ではない、と感じていたのは須磨子だけではない。漆原も、毬村も、佐山も、みんなが彼の挙動を訝《いぶか》しんでいたようだ。大事な時だからひっ込んでいろ、と命じられる方に俺は賭ける。

「しかし、これでしばらくの間、神崎さんのことを森さんに話せなくなってしまいましたね。またそんなことを、と思われて、上に報告されるのがオチですから。それがとても残念です。チャルメラの正体を一緒に突き止めたように、これからは三人で力を合わせて真相に迫れる、と思ったんですけど、糠喜《ぬかよろこ》びだった」

『現実はそう甘くはない、ということだ』

そうとも。これは現実だ。夢なんかじゃなくて、厳しい現実なのだ。

「今朝の捜査会議では何か出ましたか？」

『分担の確認だけだ』

さして伝えるべき内容はなかった。昨日の夜の会議の様子については、昨日のうちに伝えてある。いつもの、あの児童公園で。早川は相変わらず、俺を自分の部屋に入れたがらなかった。須磨子の写真は、壁を向いたままなのだろう。

「盗聴器について、判ったこととかないんですか？」

『署内をくまなく探してみたけれど、見つかったのは刑事部屋の額の裏にあった一個だけだ。市内の電器店でも販売しているタイプのものだし、通信販売でも三万円以内で購入できる器械らしいよ。半径二百メートルの範囲に電波を飛ばせることが判った。犯人はアジトでずっと聴き入っていたわけではなく、録音していたんだろうな。電池式のもので、発見された時にはまだ生きていた』

「電池のへり具合から、いつ仕掛けられたのか突き止められないんでしょうか？」

『無理だとさ。課長があの遺影を壁に掛けた時は何もついていなかったから、あれ以降だとしか判らない。犯人の特定は難しいな。ともあれ、こいつが経堂殺しの関連と見るのが自然だ。出所の洗い出しに力を注ぐことになっている。そんな品《ナシ》割りぐらいで簡単に尻尾を出すような犯人じゃないだろうけれど』

「刑事部屋に盗聴器とは、世も末ですね。昨日の調査だけで、押収品管理の出鱈目ぶりがどんどん明らかになっていっているようだし、わが社はどうなっているんでしょう」

彼が嘆くのも当然だ。保管庫から押収品の拳銃が何挺も紛失していることが判明したのだ。経堂のこめかみに弾丸を射ち込んだS&Wも、今年の一月に地回りの暴力団員から押収したものだった。その他にも、トカレフやブローニングなど少なくとも六挺が消えているという。

署長はもとより、押収品の管理責任者である副署長の処分は免れない。本来なら、毎月末にリストと照合して管理状況を確認することになっているのだから。よその署だってそこまで丁寧に管理しているとは思えないが、それでも半年に一度ぐらいは総点検をしているだろう。申し開きの余地なしの重大な失態と言わざるを得ない。

『いくつも拳銃がなくなっていることは、当面、マスコミに伏せるらしいな。情けないことに、それが今朝の会議の最重要決定事項だ。そんなことをしたら、後でばれた時、ことがよけいに大きくなるだけなのにな。お偉いさんの考えることは理解に苦しむよ』

「いくつも拳銃がなくなっている……。どうしてでしょう？」

早川の質問の意味が判らなかった。

「課長を殺すために拳銃を持ち出したんだとしたら、一挺だけあればよかったわけでしょ？何挺も失敬したら目立つじゃないですか。犯人の行動は不合理です」

その点について、俺は深く考えていなかった。経堂殺しの犯人が必要としたのは一挺だけだろう。他の何挺分は、今回の事件に関係がなく、単に不注意からなくしてしまっただけなのだ。

「神崎さんは、事件にもっと奥があるとは思わないんですね？」

『そう考える根拠はないだろう。それとも何か。お前は、なくなった拳銃の数だけこれからも警察官が殺されるとでも？』

「そうは言いません。神崎さんがおっしゃるとおり、ただの管理ミスなのかもしれませんけれど……」

『しかし、管理ミスなんてひと言ですむ問題じゃないよな。本部の一課長は、会議の席で信号みたいに青くなったり赤くなったりして叫んでいた。拳銃以外の押収品も、徹底的に洗えとさ。覚醒剤や裏ビデオもごっそりなくなっています、てな結果が出たらどうなることやら』

　伏せてしまえば、どうなりもしないか。

『それにしても何だな、俺が殺された時は押収品を調べなかったわけか。そうすりゃ、やばいことが判明していたかもしれないのになぁ』

「今だから言えることですよ。まさか、警察署内に犯人がいて、保管庫から持ち出した拳銃が凶器になっているなんて想像の埒外だったんです。――でもまぁ、そうですね。課長がトカレフで神崎さんを射った、と聞いていたんですから、保管庫を調べてみるべきだったかもしれません」

素直に認められると、早川にそう指示しなかったおのれの不覚を思い知らされる。

「さて、これからどうしましょうか？」

指示を仰がれ、考える。

『さっきも言ったとおり、これから署に顔を出すのはよせ。今日のところは家でおとなしくしているんだ』

「まるで謹慎処分だなぁ。それで、本でも読んでいろと？」

『ああ、いいんじゃないか』

「冗談じゃありませんよ。この大事な時に蚊帳《かや》の外はない。ここは禍いを転じて福となす、と解釈しましょう。署に出ないのなら、僕は捜査からはずれて自由に動けるようになったわけだから、この利点を活かして敵に攻め込むべきです」

『前向きだな。見上げたもんだよ。攻め込みたいんだが、その敵がどこの誰か判らないのが困ったところだ。以前なら、経堂に張りつくという基本方針があったのにな』

「敵。敵か……」

そう、姿のない敵。経堂芳郎をマリオネットのように操っていた黒幕。経堂が消されてしまった今となっては、そいつにたどり着くための道は完全にふさがれてしまった。事態は確実に悪化したのだ。しかし、ここが踏張《ふんば》りどころだ。何とか状況を刺激して、犯人を燻《いぶ》り出す手はないものか。

「犯人は、きっと、今、不安がっているはずだ」

相棒は一語ずつ区切りながら、自分に言い聞かせるように話す。

『安心してはいないだろう』

「ものすごく不安なんじゃないでしょうか。これまでよりも、ずっとずっと心配になっているると思いますよ。せっかく口封じのために課長を抹殺したというのに、神崎さんを殺したのは課長だった、その背後に黒幕がいる、と僕が考えていることを森さんがスッパ抜いたんだもの。早川の奴、頭がおかしくなりやがったのか、とみんな呆れていたけれど、犯人だけは愕然としていたのに違いありません。でしょ？」

『うん、そうだな。追及の手が迫ってきたから課長を殺したにせよ、お前がそこまで強く確信していると思ってはいなかったかもしれない』

「実行犯の課長を殺して、自分との間の糸は断ち切った。しかし、切れた糸を持ったまま、切り口がこれに合致する糸をつけた奴がどこかにいるはずだ、そいつが連続する警官殺しの真犯人だ、と叫ぶ僕という人間がいることをはっきりと知らされたわけです。そいつは次に、どうすると思います？」

『俺ならば動かない。ライオンに遭遇した兎のように、風下の草叢《くさむら》に身を潜めてじっとしている。そうしてライオンをやり過ごす』

「ライオンに出くわした兎なら、それが賢明でしょうね。しかし、僕はライオンではないし、犯人は兎じゃない。むしろ、そいつの方が狂暴なライオンですよ。僕が兎かもしれない」

ライオンが他の動物を襲うのは狂暴だからではなく、生存するためなのだが、そんな些末なことは措いておこう。早川は何を言おうとしているのか？

「ライオンが挑発しても兎は草叢から飛び出したりしませんが、その反対はあります。兎の僕が犯人を盛大に挑発してやればいいんだ。そんな変な顔をしないでくださいよ。つまり、これから僕が署に行って宣言するんです。『真犯人が誰なのか見当はついている。そいつはこの署内の人間だ。と言っても信じてもらえないようだから、動かぬ証拠を示してみせる。明日の朝までにそれを摑める手筈《てはず》になっているので、僕の頭がおかしいかどうかはそれを見てから判断して欲しい』てな調子で。これを聞いた真犯人は絶対に動揺しますよ。はったりだと思いたいだろうけれど、そう決め込んで安心するわけにもいかない。きっとアクションを起こす」

挑発とはそういうことか。それもアイディアではあるが、俺は賛成しかねた。

『相手は平気で仲間を殺すような奴だ。まだ拳銃を持っている可能性も高い。下手に挑発すると、とんでもないことになるかもしれないぞ』

「危険は承知しています。でも、虎穴《こけつ》に入らずんば虎子《こじ》を得《え》ず、でしょう。これぐらいの危ない橋はあえて渡るべきです。相手がこっちをなめてかかるように、なるべく馬鹿っぽく挑発しますよ。そうしておいて警戒を怠らなければ危険はないし、飛びかかってきた現場を押さえられるかもしれません」

『よした方がいい。いくら用心していても、暗がりから拳銃でズドンとやられたらおしまいだ。相手は蛇みたいに狡猾なんだぞ』

「誰が決めたんです？」

『え？』

「蛇が狡猾だなんて、偏見です」

お前だってさっきライオンのことを、と言い返しかけてやめた。

『動物学的な議論は機会をあらためてしよう。とにかく、ここで無茶なことをする必要はない。大三元《だいさんげん》をテンパってる親にリーチかけて喧嘩するみたいなもんだぞ』

「僕は麻雀《マージャン》をしないので、そんな喩えをされても通じません。これは充分に勝ち目のある賭けですよ。危ないと思ったら逃げればいいんだから、下りることもできる安全な賭けです」

『だから相手は拳銃を持っているかもしれない、と言っているだろう。下りようとしても射たれたら終わりなんだよ。悪いことは言わないから、その案は没にしよう』

早川は頑固だった。自分の身を大切に思ってくれることはありがたいが、どうしてもやる、と言う。しばらく押問答が続いた。

「いいですか、神崎さん」頑固な後輩は鼻息荒く「あなたは、自分が犯人だったら動かない、と言いましたよね。おそらく敵も今そのつもりでいるでしょう。しかし、それをされると僕らにとって状況はますます悪くなりますよ。犯人に逃げ切られてしまいかねない。ここはリードされているこちらから積極的に仕掛ける局面なんです。リスクを背負う本人が言い出して実行するんだから、見守っていてください」

それがつらいのだ。早川のそばについて見ていることはできても、彼が危機に見舞われた時にそれを振り払ってやることが俺にはできない。助けを呼ぶこともできず、むざむざと見殺しにする最悪の事態にもなりかねないのだ。そんなことには耐えられない。

「もう議論は打ち切りにしましょう。僕はやります。大丈夫。殺されたりしませんって。だって、僕が死んでしまったら、神崎さんの愚痴を聞く人間がいなくなるじゃないですか」

また泣かせることを。ちょっとクサいぞ、と言おうとしたら、「何してるの？」と後ろから声がした。ぎくっとして見ると、暖かそうなフードつきのコートを着た女の子が立っていた。五、六歳ぐらいだろうか。興味津々《しんしん》という目つきで早川を見ている。

「おじさん、独りで何をしゃべっているの？」

早川はまったく動じなかった。極上のスマイルを作って、優しい声で答える。

「おじさんはね、お芝居のお稽古をしていたんだよ。お嬢ちゃんも幼稚園なんかでお芝居をしたことがあるだろう」

女の子はいったん上げた顎を振り下ろすようにして頷いた。そして「判った」と応える。呑み込みのいい子だ。

「ほら、あそこにいるのはお母さんとお祖母ちゃんじゃないかな。早く行ってあげなさい」

病院の方から女性が二人やってきていた。昼間から公園のベンチで時間をつぶしているような男と娘が話をしているからか、どちらも心配そうな顔をしている。女の子は「バイバイ」と手を振って走っていった。

『今のごまかし方はうまかったな。慣れたのか？』

「僕は、高校時代に演劇部にいたんです。当たり役は『西遊記』の沙悟浄《さごじょう》と『太陽にほえろ！』のヤマさん。特に後者は主役を食った名演で――」

『お前、まさかそれで刑事になろうと志望したんじゃ……』

「そのまさかですよ。殉職したお父さんの遺志を継いだ神崎さんにすれば、不真面目な野郎だとお思いかもしれませんね。でも、僕はいたって真剣でした。芝居のクライマックスで、人質を獲《と》って抵抗する犯人を説得する場面がありましてね。そこでヤマさんが呼びかけるんです。『お前だって、こんなふうに生きたかったわけじゃないだろう？』と。役に入り込んでいたので、それは芝居の台詞ではなく、完全に僕自身の言葉になっていました。『お前だって、こんなふうに生きたかったわけじゃないだろう？』。そうだよな。どんな凶悪犯人だって、かつては幼気《いたいけ》な子供だったわけだし、最初からワルだったはずはない。悪の道に進んだ本人だって苦しんでいるはずだ、と心の底から感じたんです。十七歳のガキの芝居ごときで真実を摑んだなんて笑われそうですが、僕が実際に体験したことです。芝居が終わってからも舞台の上で感じた刑事の心が忘れられなかった。それで、刑事になろうと決めたんです」

彼の口から刑事になった理由を聞いたのは初めてだった。どこまで理解できたか怪しいが、判るような気もした。

「さて、仕掛けましょうか」照れたのか、早川は威勢のいい口調になる。「これから署に行って、一世一代の大芝居を打ちますから、とくと観ていてください。いいですね？」

『もう止めないよ』

俺たちは病院前の停留所からバスに乗った。がら空きだ。もちろん、車中で会話を交わすわけにはいかないから、お互いに無視して黙ったまま。一番前の席に大学生のアルバイトらしい男が座っていて、お客が乗り降りするたびに両手にしたカウンターをカチカチと押していた。性別や年齢別に乗降客の調査をしているのだろう。手を抜かず、ちゃんと男性・二十代・幽霊一名とカウントしてくれよ、と声をかけたかった。

巴東署の周辺はにぎやかだった。マスコミ各社が参集していて、まるでアカデミー賞の発表会場のようになっている。あちらで一人、こちらで一人とレポーターが署の建物を背にして立ち、クリップボードを片手に現場からの映像を撮影している。

「警察署の取調室で刑事課長が殺害されるというニュースは、市民に大きな衝撃を与えています」

「巴東署では、一ヵ月ほど前にも同じ刑事課の刑事が海岸で射殺されるという事件があり、その犯人の行方も杳《よう》として知れません」

「えー、皆さんご記憶のとおり、ここ巴市では三日前にもトモエ銀行に押し入った強盗が人質を獲ってたてこもるという事件があったばかりでして――」

「騒然とした巴東署の前からお伝えしました」

中継車を覗くと、スタジオのモニターが映っている。ワイドショーのたぐいなのだろう。関西系のコメディアンが「巴市も大変ですなぁ。こら自衛隊にＰＫＯ派遣を要請した方がええんとちゃいますか？」などと茶化していた。すると、別の評論家風のが、すかさずもっともらしいコメントをかぶせる。「腐敗、堕落した権力がいかに恐ろしいかという例証ですよ。今や日本の警察は自壊し始めているのでしょう」と。

うるさい、うるさい。

同じ建物の前から、同じようなレポーターが、同じようなことを囀っている。どうしてこんなことに労力を費やすのだ。まさかこれが君らの使命なのでもあるまい。そりゃ、こういうレポートにも意味がなくはないだろう。しかし、報道めかしつつ深刻な大事件を娯楽として消費したがっているではないか。何が権力の腐敗、堕落だ。もしも警察が腐っているとしたら、それは市民がそうさせたのかもしれない、と省みることはないのか？　権力に縛られるのが大好きな未熟な市民が、それに対応した警察を造り上げたのだ。クソの役にも立たない評論家どもは、警察の悪口を並べていたら利口に見えると錯覚しているらしい。親に文句ばかり垂れながらしっかり親の脛を齧る、という卑しい根性が染みついているのだろう。俺は、口先だけのお前らとは違う。体を張ってワルどもとやり合っているんだ。警察なんて暴力的な組織がない方がみんな晴れ晴れとした気分になれるのに決まっているが、それですまないのが人の世ではないか。権力なんて恐ろしいもの、あってはならない、とブーたれて喜ぶのは十五歳ぐらいまでで卒業しやがれ。文句を言う暇があるなら、体を張って権力コントロール法を会得しろ。

つい逆上してしまった。判っている。腐敗と堕落があまりにも大きかったことを思い知らされて、俺は警察に対して怒り狂っているのだ。警察が崩れていくのが、悲しくてやりきれない。ここまで毒が回っていたとは。モニター画面には、今年に入って発覚した警察官不祥事の一覧表が映し出されていた。目を覆いたくなる。

そんなことを憂えている場合ではなかった。俺は、早川とともに玄関を通って二階に向かう。刑事部屋には、中井警部の他に課長代理となった漆原警部補、毬村、佐山らの姿があった。捜査で出払っているのか、須磨子はいない。

「早川君、あなたはまだ出てこなくてもいいのよ。コンディションを整えるのを優先しなさい」

漆原は迷惑そうだった。

「はい、しばらく自宅で待機しているつもりです。でも、どうしてもご報告しておくことがあって参りました。皆さん、どうか聞いてください。課長を殺した犯人は、神崎さん殺しの黒幕です。僕はそのことを、明日の朝までに立証してみせます。今夜中に証拠を揃えられそうなんです」

熱演が始まった、と思ったのも束の間。彼は寄《よ》って集《たか》ってなだめられ、すかされ、最後にはどなられて追い返された。

26

早川が退場した後、俺は署に留まって容疑者たちの観察にあたることにした。相棒とは、今夜の十時にいつもの公園で落ち合うことになっている。もしかすると、それまでに容疑者の一人がこっそりと持ち場を離れ、早川を襲撃しに向かうかもしれない。誰かにそんな素振りが窺えたら、俺は先回りして彼に警報を発するという段取りだ。うまくいけばいいのだが。

午後になって、漆原ら捜査員たちは東に西に散っていく。体が一つしかないので、俺は捜査本部である刑事部屋に残った。待機する中井警部に定時の連絡が次々に入ってくるが、あまり成果はないようだ。毬村と佐山は押収品の保管庫にこもって、県警の大久保と在庫の詳細な点検作業に没頭していた。俺は時々、そちらの様子も覗きにいく。

四時近くに保管庫に行ってみると、「休憩しよう」と号令がかかったところだった。「肩が凝るな」と言いながら大久保が出ていき、毬村と佐山だけになる。何か起きるのではないか、という予感がした。

「ねぇ、佐山君」

スチール棚にもたれながら、毬村が話しかける。佐山は床に置いた段ボール箱に腰掛けていた。

「何ですか？　いやぁ、狭いところでの作業って疲れますね。暖房が入ってなくて、ここ寒いし。足許が冷える」

「一日中、外を回るよりも楽だよ。——そんなことより、事件のことを話さないか。密室殺人の謎について」

「その密室殺人って言い方はよしませんか？　推理小説みたいで馬鹿らしくなるんですよ」

「ハードボイルドは好きでも推理小説は嫌いか。でも、不思議だろう。密室殺人というのがぴったりの事件だよ。あの謎が解けたら、犯人が判るかもしれない。そしたらお手柄だぞ。本部長賞は堅い」

「毬村さんには、何か考えがあるんですか？」

「あるよ」

あっさりと答えて、おぼっちゃまも段ボール箱に座った。倉庫の奥で二人は向き合う。

「聞きたいかい？」

「ええ。そりゃあ……」

毬村はうれしそうに笑った。どんな話が始まるのか、俺は彼らのそばに寄る。

「僕は推理小説って嫌いじゃないんだ。密室殺人をテーマにしたものも、けっこう読んだ。

あんなもの、何本か読めばパターンは摑めるね。細々と分類する作家や研究家もいるけれど、基本形は片手で足りるぐらいだよ。まぁ、そんなことを興味のない君に解説するつもりはないけれどね」

　佐山は黙って聞いている。

「課長が殺された事件について考えてみよう。現場に開口部は二つ。刑事部屋との間のドアと裏庭に面した窓。しかし、ドアの外には久須がいたし、窓には鉄格子が嵌まっていた。常識的に考えると、犯人は久須だけれど、彼は凶器を処分する暇がなかったからシロだ。とすると、どうなる？」

「さあ、俺には——」

「真相は見え見えじゃないか。僕にすれば、頭のいい皆さんがどうして悩むのかこそ不思議だ。〈密室殺人の謎〉とさっき言ったけれど、前言を取り消そう。こんなものは密室殺人でもなければ謎でもない。すべて明白だよ。犯行現場を見ただけで犯人が判る事件を〈名刺事件〉と言うじゃないか。これが、それだ」

　大した自信家ぶりだ。それだけのことを言うからには、よほど鮮やかな推理を組み立てているのだろう。拝聴しようではないか。

「誰が……犯人だと？」

佐山がいつになく細い声で問う。ひどく緊張している様子だ。

「順序立てて説明しよう。下手な推理小説の探偵みたいにぐちゃぐちゃ考えることはないんだ。犯行が可能だった人間はたった一人。ドクターXこと久須悦夫だ。彼が犯人なんだよ」

それは単純すぎないか、と異議を唱えたかったが、とりあえず毬村の推理を最後まで聞こう。もとより、俺には「異議あり」と割り込む能力がない。

「そんなシンプルに割り切れますか?」佐山も俺と同じ意見らしい。「そりゃ、久須なら課長を射つことができたでしょう。しかし、そんなことをしたら捕まるに決まっているじゃないですか。あいつは頭が切れる。仮に課長を殺す動機があったとしても、そんなやり方をするはずがありません」

「動機については、僕は棚上げしているんだ。あくまでも、誰なら犯行が可能だったか、という一点に推理を集中させている。心理的な不自然さにも、ひとまず目をつぶろうよ。それが真相にたどり着く近道なんだから」

「釈然としませんが……」

それでも毬村の態度から余裕が失せることはない。

「じゃあ、反対に訊かせてもらおう。久須は犯人ではない、と証明できるかい?」

『いくらでもできますよ』

主任の横顔めがけて、俺は虚しく言った。佐山が代弁してくれる。

「動機がない。あんな状況で殺すはずがない。というだけでは、毬村さんは納得しないんですね？　ドクターには、押収品の拳銃を入手する方法が――」

「あるさ。あいつの本職は泥棒だよ。現代のアルセーヌ・ルパンにすれば、ここに忍び込んでＳ＆Ｗを一挺盗むぐらい容易だ」

「盗めたとしましょう。それを使って、取調室にいた課長を射つこともできたとしましょう。しかし、それを処分する時間的余裕はなかったじゃないですか。銃声の後、すぐにわれわれは刑事部屋に駆けつけて彼を確保しました。Ｓ＆Ｗが見つかったのは神崎のロッカーの中です。ドクターには、凶器を始末する暇がなかった」

「そこだよ、佐山君！」

　主任が急に大きな声を発したので、俺はびくりとした。

「いやぁ、問題点の整理がよくできてるじゃないか。そうなんだ。久須が犯人だと即座に断定できなかったのは、まさにそのためだった。でも、凶器をロッカーに隠す暇がなかったというだけで、あいつを見逃すなんて間抜けだよ。自分でできないのなら、誰か別の者に隠してもらえばよかったんだ」

「別の者……？」

「つまり共犯者だな。久須に共犯がいたとしたら説明がつく。——おや、何か言いたそうだね。それに顔色がよくないよ、佐山君」

佐山は「そうですか？」と目をそらす。顔色がすぐれないのは棚の影がかかっているせいかもしれないが、落ち着きなく膝を揺すっているのが気になった。

「共犯者がいたとしたら、それは誰か？　この答えもすぐに導ける。共犯者の条件は二つ。われわれが久須の身体検査をするまでに、彼から拳銃を受け取る機会があったこと。そして、神崎君のロッカーにそれを投げ込む機会があったこと。このうち、第二の条件に当て嵌まる者は山ほどいる。でもね、第一の条件を充たす人物はたった一人しか存在しないんだよ。それが誰なのか、君には判っているね？」

俺は、はっとして佐山を見た。何を馬鹿な、と笑い飛ばすどころか、落ちる寸前の被疑者のような目をしている。追い詰められた者の弱々しく、光を失った目。

そういうことだったのか。言われてみれば、本当に単純なことだ。どうして指摘する人間がいなかったのだろう、とすら思う。佐山が泡を食って署長に知らせに走るのがごく自然だったことと、まさか彼が窃盗常習犯の久須とぐるになっているとは考えつかなかったからだろう。盲点であった。庭の楡の枝に乗って、ここから狙撃する方法はないものか、と思案したのが恥ずかしい。

「その人物とは君だ。君しかいない。君は、久須が課長を射った拳銃を受け取るなり、『署長に知らせてきます』とか叫びながら部屋を飛んで出ていったね。その後、署内は大混乱だ。そのどさくさにまぎれて、君はまだ銃口が熱かったであろうS&Wをロッカーに捨てたというわけだ。――どうだい？」

佐山は、ちらりとドアを見た。大久保が戻ってくるのを心配しているのだろう。

「俺は、やってません。ドクターと組んで課長を殺したりしていない」

「そんなことを訊いちゃいない。久須が使った凶器を始末する機会があったのは君だけだ、という論理に綻《ほころ》びがあるかどうか尋ねているんだよ。『ありません。パーフェクトです』というご意見なら、僕はこれから中井警部のところへ行ってこの推理を伝えるとしよう。ポンポコと腹鼓《はらつづみ》を打って喜んでくれるかもしれない」

この嫌味な言い草に、佐山は唇を嚙んでいた。俺は無駄だと承知で詰め寄る。

『おい、何か言い返せよ。それとも、お前が黒幕だったのか？』

「俺は犯人じゃない。本当なんです」

「目を見て信じてください、とか言われても僕は受けつけないよ。誰も彼も信じられなくなっているんだから。それに、もともと僕は情に流されないタイプなんでね。自分の潔白を証明したいのなら、論理的に反論してもらわないと」

「やっていないものは、やっていないとしか……」

毬村がいきなり佐山の尻の下の段ボール箱を蹴った。

「いつまでも眠たいことを言ってるんじゃないよ。ああ、そうかい。あくまでも『やっていません。信じてください』と言うのなら、地球最後の日まで繰り返しているがいい。僕は失望したよ。もしかすると、自分はとんでもない思い違いをしているのかもしれない、ミスを犯さないよう佐山君本人の話に耳を傾けてみよう、と謙虚に考えたというのに、とんだ時間つぶしだった。君は判っていないね。大久保さんが席をはずすのを待って推理を打ち明けた僕の思いやりの気持ちというものが、まるで判らなかった。その鈍感さにも腹が立つ。——警部に話してくる」

「待ってください！」

腰を浮かせた毬村の肘を、佐山はむんずと摑んだ。主任は冷ややかに相手を見下ろす。

「何を待つんだ？　放せ」

「話します。ありのままを話しますから聞いてください。その後で、俺も一緒に警部のところに行きます」

毬村は座った。

「聞こう」

話を始める前に、佐山はまたドアを瞥見《べっけん》する。廊下は、しん、としていて大久保が帰ってくる気配はない。

「俺が事情聴取でしゃべったことは、ほとんど真実です。銃声がした時にどこで何をしていたとか、刑事部屋に駈けつけた時に中でドクターが狼狽えていたとか、そこまではすべて本当です。彼は犯人ではありません」

毬村は両手の爪を擦り合わせながら聞いている。

「ただ……取調室に入ったところから後については、自分を守るために嘘をついてしまいました。ありのままを言います」

「早くしないと、大久保さんがくるよ」

「はい。——取調室に入ってみると、課長がこめかみから血を流して死んでいました。いえ、脈をみて死亡を確認したわけではないけれど、そうとしか見えなかった。驚きつつ、遺体の周囲を見ていて、さらに愕然としました。課長の足許にS&Wが転がっていたんです」

佐山は言葉を切って、おずおずと毬村の反応を窺う。

「それで？」

「一瞬の判断です。俺はそれを拾い上げて、コートの内ポケットに放りこみました。現場に遺しておくわけにはいかなかったんです」

『何てことをするんだ！』

俺は、佐山の耳許でがなった。現場を保存する義務がある刑事が、どうしてそんな非常識なふるまいをする？

「拳銃を拾ってポケットにしまい込んだだけか？」

「いえ……もう一つ。窓を閉めました」

「君が入った時は開いていたのか？」

「はい、五センチぐらい。外から誰かに見られてはまずいと閉めたんです。木に登っている人間でもなければ覗かれる気遣いはないはずなんですが、びびってしまって、体が反射的に動いたんだと思います。鍵を掛けたのも、ほとんど無意識です」

窓は開いていたのか。それを勝手に閉めただけでも、現場は台無しではないか。

「何故だ？」毬村は自分の膝を叩いた。「どうしてそんなことをした？　窓を閉めた理由は一応理解できるとして、拳銃を現場から持ち去らなくてはならなかった理由を正直に話したまえ。納得のいく答えがもらえるとは思わないけれどね」

佐山は両手で頭を抱え、ごしごしと髪を掻きむしった。ここまできたら吐くしかないだろうに。やがて彼は覚悟を決めて、

「落ちていたS&Wは、俺のものだったんです」

「おかしなことを言うね。あれはこの保管庫から盗み出された拳銃だよ」

「ええ。だから、俺が無断で持ち出した銃だったんです。いや、はっきり盗んだと言った方がいいですね。俺が盗んだ銃です」

　ふぅ、と毬村は天井に向けて深い吐息をついた。

「ここからなくなっている拳銃は、これまで確認されただけで六挺。そのうち、君がくすねたのは何挺だい？」

　佐山はうな垂れたまま、しかし、きっぱりと「五挺です」と答えた。

「おや、数が合わないね。五挺か。すると、残る一挺は別の人間がくすねたと言いたいわけだ」

「どう言いたい、というのではありません。俺が盗んだのは五挺です、とありのままお答えしているんです」

「なくなった拳銃のうち、君が盗んだ覚えのないものは、どれだ？」

「八月に貝沼《かいぬま》組の事務所から押収したトカレフです。あれは、俺が盗ったんじゃない」

　トカレフ。経堂が俺を殺すのに使った拳銃だ。

「課長の命を奪ったS＆Wは君が盗んだものなんだな。どうしてそれが殺人現場に落ちていたんだい？」

佐山の鼻先に息がかかるほど、毬村は身を乗り出した。そんな威圧的な態度は、驕慢《きょうまん》な彼に似合う。

「俺にも説明がつきません」

「おいおい、そんなはずはないだろう」毬村は白々しく、のけぞって驚く。「君がここから持ち出して、君の管理下にあったものじゃないか。この期《ご》に及んで隠し立てせず、話してしまいたまえ」

暖房が入っていなくて寒いと言っていたのに、佐山の額には汗の玉が浮かんでいた。毬村は苛立ったように質問を変える。

「他の四挺はどこにあるんだ？」

「俺の部屋です。……天井裏に隠してあります」

「何のために？」

「馬鹿なことをしました。コレクションのつもりだったんです」

どうしようもないな、こいつ。毬村も同感らしく、哀れむような目で相手を見た。叱る気力もない、という様子だ。

「コレクションねぇ。警察官たる者がマル暴から押収した拳銃をくすねて蒐集《しゅうしゅう》するとは非常識極まりないが、君ならやりそうなことだな」

「何と言われても、俺には返す言葉がありません」

「返さなくてよろしい。——で、その大切なコレクションのうちの一挺が、課長の遺体の足許に転がっていた説明はどうなったのかな？」

「俺が課長に渡したんです。あの日、帰る前に……」

「何のために？」

「課長は、俺が保管庫から拳銃を盗み出していることに気がついていたんです」

「ほぉ、どうして課長が？」

「新田や神崎殺しの凶器になった拳銃はここの保管庫にあったものではないか、と思って、一人で内密に調べてみたら数が合わなかった。一挺だけなら殺人事件のホシが持ち出したと思ったろうけれど、何挺もとなると殺人とは関係がなさそうだ。では、誰が何のために、と考えているうちに、俺のしわざじゃないかと閃いたんだそうです」

「押収品の拳銃を何挺も盗むような人間はあいつしかいない、と閃いたのか。光栄なことだね、佐山君」

ただ嫌味なだけでない。毬村の頬には微かに赤みが差し、内心の激しい怒りをこらえているのが明らかだった。思ったより正義感の強い男だったようだ。佐山もその気配を察して、さらに身を縮めている。

「それで、課長はどうした?」

「三日前の夜、二人きりの時に声をかけられました。『実は押収品の保管状況がおかしいことに気がついたのだが、君に思い当たることはないか』と。鎌を掛けているだけだ、とは思いましたが、良心が咎めてすべて白状しました。本当です。『とんでもないことをしてくれたな』と責められました。しかし、上に報告されて俺の首は飛ぶ、と思ったのに、課長は意外にも『このことは私が処理してやる。絶対に口外するな』なんて言うんです。びっくりしましたが、俺にとっては願ってもないことでした」

随分と都合のいい話だな、と俺は鼻白んだ。にわかに信じることはためらわれる。

「判らないな。どうして課長は君をかばおうとしたんだい?」

「『これ以上、東署が泥にまみれるのは避けなくてはならない。市民の信頼を失墜させるわけにはいかない』と」

毬村は顎をさすりながら、ちょっと考えていた。俺も考えてみて、ありそうなことだ、と思う。警察という組織の悪しき体質からして。

「それで、課長は君に持ち出した拳銃の提出を求めたわけだね?」

「はい。『一度に五挺も持ってくると嵩ばるので、一挺ずつ持ってこい。君が保管庫を出入りすると目立つから、私が戻しておく』という指示です。それで、一昨日に最初の一挺目としてあのS&Wを提出しました」

「いつ？」

「退庁する間際に、紙袋に入れたまま素早く手渡しました。課長は黙って頷き、受け取りました」

「弾は？」

「一つです。弾倉から抜いて、ティッシュにくるんで一緒に袋に入れておきました」

「ははぁ。そう言えば、刑事部屋のゴミ箱に丸めた紙袋が捨ててあったのを覚えているよ。あれか。――課長にブツを渡して、それから？」

「その後のことは、これまで話したとおりです。さっさと帰ろうとしたんですが、忘れ物に気づいて引き返したんです。よりによって、ガンマニア向けの雑誌だったもので」

拳銃の持ち出しを咎められているところだというのに、その日もガン雑誌を買っていたとは懲りない野郎だ。

「ですから、銃声がして駈けつけるまで刑事部屋にも取調室にも入っていません。ましてや、課長を射つなんてこと……」

あくまでも、やってはいないと言うのか。それを信じろと言うのか。俺には、ただちに結論を出すことはできなかった。

佐山が告白したことが事実だとしたら、事件の様相はどう変化するのか？　現場に凶器がなかったことから、経堂の死は他殺だという判定が下ったのだ。拳銃が遺体の足許に落ちていたというのなら、再び自殺説が浮上してくるだろう。しかし、自殺と認めがたい状況もたくさんあった。遺書がないことやら、ラーメンの出前を頼んでいたことやら。自殺にしては、あまりにも衝動的すぎる。そのことの説明はどうつければいいのか？

「なるほど、そういうわけで、現場からS＆Wを持ち去ったのか。愚かだが、理性的な判断ができないシチュエーションではあったろう。しかし、君が真実を語ったのだとしたら、課長の死は自殺だったことになるね。それはそれで困ったことだ」

毬村はおもむろに立ち上がる。

「では、行こうか」

佐山は「はい」と苦しげに応えた。同情する必要はないのに、哀れに感じる。

「あのぅ、主任」彼は顔を上げて「神崎を殺したのは課長だ、その背後に黒幕がいる、と早川がわめいていましたね。あれについて、どうお考えですか？　最近の課長はどうも落ち着きがなかったし、あながち出任せでもないような気がするんです。課長はその黒幕とやらに消されたのかもしれない」

毬村は応えない。

「自殺じゃないかもしれませんよ。現場の窓は開いていたんです。おそらく、空気の入れ替えをしていたんでしょうね。課長は窓のすぐ前に立っているところを狙撃されたのかもしれません。ほとんど即死だといっても、椅子までよろけていって、ちょうど腰掛けた形で絶命したとも考えられなくはない。拳銃は……ああ、どうして拳銃が犯人の手に渡ったのかは判りませんね。犯人がどのポジションからどんな恰好で射ったのかも──」

「うるさいよ」

毬村は吐き捨てた。

「君はね、そんなことを考えなくてもいいんだ。これから自分の身がどうなるかだけ案じていなさい。もう捜査とは関係がなくなったんだから。ね？──馬鹿が、無茶苦茶にしやがって」

「主任……」

突き放され、佐山は虚ろな表情になる。それでも、なおすがりつくように、

「お、俺には考えていることがあるんです。神崎を殺したのが課長だったとしたら、誰が黒幕なのか。これまで疑ってもみなかった人物が怪しいとにらんでいるんです。そいつは捜査の死角に入っている。主任、聞いてもらえませんか？　もしかしたら課長殺しもその人物が実行したのかも──」

「うるさいと言っているだろう。そんな戯言《ざれごと》、僕は聞く耳を持たない。さぁ、早くついてくるんだ」

俺には聞き捨てならなかった。佐山が何を考えているのか知りたい。おい、主任、聞いてやれよ。

ドアが開き、「すまん、刑事部屋で話し込んでて」と大久保が入ってきた。毬村は、佐山の二の腕を摑んで引き寄せる。

「ここにも地雷が埋まっていましたよ」

何のことか判らず、大久保はぽかんとしていた。

27

毬村と大久保に引き立てられる佐山の後を追った。彼らが刑事部屋に入っていった途端、部屋中に渦巻いていた話し声がぴたりとやむ。その場にいた全員が、異様な気配を察知したのだろう。佐山が行なったことについて毬村が報告すると、中井警部は頭を抱えて椅子に崩れ落ちた。周りにいた刑事たちも衝撃のあまり声もなく、罵声が飛ぶどころか重苦しい沈黙だけが部屋を支配する。

「何ということをしてくれたんだ、君は」

ようやく口を開いた警部の口調は弱々しかった。佐山は「申し訳ありません」と頭を垂れるばかりだ。

「拳銃を拾ってロッカーに隠しはしたが、あくまでも経堂課長を射ったのは自分ではないと言うんだな？」

「はい。違います」

「それを信用しろって？」

警部はすねたように言う。一方の佐山は、場違いなほど毅然としていた。

「私が現場に踏み込んだ時、課長はすでにこめかみから血を流して死んでいました。本当です」

「嘘だと判ったら絞め殺すぞ。課長の死は自殺だった、と言いたいわけか」

「いいえ。自殺にしては不自然すぎます。何らかの方法で何者かによって殺害されたものと考えます」

「何らかの方法で何者かによって、とは……はは」警部は自棄になって笑う。「実に明快だな。記者会見を開いてそう発表すればいい。金輪際《こんりんざい》、われわれは街を歩けなくなるぞ。まぁ、それも仕方がないか」

名警部の誉れ高い人とは思えない捨て鉢な態度だったが、こうなるまで俺などの計り知れない重圧に耐えていたのかもしれない。署長と捜査一課長に知らせてこい、と警部は大久保に命じる。佐山は壁際《かべぎわ》に立ったまま、座ることを許されなかった。

『おい』と俺は呼びかける。『さっき、主任に何か言いかけていただろ。犯人の目星がついている、というようなこと。あれは何なんだ？　話してみろよ。黙ってるってことは、適当なことを吹いて言い逃れをしようとしただけなのか？』

もちろん返事はない。単なるはったりだったのかもしれない。

やがて、署長と一課長とともに警務部長も飛んできた。阿鼻叫喚《あびきょうかん》。外で待機しているテレビ局のカメラマンを招き入れたら、感激で涎をこぼしそうな大騒動が展開する。喜劇的だ。まるで笑えない喜劇。飛びかかった怒声が鎮まる頃、沙汰あるまでこの不祥事について決して口外してはならぬ、という厳命が部屋にいる全員に下された。予想できたことではある。

「もっと詳しく聞かせてもらおう。あそこでな」

警部は第二取調室を指差し、大久保が佐山の背中を押した。三人の姿がドアの向こうに消えるなり、ドンと誰かが机を叩いた。漆原だ。唇をきつく嚙みしめ、両肩を顫わせて全身で悔しさを表わしている。

「胸中をお察しします、課長代理。こんなことになるなんて――」

話しかける毬村に「ちょっと、黙っていて!」と彼女は叫ぶ。

「私、何をしていたのかしら。情けないったら、ありゃしない。この目が節穴だったと思い知らされたわ」

眼前で様々な悪事が進行していたのに、あっさりと見逃していた自分を詰っているようだった。いたくプライドが傷ついたのだろう。——いや、それにしては大袈裟な反応にも見える。このヒステリーが迫真の演技でないという保証はないのだ。だまされるものか。

『俺は誰一人として信用していませんよ』

部屋中の人間をにらんで言ってみた。もっともっと疑い深くなってやろう、と心に誓う。ここにいる連中はみんな——一課長と警務部長を除いて——額縁の裏に盗聴器を仕掛けるチャンスを有していた。どいつもこいつも立派な容疑者なのだ。

ドアをすり抜けて、佐山の取調べの様子を見ることにする。ガンマニアは押収品を盗み始めた経緯から事件の前後の状況まで、克明に語っていった。細かい質問をぶつけられても、筋の通った答えをただちに返す。その内容は、保管庫で毬村が聞き出したものからずれることはなかった。真実だからなのか、よほど嘘がうまいのか?

取調べが延々と二時間ほど続くうちに、新しい話が出てこなくなる。日はとうに暮れ、休憩をとろう、というタイミングを見計らっていたように一課長が入ってきた。冷静さを取り戻した物腰だ。大久保が立ち上がって空けた椅子に座ると、彼は煙草をくわえて火を点けた。

「いいか、佐山。これから言うことをよく聞けよ。君が自宅に隠している〈道具〉をすみやかに提出すること。大久保君が家まで付き添う。まったく、とんでもないことをしてくれたもんだ。責任はとってもらうよ」

佐山は神妙に頷いた。

「はい。いかなる処分にも従い、裁きに服します」

「よし。では、辞表を書け。理由は一身上の都合でいい。その後の身の振り方については、署長が相談に乗ってくれるそうだ」

「いや、それでは――」

佐山はしゃべることを許可されない。

「これは命令だ。もちろん、君のためを思ってのことではない。判るだろ？　これ以上、警察の権威と信頼を損なうわけにはいかないんだ。君は、非常識極まりないことをした。ここで突如として正気に戻られると、さらに迷惑なんだ。非常識なままで去れ。警察のためだ」

「それは……どなたの下した判断なんでしょうか？」

「君は自発的に辞職するんだ。どなたの判断でもないだろう。それとも何か、経堂課長殺しのホシとして縄を掛けられたいか？」

恫喝《どうかつ》ではないか。あんまりだ、と俺は気分が悪くなった。佐山も言葉をなくしている。

「遊びは終わったんだよ。おもちゃを返してくれ。それから辞表だ。いいな？　判ったら早く答えろ」

佐山は苦渋に満ちた声で「はい」と答え、正義は蔑《ないがし》ろにされた。彼の取調べが続いている間に、お偉いさん方は本部と連絡を取りつつ善後策を検討し、その挙げ句にこの結論に至ったのだろう。ひどいものだ。暗澹《あんたん》たる気分になる。

「これだけは訊かせてください」佐山は中井警部に向かって「私が経堂課長殺しに関係していないことは、信じていただけましたね？」

警部は腕組みをしたまま獣のように低く唸ってから、淡々と述べる。

「銃声がした時、君が現場にいなかったことは確かだし、君と久須が共犯だったらもっといい時と場所を選んだだろう。——これでいいか？　まったくわけの判らない事件だ」

佐山はわずかに安堵の表情を浮かべ、軽く頭を下げた。俺は釈然としない。どのような方法で経堂が殺害されたのか不明なのだから、彼の容疑がきれいに晴れたわけではあるまいに。

「では、大久保君とともに署を出ろ。手帳は置いていけ」

一課長に命じられるままに、佐山は警察手帳を差し出す。

「よし。辞表は明日郵送すること。正式に受理されて連絡があるまで自宅で謹慎だ。もうここに顔を出す必要はない。私物等は後日取りにくるように。当然ながら、事件について問い質したいことができたら呼び出すことがあるので、常に連絡がつくようにしておけ。以上」

一課長は佐山の手帳をポケットにしまい、椅子を蹴るように立って退室した。これで処理はすんだ、ということなのか？　そうらしい。調書を作成する必要もないのだから。

「じゃあ、大久保君。頼む」

警部は少ない言葉で指示をする。佐山の家まで同行して、拳銃を回収してこい、と言うのだ。何とも気の重い任務である。どうやら、俺もそれに付いていくしかないようだ。

彼らが刑事部屋に出ていくと、一座の視線がいっせいに注がれる。その中に、須磨子もいた。瞬きもせず、口許を引き締めて佐山を見据えている。驚きや非難の色はない。彼女の傍らを通って部屋を出ていこうとした佐山の足が、ふと止まった。

「馬鹿なことをした。みんなに迷惑をかけて、すまない」

詫びられた須磨子は、何も応えない。

「須磨ちゃんの見事なシューティングがもう見られないのか、と思うと残念だよ。……すま、ん」

不自然に言葉を切って、彼はもう一度謝ってから敷居を跨いだ。須磨子はやはり黙ったまま、円《つぶ》らな瞳でその背中を見送る。無感動な横顔だった。

彼女が何を考えているのか訊いてみたい。早川の話は本当のことかもしれない、と心のどこかで迷ってくれているのではないか。そんなそぶりを見せるのを目撃するため、できることなら、彼女のそばに付いていたかったのだが——今は佐山に付いていかなくてはならない。

駐車場に下りた二人は警察車に乗り込む。運転席に大久保、助手席に佐山、そして後部座席に俺。佐山にはもう警察車のステアリングを握らせない、ということらしい。二人はむっつりと黙ったままで、何か情報を摑みたい俺にはそれが不満だった。

「腹、へってないか？」

ようやく大久保が口を開いたと思えば、これだ。佐山が「いいえ」と答えると、車内はまた静かになった。

佐山のワンルーム・マンションに到着したのは七時頃だった。署で証言したとおり、天井裏から四挺の拳銃が出てくる。それらを持参した革鞄に収めた大久保は、「確かに」と言った。

「これ以外にも隠し持っているということはないな？　出すなら今だぞ」

「ありません。そこに飾ってあるように、他のは全部モデルガンです」

壁の釘に掛かった二十挺ばかりのモデルガンを眺めながら、大久保は苦笑いをした。

「拳銃オタクか。趣味でこういうものを集めるだけなら、問題はなかったのにな。——ところで、飯でも食いに行かないか？」

隠していることがあるなら聞き出そう、という魂胆《こんたん》でしつこく食事に誘うのかもしれない。しかし、佐山は首を振った。

「そうか」大久保は諦める。「じゃあ、俺は署に戻る。みんなに迷惑をかけたと思うのなら、くれぐれも口は慎めよ」

「承知しています」

その返事を確かめた大久保は、ずしりと重くなったであろう鞄を提げて出ていった。俺は立ち去りかね、ちらかった部屋で独りになった佐山をしばらく見ていた。気が抜けたような顔で、壁にもたれて座ったまま動かない。時折、ぶつぶつと小声で呟いたりもしたが、何を言っているのかはさっぱり聞き取れなかった。やがて不意に立ち上がり、机の抽斗を開いたので思わず緊張した。第六の拳銃をそこにしまっていたのか？　違った。彼が取り出したのは便箋と万年筆だ。そして、『恥をかかない文書の書き方』という本を開いて、辞表をしため始めた。宿題は早くすませてしまおう、という心掛けか。

姿は見られないし壁は通り抜けられるし空も飛べる、といっても幽霊なんて不自由なものだ。本来なら、ここでちょっと部屋を出て早川に電話の一本も入れたいところだ。それができないのだから、やはり幽霊は刑事に向いていないのかもしれない。

書いた字が気に入らないのか、佐山はドラマに登場する明治の文豪のように何枚もの紙屑《かみくず》を生産していく。ようやく辞表を書き上げたのは、八時を過ぎた頃だ。さすがに空腹を覚えたようでキッチンに立ち、冷凍のピラフを作り始めた。生前の俺が好きだった銘柄のピラフ。どんな味がしたのか、思い出せないのが哀しい。

食べ終わるとテレビを点けて、缶ビールを飲みながら九時前のニュースに観入る。巴東署刑事課長殺害事件の続報がトップだったが、新しい情報はなかった。もちろん、佐山のことは報じられない。あれだけの報道陣に囲まれた中で、警察官による重大な犯罪が葬られたのだ。したり顔の評論家が言うとおり、これが権力というものなのか？　警察というシステムの宿痾《しゅくあ》なのか？

肉体が欲しい、と思った。命を取り戻せたなら、すべてを懸けて警察の再生に身を投じたい。ドン・キホーテのように、巨人に突進してもみせるのに。

かなわない。何もかなわない。死んだからな。幽霊は、夢見ることもできやしない。

佐山はごろりと横になった。この様子では、夜陰にまぎれて早川を襲うこともないだろう。監視するべき人物は他にいるらしい、と判断して、俺は窓から空に舞った。早川と落ち合う時間にはまだ間があるから、署に戻ってみることにする。

松園町あたりのネオンがきれいだ。笑いながら行き交う人々が小さく見えていて、夜になったばかりの街のざわめきが聞こえてくる。ふと、人恋しくなって急降下し、そんな雑踏の中に降り立った。たちまち何人もが俺の体を通り抜けていく。

『あなた、リアルですか？』

若い女の肩をしっかり抱いてにやけている中年男に問いかける。

『生きている、という実感を味わいながら暮らしていますか？』

男は、俺を突き抜けて去った。

『あなたはリアルですか？』

腕時計の時間を気にしながらどこかに急ぐＯＬ風の女に訊く。

『生きているうちにこれをやろう、と決めたことがありますか？』

彼女も行ってしまった。

『よう、リアルにやってるかい？』

揃って耳にピアスをした高校生らしい三人連れの男たちに声をかける。

『生きながら死んだりしないようにな。がんばれよ』

互いの冗談に馬鹿笑いしながら、遠くなっていった。

『リアルですか？　頭にぼぉっと霞がかかったような気になることはありませんか？』

誰にともなく尋ねた。

『自分の右手で左手に触ってみたら何の手応えもない、ということはありませんか？　他の人が自分をすり抜けていく影みたいだ、と感じることはありませんか？　自分の痛みすら判らなくなっていませんか？　そのうちのどれかに該当したなら、すでに幽霊なのかもしれない。そんなあなたに肉体は不要です。どうかこの私に譲ってください。私は切実に肉体が欲しいのです。もう一度生きたいのです。どなたか親切な方。どうか、ドナーになって私にあなたの肉体をください。あなたが幽霊になったなら、さばさばしていい気分になれること請け合いです。幽霊になっても《何だ、これまでと同じじゃん》と笑っていられますよ』

やかましい、とどなる者もいなかった。甲斐のないこと夥《おびただ》しい。

雑踏の向こうで、ギターをかき鳴らしながら誰かが歌っている。近寄ってみると、シャッターが閉まった店の前で、二十歳ぐらいの男が弾き語りをしていた。痩せて、貧相な顔だったが、寒空にも拘《かかわ》らず半袖のTシャツ姿なのは心意気というものか。下手ではないが、立ち止まって聴き入るほどでもない、という程度の演奏である。流行歌に無関心な俺には断言できないが、まるで聞き覚えがないその歌は、おそらく彼のオリジナルなのだろう。

僕らはどこからやってきて

そしてどこへ　消えてくのだろう

確かなものなど　何一つないよ
それでもまだ　君を信じていたい

月並みとしか評しようがない通俗的なフォークソングだった。幼稚ですらある。しかし、今の俺の気持ちを表わしてくれているようでもあった。

『君。その歌は、フォーク臭い決まり文句を適当に並べて創《つく》ったのか？　それとも、強く感じることがあってできた歌なのか？』

幽霊の俺以外に聴く者もいないのに、彼はまっすぐ前を向いたまま歌い続ける。ひた向きなのは認めよう。しかし、誰の耳にも届かないのなら、彼の歌も幽霊同然だ。それでもいいのか？　表現されることで歌は歌になり、完結するのか？

人の波に打ち込まれた一本の杭《くい》になって、俺はその拙《つたな》い歌を聴く。たった一人だけお客がいることを、彼が知るよしはなかった。

生きている実感を求め　歌おう
僕と似た誰かの心に
きっと届いているだろうから

『照れずによく歌えるもんだな。そりゃ甘い料簡《りょうけん》だけれど、とりあえず聴いている人間はここにいるよ。――その歌は君にとってリアルか？』

何をやってるんだ。こんなところで油を売っている場合じゃない。そう思いながらも、俺はなかなかその場を離れることができなかった。

そうして、またしくじった。

署に戻ってみると、捜査会議は終了していたのだ。

28

「そうですか。佐山さんが、そんなことに……」

今日の午後の出来事を、早川は思いのほか冷静に受け止めているようだった。たいていのことには驚かなくなっているのかもしれない。彼は腰掛けたブランコを軽く前後に揺すっている。

「冷たいようですが、佐山さんが辞職しようが銃刀法違反で捕まろうが、ガンマニアが高じてしくじったというだけなら、今の僕にはあまり関心がありませんね」

　相棒はタフなことを言う。

「問題にしたいのは、その件が一連の殺人事件とつながっているのかどうか、ということだけです。神崎さんはどうお考えなんですか？」

『俺か？　そうだな。判らん』

　早川は、がくりと首を折る真似をした。俺に接する態度にも遠慮がなくなってきたようだ。

「心証ってものがあるでしょう。ずっと観察していて、シロかクロか感ずるところはなかったんすか？」

『お前、そう言うけれど事件が異常すぎるよ。現場から凶器が消えた事情は判明したとはいえ、経堂の死が他殺だとしたら密室殺人であることに変わりはないんだ。あれが自殺だったとは思わないだろう？』

「さぁ、そこですよ。自殺だったのかもしれない」

『本気か？』

　彼はブランコを揺らすのをやめる。

「ええ。だって、そう考えたら密室の謎から解放されますからね。自殺説にもネックが多々あることは承知していますよ。でも、佐山さんの証言でクリアされる部分もあるじゃないですか。たとえば、どうして課長は拳銃自殺なんて方法をとったのか？　それは、たまたま手中にS&Wが転がり込んできたからです。取調室で独りになり、神崎さんを殺した罪の意識に苛《さいな》まれている時に、その拳銃が目に留まった。こいつの銃口をこめかみに当ててトリガーを引いたら、悩みも苦しみも一瞬で消えてなくなる。そんな死の誘惑に襲われて、衝動的に実行してしまった、とは考えられませんか？　ドクターが耳にした『すまん！』は最期の告解みたいなもんです」

なるほど。自殺にしては衝動的すぎると思ったが、S&Wがたまたま手に入ったからと解釈すれば筋は通るわけか。――いや。

『たまたま、というところがひっかかる。経堂は前日に佐山の不法行為を聞き出し、一挺ずつ自分に返すように命じていたんだぞ。たまたま、でもない』

「ならば、その拳銃を使って自殺するつもりだったんでしょうね。計画性はあったのかも」

『推理がふらふらするな。衝動的な自殺じゃなかった、と言うのか。しかし、拳銃自殺がしたかったのなら俺を殺したトカレフを使えばよかっただろう』

「それは処分ずみで、もう所持していないんですよ」

『ラーメンの出前を頼んだことはどうなる？』

「その時点では、まだ決心がついていなかったということかな。僕らが別れ際に見た時も、これから死のうとしているようには思えなかったし」

『その後で自殺の衝動に駆られたと？　無理があるって。そもそも自殺するにしても、取調室で死ぬことはないじゃないか』

「人の心というのは、どう動くか判らないものですから」

『それを言うか。お前、面倒くさくなって安直な解決に逃げ込もうとしてないか？』

「そんなつもりは……ないと思いますけれどねぇ」

急に勢いがなくなった。自分でも判らないのだろう。

『面白いのは、佐山が自殺説に否定的なことだ。あいつにすれば、《凶器を隠した私が悪うございました。あれは自殺です》と訴えて事態に収拾をつけたいところだろうに。芝居を打っている可能性もなくはないがな』

「佐山さんは何を考えているんでしょうね。誰かを疑っているそうですが」

『それも芝居かもしれないしな。ここで考えていても前へ進まない』

「芝居といえば、僕の芝居は空振りだったんでしょうかね。こんなものを用意して真犯人の襲撃を待っているのに」

彼はブルゾンのポケットから何か取り出した。痴漢撃退用のスプレーと非常用ブザー。いずれも新品ではなさそうだ。

『こんなのを常備してるのか？』

「わけあって」鼻の頭をこする。「何年か前に付き合っていた女の子にプレゼントしたものなんです。その子の家、駅からの帰り道が暗くて物騒だと聞いたので。交際が終わった日に突き返されました。とほほ、です。ダイヤの指輪や毛皮のコートを返されて傷つく男が羨ましい、と思いました」

『人生、色々あるよな』

と、慰める。幽霊が口にするには不似合いな言葉だ。

「昼間の僕の演技が白々しかったのかもしれません。これは罠だ、と犯人に見破られたのかも」

『かもな。しかし、まだ気を抜かない方がいいぞ。そのへんの木の陰までやってきているかもしれない』

ブランコは公園の真ん中にあった。犯人は姿を現わさずに早川に接近することはできないし、木陰から拳銃で狙撃されても一発で命中する心配はないが、警戒を怠ってはならない。相手は人を殺すことを何とも思わないような人間だ。

「大丈夫ですよ。どの木も葉が落ちてるし、剪定《せんてい》された後だから見通しがよくなっているし。――ねぇ、神崎さん。大きな鋏でチョキチョキ枝を落としている風景を見るたび、かわいそうだ、と思うことはありませんか？　伸びた髪や爪を切ってやってるようなものだし樹木に痛みがあるわけないんだけど、何となく」

『お前はつくづく気の優しい男だな。よく刑事なんて荒っぽい仕事をやってるよ』

「いいんです。頭脳派を目指していますから――あ」

おかしな声を出す。驚きと喜びがまざった声だ。

『どうかしたか？』

「剪定と言えば高枝剪り鋏《き》。ほら、テレビショッピングでお馴染みの、あのマジックハンドみたいな道具。あれって署にありましたっけ？」

唐突に訊かれて答えられるような質問ではない。あってもおかしくはないだろうが。

「犯人はそれを使って課長を狙撃したのかもしれませんよ。鋏の部分に拳銃を装着しておいて、庭の木からそれを取調室の窓に差し入れる。銃声がした直後に現場に入った佐山さんによると、窓は開いていたんでしょ。だったら、机に向かっていた課長をそうやって射てたね？　引き金に釣糸を結んでおいて、それを引っぱって発砲したんです」

本気なのか冗談なのか判らなかった。これまで出なかった発想ではあるが、それは滑稽だろう。まるでコントだ。

『それはないな。いいか、課長は窓を向いて座っていたんだ。拳銃が先についた枝剪り鋏が窓の隙間から入ってくるのを、ぼけっと眺めていたはずがない』

「窓から目をそむけていたんでしょう。そうだ、銃声の前に課長は何者かからの携帯電話を受けていますよ。その電話が怪しい。きっと、窓から注意をそらすようなことを吹き込まれたんだ。左の壁を見ろ、とか。だとしたら、右のこめかみが無防備になる」

『すると何か、犯人は左手に携帯電話、右手に拳銃つきの枝剪り鋏を持って、庭の木の枝に跨がっていたというわけか？　大道芸人だな。そんなアクロバットをする必然性ってものがないぞ。犯行後に大きな枝剪り鋏を元あった場所に戻しておく、という危険な作業も生じる。まるで現実味がないな』

「それは認めます。でも、それに近いことをしたんじゃないかな。現場の窓が開いていたという佐山さんの証言には、大きな意味があるのかもしれません」

『だから、佐山を全面的に信じるなって。本当のところは判らない』

「枝剪り鋏、駄目ですか。やってやれないことはないトリックだと思ったのになぁ。うーん、そんなことをしても犯人にメリットがない、という指摘に反論するのは難しいか」

早川はブランコの上に立ち、憂さ晴らしのように大きく漕ぎ始めた。俺は隣のブランコに腰掛けて思案する。

今夜、敵が動きをみせなかったなら、次の作戦を練らなくてはならない。相手は経堂という爆弾を処分して、逃げ切り態勢に入っている。われわれの捜査は瀬戸際に立たされているのだ。

「どうします？」

早川も同じことを考えていたのかと思ったら、そうではなかった。敵は動かないようだから、今夜、これからどうしようか、と尋ねたのだ。まさか朝までここで過ごすわけにもいかない。

『そうだな。俺は久しぶりにみんなの家庭訪問に回ってみようか。家が近い者は帰宅したらしいんだ。明日から署に泊まり込めるよう、着替えを取りに戻ったりしている。お前は風邪をひかないうちに部屋に戻って寝ろ。解散だ』

「もう十二時が近いですもんね。そうしようかな」

なおも大きくブランコを漕ぐ彼のポケットで携帯電話が鳴った。ありきたりの着信音だ。早川はブランコを止めて電話に出た。

「――ああ、森さんですか」

そう聞いて、俺は耳をそばだてる。早川をノイローゼ扱いした彼女が、詫びるためにかけてきたのだろうか。神崎さんの幽霊の件で詳しく話が聞きたい、という電話なら万歳をしたいのだが。

「いいんです。気にしていませんから。森さんは、僕の身を案じてくれたんだってことは判っています。例の件についてはお話ししたいことがありますから……え、今ですか？　うちの前の公園にいるんです。夜の散歩中で。……はぁ。…………えー、そうなんですか。うわぁ」

須磨子がしゃべっている間に彼は送話口を手でふさぎ、「佐山さんのことです」と教えてくれた。爪弾きのようになった早川を不憫《ふびん》に思い、現在の状況を伝えてきたのか。律儀なことだ。相棒は、いかにも初めて聞いて驚いたふりをしている。よほど詳しく説明しているらしく、早川は「ええ、ええ」と相槌を返し続けた。きっと捜査会議に遅刻した俺が聞き逃した事実だ。表情が険しいところをみると、ろくな話ではないのだろう。

「……はぁ。それはおかしな展開になってきましたねぇ。え、他にもあるんですか？……は？……ええっ！」

突然、早川は演技とは思えない声をあげた。目を丸くして、電話機に嚙みつく。

「いつですか？……はい。…………はい。そうですか。しかし、どうしてそんなことに…………はぁ」

俺は激しい胸騒ぎを覚える。

『おい、早川、どうしたんだよ。また何かまずいことか？』

須磨子によくないことが起きたのだろうか？　それとも、新たな警察スキャンダルが発覚したのか？　知りたくてやきもきする。

「…………はい。…………はい、散歩に出るまでずっと家にいました。まさか……ええ、そうですね。そんなことは後にしましょう。これからそちらに行きます。叱られたってかまいません。……はい、では後ほど」

　彼は電話を切るなり、深刻な声で告げる。

「まずいことになってます」

『何が？』

「佐山さんがやってしまったことを、上の連中は変な形で利用しようとしているみたいです。彼が現場から凶器を持ち出したから事件性ができてしまったのだ、と。つまり、課長の死はやはり自殺であった、という線でケリをつけようということです」

『自殺で幕を引くだって？　さっきのお前じゃないが、面倒くさがってるのか。そんなことが赦されてたまるか』

　落ち着いて、と諭《さと》される。

「決定したわけではありません。でも、森さんの予想では、その流れができつつあるみたいです。明日の朝にでも記者発表があるかもしれません。――赦せない、とおっしゃいますが、そういう決着が警察にとって理想的だということは神崎さんにも判るでしょう。そうすることによって、警察署内で刑事課長が警察官によって射殺された、という前代未聞の不祥事を、警察署内で刑事課長が拳銃自殺した、というあたりにソフト・ランディングさせることができるんですから。無論、それだって大きな不祥事には違いありませんが、現状よりははるかにましですもんね。相次いだ警官殺しの捜査に行き詰まり、ノイローゼになった結果の自殺だとすれば、からくも説明がつきます。死んだ課長さんもお気の毒に、という同情の声さえ市民の間に広がるかもしれない。妙案なんですよ」

『他殺を自殺にすり替えてまで一件落着にしようってのか。断じて赦されることじゃない。そんなことをすれば、警察は死ぬ』

憤りで全身が顫えてくる。怒りとともに、力も満ちてくるように感じた。闘志だ。

『すると、佐山のしでかしたことは公表するわけか？』

「いいえ。あくまでも、佐山さんの件は闇に葬るつもりのようです。それでいて、課長の死は自殺だったと発表するというのは、ほとんど曲芸的なこじつけになると思うんですけど。現場に凶器がなかった、と発表してしまったものをどう訂正するんでしょうかね。うっかりしていました、とボケるのかな」

『よくよく捜してみたら机の脚の陰にピストルが落ちていました、とでも？　何て間抜けなんだ、と嗤われるのは甘受するわけか。救いようがない。こんな馬鹿げたことで殺人犯人を逃がしてたまるか』

早川は大きなジェスチャーで、落ち着け、と俺に繰り返した。まだ伝えたいことがあるらしい。

「ちょっと待って、神崎さん。まだ最終的に決定したわけではないので、しばし様子を見守りましょうか。それより、森さんから別の報告もあったんです」

彼が「ええっ!」と叫んだ件か。そちらの方が衝撃が大きかったようだったが。

「漆原課長代理が何者かに襲われました」

無防備のボディを殴られたような気がした。ろくでもないことかもしれない、と思いはしたが、そんな事態は想像だにしなかった。

『どうして漆原さんなんだ?』

「判りません」

犯人が襲撃するとしたら早川のはずだったのに、見事に裏をかかれてしまった。

『で、漆原さんはどうなったんだ? ひどい怪我でもしたのか? まさか……』

「安心してください。ほんの軽傷です。でも、それは幸運に恵まれた結果で、危うく死ぬところだったみたいですよ」

これまでの敵の手口から銃撃されたのかと思ったら、そうではなかった。

「車に撥ねられかけたんだそうです。課長代理は潤正会《じゅんせいかい》病院で手当てを受けた後、東署に向かっているとのことなので、これから署に行ってみましょう」

もちろんだ。

『俺は先に行っている。お前はタクシーだな？　並走する車から狙撃されるなんてことはないと思うが、気をつけてこいよ』

「がってん」

相棒を残して、俺は飛んだ。

29

報道関係者らは、徹夜で署の周りに待機している。ご苦労なことだ。必要最小限の人員が張り込んでいるのだろう。のんびりカップラーメンを啜ったり、コーヒーを飲みながら談笑している人間が目につく。漆原が襲われたことは洩れていないのだ。

いつものように刑事部屋の窓に飛び込んでみると、ほとんど昼間と変わらないにぎやかさだった。中井警部の座った机には、栄養ドリンクの空き瓶が二つ並んでいる。漆原はまだ到着していなかったが、いったん帰宅したはずの毬村や須磨子は姿を見せていた。二人は部屋の片隅で小さな声で話している。

「夜の散歩っていうのが、僕にはひっかかるな。こんな季節、こんな時間だよ。普通は外をうろついたりしないもんだろう。何か不審なところはなかった？」

「特にありません。風で木の葉が揺れるような音がしていましたから、屋外だったのは確かです」

「漆原さんが自宅の近くで襲われたのは十一時前だというから、君が電話をかけた約一時間前だ。彼がやったんだとしても、家に帰り着く余裕は充分にあったはずだが……」

〈彼〉とは早川を指しているのだろう。早川が課長代理を襲ったと疑われているのか？　いや、それは毬村の思いつきにすぎないのだろう。須磨子は呆れ顔をしている。

「主任。早川さんが課長代理を轢こうとしたのかもしれない、なんて本気でお考えなんですか？」

「もちろん、本気じゃないよ。彼がそんなことをする理由がないからね。ただ、夜の散歩というのが気に食わないだけだ。夜中に街を徘徊《はいかい》するのも変わり者の彼らしい、とも言えるけれど。——おや、まだ心配そうな顔をしているね」

毬村は須磨子の顔を覗き込む。彼女の長い睫毛が顫えていた。

「怖くないですか？」

「僕が何を怖がるんだ？」

「神崎さん、経堂課長、そして漆原課長代理。この部屋で机を並べて働いていた人たちが、理由も判らないまま次々に襲われています。新田さんの件もあります。次は自分の番かもしれない、と不安になりませんか？」

毬村は余裕たっぷりに、ふっ、と笑った。あながち虚勢をはっているようでもない。

「ならないね。君は臆病風に吹かれているんだよ。いいかい、森君。姿なき警官殺人鬼が跳《ちょう》梁《りょう》しているのでは、と心配しているようだけれど、君が挙げた四つの事件に連続性があるとは限らないじゃないか。それぞれの事件には、それぞれの動機を持つ、それぞれの犯人がいるのかもしれない。それならば、今度は私の番かも、と怯える必要はないだろう？」

「東署で事件が四つも続いたのは偶然だとおっしゃるんですか？」

「偶然かもしれない、と言っているんだ。もしかすると、新田君と神崎君の事件はどこかでつながっているのかもしれない。でもね、課長は心労がたまったのが原因で自殺した気配が濃厚だし、今夜の漆原さんの件は事故だと思うな。単なる酔っ払いの無謀運転だったのかも」

「わざと楽観的に考えていらっしゃいませんか？　課長が自殺だったと考えるのは、私は不可能だと思うんですけれど」

須磨子は露骨に不満げだったが、毬村は鷹揚にかまえていた。にやにやした笑いのせいで本心が読み取れない。

漆原が入ってきた。みんながいっせいに立ち上がり「どうだ?」「大丈夫か?」と声をかける。額には絆創膏が貼られ、右手は包帯でくるまれていた。コートの袖口に小さな鉤裂《かぎざ》きがあり、払い落としそこねた枯草らしきものが裾のあたりに付着している。膝頭とブーツの間にも擦過傷が見えた。

「ご覧のとおり、ぴんぴんしています。ご心配をおかけしました」一礼してから「これからは鉄の女と呼んでください」

「おお。カッコいいなぁ、漆原さん」

毬村が場違いなことを呟いた。須磨子は鉄の女に駈け寄り、「ご無事で何よりです」と声をかける。

中井警部が「コーヒーでも買ってこいや」と近くの刑事に命じてから、漆原に椅子を勧めた。

「どんな状況だったのか聞かせてくれ」

ここにくるまでに話すべきことを整理していたらしく、「はい」と応えて、彼女は要領よく語りだした。

捜査会議が終わったのが午後九時半。翌日から泊まり込めるよう準備するため、家が近い者は帰宅することになった。漆原が神足町の自宅に戻ったのが十時。夫と遅い夕食をとってから、着替えをまとめて鞄に詰めかけたところ、洗顔料やストッキングなど買い足したいものがいくつか出てきたので、コンビニに買いに行くことにした。夜も更けており、店までには人気のない道を通らなくてはならなかったが、柔道と合気道が三段の彼女にすれば怖がることはない。夫が風邪ぎみだったせいもあり、当然のように独りで出た。さだかな記憶ではないのだが、外へ出るなり、一ブロックほど向こうでゆっくりと動きだした車があったように思うという。

彼女の家はバス通りに面していたが、コンビニはその沿線になく、裏通りを抜けて別の通りに出なくてはならない。途中、左手が小学校、右手が垂直に近い土手になっている箇所があった。人家が途切れている上、街灯の間隔も広いため、たいていの若い女性ならば迂回したい道であるが、腕に覚えがある彼女にとっては何ということはない。付近の治安がいたってよいことも承知していたので、自分の身に危険が降り掛かる気配などまったく感じずに歩いていた。

その淋しい道の中ほどで、後ろから一台の自動車が接近してくるのに気づいた彼女は、道路の右端にすっと体を寄せた。道幅は三メートルあるので余裕をもってやり過ごせるはずだった。買うべき品物を頭の中で復唱していた彼女は、背後の車が急に加速する音を耳にして、はっと振り返る。黒っぽい乗用車がライトを上げ、猛スピードで突進してきていた。左側に身をかわす間はなく、右側のガードレールの向こうは崖にも等しい垂直の土手だ。しかも四階建てのビルほどの高さがある。それでも、殺意を漲らせた車から逃れるためには、決死の覚悟でガードレールを飛び越えるしかなかった。

踵がカツンと車の鼻先に接触するのを感じた次の瞬間、彼女は空中に舞っていた。土手の真下は建設現場だ。積み上げられたコンクリートブロックの山と地面が、はるか遠くに見えた。駄目だ、死ぬ。頭は観念したが、肉体は諦めなかった。どこかに爪を掛けてでも転落を止めようと振り出した右手が、切り立った斜面から生えた雑草を摑む。助かったか、と思ったのは一瞬のこと。落下の勢いが摩擦に勝り、摑んだはずの命綱がずるずると手中から逃げていった。滑ってはまた草を摑み、摑んではまた滑り落ちる。そんなことを何度か繰り返しているうちに、ようやくひと房の草を握って止まった。恐る恐る足の下を見てみると、地面まで一メートルほど。建材が放置されていて足場はよくなかったが、これで命は助かった、と安堵しながら飛び降り、無事に着地した。

右掌が擦り剝けてひりひりと痛んだが、その負傷は無駄にはならなかった。地上六、七メートルの高さで転落が止まって宙吊り状態になっていたら、助けがくるまで持ちこたえられたはずがないからだ。頭上のガードレールを見上げ、自分が滑り落ちた痕跡を目で追っているうちに、死ぬところだったのだ、という恐怖があらためて込み上げ、ぞっとした——という。

「私を轢こうとしたのか、ガードレールの向こうに撥ね飛ばそうとしたのかは判りかねますが、車の運転手に殺意があったことは疑いの余地がありません。酔っ払いの迷走でもないことは、わざわざ急加速したことで明らかでしょう。そして車は、まっすぐ私をめがけて突っ込んできたんです」

漆原は力強く断定した。中井警部が確認のために質す。

「疑う余地のない殺意か。君がそう感じた、という事実は尊重しよう。しかし、酔っ払いの悪質な悪ふざけだったということはないか？」

「悪戯という次元のものではありませんでした。電車が入ってくる直前にホームの端に立った人間の背中を蹴飛ばすよりも危険な行為だったんですから。急加速したタイミングなど、呼吸をはかってやったとしか思えないほど絶妙でした」

漆原の確信は揺らぎそうもなかった。警部もそれ以上は追及しない。

「君を襲った車の車種、ならびに運転者の特徴については覚えていないんだね？」

「はい。それが悔やまれてなりません。何しろ不意打ちだったものですから。黒っぽい乗用車だった、としか言えません。運転者については性別も不明です。助手席の同乗者の有無も判りませんでした。警察官として不徳の至りですが、動転したためだけでなく、ハイビームのライトを目つぶしに食らったせいもあります」

「襲った相手——あくまでも相手に殺意があったと仮定してだが——に心当たりはあるかね？」

「よく考えてみましたが、ありません。捜査に関連して、思いもかけない逆恨みをされているのかもしれませんが」

「捜査中にトラブルでもあったのか？」

「いいえ、まったく」

警部は両手でくるくる回して玩《もてあそ》んでいたボールペンの尻を額に押しつけた。すっぱいものを含んだように口をすぼめているのは、何かを言いかねているようだ。

「すると、だね。まぁ、今行なっている捜査とは無関係かもしれないな」

「無関係かもしれませんし、深く関わっているかもしれません」

「深く関わっているのなら、誰それが怪しい、と具体的に思い当たる節があるもんだろう。それがないということは、軽々しく決められないな」

「逃走した車の捜査状況はどのようになっていますか？」

強い調子で訊かれて、警部は明らかに気分を害した。むっとして答える。

「君ね、ぶつかってきた車は黒っぽい乗用車だったという曖昧模糊《あいまいもこ》とした証言しかできないんだろ？　ナンバーはおろか車種も色も不明。どんな奴が乗っていたのかも不明。接触したわけではないから車に傷もついていない。それで緊急配備《キンパイ》をかけてどうなると言うんだね？　時間と場所を考えたら付近での目撃者もいそうにないし、追いようがないだろうが」

「では、殺人未遂である疑いが濃厚なのに、捜査をしないんですか？」

「現場を見分した報告が入ったよ。ブレーキ痕一つなかったらしい。初詣《はつもうで》の人込みで痴漢が尻を触って逃げたようなもんだな。探しようがない」

「痴漢ではなく、殺人未遂なのですが」

警部はボールペンを机に突き立てた。こめかみに青く血管が浮いている。

「駄々っ子みたいなことを言うな。そんなにこだわるのなら、明日、自分で聞き込みをしたまえ。われわれは、それどころじゃないんだ」

漆原は静かに警部を見返した。あからさまに反抗的ではないが、軽蔑を込めた目だ。本部の名警部の化けの皮が剝《は》がれたようだ。

「私に自分で聞き込みをやれ、と？　経堂課長の事件の捜査はしなくていいのでしょうか？」

「そっちはいい。君の手を借りなくても片がつきそうだからな。あれは自殺だ」

『そんなことをぬかすか』俺は歯軋りをした。『やっぱり、そこに着地させたいわけだな、この狸親父。いや、上からの命令か。どっちにしても情けない』

「ああ、君たち。君たちもだ」

警部は、毬村と須磨子をにらみつける。

「泊まり込みができるように着替えを取ってきただろうが、もういいぞ。経堂課長の件は自殺だと判明した。部長がそれで発表をやって、雲霞《うんか》のごとく押し寄せているマスコミの連中にお引き取りいただく。お偉方が対応に追われるだろうが、君たちはひと息つけばいい。よけいなことをしゃべらないよう、それだけ注意してな」

「それは決定したことでしょうか？」

須磨子が口を挟んだ。警部は、先のつぶれたボールペンをゴミ箱に投げ捨てる。

「そうだ。警察庁も了解した。あの佐山という馬鹿のおかげで、とんでもないダメージをこうむったよ」

何か言いたげな須磨子を制して毬村が、

「佐山君が不法に所持していた拳銃を現場から持ち出した、ということも発表するわけですか？　それを伏せたままでは、説明がつかないと思いますが」

「刑事が押収品を勝手に持ち出してコレクションしていた、などという常軌《じょうき》を逸した事実まで公表することは警察にとってプラスにならない。いいかね、われわれは、この店がまずければ隣の店、という客商売をやっているわけではない。今日も、明日も、明後日も、唯一無二の存在として、社会の安寧《あんねい》秩序を守り続ける使命がある。それを鑑《かんが》みたなら、おのずと選ぶ道は決まってくるだろう」

「崇高《すうこう》な使命ですね」

　ドアの方から飛んできた尖った声に全員が振り返る。いつからそこに立っていたのだろう、ようやく到着した早川だった。警部は立ち上がって、顫える指先をその胸に突きつける。

「おい、お前、どうしてここにいるんだ。家で休んでいろと言われているだろう。勝手にうろちょろするんじゃない。即刻ここから出ていけ」

　出ていくどころか、彼はつかつかと警部のそばまでやってきた。

「心身ともいたって健康ですから、休んでいる必要はありません。私を捜査に戻してください」

「足手纏いになるから帰れと言うんだ。捜査を掻き回されるのは、がまんならん。トチ狂ったことばかりぬかしやがって」

「佐山さんのしたことは犯罪です。辞表を書かせて揉み消すのでなく、きちんとした形で処理するべきです」

「どうして知っている？」警部は須磨子たちを見回した。「こいつに誰かご注進したわけか。どういうつもりなんだ。よけいなことをしやがって。自分たちがどんな窮地に立っているかも認識できとらんようだな」

須磨子が名乗り出た。「私が知らせました」と頭を下げる。警部は長い長い溜め息をついた。

「……東署には、まともな刑事はおらんのか」

もちろん、須磨子はまともだ。おかしいのはお前だよ、豆狸。

「いいか」警部は猫撫で声になる。「お前たちが小学校の教師だとする。ある妻帯者の男性教師が女性教師と浮気をした。褒められたことではない。しかし、不道徳だといってそれを生徒の前でべらべらしゃべるか？　絶対にしゃべらんだろう。児童の動揺を招くだけで無益だからな。看過できないのなら、当事者たちに忠告なり説教なりをしてやめさせればいい。それが世知であり、良識というもんだ。われわれがとるべき態度だ」

「市民を子供扱いするのは、喩え話にしても不適切だと思いますが」

早川は、燃えさかる炎の中に火薬を投じた。しかし、警部はもはや怒声を発したりせず、嘲《あざけ》るようにちらりと見返しただけだった。それから、早川の体を押し退けてドアに向かう。

お偉方たちと打ち合わせがあるのだろう。

「組織の中にいることを忘れるな」

ぽつりとこぼしたひと声は、まるで捨て台詞だった。俺は戸口に立ちはだかる。

『あんた、それでも刑事か。恥ずかしくないのか』

豆狸は俺の体をすり抜けた。

しんと静かになる。その沈黙を割って、一課長が入ってきた。最高に気まずい雰囲気だ。

それを感じ取ったのか、彼は空々しい咳払いをしてから、肩を落としている漆原に寄って囁くようにひと言かける。

「ご苦労だったな」

すぐそばにいた俺には、そう聞こえた。

30

刑事部長、警務部長、巴東署長が雁首《がんくび》を揃えて行なった記者発表で経堂芳郎の死は自殺であったと宣言された後の三日間は、俺にとって耐えがたい日々だった。当然ながら、どうしてそのような過誤が生じたのか囂々《ごうごう》たる非難が巻き起こったものの、わが社はそれを何とか乗り切ることに成功したようだ。記者たちとの茶番めいた三日前のやりとりを思い出すと、怒りを通り越して笑ってしまう。

——刑事課長が保管庫から押収品の拳銃を持ち出して自殺する、というのは由々《ゆゆ》しきことだ。押収品の管理に甘さはなかったのか？

「問題があったと認めざるを得ません。早急に改善するとともに、他の警察署に対して管理状況の確認と徹底を指示いたしました」

——現場から拳銃を持ち出した佐山巡査の行動は刑事としてあまりにも軽率すぎる。警察官教育に問題はないのか？

「当人は以前より経堂課長を深く敬愛していたがため、同人の死に直面してパニックに陥ったものと思われます。ことの次第に気づいて猛省し、真実を申し出ると同時に辞表を提出いたしました。個人の問題であったと信じますが、綱紀《こうき》の粛正に努めます」

——それにしても、自殺の現場から拳銃を持ち出すことがどういう結果を招くか判りそうなものだが。

「それしきの分別もなくしていた模様です。警察官が押収品の拳銃を持ち出して自殺に用いたことが発覚しては一大事だ、と誤った判断を下し、拳銃を秘密裏に保管庫に戻しておけばスキャンダルを回避できる、と考えたようです」

——辞表を受理したのか？

「処分については、まだ決定しておりません」

——その他の関係者については？

「未定です」

——密室状態の現場で遺体が見つかったのだから、他殺として発表したのがそもそも不用意だったのではないか。そのおかげで各紙ともいっせいに推理作家にコメントを求め、新聞社も作家も大恥をかいた（笑）。

「初動捜査にミスはなかったのですが、捜査一係の刑事がかかる行動をとっていようとは予想できませんでした」

——遺書がなかったそうだが、自殺の動機は何か？

「経堂課長は、新田克彦巡査と神崎達也巡査が殺害された事件の捜査に心血を注いでいました。なかなか進展しないために、責任感の強い同人は相当に重圧を感じていたようです。ノイローゼに近い精神状態で発作的に死を選んだものと推測します」

——事件当時、刑事部屋にいた窃盗犯は無関係だったのか？

「居合わせただけと認めます」

——何故に巴東署でばかり警察官の死が続発するのか。同署に特有の問題があるのか？

「管内での犯罪発生率にも検挙率にも異状はありません。たまたま事件が連続しただけと見ておりますが、問題点がないか洗い出し作業も行なってまいります」

だとさ。

よくまあ、しゃあしゃあと言えたものだ。それを鵜呑みにするマスコミの取材能力の低さ、勘の鈍さにも恐れ入る。記者発表をそのまま記事にするという微温湯《ぬるまゆ》につかり過ぎて、すっかりボケてしまったのだろう。警察発表のレポートだけなら中学生の新聞部員でも務まる。

『嘆かわしい。警察だけが腐っているんじゃないんだ。この市民、このマスコミにして、この警察ありだ』

「何を独りで毒づいているんです？」

後ろで早川の声がした。今朝のカウンセリングはいつもより早く終わったようだ。見慣れた薬袋を手に苦笑している。

「日本人は総懺悔《そうざんげ》すべきだ、なんて無責任な評論家みたいに言わないでください。幽霊になったとはいえ、神崎さんも日本人じゃないですか。ぼやきたくなる気持ちは判りますけれど、少しはリラックスしましょう。人相が悪くなりますよ」

『そんなこと、ちっともかまわない。どうせこの面《つら》を見てくれる人間なんていないんだから』

「今度はすねるか。よくないなぁ。僕より神崎さんがカウンセリングを受けるべきだ」

　そう言いながら、相棒はいつものごとくベンチの隣に腰掛けた。今日もいい天気だ。

「それにしても、あの大騒ぎは何だったんでしょうね。課長の死は自殺だった、と発表されるなり、みんな『自殺かよ。つまらねぇ』と言わんばかりの様子で引き上げていった。報道のテーマが、警察は病んでいる、とスケールアップしたおかげで、東署への批判も間接的なものになっていったみたいです」

『そうだな。某県警の強力なサポートもあったし』

　俺は苦虫を嚙みつぶす。あろうことかこの三日間に、他県の警察で破廉恥《はれんち》な不祥事が続々と発覚したのだ。交通部の警部補が映画館の暗がりで痴漢、生活安全部の巡査長が大麻の不法所持、機動隊員が酒に酔って暴行と器物損壊、地域課の巡査が小学生を轢き逃げ、刑事部のマル暴担当巡査部長が暴力団員に情報を横流し。それらが連鎖反応的に明るみに出た。しかも、叩けばまだまだほこりが出るらしい。かくして、巴東署から離れた取材陣は、織田信長暗殺の報を受けて都へ引き返す豊臣秀吉軍のごとき勢いでそちらに突進していったのである。

「うちにすれば神風が吹いたようなもんです。あちらさんは大変でしょうけれど」

『しかし、あちらさんは警官の死体は転がしていないだろうが。警官殺しと迷宮《オミヤ》入りの箱詰めセットは巴名物だからな』

「迷宮入りになんかさせるもんですか。幽霊刑事に不可能はないでしょう」

またそんな気休めを。不可能だらけで困っているのではないか。

『払っても払っても無力感がまとわりついてくる。お前という味方がこれだけ奮闘してくれているのに、経堂は自殺でした、で決着がついてしまうんだものなぁ。じゃあ、ゴミ箱に捨ててあった携帯電話はどう説明するんだ。経堂の死の直前にかかってきた電話は何だったんだ。そんな重要なことに目をつぶって、よく恥ずかしくないもんだ』

「ところで」早川は話を変える。「今朝の捜査本部の様子はどうでした？　昨日、一昨日は気が抜けたようになっているという話でしたけれど」

『相変わらずだ。上の方は事後処理でごたごたしているが、現場は背中の重荷を下ろして一服しているみたいだぞ。――ああ、佐山が私物を取りにきたよ』

「諭旨《ゆし》免職扱いに決まったそうですね。厳しいのか甘いのか、僕には何とも言えませんけれど。落ち込んでいましたか？」

『恬淡《てんたん》としていたよ。荷物をまとめてひと通りの挨拶をすませると、漆原さんと二人きりでちょこっと話をしてから、そそくさと帰っていった。昨日の夜、あいつのところへ家庭訪問したけれど、変わったところはなしだ。やたらと爆発シーンが出てくる映画をビデオで観ながら、魂をなくしたみたいにぼけっとしていた』

　昨夜は早川と夜の捜査会議を終えた後、漆原と毬村の様子も窺ったのだが、収穫は得られなかった。その後は須磨子の寝顔を見てから久しぶりにおふくろがいる家に帰って、生前の自分の部屋で眠った。懐かしいというより、他人の寝室に泊まり込んだような気分だった。独りで蜜柑《みかん》を食べながらテレビのトーク番組を観るおふくろは侘しそうだったが、好きなタレントの冗談に一度だけくすりと笑ったので、少しずつ日常を取り戻しつつあると知って安心した。

「漆原さんを襲った車については、どうなっているんですか？　警部はやけに冷淡でしたね」

『あれっきりだよ。漆原さんも自力で調べることは諦めたらしい。単独の捜査じゃ埒が明かないからなのか、あるいは……』

「狂言だったかもしれない、と疑っているんですね？」

　俺は頷いた。そんなことをして、彼女に何の利益があるのか、と問われると答えに窮する。彼女が俺を殺した黒幕だったとして、同じ課の刑事の受難が続いているので、その被害者の中にまぎれ込んで嫌疑をそらそうとしたのではないか、とも考えられるが、あまり説得力のある仮説ではない。

「狂言の線は薄いと思いますね。課長は押収品を持ち出して自殺したのだ、ということで幕が引かれそうなのを彼女は知っていたわけでしょう。もしも課長殺しの犯人だったとしたら、万々歳の展開だ。そんな局面で悪目立ちしようとするはずはありません。おとなしくしているのが最善ですもん。それに、怪我も本物っぽかった」

理に適《かな》った見方だ。しかし、それでも、俺は素直に納得できなかった。俺たちが立ち向かっているのは、まともな事件、まともな犯人ではない。ありそうもないこと、こそが臭いのだ。

『狂言でなかったのだとしたら、やはり課長を殺した犯人のしわざか。しかし動機が判らないな。――主任は、お前のことを少し疑っているみたいだったぞ。須磨子が電話をした時に、夜の散歩に出ていたのが不自然だと言って』

「アリバイがないのは僕だけじゃないでしょう。佐山さんにもないし、犯行のあった時間には毬村さんたちだって帰宅していたんだから。うちの課の人間はみんな運転免許を持っていますしね」

念のため、毬村や佐山らの家庭訪問をした時に彼らの自家用車に異状がないかチェックしてもみたが、漆原にほとんど接触もしていなかったからなのか、他人の車を拝借したからなのか、はたまたすべてが漆原の狂言だったせいなのか、何の痕跡も見つけることができなかった。

『狂言についても留保しておいた方がいいと思うぞ』俺はこだわる。『漆原さんについては、どうもひっかかるんだ』

初めて彼女の自宅を覗いた際、深夜に不審な電話をかけていたことと、四日前に一課長から「ご苦労だったな」と彼女が労われていたことが気になる。

『《ご苦労だったな》というのは確実ではない。よく聞き取れなかったんでな』

「危機一髪で助かった直後でしたね。うーん、ご苦労だったな、とは変だな。きっと聞き違えたんですよ。いくらすべてに疑心暗鬼の神崎さんといえども、本部が漆原さんを動かして一連の事件を起こしていた、なんて大胆なことは言わないでしょうね？」

さすがに、そこまで突飛なことは考えていない。警察が悪の秘密結社に乗っ取られていたとしても、俺なんかを謀殺してどうなるというのか。そう、何故にこの俺を……。

『須磨子は怯えていた。上司や同僚が次々に奇禍《きか》に遭うので、今度は自分の番かもしれない、という思いが頭をよぎるらしい。主任は笑っていたけれど、怖がるのも道理だよな。被害者の俺自身ですら、どうして殺されたのか見当がつかないんだから』

「それですよねぇ。そこがやっかいなんだ。――神崎さん、自分でも知らないうちに他人のやばい秘密を目撃していたということはありませんか？」

『ない』

俺はそっけなく答える。幽霊になってからだって大した秘密は覗き見ていない。早川が須磨子に気があることぐらいしか。

『それはそうと、お前、誰かにつけられたりしていないか？　犯人は油断したところを襲おうとしているかもしれないんだ。注意を怠るな』

「隙を見せないようにしているつもりです。でも、多分、ここまできたら犯人は下手に動かないと思いますね。捜査は暗礁に乗り上げているんですから、じっとしているのが賢明だと承知しているでしょう。こちらが劣勢なのは否めません」

二人は同時に黙って、空を仰いだ。

幽霊になってこの世に舞い戻って、今日で十日になる。我武者羅《がむしゃら》にがんばってきたつもりなのに、曙光《しょこう》はいまだに見えない。まるで、砂漠の真ん中で円を描いて行進しているかのようだ。

「早川さん、ですよね？」

呼ばれて、相棒はびくりと顫える。会話が途切れたところで話しかけられたことは幸いだった。そうでなければ、彼はまた芝居の練習中を装わねばならなかった。

「何だ、誰かと思ったら」

ベンチの傍らに立っているのは、久須悦夫だった。洒落たダッフル・コートを着て、ぎこちない笑みを浮かべている。

「送検されずにすんだそうで、よかったですね」

「おや、ご存じでしたか。ええ、昨日の夕方に釈放されました。毬村さんから『あんたも災難だったな』と言ってもらいましたよ。立派な住居侵入と窃盗未遂なのに、今回はえらく寛大な処理でした」前歯を剝き出し、にやりとして「それというのも……」

「よけいなことを口外するな、ということ。阿吽《あうん》の呼吸ってわけですね。警察も無様なところを見られてしまったから」

「お察しのとおりで。──隣に座ってもかまいませんか？」

俺とドクターの姿がダブっては早川が話しにくいだろうから、すっと立った。入れ代わりに久須が掛ける。

「ところでドクター、どうしてこんなところにいるんです？　偶然かな」

相手は、いやいやと首を振る。

「早川さんがこちらの病院に通院しているということを東署で小耳に挟んだので、待ち伏せしようとやってきたんです。そうしたら、運よく公園のベンチにいるのが目に入って。──独り言をしゃべっていませんでしたか？」

「少々」

「まだ幻聴が？」

「違いますよ」早川は断固として否定する。「ただの独り言です。僕はノイローゼに罹《かか》ったりしていない。気疲れすることが続いたので、カウンセリングを受けているだけ。神経科の医者とおしゃべりするのは現代人の嗜《たしな》みみたいなもんです」

それは失礼、と久須は詫びた。

「で、僕を待ち伏せしようとした用件というのは何です？」

「お渡ししたいものがあるんです。東署に足を向けるのは懲《こ》り懲《ご》りだし、警察に協力するなんて真っ平なんだけれど、握りつぶしてしまうと寝覚めが悪くなりそうだったものでね。それで、どうせ手渡すのなら早川さんがいいや、と思ったんです。あなただけが、私を下品にどなりつけたりしなかった」

『須磨子だって、どなったりしていないだろうが』

揚げ足をとっただけなのだが、早川は「それは森さんもでしょう」と伝えてくれる。

「そうなんですが、私は美人と話すのが不慣れでしてね。緊張して、うまくしゃべれなくなるんですよ。女性を待ち伏せしていると、あらぬ誤解を招きそうだし。それで早川さんに渡すことにしたんです」

「渡す渡すって、何を？」

ドクターのポケットからカセットテープが出てきた。軽くカタカタと振ってから、早川に差し出す。

「これです」

ごくありきたりの百二十分テープで、レーベルに表題はなかった。きれいに巻き戻してある。

「何が録音されているんです？」

「とても興味深いものですよ。皆さんの声が入っているんです。中井警部やら、漆原さんやら、毬村さんやら、その他大勢。早川さんのも」

早川が驚きを顕《あら》わすと、ドクターの笑みは満面に広がった。うっすらと悪意を感じさせるその陰気な微笑の意味は明らかだ。このテープの存在が巴東署にとって恥辱であることを知って勝ち誇っているのだ。

「神崎さんの遺影の裏から盗聴器が出てきたでしょう。あれが飛ばした電波を受信し、このカセットテープに録音していた人物がいたようですね。刑事部屋での会話らしきものが延々と収録されているんだから」

「これを全部聴いたんですか？」

「ええ。でも、ずーっと耳を傾けているには退屈な内容ですから、途中は早送りにしながら聴いただけですよ。何を言っているのか聴き取れない箇所も多い」

「どうして、あなたがこれを持っているんですか？」

そうだ、それが知りたい。ここしばらく警察に踏みにじられていた自尊心を回復させるためか、「ひょんなことからですよ」などと惚《とぼ》けて久須は大いに焦《じ》らした。早川はカセットを突き返す。

「出所も言えないものはもらっても仕方がない。子供の遊びじゃないんだ。持って帰ってください」

「まぁ、短気を起こさずに」久須は真顔になった。「失敬しました。ありのままをお話ししますので受け取ってください。私の手許にこいつが転がり込んできた経緯というのは、本当にひょんなことからなんですよ。——私の商売に必要なものは何だと思います？」

「そりゃ……」早川は真剣に考える。「色々とあるでしょう。盗みのテクニックや度胸とか、獲物やお客を見つけ出す嗅覚とか」

「そうそう。私がやっている仕事は、どんなモノを欲しがっている人間がどこにいる、というのを把握しなければ始まらないんです。嗅覚とおっしゃいましたが、ビジネスライクに情報収集能力と言ってもらった方がしっくりくるかな」

好きなように吹いてろ。

「だもので、私は自分だけの情報網を持っています。マニアが愛読する雑誌やミニコミ紙の投稿欄やら、オタクが出入りする店で顔を売ったりして作り上げたもので、その中に警察マニアというジャンルもあるわけですよ。まあ、そう苦々しげな顔をしないでください。で、そんな蜘蛛《くも》の巣みたいな情報網の中心で待機していると、面白いことがあれこれ伝わってきます。あれが欲しい、こういうものが手に入らないか、という要望だけでなく、こんなブツが手許にあるのだが買ってくれないか、と商談を持ち掛けられることもある。お渡ししたテープも、そういう出物の一つですよ」

「判りにくい説明ですね。具体的に、どこの誰から入手したかを聞きたいんですが」

「それは勘弁してもらいましょう。先方に迷惑をかけたくないんです。堅気《かたぎ》の学生さんなんです」

「堅気の学生が、どうしてこんなテープを持っているんですか？」

「お行儀のよくないことをしているからです。もったいぶらずに言うと一種の盗聴ですね。でも、よその家に無断で盗聴器を仕掛けるなんて違法なことはしていない。警察や消防の無線を傍受したり、携帯電話の電波を拾って他人の内緒話を盗み聞きして喜んでいるだけの無害な男なんです」

しい。

『それだけでは犯罪にはならないとしても、カスのような奴だな』

俺が罵《ののし》ると、早川は片手をゆらゆらと振る。うるさいから静かにしていろ、ということらしい。

「誰かが仕掛けた盗聴器の電波をキャッチして、警察署内の会話を録音した。珍品だと思うが買い手はいないか、と売り込まれたわけです。相手の持参したラジカセで再生してみたら、驚いたことに早川さんたちの声が入っていた。買おう、と即断しましたよ。神崎刑事殺しについて捜査員が議論しているところも収まっているから、こういうものを喜ぶマニアも何人か思い当たります。でも、彼らに販売するつもりは毛頭ありませんでした。それはまずかろう、と判断したんです。それで——」

「僕のところに持ってきてくれたんですか。それはどうも」

とりあえず礼を述べながらも、早川は釈然としないようだ。当然だろう。テープの中身を聴いてみないことには、ありがたがるべきかどうか判らない。

「学生に払った金額は些少《さしょう》ですから、遠慮なさらずにお持ちください。私のほんの気持ちです。久須というのは気の利く奴だな、という印象を抱いていただけたら結構です」

恩を売っておきたいだけなのだろう。

「さっそく帰って聴いてみます。聴いてみて、あなたに尋ねたいことができたらどこに連絡すればいいんでしょうね？」

　ドクターはポケットから紙マッチを出した。高砂町の安ビジネスホテルの名前が入っている。

「住所不定の身ですけれど、ここ数日の間はそのホテルに滞在しています。質問したいことがあれば電話をください。逃げも隠れもしませんよ。――では」

　彼は立ち上がると、大きな歩幅で堂々と歩いて去った。巴東署で受けた屈辱をいくらか払《ふっ》拭《しょく》した気になれたのかもしれない。

「ドクターは豪華なプレゼントを贈ったつもりらしいけれど、こんなものを聴いてもあまり意味ないでしょうね」

　掌にのせたテープを見つめ、早川は力のない声で言う。

「課長を殺した犯人が仕掛けた盗聴器なんでしょ。それがある場所で、犯人がおかしなことをしゃべるはずがないもの」

『いいや、そんなことはないぞ』俺は強く言う。『盗聴器がいつ仕掛けられたか見当がつくかもしれないだろう。それに、経堂が死ぬ前後の様子が録音されているかもしれない』

「ないでしょう。そんな大事なものが入っていたら、ドクターが得意げに言ったはずですよ。自分の無実を完璧に証明できるんだから。大した内容はないだろうけど……でも、せっかくもらったんだし、うちで聴いてみますか。これから神崎さんもいらっしゃいますか？」

『いいのか？』

彼が自分の部屋に俺を招くのは初めてだった。きっと須磨子の写真は片づけたのだろう。

「ええ、掃除をしましたから。これからは捜査会議も公園じゃなく、うちでやりましょう。寒くなってきたことだし」

『よし。じゃ、すぐにお前の家に行こう』

俺たちはバス停に向かった。その途中で、早川の携帯電話が鳴る。須磨子からの電話だった。聞き込みに出た先からかけてきたようだ。何ごとか気になった俺は、早川が戸惑うのにかまわず電話機に耳を寄せ、彼女の声に耳を傾ける。

「早川さん。話したいことがあるんだけれど、今夜、時間ある？」

「ありますけれど、どんな話ですか？」と相棒は訊く。

「神崎さんのこと」

俺たちは顔を見合わせて笑った。須磨子は、俺が幽霊になって舞い戻ってきたことを信じようとしているのかもしれない。歓喜が込み上げてくる。

「そうおっしゃるのを待っていましたよ。僕が神崎さんの幽霊と話せることを、信じてくれるんですね？」

早川は勢い込んで尋ねたが、彼女の返事ははっきりしなかった。ただ、会って話したいのだ、と繰り返す。

「いいですよ。何時でも、どこでもかまいません」

「じゃあ、今夜八時。釈迦ケ浜の近くの〈アルバトロス〉というレストランを予約しておくわ。必ずきてね」

「必ず行きます」

早川は電話を切ると、拳を握って振り上げた。

「やった。ついにこの日がきましたよ、神崎さん！」

俺も同じポーズをとりたかったのだが——ふと、不吉な予感に襲われた。彼女が指定した場所が自分が殺された現場の近くのレストランだからだろう、とも思ったが、それだけではうまく説明のつかない漠然とした不安だった。

31

視界がぼんやりと霞《かす》んでいる。

顔の真ん前に強い光源があるらしく、眩しい。目を細める。

あれ、俺、どうしたんだろう、と思っていると、大きな顔がぬっと現われた。度のきつそうな眼鏡をかけた初老の男で、何故か上下が逆さまだ。しかも魚眼レンズを通したかのようにグロテスクに歪んでいる。

俺は仰向けに寝ていた。男は枕許に立っているらしい。そして、腰を折って俺の顔を覗き込んできたのだ。

「まだ気がつかないんですか、神崎達也さん？」

意味の判らないことを訊かれた。

「幽霊だなんて、おかしいでしょう。江戸時代のお方ではあるまいし。そんなもの、いるわけがないと思っていたんでしょ、あなた？」

男は白衣をまとっていた。医者なのか？　そう言えば、彼の顔の向こうに見えているのはテレビや映画で観たことのある無影灯のようだ。すると、俺が横たわっているのは手術台？　そういえば、周囲の壁や天井が淡いグリーンをしている。ここは手術室なのだ。だとすると男が身につけるのは白衣ではなく、緑色の手術着の方がふさわしいようだが。

「肉体を持たない存在になってしまったのなら、生前と同じように目でものを見たり、耳で音を聞いたり、鼻で匂いを嗅いだりできるわけがないじゃありませんか。そのくせ、どんなものとも物理的接触はできないですって？　でも慣性の法則には恣意《しい》的に縛られて、地球の上に立っていられるし、乗り物にも乗れる。いやはや粗雑なフィクションですな。まるで筋が通らない。もし仮に幽霊なるものが存在するとしても、そんな馬鹿げたことがあるもんですか。いいかげんに真実に気づきなさい」

　何と応えたらいいのか判らない。

　あなたは幽霊などではない、と彼は断言している。しかし、いいかげんに真実に気づきなさい、と言われても戸惑うばかりだ。知っていることがあるのなら、もったいぶらずに早く教えて欲しい。

「まだ判らない？　ほぉ。頭の働きが著しく鈍っているようだ。釈迦ケ浜で射たれた後、あなたが見たり聞いたりしたことに説明をつけることは容易ではありませんか。薄々は気づいていたんでしょう？　そうではないのか、と一度ならず疑ったはずだ。空を飛べたり、壁を通り抜けたりする能力を具えているのは、あなただけじゃありません。そんなこと、みんなに可能なんです。――夢の中ならばね」

　夢だと言うのか。この俺は幽霊になったのではなく、ただ夢を見ているだけだ、と。

　そんなこと、とっくに考えたさ。しかし、夢にしてはあまりにもリアルなだけでなく、いつまでも覚めないではないか。こんな夢があってたまるか。

「認めればいいんです。これはただの夢にすぎない、と認めればそれでおしまいです。夢が覚めないのは、あなたが覚醒を望んでいないからなのですよ。その頑な態度を捨てれば楽になる。どうしてもできないと言うのなら、私たちがお手伝いすることもできますがね」

俺の顔の左側で何かが動いた。誰かがすっと歩み寄ってきたのだ。看護婦らしい。何かの処置を施すつもりなのか、とそちらを見上げた俺は驚いた。白衣にナースキャップをかぶった須磨子が立っていたからだ。彼女は、まるで花瓶でも見るような無機的な目で俺を見下ろしている。

「楽になりたいんでしょう？」

医者は囁きながら、染みの浮いた顔をこちらに近づけてきた。無影灯が隠れて、その顔が黒く塗りつぶされたような影になる。

異様だ。狂っている。何かおかしい。

しかし、どこか馴染みのある感覚。

そう、これは夢だ。

これこそが夢ではないか。

ふざけやがって――

「あれ、眠っていました？」

早川の声がした。

『ああ……そうらしいな』

とっさに応えて周りを見回すと、見覚えのあるワンルーム・マンションの一室だ。そう、彼の部屋にきているのだった。

「うたた寝していたんですね。目を覚ます直前に口のあたりがもごもごと動いていましたけれど、夢でも見ていたんですか？」

早川は片膝を立てて壁にもたれ、にたにた笑っている。俺は照れ臭くなった。

『妙なもんだよ。幽霊になって初めて夢を見た。あんまり楽しい夢でなかったのが残念だけれどな』

「へぇ、どんなのです？」

『話したくない』

体を起こして、胡坐をかく。壁の時計を見たら、三時四十分だ。うつらうつらしていたのは、ほんの十分ほどらしい。

早川の傍らのラジカセから、数人の話し声が流れていた。親切ごかしに久須から渡された盗聴テープだ。そう、これを聴いていたのだった。そして、それがあまりにも退屈だったために睡魔に捕まってしまったのである。

「貴重な捜査資料を調べている最中に居眠りするなんて不謹慎ですよ、神崎さん。しかも、自分が殺された殺人事件につながっているかもしれないテープだっていうのに。いけませんねぇ」

たしなめられてしまった。おっしゃるとおりなので言い訳はしない。行動派の俺としては、じっとしたまま無内容なテープを聴くとかいうのは苦手なのだ。夜露に濡れながら張り込みで粘ったりするのは嫌いではないのだが。

「ま、そうは言っても眠気を催しもしますよね。さっきから、ずーっとこの調子。聴いた覚えのある会話ばかりなんだから」

テープから聞こえているのは十一月十八日——俺が幽霊になって三日目——の刑事部屋のやりとりだった。トモエ銀行高砂支店で銀行強盗があった日である。人質全員が無傷のまま犯人逮捕に成功した夕方、現場から引き上げてきた課員らが安堵と喜びでがやがやと賑やかに話している。亜佐子のことが心配でそちらに付き添っていた俺は初めて聴く会話だったが、警官殺しとは関係がありそうもない。ただ、警察オタクとやらにとっては聴き応えのある山場の一つかもしれない。

「神崎さんが寝ている間も、意味がありそうな箇所はありませんでした。やっぱり有益な情報は入っていないみたいですね。ただでもらったテープだから恨みごとは言いませんが」

テープの始まりは十七日の夜だったが、それは久須にこのテープを持ち込んだ学生が録音を開始したのがその時からだ、というだけのことしか意味しない。盗聴器がいつの時点で仕掛けられたのかを特定するのは無理。俺の遺影が刑事部屋に飾られたのが十七日の午後一時過ぎだったことははっきりしているから、その日のうちに盗聴器がセットされた、ということが判明したにすぎない。

「森さんは、僕が霊媒だったことを信じてくれたのかもしれませんね」

唐突に早川が話を変える。俺に向かって不謹慎だと言いながら、彼自身も単調なテープに付き合うのに飽きてきているのだろう。

『さっきの電話の件か。あんまり期待しないようにしておくよ。糠喜びになると嫌だからな。もしかすると、お前にもっといいカウンセラーを紹介してくれるのかもしれないぞ』

「そこまで親身になって僕のことを案じたりしてくれませんって。思いつめたような声だったし、神崎さんのこと、とはっきり言っていたでしょ。もしかしたら、僕を通してもっと話がしてみたくなったのかもしれない」

『そうかな』

「お、本当に期待しないようにしてるつもりですか。気が小さいなぁ」とからかう。「神崎さんは、森さんのどういうところに惹かれたんですか？」

真面目に考えかけたが、すぐにやめた。

『お前な、そんな質問にさらりと気の利いた答えを返せる奴なんて信用できないと思わないか？　そういうのは……うまく説明できないものだろう。俺にとっても謎だよ』

「ごもっとも。恋は謎ですよね」

少し間をおいて、相棒はつけ加える。

「森さんが神崎さんに惹かれたことは、もっと深い謎だ」

怒る真似をしながら、俺は胸に微かな痛みを感じた。今の早川のひと言は、俺に対する精一杯の皮肉なのだ、と察せられたから。

テープは回り続ける。あまりに退屈な部分はカットしてあるらしく、ところどころで場面が飛ぶ。捜査員たちが次第に去っていき、夜が更けていく様子はラジオドラマを聴いているようでもあった。やがて、聞き覚えのある言葉が出てくる。

――お待ちしていました。それにしても、おきれいですね、夜は特に。

早川と目を合わせて、にやりと笑う。俺が窓から舞い込んだのだ。男同士で気色が悪いだろ、よせよ、とか言った記憶があるのだが……。

――いや、お世辞ではありません。天使のように輝いてるんですから。

聞こえてくるのは早川の台詞ばかりだ。幽霊の声が録音できないことを失念していた。俺がしゃべっている部分は、英会話教材のテープのごとく間があく。はい、皆さん繰り返してください、というように。ちょっと変な具合だ。

——冷汗をかきましたね。でも、ご無事でよかった。妹さんだけでなく、誰も受傷せずにすみましたから、ハッピーエンドです。そのおかげで、こっちの捜査がまるでできませんでしたけれど。

…………。

——ええ、そうですね。明日からまた仕切り直しだ。

これは銀行強盗事件の解決を祝っているところだ。

——だんだん優しくなりますね。

…………。

——おや、それは失礼しました。

俺は何を言ったのやら。大したことではないのだろう。忘れてしまった。

「この部分こそ、聴いてもしようがありませんね。早送りにしますか？」

早川がラジカセに手を伸ばしかけたが、俺は止めた。証拠品のカセットテープを調べる際には早送りをしてはならない。どこでどうスキップしているかもしれないし、何かが挿入されているかもしれないからだ。相棒は了解して、手を引っ込めた。

――課長は発砲する直前に「すまん」と言ったんでしたね。それ、何かの聞き違いということはありませんか？……あ、疑ってすみません。

黙ったままテープを聴く。

――謝りながら射った、か。そんな重要な極秘情報をキャッチしているのに、なかなか活かせませんね。誰が課長を操ったんだろうなぁ。

「自分の声をテープで聞くとすごく違和感があるんですよ。みんなそうだって言いますけれどね。他人は相手の口から出た声を耳で聞くだけだけど、本人の耳に伝わる声というのは――」

『しっ』と人差し指を立てる。俺はテープの早川の発言と頭の中で問答をしていたのだ。そうすることで何か閃くかもしれない、と考えて。

――じゃ、やっぱり黒幕は警察関係者か。うーん、考えたくないんだけどな。同僚を疑いの目で見るというのは、つらいもんですね。

……………。

――えっ、まずいですよ。壊したりしたら騒動になります。

課長の机の抽斗を抉《こ》じ開けろ、と俺が無茶を言ったところだ。早川は苦笑いをしている。

テープの中の彼は「そんなにこだわるのなら、ご自分がすればいいでしょう」と懸命に抵抗していた。

　さらに聴き進むうちに、俺はあることに気がついて声をあげそうになった。初めて意味のある箇所を発見した。だが、あらぬ勘違いをしてはいまいか？　これまで聴いた会話を反芻《はんすう》してみたが、もしかして、という思いは次第に確信に変わり、興奮する。さらによく確かめるため巻き戻して聴き直したかったのだが、とりあえずは最後まで聴こう、とがまんした。

　——こうなったら、課長を締め上げるしかありませんね。黒幕と接触するのを悠長に待っていても、埒が明かないでしょう。

　これに対してどう応えたのかは覚えている。〈急に過激になったな〉とか言ったのだ。その後は長くなかった。俺たちが別れたところでテープはいったん切れて、翌日の朝まで場面が飛んだ。

『早川、巻き戻してみてくれ。俺が刑事部屋に入ってきたところから、もう一度聴きたい』

「ひっかかるところがありましたか？」

　俺の満面には喜色が浮かんでいたことだろう。早川は答えを待たず、急いでラジカセのスイッチを押す。

『あった。さっきはカスみたいな奴と言って悪かったよ、学生さん。よくぞ盗聴電波を拾ってくれた』
再生してみると、すべてはきれいに辻褄が合った。やったぞ、しぶとい被疑者を取調室で落としたような気分だ。
謎が一つ解けた。

32

約束の時間ちょうどに〈アルバトロス〉に入っていくと、窓際の奥まった席に須磨子はもう着いていた。ぽつんと一つだけ孤立したテーブルだ。近くに他人の耳がない席を、という配慮で選んだのだろう。これから二人で食事をするのならどれほどうれしいことだろう、と相棒に申し訳のないことを思う。シャンデリアの照明を反射して、彼女の小さなイヤリングがきらりと光った。早川は片手を上げたまま近づいていく。

「お待たせしましたか？」

「いいえ。——呼び出したりしてごめんなさいね」

早川は窓側の須磨子の正面に掛けようとして、思い直したようにその隣の席に座った。彼女の向かいを俺に譲ろうというのだ。

『デートじゃないんだから、いいよ。斜めに座ったらお前も須磨子も話がしにくいだろう』

「しゃべるのに支障ありません。神崎さんを差し置いて僕が森さんの向かいというのは、気が引けます」

須磨子は無言のまま俺たちを——正確には早川だけを——見ていた。気味悪がったり呆れたりする素振りはない。

「シェフの今日のお薦《すす》めっていうシーフードのコースを頼んであるの。早川さんって、好き嫌いがないって言ってたことがあるけれど、それでよかった？」

「ええ。どうせ地中海料理なんてメニューをにらんでも説明を聞いても判らないし。何が出てくるか楽しみだな」

「早川さんの見方によると……神崎さんは、今、私の前にいるのね？」

そこでウエイトレスが飲み物のオーダーを聞きにきたので、須磨子の問いは宙ぶらりんのままになる。めいめいグラスワインを頼み、ウエイトレスが遠くに去ってから早川は答えた。

「もちろん、いますよ。お話しになりたかったら、何でもどうぞ。神崎さんには聞こえています。返事は僕が一言一句たがわずにお伝えしますから」

須磨子は微笑まなかった。不吉な予感の正体は、やはりこれだったのか。俺は繰り返し否定され続けるのか。そんなことにも、もう慣れっこになってきた。

「じゃあ、神崎さんがいることにして話すようにするわ。彼が何か言ったら通訳してちょうだい。あ、まずはご機嫌いかが、と訊いて」

早川は「どうぞ」と右手をかざした。俺は『まずまずだね』と愛想のない応えをした。

「〈まずまずだね〉。デートの時、いつもこんなにぶっきら棒でした？　僕がお邪魔しているからだろうな」

「そんなものよ。――課長は自殺だったという発表について知っているわよね。彼、どう思っているのかしら？」

「さっき通訳と言いましたけれど、神崎さんは外国人に変身したわけじゃないんだから、前を向いて〈あなたはどう思う？〉と本人に尋ねてくだされぱいいんですよ。――で、どうお考えです？」

『由々しき事態だと憂慮しているね。課長が黒幕に消されたことは間違いないんだ』

早川がそのまま伝達する。まどろっこしいが、ちゃんと会話が交わせていることは喜ぶべきか。虚空に向かって話しかけるのをためらいながらも、彼女は次の質問を俺に直接ぶつける。

「あなたは、あくまでも黒幕の存在を信じているのね。その根拠は何なの？」

あなた、と呼ばれた。俺はその幸福を嚙み締めつつ、丁寧に答える。経堂には俺を殺す動機がないこと。そして、トカレフの引き金を引く前に〈悪く思わないでくれ。これは私の意思ではない〉という意味の言葉と〈すまん!〉と口走ったことを。須磨子は真剣なまなざしでこちらを向いて聞き入っていた。その視線は微妙に俺の目とずれていたが。

「それが本当だとしたら——」

『本当に決まってるだろ。被害者当人が証言しているんだから。ちゃんと聞いてくれよなぁ』

早川がそのまま伝えると、彼女は肩をすくめた。

「ごめんなさい。うー、確かに彼と話している感じがするわ」

そりゃ、そうだろう。

ワインがきた。二人が乾杯するのに恰好だけ参加する。早川はそんな俺に恐縮して「すみませんね」と頭を掻いた。

「黒幕がいるとして、それが誰なのか見当はつかないのね?」

『殺されるほどの恨みを買っているとは思えない。だから困っているんだ。心当たりでもあるか?』

彼女は首を振った。俺に判らないものが、彼女に判るはずがない。

「黒幕は口封じのために課長を殺害した。とすると、今は安全圏に逃げ切った、と安心しているでしょうね」

『ところが、ほら、俺を殺したのは経堂課長だと早川に聞いた後、君はそれをみんなの前で公表しただろう。あれで犯人は脅威が去っていないことを察知してしまったんだ。君には何の悪意もなかったにせよ、結果的に――』

「ちょっとストップ」と早川に止められた。「通訳が追いつかないでしょう。まくしたてずに、かげんしてくださいよ」

前菜がすみ、スープがやってくる。早川は適当に端折って俺の言葉を伝えた。

『犯人はまだ穴倉に引っ込んではいない。それどころか、残っている危険性を除去するためのチャンスを窺っているはずだ。――ああ、まずは冷めないうちにスープを片づけたら』

二人のスープ皿が空になる前に、〈海の幸のマリネ〉が出てきた。いつもながら、この店のサーヴはスピーディだ。

「チャンスを窺って、どうするって言うの？」

『秘密を摑んでいる人間を抹殺しようと企んでいるんだ。漆原さんが襲われたのがその証拠だね』

「どうして？　課長代理は何も知らないのに」

『犯人は錯覚をしているんだ。ほら、漆原さんが襲われた日の昼間、早川が署にやってきて言ったことを思い出してみろよ。――あっ。あの時、君はいなかったか』

課長を殺した犯人は神崎さん殺しの黒幕である。そのことを明日の朝までに立証してみせる。証拠を揃えられそうだ。早川は大見得《おおみえ》を切ってそう宣言したのだ。

「いなかったけれど、帰ってきてからみんなに聞いたわ。話題騒然だったもの。でも、そのことと課長代理襲撃がどう結びつくの？　早川さんが狙われたのなら判るけれど」

『さぁ、そこだ。俺たちにも不思議だったんだけれど、その謎にはちゃんと説明がつけられるんだ。つい数時間前にやっと気がついたんだけれどね』

「どういうこと？」

『まずは、ドクターXが提供してくれたカセットテープのことから話そう』

マリネを食べながら話を聞いてもらう。須磨子が俺にしゃべっている間に、通訳係の早川は大急ぎで料理を口に運んでいた。もどかしく不自然な会話ではあるが、一定のリズムができてくると苦痛にならない。

「うん、どういうテープかは判ったわ。で、それを聴いたら何が判明したの？」

『論より証拠。実際に聴いてみてくれ』

早川はクロークに預けずにおいたショルダーバッグからウォークマンを取り出した。学生時代から愛用しているという旧《ふる》い型のもので、中には例のテープが収めてある。須磨子はイヤホンを耳に嵌めて再生ボタンを押した。ちょうど俺が刑事部屋に飛び込んできたところからスタートするようにしてある。

「僕が一人でしゃべっているみたいですけど、実際は神崎さんと交互に話しているんですよ。そこのところを留意して聴いてください」

「想像で補いながら聴くわ」

メインディッシュは、〈浅蜊《あさり》のソースをかけた糸撚《いとより》のポワレ・オリーブ添え〉とやらだった。須磨子はナイフとフォークを持ったまま、じっとテープに集中しているようだ。瞬きをすることも忘れて。

しばらく聴いてから、彼女は停止ボタンを押した。

「ねぇ、この場にいたのは早川さんと神崎さんだけよね？」

「ええ、そうです」

「漆原さんが部屋に入ってきたりしていないのね？」

「はい」

「だったら、どうして……」

しかるべき箇所で気がついてくれたらしい。俺は大いに満足して、その解説を相棒に任せた。

「僕がおかしなことを言っているでしょ。『判りました、警部補』とか」

「それも一回じゃないわ。三回も繰り返してる。この警部補が漆原さんでないのなら、いったい誰？」

「神崎さんですよ」

「彼は警部補じゃないでしょう」

「いいえ。自分は警部補なんだから、平巡査のお前は命令に従え、と叱られました。同じ平巡査同士じゃないか、と僕はむくれたんですが、弱ったことに神崎さんがそう言う理由というのがあるんです。この人は」と俺を指して「殉職扱いになっているので、死んでから二階級昇進していいます。つまり、現在は神崎警部補なんです。森さんも逆らわない方がいいですよ」

　須磨子は「本気《マジ》？」と呆れた。

『冗談だって』

「冗談ですって。ともあれ、その屁理屈に降参して『判りました、警部補』と何度も言って差し上げたんです。ね、そう説明されないと、僕が漆原警部補と話していたんだと錯覚するでしょう？　盗聴器を仕掛けていた犯人は、まさか幽霊の神崎さんが相手だなんて夢想だにしなかったはずです」

　彼女は慎重だった。その推理に錯誤や遺漏《いろう》がないか検討しようとする。

「警部補の連呼については、錯覚したかもしれない。でも、それまでの部分と矛盾しないかしら」

「その点についてはチェックずみです。僕は、たった一度たりとも『神崎さん』と呼びかけていません。誰に対しても丁寧な言葉でしゃべるおかげで、漆原さん相手にしては馴々しすぎるということもない。それどころか、相手が女性であると錯覚させる台詞が混じっています。お気づきになりませんでしたか？　テープの一番最初で『おきれいですね、夜は特に』とか『お世辞ではありません。天使のように輝いてるんですから』と僕が言っていたでしょう。あれは、幽霊になった神崎さんがきらきら光って見えることを指しているんですが、予備知識がなければ女性への美辞麗句に聞こえるはずです」

　そんな歯の浮くようなことをフェミニストの女性上司に向かって言えるものではないが、男が相手だったら冗談にも出ない台詞だ。

「それはそうだけど……一つ、ひっかかるところがある。この会話って、トモエ銀行に立てこもった強盗が捕まった日のものよね。だから早川さんは『妹さんがご無事でよかった』と話している」

「正確には、『妹さんだけでなく、誰も受傷せずにすみましたから、ハッピーエンドです』

と言いました」

「その妹さんという表現がおかしいじゃない。漆原さんに妹さんがいるのかどうかも知らないけれど、銀行強盗事件の話題の中でいきなり出てくるのは変よ。私が盗聴していたのなら、いったい誰と話しているんだ、と怪訝に思うわ」

「妹さんと正しく聴き取っていたら首を傾げたでしょうね。でも、意味が摑みにくい言葉を耳にした時、人間というのは自分に都合がいいように聞き違える才能を持っているものです。犯人は、妹さんという一語を理解しやすいように聞き違えたんです。イモトさん、とね」

「イモトさんって……誰？」

「もうお忘れですか？　神崎さんの妹さんにナイフを突きつけた袋井左兵に飛びかかって取り押さえた一課のヒーローじゃないですか。井本辰也刑事。盗聴していた犯人は『妹さんって誰だ？　ああ、井本さんか』と解釈したんです」

「見事な説明だわ」

　須磨子はイヤホンをはずした。

「なるほどね。だから早川さんに指示を出して内偵しているのが漆原警部補だと思い込んで、車で撥ねようとした、というわけね。ぴったり当て嵌まる」

「そんな嫌そうな顔をしないでください」

「べ、別に嫌がってなんかいないわよ。感心しているだけ。――このテープの続きにも何か情報が入っているの？」

「いいえ、聴く価値のあるものは録音されていません」

須磨子はウォークマンを早川に返した。それから、駄目押しの質問をする。

「課長代理が嘘をついている可能性はどうなるの？」

「考慮の外です」早川は断じた。「漆原さんが黒幕だったとしたら、あんな狂言を演じるメリットがまったくありません。目立つだけ危険です」

彼女は納得したようだった。

「課長代理が襲われた謎はそれで解けたとしましょう。でも、誰のしわざかはまだ判らないわけね？」

「はい、残念ながら」

ここで俺が割り込む。

『収穫はある。盗聴器を仕掛けた人物こそが漆原課長代理を襲った犯人であり、すなわち課長を操って俺を殺害した上、実行犯の課長を殺した極悪な犯人だ、ということが明白になったんだよ』

「でもそれって、言い換えると大して前進してないってことでしょ」

思わず言い返す早川に、須磨子と俺は同時に要求した。

「通訳して」

『通訳を』

霊媒は「失礼しました」と言って任務を遂行してくれた。須磨子はしばらく考え込む。

「……推理の流れとしては妥当だわ。テープによると、早川さんは『課長を締め上げるしかありませんね』と強硬論を唱えたりしているし、犯人が口封じに走ったことにも必然性がある」

「でしょ？」

『だろ？』

「だけど、課長が殺されたとするのも無理がある。現場は密室状況だったのよ。やっぱり自殺なのかもしれない。黒幕は、早川さんと漆原さんが真相に迫ろうとしていることを知って、『お前はもうおしまいだ』と課長を責め立てて自殺に追いやった、と見るのが自然じゃないかしら？」

それはない。動かぬ証拠を突きつけられたわけでもないのに、あの段階でさっさと頭を射ち抜くなんて諦めがよすぎる。それに、もしも良心の呵責に耐えかねたのなら、罪を告白する遺書を書いて黒幕の正体を暴露してから自決してもよかっただろう。

俺の考えを早川が伝える。彼女は「でもね」と口ごもった。現場が密室だったことにこだわっているのだ。もちろん、その厳然たる事実を無視することはできないのだが。

ウエイトレスがデザートの選択を聞きにくる。オレンジシャーベットを頼む須磨子の皿には料理がたくさん残ったままだった。せっかくのコースディナーなのに、おそらく味もろくに判らなかっただろう。

中年の落ち着いた物腰の夫婦がひと組やってきて、少し離れたテーブルについた。大声で談笑しながら食事をとるとは思えない上品な二人だ。これまでの調子で話していたら、たちまち不審に思われるだろう。われわれは――俺はそうしなくてもいいのだが――声を低くした。

「ねぇ、森さん。僕の隣に幽霊になった神崎さんがいることを信じてくれましたよね？　ここまで込み入ったストーリーを器用にこしらえて淀みなく演じる能力なんて、凡人の僕は持ち合わせていませんよ。いかがです？」

その答えに注目する。彼女は戸惑いを隠すように髪に手をやった。

「早川さん、私の身にもなってみてよ。いくら材料が揃っても、完全に信じるのは難しいわ。とても難しい」

『それでいいんだ』俺は頷いた。『そうだろうな。頑固で頭のいい君が、これしきのことで幽霊の存在を受け容れないのは当然だ。俺は気長に待つよ』

早川経由でそれを聞いた須磨子は初めて笑った。いかにも俺がタフぶって言いそうなことだ、と感じたのだろう。

「コーヒーを飲んだらここを出ない？　話がしにくくなってきた」

「いいですよ。どこへ移動します？」

「今夜はあまり寒くないから、この下の遊歩道でもぶらつきましょう。——それでいい、神崎さん？」

彼女は顔を俺に向けて尋ねた。どんぴしゃりと目が合ったので、どきりとした。だが『いいよ』と答えて頭を動かしてみると、たちまち視線はずれた。まぐれか。

早川は割り勘を望んだが、自分が呼び立てたのだからとなだめて、須磨子は一人で精算をすませる。相棒は「ごちそうさまでした」と俺にまで頭を下げた。

駐車場の脇にある階段を下っていく。舗装された遊歩道は褐色の大きな岩の間をくねくねと縫って、釈迦ケ浜の方へ延びていた。常夜灯が点在してはいるが、間隔が広いので足許はやや暗い。人の姿はまるでなかった。遠くで海が鳴っている。

「今日は、二十五日だっけ」

俺と早川に挟まれて歩いていた須磨子が、ぽつりと言う。

「神崎さんの誕生日まで、あと五日だわ。ねぇ、何か欲しいものがないか訊いてみてくれる？」

ひどく悪趣味な冗談なのか、ごく真面目で切ない質問なのかが判らなかった。彼女は真顔だ。岩の影がその頰を翳らせている。短い沈黙の後、俺は『何もない』と乾いた声で答えた。

「神崎さんの誕生日までに黒幕を挙げましょう。それに勝るプレゼントはないと思いますよ」

ありがとう、早川。

だが、お前の言葉を聞いてあることを思い出した。黒幕に手錠がかかった時、俺はこの世界から消えなくてはならないらしいということ。

どうするのが一番いいのだろう。

俺は、どうすれば——

「誰かがついてきている」須磨子が囁いた。「しっ。振り向かないで」

そうなのか？　まるで気がつかなかった。早川も同様らしい。

「……もの好きが散歩しているのかも」

「いいえ。歩調が私たちとぴったり同調している。つけているのよ」

道が曲がりくねっているのは尾行者にとって好都合だったろうが、須磨子の鋭敏な耳は微かな足音を聞き逃さなかったのだ。今では俺も、誰かがついてきている気配を感じる。おそらく十メートルと離れてはいまい。

「あの角を曲がったところで私が待ち伏せする。早川さんは靴音をたてながら先にすたすた歩いていってちょうだい」

「僕が待ち伏せしますよ」

「いい。あなたの靴音の方がよく響いているから囮《おとり》になって」

「でも」

ええい、何をごちゃごちゃ言っているんだ。俺が偵察してくればいいだけではないか。どいつもこいつも、うっかりしてやがる。

『二人ともそのまま行け。ここは透明人間の出番だ』

俺はくるりとUターンした。どんな奴がこそこそついてきているのか面を拝ませてもらおう。ただの季節はずれの覗き野郎かもしれないが。

岩場の陰に男がいた。風にコートの裾をはためかせながら、猫背になって抜き足差し足で歩いてくる。おや、どことなく見覚えのあるシルエットだな、と俺は目を凝らした。

『佐山じゃないか』

「佐山さん？」

俺に反応して、前方で早川が声をあげた。佐山はぎくりとして足を止めたが、ばれたら仕方がない、というようにまた歩きだした。そして、振り向いた早川と須磨子に「こんばんは」と挨拶する。

「どうして佐山さんがここにいるんですか？　まさか、煙草を買いに出た途中でたまたま通りかかったわけはありませんよね」

早川が尋ねる。彼も須磨子も警戒心を解いていないようで、刑事の目になっていた。

「振り返りもせずに、どうして俺だと判ったんだろう。すごい勘のよさだな、早川。――お久しぶり、と言うのも大袈裟か。もちろん、ここで会ったのは偶然じゃない。レストランに入る前から君らをつけていたんだ。ディナーはうまかったか？　俺は車の中で焼きそばパンと牛乳の粗末な晩飯だったよ」

尖った顎を突き出すようにして、彼は嫌味たらしく言った。須磨子が訊く。

「尾行の対象は早川さんですか、それとも私でしょうか？」

「それを言ったら角が立つじゃないか。――でも、どっちだと思う？」

「私ですね？」

ハードボイルド野郎は肯定も否定もしなかったが、それは暗黙のイエスのようだった。だとしたら、まるでストーカー行為だ。

「何だか不穏なムードだなぁ」早川が言う。「どうして佐山さんが僕たちを尾行したりするんだろう。事情があるなら話してくださいよ」

「刑事だった時の癖がまだ抜けないんだよ。悪戯がすぎて好きだった職場を追われたけれど、最後に手懸けた事件が迷宮《オミヤ》入りになりそうなのが無念でな」

「最後に手懸けた事件というのは、どれのことです？」

「一連の警察官殺しのことだ。神崎を殺したホシを挙げられないのが、特にがまんならない。同じ部屋で汗かいて働いてた男が殺されたのに未解決だなんて、そんな馬鹿なことがあってたまるかよ。そうだろ？」

刑事魂に訴える言葉だが、どうも様子がおかしい。佐山の口調は、やはりねっとりと皮肉っぽいのだ。まるで、捜査が進展しないことの責任は目の前の二人にある、と言いたがっているかのように。

「だからって、どうして僕や森さんを尾行しなくちゃならないんだろう。疑われる理由なんて、これっぽっちもないはずですけど」

その問いにも佐山は答えなかった。

「仲睦まじく逢引きしているようには見えなかったな。二人でどんな密談をしていたんだ？」

「事件について意見の交換をしていました。自宅療養を命じられている僕をかわいそうに思って、森さんが本部の捜査状況を話してくれていたんですよ。それで、佐山さんはどうして僕らのあとを——」

元刑事は不貞腐れたようにポケットに両手を突っ込んだ。

「ここなら俺たち以外に誰もいないな。胃もたれするぐらい重いものを吐き出すとするか。つけてたのは、神崎を殺したホシが尻尾を出すところを押さえるためだよ。しかし、なかなかボロを出さないね、須磨ちゃん」

俺と早川は、ぽかんと口を開いた。須磨子は「そんな……」とだけ言って絶句する。

「誰も君を疑わないのが不思議だったよ。神崎の最も近くにいた人物であり、署内で最も拳銃の扱いに長《た》けている人物だというのにな。おまけに、君には立派な動機がある。おや、そんなに驚いた顔をこしらえなくてもいいだろう。わざとらしい。愛憎のもつれなんかじゃない。金だよ。神崎が死ぬことで、君の懐《ふところ》にはたんまりと生命保険金が入ってくるはずだった。プロポーズの言葉は『俺の生命保険の受取人になってくれ』とかだったんだろ？　しかも一億円近い高額の保険金。殺人の動機としては充分だ」

「お金欲しさに好きな人を殺すと思うんですか？」

彼女は肩を顫わせながら言い返したが、佐山はせせら嗤った。

「そんな人間はいない？　ああ、それは道理だ。だとしたら、好きな人でも何でもなかったのかもしれない。神崎がのぼせ上がったのを利用して、愛情の証しとして生命保険に入るよう君から巧みに誘導したんじゃないのか？」

　何も知らずに、よくもそんなことを。俺たちのことを、何も知らないくせしやがって。須磨子に恋慕しているのではなく、こいつはそんな目で彼女を観察していたのか。

「誤解だわ。そもそも、彼は契約書を保険会社に届けていませんでした。契約は成立していないんです」

「君の初歩的なミスだ。確認してから殺すべきだったのに。案外おっちょこちょいだね。いや、神崎が『ちゃんと契約したよ』と気の早い返事をしていたのかもしれないな」

「佐山さん。確たる証拠もないのに、森さんに何てひどいことを言うんですか。残酷な人だな。その上、救いようのない馬鹿だ。僕は赦しませんよ」

　早川の声は穏やかだったが、全身に怒りが漲っているのが窺えた。もしかすると、俺よりも激しく憤っているのかもしれない。

「赦されるべきでないのは、殺人犯だろう。お前もよく考えてみろ。経堂課長殺しの方は不可解な点が多いが、あれだって彼女の犯行かもしれないんだぞ」

「こ、この上、まだそんなことを」早川は目を剝いた。「どうして森さんが課長を殺したりするんですか？」

「神崎を殺したことを感づかれたからだろう。それで、またまた得意の拳銃を使って葬った。――おい、早川。課長が死ぬ直前に何て言ったか、覚えているな？」

「ドクターが聞いたのは、『すまん！』です」

「すまん――すま、ん――須磨ちゃん」佐山は勝ち誇ったように須磨子を見た。「あれは犯人の名前を叫んだともとれる」

こじつけだ。飛び切り出来の悪いこじつけだ。

「正気とは思えませんね。現場は密室でした。射撃の名手でも手の出しようがなかったじゃないですか。動機は空想か妄想のレベルだし、『すまん』が『須磨ちゃん』だっただなんて、コントにもなりやしない。――森さん、言いたいことがあったらガツンと言ってやってください」

「ガツンも何も……」

須磨子は頭痛をこらえるように額に当てていた手を下ろし、コートのポケットに入れようとした。「動くな！」という怒気を含んだ声が飛んだ。

「右手をポケットに入れたら――射つ」

佐山の右腕がまっすぐ伸びる。その手には拳銃が握られていた。

33

銃口は須磨子の胸許を向いていた。

回転式だ。銃器には明るくないがS&Wらしい。保管庫から持ち出した拳銃をすべて大久保に渡したはずなのに、まだ隠し持っているものがあったのか。俺は固唾《かたず》を呑んだ。

須磨子は両手を肩の高さまで上げて、逆らう意思がないことを示す。傍らで早川は硬直したように棒立ちになっていた。それでいい、と言うように佐山が頷く。

「あ、危ないでしょう。その物騒なものを下ろしてください」

早川が抗議するが、銃口は微動だにしなかった。須磨子は相手をにらみつける。

「その拳銃はどうしたんですか？　保管庫から盗ったものは返却したはずなのに」

「署にあった銃は全部返したとも。こいつは俺がもともと持っていたものだ。モデルガンの上物を半年かけて改造したS&W・M10・サヤマ・スペシャル。本物に比べたら命中精度はかなり落ちるとはいえ、ちゃんと実用に堪えるぜ。私物だから返却する必要はないだろ。装塡してある実弾は会社からこっそり失敬したものだけれどな。東署はやっぱり抜けてるよ。弾が何発なくなっているかまできちんと調べがつかなかったらしい」

はったりではないのか？　そうであればいいのに、とシリンダーを覗き込んでみたら、間違いなく弾が装塡されていた。『入ってるぞ』と早川に注意を促す。

「呆れたな」相棒はかぶりを振って「本当に懲りない人だ。そんなものを所持していたら法に触れます」

「お前に言われなくても判ってるさ。だから自分の部屋でこっそりと撫で回して楽しむのにとどめていたかった。それを持ち歩いているのは必要があってのことだ。これは護身用だよ。何しろ、俺が追っている警官殺しのホシは一流のガンマンで、神崎を射った銃をまだ手許に置いている可能性が大きいんだからな。ほら、そのコートの右のポケット。妙にふくらんでいる」

須磨子は吐息を洩らした。

「そんなに私が怖いんですか。ポケットの中身が気になるのなら、ご自分で手を入れて確かめてみたらどうです？　嚙みつくようなものは入っていませんから」

「いやいや、君は居合い抜きの達人だから、ちょっとの隙も見せられない。手を上げたままにしておいてもらおうか。早川。彼女のコートを脱がせてこっちに投げろ。おかしな動きをしたら思わず射ってしまうかもしれないぞ」

彼は従わざるを得ない。「ごめんなさい」と詫びながらコートを剝いだ。彼女は歯をカチカチと鳴らしてみせる。

「ああ、寒い。風邪をひいたら薬代をいただきますからね」

「寒いもんか。今夜は夜風が涼しくて心地いいじゃないか。——それをこっちに」

よこせ、と拳銃でしゃくってみせる。早川はつまらなそうな表情でコートを広げ、一歩二歩と前に進んだ。「投げればいいんだ」と佐山が言った瞬間にコートがふわりと舞い、彼の顔に覆いかぶさった。早川が狙って投げつけたのだ。それと同時に相棒は地面を蹴って佐山に飛びかかり、アスファルトの上に押し倒す。拳銃がその手を離れて転がる音がした。

「おい、お前——」

佐山は叫ぼうとする。しかし馬乗りになった早川に喉を両手で締め上げられて、ぐえっ、とうめいた。

「お前、じゃない、この似非《えせ》ハードボイルド男。頭かち割って、殺虫剤を撒いてやろうか。脳味噌に虫が湧いているんだよ。よくも、よくも森さんにあんな非道なことを！」

「やめて、早川さん！」

須磨子が羽交い締めにしようとするが、逆上した早川はびくともしない。首を絞められたままの佐山は白眼を剝いていた。相棒は完全に理性をなくしている。

『早川、よせ。手かげんが狂ったら大変なことになるぞ。馬鹿なことをするな。やめろ、やめるんだ！』

俺は屈み込み、鼻と鼻がくっつくほど近くに顔を寄せて大声を出した。彼は、はっとして手を離す。それでも佐山の腹にまたがったまま降りようとはしなかった。そして、全力疾走の後のように荒い呼吸をしつつ、俺を見る。

「『すまん！』は『須磨ちゃん』の聞き違えですって。アホですよ、こいつ。じゃあ、課長が神崎さんを射つ前に言った『すまん！』も『須磨ちゃん』だったんですかね。何も判っちゃいないくせに」

窒息しかけた佐山は激しく噎せていた。が、それが治まると気味悪そうに早川を見上げる。

「お前……誰と、話しているんだ？」

「うるせーな。あんたにゃ関係ないんだよ！」

須磨子が肩に手を置く。

「早川さん、お願い。落ち着いてちょうだい」

彼女は転がった拳銃を捜してあたりを見回す。しかし、溝の暗がりに落ちてしまったのか、どこにも見当らなかった。

「課長が神崎を射った、とお前は言い張るんだな」佐山が言う。「カウンセリングも役に立たずか。それこそ空想か妄想だろうが。何の証拠があるんだ？」

「刑事でもない奴にしゃべる必要はない。公務員には守秘義務ってものがあるんだ」

「つれないことを言うなって。聞かせてくれよ。課長はどうして『すまん！』を連発したんだ？」

――すまん！

遠く聞こえる海鳴りに混じって、肉体を持っていた俺が最後に聞いた声が鮮やかに脳裏に甦った。血がにじんだような悲痛な謝罪の叫び。取調室で銃声がする直前にドクターが聞いたのも、それとまったく同じ叫びだったのか？

そうだとしたら。

だとしたら。

これまで考えもしなかった仮説が飛来した。雷のような衝撃が俺を貫く。

経堂は、その時も俺に詫びていたのではないか？　おのれの罪を悔いて。そして、自分のこめかみに銃弾を射ち込んだ。

もしも。

だとしたら。

「どうかしましたか？」

立ち尽くしている俺に、早川が問いかけた。彼に聞いてもらわなくては。そして、須磨子に。

『ああ、やっと判った。経堂が《すまん！》と詫びる相手は、俺しかいなかった。彼が口にした《すまん！》は、二度とも俺に向けられて発せられたものだったんだ』

それだけで理解してもらえるはずはなかった。

「はぁ？　どういうことか見当がつきませんね。二度目の『すまん！』が神崎さんに向かって出たものであるはずがありませんよ」

「早川」佐山が引き攣った愛想笑いを浮かべる。「や、やっぱり教えてもらえないかな。今、誰と会話しているんだ？」

「取り込み中だから黙っててくれ。——殺した神崎さんに『すまん！』と詫びただなんて、幽霊に怯えてパニックになったんですか？　でも、課長には霊媒の素養は皆無だったし、もしも突如として霊能力が芽生えたとしても、あの時に神崎さんは署にいなかった」

『ああ。だから、別のものを幽霊と錯覚したんだ。《すまん！》という叫びの前に何かあっただろう。判らないか？　ほら』

相棒は細い声で答える。

「……電話？」

『そうだよ。チャルメラの音、すなわち経堂の携帯電話が鳴ったのをドクターが証言している。誰からのものとも知れない不審な電話が一件あった。課長はその電話の相手を俺だと錯覚したんだ。自分が殺した男から《もしもし》と電話がかかってきた。夜も更けていた。取調室に独りだった。ちょうど自分がやってしまったことを考え、自罰的な気分と闘っているところだったかもしれない。そこへ幽霊からの電話。身の毛もよだつよな。経堂はパニックをきたしたのに違いない。好物のラーメンの出前を頼んでいたことなど、頭から吹き飛ぶ。たまたま手許には佐山から受け取ったＳ＆Ｗがあった。それが目に留まる。この世で最も簡単に人の命を断てる道具。ああ、ちょうどいい、と思ったかもしれない。彼は発作的にそれを握って、自らを処罰した』

「そんな……」

『経堂の死に顔を思い出せ。べったりと恐怖が張りついていただろう。あの意味がやっと判った』

俺たちがどんな話をしているのか判らない須磨子は、ただ不安そうに早川の横顔を見つめている。

『事件の直後、経堂にコールしてきた電話機がゴミ箱から見つかったじゃないか。出所不明の怪しいプリペイド式携帯電話。あの電話こそ、経堂芳郎殺害に使われた間接的な凶器だったんだ』

「待ってください。電話が凶器だなんて言われても、ついていけない。疑問はいっぱいありますけど、えーと、まず課長はどうして電話の相手が神崎さんだと錯覚したんですか？　死んだ人間に電話ができるわけがないでしょう。精神がかなり不安定だったとしても、そんな聞き違いをするのは変です」

　もっともな疑問だ。しかし、俺は考えるより前にその答えをまくしたてていた。頭が冴え、言葉があふれ出てくる。

『取り調べで被疑者を落とす時、〈秘密の暴露〉をさせるようにするだろう。取調官は、被疑者が犯人しか知り得ないことを話すようにもっていく。その応用だ。電話の相手は、被害者の神崎達也しか知らないはずの秘密を暴露したんだ。それはどういう秘密なのかって？　鈍いぞ。経堂が俺を射つ直前に叫んだ《すまん！》だよ』

「鈍くてすみません。でも、納得がいかない。電話の相手は、どうして『すまん！』のことを知っているんですか？　それは、幽霊ご本人から聞いた僕を除けば、この世で課長と神崎さんの二人だけしか知らない最高にヘヴィーな秘密です。課長を操っていた黒幕だって知っていたとは思えない」

『経堂がそんな生々しく不快なことまで黒幕に報告していたとは思えないものな。でも、知る機会はあった』

「いつです？」

『経堂が《すまん！》と詫びながら引き金を引いたことについて、俺は何度もお前にしゃべったよな。十八日の夜にも話した。その会話を盗聴していた奴がいるじゃないか。そいつなら〈秘密の暴露〉をして経堂を顫え上がらせることが可能だった。レストランで話したとおり、盗聴器を仕掛けたのと経堂に電話をかけてきたのとは、同一人物なんだ』

「待って。ちょっと待って！」

早川は叱るように言う。

「なるほど、盗聴していた人物なら〈秘密の暴露〉もできたでしょう。しかし、それだけで電話の相手を神崎さんと間違えるなんてこと、あり得ます？　課長は、あなたが死んでいることについては疑いを抱いていなかったんですよ。得体の知れない奴からの電話で〈秘密の暴露〉をされたのなら、『お前は何者だ？』と訊き返すのが普通です」

『俺とよく似た声だったのかもしれない』

「そうだったら確かに怖いけれど、そんなによく似た声の人間なんて――」

『毬村だよ』

聞き取れなかったはずはないのに、相棒は「え？」と聞き返した。

『犯人は、毬村正人なんだ』

「主任が犯人ですって？」

須磨子と佐山が息を呑む気配がした。ある程度の覚悟をしていたとはいえ、毎日顔を合わせている身近な人物が殺人犯だという指摘に驚愕したのだろう。

どう、と波が崩れる音が浜で響く。

「……でも、主任の声は神崎さんと特に似てはいませんよ」

『地声はあまり似ていない。だけど思い出せよ。毬村の有名な特技は何だ？　あのおぼっちゃまには忘年会で喝采《かっさい》を約束された名人芸があっただろ。物真似だ。あいつは女性歌手の声でも達者に真似することができるんだから、俺の物真似なんてちょろいもんだろう。三途の川を渡れずに戻ってきた幽霊の恨み節でいいんだし、相手は後ろめたさにぶるっている経堂だ。そっくりとまではいかなくても通用した』

「毬村さんが神崎さんの声色を使って課長に電話をかけてきた、と言うんですか。そして、その際に神崎さんしか知らないはずの事実を告げたので、課長は本物の幽霊だと信じてパニックに陥った、と……」

「毬村主任が神崎さんの声色で電話を？　それでパニックになって自分を射ったと言うの？」

俺は、茫然としている須磨子に振り向いた。

『ああ、そうだ』

佐山は、馬乗りになったままの早川の異常な様子に恐怖しているのか、じっと沈黙を守っていた。悪夢を見ている気分かもしれない。唇を固く結んで夜空を見上げている。その哀れな男の腹の上で早川はまくしたてた。

「無茶だ。さっき神崎さんは、携帯電話が間接的な凶器だった、と言いましたよね。電話で課長をパニックに陥れて自殺に追いやった、というだけでも突飛な発想なのに、直接的な凶器は声色だったと言うんですか？　前代未聞だ。ふざけているんじゃありませんよね？」

正しい表現をとるならば、経堂の命を奪ったのは携帯電話でも声色でもない。神崎達也の、幽霊が凶器だったのだ。高校時代、肝試しで級友をうまく脅かしすぎて恨まれたことを思い出す。これはあの報いなのかもしれない。俺のお化けが、知らないところで出現していたとは。

『生前、死後を通じての生涯で最高にシリアスだ』

「どこがシリアスです。そんなおかしな手口で殺人を企てる人間がいるもんですか。冷静に考えてみてください。確実性がまるでない」

『確実な方法でないことは認めよう。しかし、うまくいけば儲けもので、空振りに終わっても失うものは小さい。いや、何もないじゃないか。試みる価値のあるトリックだ』

「神崎さんの推理には大きな綻びがあります。毬村さんはあなたの声色を使って課長に電話をかけ、〈秘密の暴露〉で徹底的に怖がらせた。それは課長が自殺することを期待してやった、と言うんでしょう？　不合理ですよ。そのトリックには何のメリットもない。なるほど、そんなふうに課長を遠隔操作すれば、自分の手を汚さず殺人を犯すことができたでしょう。でも、それだけのことです。事件があった時、毬村さんは署内の同じフロアにいたんですよ。距離にすれば二、三十メートルぐらいしか離れていなかった。遠隔操作で人を殺そうというのに、自分のアリバイを用意しておかないのは腑に落ちません」

　そう反問してくるだろうと予想していた。説明はつく。

『毬村は、一本の電話で経堂を葬ろうとしたんじゃない。俺の声色で繰り返し電話をかけて、彼の精神をじわじわと崩壊させようとしたんだろう。あの夜の電話は小手調べだったのかもしれない。だから、経堂の態度が観察できるよう近くからコールしたわけだ。ところが、まったく予期しなかったことが起きる。経堂は呆気なく自殺してしまったんだ。これは毬村があの時点で望んだことではない。どうして犯人の期待をはるかに超えた結果が生じたのか？　そう、アクシデントなんだ。たまたま、電話を受けた彼の目の前に、佐山から回収した拳銃と実弾のセットがあった、お誂《あつら》え向きの自殺道具だよな。神崎達也を殺したのと同じ道具でもある。死ね、これを使って死ね、という幻の囁きを彼は聞いたんだ。それがああいう結果につながった』

佐山が押収品を持ち出していたことを吐いた時、毬村が激しく怒っていたことを思い出す。

――馬鹿が、無茶苦茶にしやがって。

意外に正義感が強い男だったんだな、と感心したりしたが、とんだお笑い草ではないか。あれは、彼が知らないところで佐山が経堂に拳銃を手渡していたため、完全犯罪計画が台無しになったことに憤慨していただけなのだ。本来の計画では、じわじわと追い詰められた経堂がノイローゼになり、自宅あるいは通勤途中のどこかで首をくくるなり、電車に身を投げるなりして自決することが想定されていたのだろう。

それが佐山のせいで瓦解《がかい》した。まず、鉄壁のアリバイを用意する暇がなかったことが第一の誤算。そして、現場が密室になってしまったことが第二の誤算だ。経堂がどこでどう死のうと知ったことではなかったろうが、凶器のない密室での死は最高にまずかった。それではノイローゼによる自殺として処理されなくなってしまう。密室殺人なんてセンセーショナルなものを犯人が望んでいたはずはないのだ。毬村が佐山にぶつけた〈無茶苦茶にしやがって〉という罵声の真の意味がよく見えてきた。佐山が現場をいじったことを白状した後、〈君が真実を語ったのだとしたら、課長の死は自殺だったことになるね〉と結論づけようとしたことも。

「すると、課長の死はやっぱり自殺だったということなのか……」

何を言う、早川。

『どこが自殺だ。これはれっきとした殺人だろう。毬村は、経堂が死ぬことを期待して色々な細工をしたんだから』

「はぁ。法律的にどうなるのか僕には判りませんが……他殺だと言えなくもないか。でもねぇ、これが真相だとしても証明することは困難ですよ。物的証拠は一切ない」

『まったくないわけでもないぞ。ゴミ箱から出てきたプリペイド式携帯電話という遺留品がある。あの出所を洗って、毬村に結びつけることは不可能じゃない』

「結びついても、犯行の証明にはならないでしょう。毬村さんが声色を使って電話をかけているのを目撃した人間がいれば話は違ってきますが、今からそんな証人が現われるはずもない。そもそもですよ、何者かが神崎さんの声色を使った電話で課長を脅して自殺に導いた、というところまでは認められたとしても、その相手が毬村さんだという確証はない」

『だから携帯の出所を――』

「あれを購入したのが毬村さんだと突き止められたとしても、事件のあった夜のあの時刻、彼がそれを使ったということにはなりません。『あの電話は署内で誰かに盗まれたんだよ』とか言い逃れすることもできる」

『しかしだな、俺の声色ができそうな奴って他にいないだろう』

「そんなこと判りませんよ。物真似の名人として毬村さんは有名だったけれど、実はもっとすごい超名人が埋もれているのかもしれないんだから。たまたま神崎さんの物真似だけ異様にうまくできる、とかね。そういう人が絶対にいないとは言えない」

ここで立腹するのは理不尽だと思いつつも、こいつ、先輩警部補に逆らいやがって、と苛々《いらいら》した。

『じゃあ、どうすればお前は納得してくれるんだ？』

「神崎さんの推理が正しいことを証明するためには、毬村さんに〈秘密の暴露〉が可能だったことを明らかにする必要があるでしょうね。これは必要条件です」

それができたのは俺と早川の会話を盗聴していた人物だけだ。しかし、盗聴テープをいくら聴いても、それを仕掛けたのが毬村だという証拠はなかった。くそっ！　おぼっちゃまが俺の声色を使って無気味な電話をかけている情景がありありと思い浮かぶというのに。

俺を嘲笑《あざわら》うかのように、毬村の声が頭の中で谺する。

――神崎君はとても判りやすいシンプルなキャラクターをしていた、と評しただけだよ。

――父から莫大な遺産を相続して生涯にわたる豊かな生活を保証された僕は、他人様のためになることがしたくなったのさ。

もんです。

——美しい女性が全身に緊張感を漲らせて射撃をしているところというのは、たまらない

——君はやっぱりおかしいな。脳の健康診断を受けた方がいいぞ。

とりとめもなく、とめどもなく、彼の言葉が次から次へと思い出される。

——おいおい、よしたまえ。こんな時に暴力沙汰を起こしてどうするんだ、佐山君。

——機械は得意じゃないもので。

アトランダムに浮かんでくる毬村の言葉の中に、俺は一つおかしなものを見つけた。耳にした時は何の違和感もなかった発言なのだが。

奴はしくじっている。ささいなことで一度だけ口を滑らせた。

『早川』俺は興奮を抑えつつ『刑事部屋で盗聴器が発見された時、後から入ってきた毬村が何と言ったか覚えているか?』

「さぁ……何でしたっけ」

『忘れたのか? 須磨子はその場にいなかったから、佐山に訊くしかないな。こう尋ねてみてくれ。《盗聴器が発見されたと聞いて、毬村はどうコメントしたか?》』

「そう質問すればいいんですね? 了解。——ねぇ、佐山さん」

仰向けの男は、びくりとしたようだった。

「な、何だ？」

「あなたに訊きたいことがある」

「判る範囲で答えるけれど、その前に降りてくれないかな。背中が冷たくなってきたんだ」

それは悪かった、と早川は律儀に謝って降りた。よろよろと立ち上がった佐山には、もう殴りかかる気力もなさそうだ。彼に対する早川の態度も、憑物《つきもの》が落ちたかのごとく丁寧なものに戻っている。

「盗聴器が発見された時、あなたは刑事部屋にいましたね。毬村さんは何と言っていました？」

「俺はいたけど、額縁の裏からあの器械が出てきた時、主任は中井警部に呼ばれていて部屋にいなかったんだ。みんなが騒いでいるところに戻ってきた」

『盗聴器のことを奴に話したのは？』

「盗聴器のことを主任に話したのは？」

「漆原さんだ」

『どこから出てきたと言った？　正確に思い出せ』

「どこから出てきたと言いました？　正確に思い出して」

「……額縁の裏から」

『そう。毬村はそこで何か言っただろ？』

「そこで主任は何か言ったでしょう？」

　佐山は腕組みをして考える。

「漆原さんが怒りまくってたので、美人には似合いませんよ、というような軽いことを言って、さらに怒らせてたな」

『その後だ』

「その後です」

「えーと……さぁ、どうだったかな。ああ、気味悪がっていた。『まるで神崎君が様子を窺っていたみたいだ』とか言って」

　でかしたぞ、ガンマニア。よく覚えていてくれた。

「ああ、そんなやりとりでしたね。僕も思い出してきた。――他には？」と早川が訊くので、俺は止めた。

『もういいんだ。目的の証言は引き出せた。いいか、よく聞いてくれ。盗聴器が発見された時に毬村は刑事部屋にいなかった。警部のところから戻ってきて、額の裏から盗聴器が見つかったことを知ったわけだ。でも、それだとおかしいよな。まるで神崎君が様子を窺っていたみたいだ、というコメントがどうして出てくるんだ？　あの部屋には二枚の遺影が額に入れて飾ってあった。俺のと新田巡査のと。何故、額縁の裏と聞いただけで、俺の遺影の裏だと判ったんだろう？　論理的に説明しようとしたら結論は一つ。毬村は、どこに盗聴器が仕掛けられていたかあらかじめ知っていたんだ』

通訳されずとも、須磨子はこの矛盾に気づいたようだ。「変だわ、主任」と呟く。理解してくれたのだ。彼女だけではなく、早川も気がつく。

「そうか、なるほど」

そして、佐山も。

「なぁ、早川。さっきからお前がどうして独り芝居をしているのか判らないが、何を言いたがっているのか見当はついた。主任が神崎の声色を使って脅した結果、神崎殺し実行犯の課長はびびって自殺したって言うんだな。脅しの材料は盗聴で摑んだ、と。そして、その盗聴器を仕掛けたのは、どこから発見されたのか聞かないでも隠し場所を知っていた主任だということか。——納得がいかないところは山ほどあるが、面白い推理だ」

『どうだ。これできれいに環《わ》がつながったぞ』

俺はすっかりうれしくなった。ただちに毬村をしょっぴけるかどうかは怪しいが、これで捜査の照準は正しく合ったと信じる。

「でも」須磨子が物憂げに「まだ駄目よ。主任が盗聴器を仕掛けた決定的な証拠ではないし、それが立証できたとしても、声色で課長を殺したという推理が受け容れられるかどうか……」

逮捕状が取れないかもしれない、と言うのか。しかし、暗中模索していたことから思うと素晴らしい前進だ。証拠固めに全力を傾注すればいいのだから。俺の幽霊としての能力を最大限に発揮することもできるだろう。

「ちょっと待った。今だけでいいから、民間人の俺も仲間に加えてくれ」佐山が言う。「主任が課長を殺したのは、口封じのためなわけか？」

「そうです」と早川。

「どうして口封じをしたのかというと、神崎を殺したことを課長が自白するのを阻止するため」

「そうそう」

「だが、根本的な疑問が解消していない。どうして毬村さんは課長を操って神崎を殺したんだ？　動機がまるで判らない」

痛いところを突きやがる。それがこの推理の泣きどころだ。

「ごもっとも」と早川も認めた。

「疑問はそれだけじゃない。課長は毬村さんに命じられて神崎を殺した、とお前は考えているんだよな。そこがまた判らない。どうやったらそんなふうに課長を自在に操れるんだ？　札束を積み上げて課長を殺し屋に仕立てたわけでもあるまい」

「ですよねぇ。仕事柄、世の中には百万円で人殺しをする人間がいることは知っていますけれど、課長が金で神崎さん殺しを請け負うわけがない。そこが悩ましいんだなぁ。催眠術ってこともないよな。そんなことができるんだったら、口封じで消す必要もない」

「私……思うんだけど」

須磨子が何か言おうとする。視線は遠くの灯台に向けていた。

「課長が神崎さんを殺す理由は判らないけれど、新田さんを殺す理由なら判る」

「どういうことですか？」

早川は首を突き出すようにした。彼女は言葉を継ぐのを逡巡している。口にしにくいことを考えついたんだな。それは何だ？　妻を寝取ろうとした新田克彦のことを経堂が憎んでいたことは確かだ。その新田が殺され、経堂に嫌疑がかかったこともあったが、それはすぐに晴れた。彼には確固たるアリバイがあったからだ。そのことを蒸し返してどうなるのか？

「これは想像にすぎないんだけれど、新田さんを殺したのが毬村さんだったとしたら、どう？　課長のアリバイがはっきりしている時を選んで殺してあげた。そうだとしたら、毬村さんは課長に対して大きな貸しを作ったことになる」

「おい、須磨ちゃん。自分が何をしゃべっているのか判っているのか？」佐山が諌める。

「君はこう言いたいわけか。課長にとって憎い邪魔者だった新田を毬村が殺してやった。その借りを返すために、次に課長が毬村の代わりに殺人を引き受けた」

「曖昧な仮説です。そうだと断言するつもりはありません」

「しかし……」

なおも反論しかけて佐山は黙った。須磨子の推理が仮説として成立するのを否定できなかったのだろう。問題は、毬村が課長に代わって新田を殺す際、その見返りとして俺を殺すことを課長に約束させるなんてことができるか、という点だ。そんなことはおよそ信じがたい。だが、絶対にあり得ない、と打ち消すこともできなかった。

「新説ではありますけれど、それが正解だとしても、毬村さんが神崎さんを殺す動機が依然として不明ですね」早川は渋い顔をしている。「いかがですか、ご本人？」

『恨まれる覚えはない。利害関係もないしな』

「また独り芝居かよ」と佐山は眉をひそめていた。

「犯人は主任だと見当がついたんです。毬村さんとの間であったことを、よく思い出してください よ。何かの拍子に彼の秘密を知ってしまったなんてことはありませんか？」

早川はしつこかった。だんだんとフラストレーションが募ってくる。

『だからいくら言われても、思い当たる節はないんだって。毬村の秘密？　さぁ、何なんだろうな。俺が知っている彼の秘密といったら、〈ジャルダン〉でスティックシュガーをポケットに入れてることぐらいだね。せこくて金満家のおぼっちゃまらしくない癖だ。それを見られた時は、ぎくっとしてたよ』

「〈ジャルダン〉のスティックシュガーをくすねている、か。その話は前にも聞きましたね。うーん、それを見られて自尊心が傷ついたのが殺人の動機だった……てなわけはないか」

「おい、待て。〈ジャルダン〉だのスティックシュガーだの、何のことだ？」

佐山が興味を示した。説明するほどのことでもないのだが。

「毬村さんがあそこの砂糖をくすねるのを神崎さんが見ていたんです。それしきのことで弱みを握った、とは言えませんよね」

早川からそう聞いたとたんに、佐山は意外な反応を見せた。顎に手をやったまま、犬のように唸りだしたのだ。やがて――

「生安課の人間に聞いたことがあるんだが、今年の初め頃から巴市内に上質のコカインが出回っているらしい。大麻や覚醒剤とはまるで違うルートで流通しているようで、売りさばいている奴の正体はまるで摑めていない。それが何か関係あるのか、と訊きたそうだな。あるかもしれない。夏頃、そいつを所持使用していたグラフィック・デザイナーが逮捕されたんだが、その男はコカインをスティックシュガーの袋に入れて隠し持っていたのさ。これは偶然だろうか？」

大いに関係があるかもしれない。俄然、俺たちは色めき立った。須磨子が尋ねる。

「そのデザイナーはどうやってコカインを購入したんですか？」

「はっきりとしたことは吐かなかった。高砂町の路上でサングラスの若い男から買った、とか信憑性の低いことばかり並べてな。スティックシュガーの袋に入れていたのは自分のアイディアだ、と言っていたらしいが、もしかすると……」

「そういうパッケージで販売しているのかもしれないわ」

「えっ、どういうことです」早川が頭を抱えた。「一杯千円のコーヒーとバッハの音楽が売り物のすかした喫茶〈ジャルダン〉が、実はコカインの密売拠点だっていうことですか？で、巴東署刑事課に所属する毬村巡査部長もそこを利用していた？　そんなことってあるかな」

常識では考えられない。警察署の向かいの喫茶店で白昼堂々と麻薬取引きが行なわれていたというだけでも驚きなのに、警察官がそこのお客だったなんて。しかし、思い当たることもある。幽霊になった二日目の夜、俺は毬村の豪邸に家庭訪問をした。その時、おぼっちゃまは恍惚《こうこつ》とした様子でクラシック音楽を鑑賞していた。あれは音楽に酔っていたのではなく、吸引したコカインでぶっ飛んでいる最中だったのかもしれない。

「すると、どういうことになるのかしら。神崎さんは、主任が〈ジャルダン〉でコカインを入手する現場を目撃した。実際の神崎さんには、彼がスティックシュガーを余分に取るのを見た、という認識しかなかったんだけれど、犯罪行為を犯している自覚があった主任は愕然としたのね。すぐに取り押さえられることはなかったけれど、胸中穏やかではない。いつか神崎さんがスティックシュガーを取った本当の理由を知って自分を破滅させるかもしれない、と危惧して……」

早川が異議を唱える。

「まだ無理があるなぁ。現実的な危機に直面していたわけでもないのに、そんな段階で神崎さんを殺す方がはるかにリスクが大きいでしょう。理に適いません」

彼は俺を見る。ご本人の見解はどうです、ということか。

『材料が乏しすぎる。〈ジャルダン〉がコカイン密売の拠点だったという証拠はないし、毬村が麻薬中毒だというのも想像の域を出ない』

「材料が乏しくて判断できない、ですか。それもそうですね」

「ならば、これから確かめに行きましょう。〈ジャルダン〉はまだ営業しているわ」

須磨子の判断は早かった。これは面白くなってきたぞ、と胸が高鳴ったのに、佐山がブレーキをかけた。

「俺たちが踏み込んで簡単に証拠が見つかるとはかぎらない。ここは専門家にまかせた方がよくはないか？　まず生安課に連絡するべきだ。あっちのメンツも考えてやらないと」

じれったいことを言いやがる。もっともな意見ではあるのだが。

「判りました」と答えたのは須磨子だ。「今から生安課に電話をしてみます。コートの右ポケットに携帯が入っていますから」

彼女は悪戯っぽく笑って、地面に落ちたままのコートを拾い上げようとした。

「電話はいけない」

背中から声が飛んできた。他に誰かいたことに驚きながら振り返る。黒い影が、岩と岩の間から湧いて出てきた。

「もういい、そこまでだ。電話をかけるのは許さない」

毬村だった。

34

両手をコートのポケットに突っ込んだまま、毬村正人はゆっくりと姿を現わした。首にはマフラーを巻いている。雲の切れ間から差す月光が、その生《なま》っ白《ちろ》い顔を照らしていた。

どうしてここにいる？

声に出して尋ねずとも、俺たちみんなの顔にそう書いてあったのだろう。彼は薄く笑う。

「驚いているね。もちろん、僕も佐山君と同様、たまたま通りかかったわけじゃない。森君と早川君が内密の会談を持つというので大いに好奇心を刺激されて、つい覗きにきてしまったんだよ。今夜の予定を教えたはずはない？　それは失敬した。盗み聞きの悪い癖がまた出てしまったんだよ」

「刑事部屋には、もう虫はいなかったはずなのに」

早川が言うと、毬村はいかにも残念そうな顔をした。

「うん、あそこにはいないよ。でも、他にも探すべきところがあったのを見逃したね。課員が持っている携帯電話もクリーニングするべきだったんだ。全員のは無理だとして、早川君の電話だけでもね」

早川の携帯にも盗聴器を仕掛けていやがったのか。そこまで気が回らなかったのは迂闊だった。

「いつ、仕掛けたんです？」

「そんな不愉快そうな目をするな。君が携帯電話を机の上に放って席をはずすなんて、日常茶飯事じゃないか。その隙にものの十分も拝借すれば作業は完了さ。いつ仕込んだんだっけなぁ。ああ、君が漆原さんの指示を受けて課長の身辺を嗅ぎ回っている、と知った翌日だったか。でも、せっかく電話機にまでスパイを送り込んだのに、君はほとんど携帯を使わなかった。署で漆原さんとこそこそ打ち合せをしているふうでもないのに、電話で連絡もとっていないとなると、どうやって意思の疎通をはかっているんだろう、と不思議だったよ。交換日記でもしていたのかい？」

とぼけたことを。俺は間近までやってきた毬村の横顔を食い入るように見つめた。この男が黒幕だったのか。こいつが、新田も経堂も殺したのか。そして、俺の命を奪ったのか。酷薄で冷血な殺人鬼。それなのに、涼しい顔をしてやがる。こんな時間なのに髭の剃り痕もないのは、尾行中にも毛抜きで手入れをしていたのか。

「私たちの話をずっと聞いていたんですか？」

須磨子の問いに、こくりと頷く。

「飛び入りの佐山君がいたので、僕は彼のさらに後方から尾行していたのさ。だから、君と早川君が二人で話しているところは聞けなかったけれどね。三人になってからの会話はほとんどすべて聞かせてもらったよ。とても興味深かった」

「私たちは、主任が課長を殺した犯人なのではないかと疑っています。それだけではなく、新田さんも殺したのではないか、神崎さんを殺すよう課長に命じたのも主任ではないか、と。そう考えた理由はお聞きになっていたとおりです。間違っていたら主任の名誉を著しく傷つける話をしていました。それをお聞きになって、何か言いたいことがあればおっしゃってください」

「言いたいこと？」毬村は場違いな微笑を見せた。「別にないよ」

これまたふざけた答えだった。嚙みついたのは佐山だ。

「その言い草はなんだ。あなたは刑事の身でありながら、部下から連続殺人の犯人だと名指しされているんだぞ。それなのに人を小馬鹿にして『別にないよ』？　違うなら違うと、胸を張って反論するべきだろう」

笑みが、すっと引っ込んだ。

「刑事が務まらなかった男が生意気な口を叩いてくれるじゃないか。君の相手をする義理はないんだけれど、そんなに熱望するのなら答えてあげてもいい。君たちは正しいよ」

毬村は胸を張った。

「そう、僕が犯人だ」

衒《てら》いもなく言い放たれて、俺はかえってわが耳を疑った。こいつはどういう神経をしているのだ。切れているのか？

「推測と憶測の積み重ねだけで、よく真相にたどり着けたものだ。しかし、証拠がない。これなら何とでも言い逃れができる、と余裕を持って聞いていたら、今から〈ジャルダン〉を調べるなんて言い出した。おいおい、それは困る、と驚いて出てきたわけさ。せめて明日の朝というのだったら証拠を湮滅できたのにね。——それにしても、名推理だった。パーフェクトではないけれどね。細部には事実と異なっている点もある」

「どこが違うんだ？」と佐山が吼える。

「細かな部分だと言っているんだから、どこだっていいだろう。いやいや、君は本当にピントがずれた無能なドブ鼠だな。こんなところにのこのこ出てこずに、狭くて小汚ない部屋で、いつまでも幼稚なおもちゃをいじって遊んでればよかったんだ。それがお似合いなのに」

佐山は蒼ざめた。怒りのためではない。深く傷ついたのだ。俺は、その瞬間に毬村を恐ろしいと感じた。単なるワルではない。この男の心には、毒虫のような悪が巣くっている。

「しかし、まぁ座興に少しだけ話してやろうか。僕は〈ジャルダン〉からコカインを持ち帰ることがあったけれど、それは買っていたわけではない。サンプルの受け渡しなんだ。そこらの小僧が遊びで吸うんじゃなくて、僕はビジネスとしてクスリを扱っているんだよ。入手先がどこで、僕にどれほどのビッグマネーをもたらしてくれているかは、企業秘密にしておこう」

「道路一本挟んだ警察署の向かいで、よくそんな大胆なことができるもんですね」

早川が搾り出すような声で言う。

「凡夫にはできない発想だろ？　いわゆる盲点だ。危ない場面は二度しかなかったよ」

「二度とは？」

質問した須磨子を向き、彼は鼻で嗤った。

「緊急の事態に対応するため、あの店で仕入れ先の人間と接触している現場を新田に見られたことがある。麻薬撲滅キャンペーンのリーダーだった彼がそこにいたのは、まったくの偶然だ。署に戻ってから、『〈ジャルダン〉で話していた相手は誰ですか？　うちで噂になったことのある奴ですよ』と訊かれたので、適当に答えておいた。ところが、勘のいい新田は僕の作り話を見抜いてしまったんだな。初めは半信半疑だったろうけど、だんだんと核心に迫ってきてね。やむにやまれず消えてもらうことにした。それが第一の危機だった。二番目はサンプルの入ったスティックシュガーを取るところを神崎君に目撃されたこと。彼はそれを見て『せこいな』と思っただけかもしれないのに、ナーヴァスになりすぎていた僕は、麻薬取引の現場を押さえられたと思い込んでしまった。いやぁ、喜劇的だよね。もっとも、神崎君にとっては甚《はなは》だ悲劇的だけれど」

「ひどい……」

須磨子が口許を手で覆った。人の血が通っているとは思えない言い様に、さらにショックを受けたのだろう。毬村は続ける。

「でもね、そうなってしまった責任は新田にもあるんだ。あいつを始末する時に変なことを吹き込まれてね。『お前のことを他の署の奴に話したことがある。俺を消しても無駄だ』とぬかしやがった。愚にもつかぬ大嘘だったんだけどね。ただ、不吉なタイミングで神崎達也って熱血刑事が転勤してきたので、新田が言っていたのはこいつかもしれない、と不必要な警戒をしていたんだ。そこへスティックシュガーの一件だったからね」

「新田さんは、課長の奥さんの不倫相手として殺されたんじゃなかったのか……」

早川が呟くと、彼はちっちっと舌を鳴らす。

「それは微妙なところだな。もちろん、僕は自分の利益を守るために手を汚したんだけれど、課長が新田に抱いていた殺意も利用した。つまり、課長には『あの憎い野郎を僕が殺して差し上げましょう』と恩を売ったわけだ。その時点では、まだ神崎君は東署に転勤することすら決まっていなかったよ。ただね、課長に恩義という毒を盛っておけば、いつか必ず役に立つ、と見越していたわけさ。実際、そのわずか四ヵ月後に課長は僕のために働いてくれた。われながら何という先見性だ、と感嘆する。天才的な閃きだろう？　誤算は、課長が思った以上に脆《もろ》かったことだ。捜査は終始迷走していたのに、何かのきっかけがあれば吐いてしまいかねない雰囲気だったので、気が気ではなかったよ。自分が殺人罪をかぶるのは勝手だけれど、その累《るい》がこっちに及ぶのは願い下げだったからね。あんなふうな形で死んでもらった。すんなり自殺と処理してもらうつもりが、予測不可能な事態が生じて慌てたものだ。現場が密室だと聞いた時は、びっくりして心臓が喉までせり上がったよ」

「神崎さんの声色で課長に電話をかけて……」

「その推理は正解だよ、森君。ほんのさわりだけ聞かせてあげよう。――『こんばんは、経堂課長。俺が誰か判りますか？　すまん、と詫びるぐらいなら、どうして射ったりしたんです』」

「やめて！」

　こらえきれずに須磨子が悲鳴をあげた。固く目を閉じ、耳をふさいで。俺も怖気《おぞけ》を感じた。毬村が発したのは、俺の声そのものだった。それを送話口で囁かれた経堂は、たまったものではなかっただろう。

「君には刺激が強すぎたかな。失礼した」

「何が『失礼した』だよ。この人でなしの鬼畜が」

　佐山はものすごい形相をしていた。罵られても殺人犯は平然としている。やはり、こいつはまともではないのだ。常人の理解の外にいる。

「毬村さん」早川があらたまって呼びかける。「殺人の自供をしたものとして、あなたを緊急逮捕します」

両手をポケットに入れたまま、彼は小さく肩をすくめた。

「逮捕なんてごめんだよ。何人も殺してしまったからね。それだけは勘弁してもらう」

「勘弁だと？　ふざけるのもいいかげんにしろ。お前のような狂った奴は見たことがない」

摑みかかろうとする佐山に向かって、毬村は一歩踏み出した。

「わめくんじゃないよ。他の人間の耳に届く気遣いはないけれど、僕が不愉快だ。静かにしろ」

右のポケットから、拳銃を握った手が出てきた。俺の胸に銃弾を射ち込んだトカレフだ。始末せずにまだ持っていたのか。銃口を突きつけられて、佐山の足がぴたりと止まる。毬村は勝ち誇ったように微笑んだ。

「おしまいだ。君たちは、みんなここで死ぬ。まったく嫌な展開だね。ここまでやりたくなかったのに、下手な鉄砲を数射っているうちに命中したのがよくない。僕も君たちも、とてもアンラッキーだよ」

「私たちを、殺すの？」

「残念だよ、森君。でも、美人の頭を吹き飛ばすような不粋なことはしないから安心したまえ。なるべくきれいな死に顔になるよう、最低限の配慮はさせてもらうよ」

『よせ』

俺はトカレフを叩き落とそうとした。

『やめろよ』

泣きだしたかった。毬村の右手首に何度も何度も空手チョップをくれてやるのに、すべて虚しく空を切った。このままでは須磨子も、早川も、佐山も殺されてしまう。

「俺たち三人を射殺するのか。そんなことをして無事にすむと思うのか？」佐山が叫ぶ。

「レストランまで銃声が届く。そうしたらすぐに人が駈けつける。いくら何でも言い逃れできないぞ」

「かまわない。僕はここから逃走するつもりはないんだ。いいかい？　こういうチャーミングな計画がある。まず、このトカレフで君と森君を射つ。それから――」

左手がポケットから出てくる。そちらの掌中にも拳銃があった。

「この僕のニューナンブで最後に早川君を射つ。つまり、一連の警察官殺しの犯人はノイローゼの早川篤だったわけだ。森君や佐山君に問い詰められて犯行が露見したため、早川君は理性をなくして彼女らをトカレフで射ち殺してしまう。そこへ遅れて登場した僕にも発砲してきたので、毬村刑事はやむなく正当防衛で射殺した、というストーリーだ。僕は勇敢なヒーローになる。非常にドラマチックだろ？」

馬鹿げた台本だ。そんな子供だましで警察をあざむけるわけがない。しかし、今の毬村には美しい唯一の結末にしか思えないのだろう。

『狂っている。やめろ！』

腰を蹴る。頭突きをする。体当たりをする。――奇跡は起きない。

「一つ訊かせてください」

早川が怒りに燃えた目で問う。

「いやしくも、あなたは警察官だ。そのあなたが、どうして麻薬の密売なんかをするんですか？　ましてや、あなたは大金持ちで経済的には何の不自由もしない身の上なのに」

毬村は、おどけたしぐさで小首を傾げた。それから大きく口を開けて哄笑《こうしょう》する。

「大金持ちか。こりゃいい。まだそう信じていたんだね。君たちの中では、今でも僕は資産二十億円の大金持ちなんだ」

違うのか？　彼が大邸宅の主人であることは、この目で確かめたのに。

「バブルが弾けた時、毬村家の資産のすべては消し飛んでしまったよ。転がして儲けようと土地を買い漁っていたおかげで、莫大な負債ができてしまってね。貯えていたものはすべて銀行に持っていかれた。かろうじて残ったのは住んでいる屋敷のみ。これぱかりはプライドに懸けて守った。悲しい物語だろ？　でも、僕は諦めていない。いつの日にか、この国にまたあの甘美な狂乱の時代が到来する。それまで必死に耐え抜いて、再び金《かね》の匂いに包まれることを夢見ている」

「なるほど。分不相応なお屋敷を守るために麻薬ビジネスですか。悲惨ですね」

早川が軽蔑を顕わにする。毬村は、違う違う、と言うようにトカレフを振った。

「屋敷だけが大事なわけじゃない。生活のレベル全般を、頂点にいた頃よりダウンさせたくないんだよ。質素に慎ましく生きることを美徳としている庶民からすれば、さぞや身勝手と思うだろうけれどね。僕は君たちと違って、貧乏に耐えられるほど粗野にできていないのさ」

「人のことを貧乏、貧乏って。大きなお世話だ！」

早川が激高した。

何がおぼっちゃまをここまで狂わせたのだ。金か、麻薬か？　あるいは他の何か？

「僕には金が必要なんだ。あり余るほどの金が……」

憎々しいことを並べながらも、毬村はどこかつらそうだった。俺の頭の中で、彼の言葉はこんなふうに翻訳される。

——たんまり金があっても生きていくのが苦しいのに、金がなくなったらどうなるって言うんだ。

止めなくては。こいつに引き金を引かせてたまるか。俺の目の前で須磨子を殺させるものか。もう誰も殺させない。

しかし——

「もう話すことがなくなったね。お別れだ、諸君。まず、僕の計画を破綻させかけた佐山君から逝ってもらうとしよう。自分が大好きだった拳銃で死ねるなんて、ハッピーだろ？」

佐山はがちがちと顫えている。

「……助けてくれ」

どうすればいい？

どうすれば、どうすれば——

奇跡を起こそうとしない神を呪う。

毬村の顔面に空振りのパンチを繰り出し続けていた俺だが、その手を止めて必死で考えた。何かできることはないのか、と。

「頭か胸か。どっちに食らいたい？」

ねっとりと上唇をなめながら、毬村は残酷な質問に答えるよう迫った。佐山はその場にしゃがみ込む。須磨子が屈んで、その肩に手を置いた。

「離れていた方がいいよ、森君。返り血が顔にかかる。――リクエストがないなら、頭、いくか？」

望みを捨てかけた時、奇跡が起きた。いや、起こせるかもしれない。

危険な賭けだ。だが賭けるしかない。

『早川、俺が言うとおり復唱しろ！』

相棒が、はっと顔を上げた。

『間違うな。おぼっちゃまの注意を引きつけて、こう叫べ』

理解してくれたのが、その目の輝きで判る。彼は小さく頷いて、須磨子たちの反対側に一歩動いた。毬村は眉根を寄せて、不愉快そうにそれを目で追う。

「じっとしてろ。反抗的な態度をとると、死ぬ順番が変わるぞ」

「あなただって、そんなふうに生きたかったわけじゃないんでしょう」

「黙れ」

「……黙ります。でも、最期に念仏ぐらい唱えさせてください」

早川は合掌しながら、俺から聞いたとおり叫ぶ。

「コスマ、トーコノタシノ、トレヲジュウ！」

「判った。先に死にたいわけだ」

トカレフの照準が早川に変わった次の瞬間、須磨子は落ちていたコートの下に手をもぐり込ませた。毬村は舌打ちをして振り向き、今度は彼女に銃口を向ける。

銃声が響いた。

毬村の上体が反り返り、トカレフが空中に舞う。近距離から右肩を射抜かれた男は「あっ、ああ……」とうめきながら傍らの岩にもたれ、ついには崩れるように倒れた。

片膝をついた須磨子の両手にはS&W・M10・サヤマ・スペシャルがあった。銃口からは硝煙がまっすぐに立ち上っている。

『やったぞ！』

歓喜で全身が顫えた。須磨子はやってくれた。俺が信じたとおりに。

早川と佐山が脱兎《だっと》のごとく飛びかかり、毬村を押さえ込む。警察官連続殺人犯は「痛い、痛いよ」と叫ぶばかりで、もはや抵抗すらしなかった。

35

俺は放心していた。

須磨子が巴東署に電話で急報し、早川と佐山が被疑者の傷の手当てをしているのを、ぼんやりと眺めている。周囲の情景は、まるで映画の中の出来事のように遠く感じられた。そんな映像の四隅に緑色の影が現われている。交差点の雑踏で出会った幽霊が話していたものは、これなのか？　美しい苔《こけ》のように輝く緑色の影。

やがて電話をかけている須磨子の横顔にかぶさって、細かな光の点が見え始めた。ちかちかと忙《せわ》しく瞬くそれは、これまで見たこともない神々しさをたたえている。間違いない。俺を迷わせた事件に決着がついた今、幕が下りようとしている。この世を去る時が近づいたのだ。

何ということだろう。まるで心の準備ができていない。こんなことになると判っていたら、おふくろや亜佐子たちや、チュン吉にも別れを告げておいたのに。もうひと夜を須磨子とともに過ごしたのに。

『うまくいかないもんだな』

俺は努めて何気なく呟いてみた。

「すごいな、須磨ちゃんは。あんな状況でのショットだったのに、見事に急所をはずしている」佐山が感嘆している。「こんな野郎、頭をぶち抜かれても文句は言えなかったのに」

毬村は相変わらず「痛い、痛い」とうるさい。マフラーで止血されているので騒ぐほどでもないだろうに。こんな情けない男があんな大それた犯罪をやったのか、と不思議な気がする。

もしかしたら――

彼は、俺が想像もつかないほどの深い孤独を生きていたのかもしれない。驕慢さや自己愛は、弱々しい動物がまとう棘《とげ》だらけの鎧《よろい》だ。そして、世界はいつも彼にとってよそよそしく、リアルではなかったのかもしれない。しかし、彼のことを理解する時間はない。

「うちの課、また人員がへるなぁ。すぐに補充してもらわなくっちゃ」

早川が場違いなことをぼやいた。

「ほとんど総替えだな」佐山が笑う。「漆原さんも本部へ戻ってしまうみたいだし」

「え、どうしてですか？」

「あの人はな、所轄で不正行為が行なわれていないか内偵するために各署を回っていたんだそうだ。本部のスパイだったのさ。押収品について不審な点があることも早くから摑んでいたそうだ。事件を未然に防げず、それどころか連続殺人を許してしまったことで相当めげていたらしい。辞めることになってから、一課長たちとそんな話をしているのを立ち聞きしてしまった。お前たちは、あの人ともさよならだ」

さよなら、という言葉が胸に突き刺さった。俺のさよならの瞬間も迫っている。緑色の影はいよいよ濃く、光の点滅はしだいに激しさを増していった。俺は慌てる。

『早川』

佐山を放って、相棒は俺を見た。

「何ですか？」

『お別れだ。俺はもうすぐ消えてしまう。世話になったな。感謝している』

彼は音を立てて息を吸い込み、大きく目を見開いた。

「消えてしまうって……本当ですか？」

『ああ。おそらく、もう数分の命だろうな。須磨子と最後の別れがしたい。通訳してくれるか？』

「僕が通訳を？　そんなこと……」

また始まった、と佐山は苦笑するだけだが、須磨子は異変を感じたらしい。「どうしたの？」と早川に訊く。相棒は返事に窮していた。

パトカーのサイレンが聞こえてくる。警察官になったばかりの頃、俺の血を熱くした音だ。これも今度こそ聞き納めか。

「佐山さん。申し訳ありませんが、毬村さんをレストランの駐車場まで連行してくれませんか？　森さんと三人、いや、二人で話しておくことがあるんです」

早川が無茶を承知で言う。

「冗談を言うな。俺は警察手帳を返上して今は民間人なんだぞ。逮捕連行なんてできないだろうが」

「僕たちを射とうとしたんですから、殺人の現行犯逮捕です。現行犯なら誰にでも逮捕できます。お願いです。どうしても二人で話しておかなきゃならないことがあるんです」彼は手を合わせた。「このとおり」

「警察官がいるのに、俺がかよ。……連中に変な目で見られるだろうな。ま、天下の巴東署の刑事さんに頼まれたんじゃ仕方がない。みんなに後でちゃんと説明してくれよ」

佐山は歯を見せて笑い、毬村を立たせると、肩を貸して歩きだした。

あばよ、佐山。元気で暮らせ。駐車場に駆けつけた漆原さんによろしく。

二人の背中は、じきに岩場の向こうに隠れた。

「何なの、早川さん？」

須磨子が不安そうに尋ねる。

「神崎さんが、もう行ってしまうと言ってます。消えてしまうんだと」

彼女はひどく動揺した。まだそんな馬鹿なことを、と言うつもりはないようだ。目に見えるほど大きく両方の肩を顫わせて黙っている。どう言えばいいのか判らないのだろう。

『事件に片がついたから、行かなくっちゃならないみたいだ。のこのこ舞い戻ってきたせいでお前の心を乱して、すまない。でも、また会えて俺はうれしかった』

早川が一語ずつ伝える。須磨子は顔を伏せたまま、やはり何も応えなかった。誰かが洟《はな》をすすり上げている。早川だ。通訳が泣いてどうする、と思いながら、俺は続けた。

『お前は今でも素晴らしいけれど、もっといい刑事になってくれ。もっといい女になってくれ。うんと幸せになってくれ』

須磨子は顔を上げ、きっと早川をにらんだ。

「早川さん」

「はい」と相棒が応える。

「達也さん、どこにいるのよ」

彼は右手で俺の顔の輪郭をゆっくりとなぞった。

「見えない！」

須磨子が叫ぶ。両目が真っ赤だ。

「います。ここに、ちゃんといるんです。森さんを見ています」

彼女は俺を向いた。見えてはいないのだろうが、視線は俺のものとぶつかっている。その黒い瞳の周りを、幾千の光の粒が飾っていた。

「愛してる」

その言葉がまた聞けるとは思っていなかった。とうに諦めていたのに。

俺は感極まって、すぐには返事ができない。

『須磨子。俺も――』

言いかけたところで、早川が遮った。相棒は涙ながらに激しく俺を責める。

「いいかげんにしてください。恋人同士が『愛してる』なんてやるのを、どうして通訳しなくちゃならないんです。間に入ってる人間の馬鹿らしさを想像してもらいたいな。そんなもん、僕からは言えませんよ。そんなものは、そんな言葉は、あなたが自分で伝えればいい。僕は断わる！」

『おい！』と止めたが、彼は身を翻して駈けだした。一度だけ振り向いて叫ぶ。さようなら、神崎さん、と。その姿は、たちまち見えなくなった。

相棒に、小さな声で言う。

『ありがとう』

俺と須磨子だけが残った。

波の音が、俺たちの耳を洗う。

もう残された時間は、ほんのわずかだろう。初めての体験だが、ひしひしとそう感じる。

「私にも『愛してる』と言ってくれたんでしょう？　それで早川さんはあんなふうに言った

のね」

　彼女が口を開く。俺は、ずれてしまった視線を合わせ直した。

『言いかけたところだったんだよ。──愛してる、須磨子』

　聞きたかった言葉は聞けた。伝えたかった言葉は伝えられた。これでいい。思い残すことなく行こう。

「もうひと言、何か言って」

　須磨子の頬を涙が伝う。

　何を言えばいい？　俺との思い出に一生すがって生きてくれ、と押しつけることはできない。いい男を早く見つけろよ、と心にもないことも言えない。天国でまた会おうと約束しようにも、そんなもの、あるかないかも知らない。

　俺は深呼吸をしてから、耳を澄ませる彼女に告げた。

『忘れないでいてくれ』

　とっくに言い終えているのに、彼女はしばらく耳の後ろに両手をかざしたままだった。光の粒が、そんな彼女の顔を覆い尽くさんばかりに乱舞する。

　須磨子の唇が顫えるように動いた。

「いつまでも、忘れない」

『須磨子！』

不意に光が洪水となって、俺を包む。

微笑みながら消える時がきたようだ。

意識が薄れる。

だけど。

俺は。

ずっとお前を愛している。

たとえ、無になろうと

幻の娘

1

「死んだらどうなっちゃうんだろうね」

　ピアスをした耳をいじりながら、ブレザー姿の女子高生が言う。ぱっちりと大きな目で、傍《かたわ》らの友だちを見ながら。メールをチェックしていた連れは、おもむろに携帯を畳《たた》んだ。

「何、それ？　暗い話しないでよ。まだ十七年しか生きてないのに」

「考えたりしない？」

「うーん、中学の時、ちょこっと考えたけれどね」

　栗色《くりいろ》の髪を肩まで垂らした少女は、もごもごと答える。

「考えるよね。で、死んだらどうなると思う？　やっぱ消えてなくなるだけ？　それとも……」

「天国に行くんじゃないの。悪いことした奴《やつ》は地獄。運がよくてお金稼ぎまくってた奴も地獄」

「運がよかっただけで地獄はきついでしょ。悪い奴だけでしょ。それはいいとして、やっぱ死後の世界ってあるのかな。私、ないと嫌」

「あんたが嫌がっても、ないかもしれないよ。見てきた人はいないんだから。見たって言ってる人はいるけど、みんな嘘《うそ》だろうし」

他愛もない会話だったが、早川篤《はやかわあつし》は吊り革に摑《つか》まったまま聴き入ってしまった。すぐ目の前の席に掛けた少女らは、周囲のことなどかまわず大声で話している。

「死んだら消えておしまいなんて、怖い」

「死後の世界のことを想像するのも怖いよ。どんなところか判《わか》らないんだもん。またしんどい目に遭うだけだったりして」

もう少し聞いていたかったが、電車はほどなく八ノ木《やのき》駅に着き、二人は話を続けながら席を立つ。かなりの乗客が降り、車内は静かになった。

「おう、座るか」

本山《もとやま》に促《うなが》されて、空いたばかりの席に腰を降ろした。少女たちの体温が尻《しり》に伝わってくる。

「『またしんどい目に遭う』か。小娘のくせに、人生の苦労をたっぷり味わってきたようなことをぬかしやがって」

「さっきの子たちですね。本山さんも聞いていたんですか」

「聞こうとしなくても耳に入るじゃないか。ああいう台詞《せりふ》は、六十を過ぎてから言えって」

老《ふ》け顔なので初老にも見えるが、本山は今年で五十四歳。自分にもまだ資格はない、と言いたいわけだ。県警捜査一課の古参刑事は、何かと口うるさい。

「死んだらどうなるか考えながら生きるなんて、馬鹿《ばか》らしい。誰だって最後には身をもって知るんだ。消えてなくなるだけだったら知る間もないけれど、その時は知りたいって気持ちもなくなってる」

「若いから考えるんですよ。長年生きていると、そんなことを考えても仕方がないと判ってきますから」

「長年生きてるって、お前もまだ二十八、九だろ」

「八になりました」

「まだまだ呑気《のんき》な顔をした若造だ。年寄りぶるな。死んだらどうなるかなんて、若くて暇な人間だけが思い悩むんだ。――ん？　汚してるな」

駅前で飲んだコーヒーをワイシャツの胸にこぼしていたらしい。本山はハンカチを唾《つば》で湿らせて、ごしごしと擦《こす》りだす。会話は途切れた。

――もしも死後の世界があるとするなら、そうひどい場所ではないだろう。

早川は常日頃からそう思っている。

——多分、いいところなんだ。だから、たいていの人間はすぐあっちに行ってしまう。みんな色々な想《おも》いを残して死んでいくはずなのに、こっちに留まることはめったにない。誰かに殺された人間だって、あっさり行ってしまうんだから。

本当のことは判らない。あの世が人の魂を招く力が強くて、たちまち吸い寄せられていくだけだとも考えられるが。

「おう」

目的の駅に着いた。本山に顎《あご》でしゃくられて、電車を降りる。笹尾《ささお》駅。巴《ともえ》市の東部の小さな町だ。捜査で何度かきたことがあるが、あまり土地勘はない。戦前に高級住宅地だった時期もあるそうだが、市街地が西へ西へと広がっていくにつれて場末感が漂うようになった。だが、そのおかげでしっとりとした落ち着きが増したと言う声もある。

南の改札口から出て、小ぶりの食品スーパー、喫茶店、ケーキ屋などを横目に踏切を渡り、駅の北側へ。右へ曲がり、左へ折れ、ややこしい道をたどる。丘陵地なので起伏も豊かだ。このへんを歩くのは三度目だが、地図を参照しないと迷ってしまいそうだった。

「ここを右だったかな」

せっかちに曲がろうとする本山を止め、早川は細い脇道《わきみち》を指差す。

「いいえ、こっちです。突き当たってから右です」

「そうだったか。所轄《しょかつ》の人間の案内がないと難しいな、このへんは。洞口《ほらぐち》が迷子になったのも無理はないって気になりかける。ここらの地理を知っているから、適当なことを言ってやがるんだろうが」

洞口有一《ゆういち》に対する本山の心証は真っ黒なのだ。早川にしても、ケチな窃盗の前科をいくつも持ち、狡猾《こうかつ》そうな目をした被疑者にいい感情は持っていなかったが。

――あの目が駄目だ。鼻筋が通ったいい顔をしているのに。人間は中身が大事だな。

そんなことを思っていると、見覚えのある尖《とが》った屋根が見えてきた。訪問先の蒼井《あおい》邸だ。その愛らしい外観を、本山は「貯金箱みたいな家だな」と評した。独《ひと》りよがりな喩《たと》えなのだが、何となくそんな雰囲気もある。

門前に立った早川は、ふと振り返って向かいの家を見た。外壁に罅《ひび》が入った二階建ての古い洋館。これまた貯金箱めいていたが、廃屋だけに侘《わび》しさが漂っている。

呼び鈴を鳴らすと、すぐに和装に眼鏡の蒼井夫人が出てきた。本山と同年輩だ。古参刑事は、急に腰が低くなった。捜査協力者には低姿勢なのだ。

「お電話したより少し遅れてしまい、すみません。道が難しいもので。用件はすぐに済みます。夕飯のしたく時でしょうし、さっさと失礼します」

玄関先では何ですから、と奥へ招かれそうになったが、本山は固辞して早川に「あれを」

と命じる。鞄《かばん》から持参したものを取り出した。

「これをご覧になってください。例の男が言葉を交《か》わした、という娘の似顔絵です」

洞口の証言に基づき、県警本部の似顔絵捜査官が描いたものだ。洞口曰《いわ》く、「そっくりです」とのことだ。

「拝見します」

夫人は眼鏡をかけ直して、しかと絵を見た。と、口許《くちもと》に手をやって「まあ」と言う。知っているのか？　早川たちにとって、意外な反応だった。どうせ出任せだろうと思っていたのに。

「ご存じなんですか？」

夫人は頷《うなず》き、それから「はい」と答える。なおも右手で口許を覆《おお》ったままで、明らかに動揺している。

「この絵によく似た人を知っています。ノリコちゃん。キクスイノリコちゃんといって
……」

「どんな字を書くんですか？」

早川は尋《たず》ね、手帳に菊水倫子とメモする。

「で、この娘さんはどこの方なんでしょう？　お目にかかって、お話を聞く必要があるんで

す」

本山が言うと、夫人は首を振った。廊下の奥から高校生の娘が様子を窺《うかが》っていたらしい。心配そうに「どうしたの？」と母に尋ねながら、玄関先に出てきた。

2

巴東《ともえひがし》署は、早川が本部に配属されるまでいた古巣だ。その取調室に怒声が響いた。

「ふざけた真似《まね》しやがって。こら、お前。警察をなめたら後悔するぞ！」

机の上に拳《こぶし》が振り下ろされる。本山の剣幕に、洞口有一は首をすくめて縮こまった。どなり散らされることを予期していなかった様子だ。

「な、なんで怒られてるんですか、俺？『こら、お前』って……。警察に引っぱってこられて、殺人事件の犯人にされかかっていて、ふざけてる余裕なんかないんですけれど」

「まだぬかすか。いい度胸してるじゃないか。名前が洞口だからって、警察に呼ばれてまで大法螺《おおぼら》を吹くな。怒るのが当然だろう。お前に無駄なお絵描きさせられた捜査官に画料を払ってもらおうか。安くないぞ」

「凄《すご》まれてもなぁ。だいたい、俺は半年前にやらかしたバイクの当て逃げの件でここへ連れてこられたんでしょ。それなのに、どうして人殺し扱いされてるんだろう。こういうのは問題があると思います。別件逮捕とか言うはずだ」

「利《き》いたふうな口をきくな。警察は理由もないのに市民をしょっ引いたりしない。ネタは揃《そろ》ってきているんだよ」

洞口は、助けを求めるようにもう一人の刑事を見る。硬軟まじえての取り調べにおいて、若手の方が強面《こわもて》役を務《つと》めることが多いが、本山・早川コンビはそれが逆になっていた。小柄で人のよさそうな丸顔が配役の決め手だ。

「まぁ、本山さん。そう大声を出さなくても」と早川は穏《おだ》やかに言って、「僕から説明してやりますよ。彼にとって、先刻承知のことでしょうけれど」

言ってやれ、と顎をしゃくってから本山は席を立ち、壁にもたれた。被疑者を斜め上から見下ろす恰好《かっこう》だ。

「ええ、説明してください、早川さん。俺、刑事さんたちに言われたから、似顔絵作りに協力しただけです。ちゃんとやりましたよ。いい絵を描いてもらえた。証人が見つからないんですか？　参るなぁ。そんな設定の『幻の女』とかいうドラマを観《み》たことがありますよ。でも、あったままを話したんだから、あとは刑事さんにがんばってもらわないと、俺は嘘なんかついていません」

洞口がしゃあしゃあと言うので、早川は溜《た》め息をついた。

「うん、嘘をつくはずないよね。自分のアリバイの証人を捜すため、捜査員に描いてもらった似顔絵なんだから。と僕も思っていたのに、おかしな真似をしてくれたじゃない。——まだとぼけるつもり？」

洞口は、栗鼠《りす》のように小首を傾《かし》げる。不器用な男にしてはなかなかの演技力だ、と思いながら、早川は嚙《か》んで含めるように話してやる。

「九月二十日の午後八時前、畑中利実《はたなかとしみつ》の部屋を出たあんたは、荒神町《こうじんちょう》にある居酒屋〈なみや〉でビールを二本飲んだ。店を出て散歩がてら笹尾駅まで歩こうとしたが、道に迷って笹尾町付近をさまよった。あのあたりは夜九時を過ぎると人通りが絶え、めっきり淋《さび》しくなる。道を聞く相手も見つからないまま、ふらふらしているうちに笹尾二丁目三番二十一号にある蒼井さん宅あたりにやってきた。二階から微《かす》かにピアノの音が洩《も》れていたのを覚えている。なかなか上手だな、と思ったその時、南から強い風が吹いたものだから帽子が飛び、蒼井さん宅の向かいにある空き家の庭に落ちた」

「はい」

洞口は、こっくり頷く。ここまでは彼の証言をなぞっているだけだから、何の不満もあるはずがない。ちなみに、その時間帯の同地域に風速九メートルの南風が吹いていたことが確認されている。

「大事な帽子だったわけだ」

「いや、そういうのじゃないけど」洞口はこれには異議を唱える。「何の思い入れもない安物のキャップです。それが風で飛ばされて、よその家の庭に落ちた。すぐそこに見えている。垣根を越えて、拾いに行くのが普通でしょう」

洞口の証言によると――空き家のようだったので、無断で庭に立ち入った。垣根も荒れていて、簡単に掻《か》き分けることができたのだ。もちろん、その家に人がいるとは思ってもみずに。

ところが、帽子を拾ってふと顔を上げると、二階の窓に人影がある。庭木の枝に隠れて、まるで気がつかなかった。白いドレスを着た若い娘だ。目が合ったので、ぺこりと頭を下げて、帽子を掲げて見せた。

「『これを取りに入っただけだよ。怪しい人間じゃないからね』。あんたが言うと、娘は驚いたようだったが、すぐにっこり笑った」

「そうです。怖がられるかと思ったので、ほっとしましたよ」

「あの似顔絵が、その娘だっていうことだけど、それはない。死んでいるんだ」

「えっ。死んでるって、あの美少女がですか？　いつ？」

生まれつき蒲柳《ほりゅう》の質《たち》で、小学校にもろくに通えないほど病弱だったらしい。十七歳で短い生涯を終えた。蒼井夫人によると、十年前の夏だったという。

「……まさか」

「あんたをからかっても仕方がないでしょう。本当だよ。ご近所で話を聞いただけじゃなく、役所で戸籍も調べたよ。十年前の八月九日に死亡。名前は菊水倫子というんだ。——洞口さん、この娘について妙なことを話していたよね。透《す》き通っているみたいだったとか、ぼんやり光ってるみたいだったとか」

「言いました。うまく説明できないんだけれど、そんな感じに見えた。アルコールが入っていたし、月が明るかったから、光のかげんでそう見えるのかな、と思った」

壁際《かべぎわ》の本山が鼻を鳴らした。

「最初から、私が見たのは幽霊でございます、とオチをつけるつもりでいたんだな。透き通っているだの光っているだの、何わけの判らないことを付け加えているんだ、と思っていたんだが、そういうことか」

「いやいや、違いますって。えー、どういうこと？　俺、絵のままの娘を見たんですよ。見ただけじゃなくて、しゃべった。幽霊と会話はできないでしょ」

「馬鹿野郎。それはこっちが言うことだ！」

本山は、早川の隣にどっかと座って、被疑者に顔を突き出した。

「俺はお前が判らなくなってきたよ。悪さもするが臆病《おくびょう》で、人間くさいところが憎めないと思ってた。案外、根は真面目《まじめ》な男じゃないか、とな。ところが、殺しがあった時間のアリバイを訊《き》かれて『その時間は美少女の幽霊とおしゃべりしていました』だぁ。そんなもん、通ると思ったのか？　浅墓にもほどがあるだろう」

洞口は困惑している。「そんなことを言われても」と呟《つぶや》いたようだ。それを見ていて、早川の胸に疑念が宿る。本山の言葉が切れるのを待って、被疑者に尋ねた。

「ねぇ、これまでにも幽霊を見たことがある？」

「はあ？」と調子っぱずれな声を発したのは、訊かれた当人ではなく本山だ。

「おい、早川。頓珍漢《とんちんかん》な質問をするなよ。小学生が修学旅行先で怪談大会やってるんじゃないぞ」

「彼がどこまで本気か確かめたいだけですから、ちょっと辛抱してください。――どうなの？」

「ありのまま答えていいですか？」

「もちろん」

早川がきっぱりと言っても、洞口は逡巡《しゅんじゅん》する。刑事の不興を買うのが怖いのか。やがて、頭を掻きながら小声で話し始めた。

「これまでに二度、おかしなものを見たことがあります。最初は小学三年の正月。友だちと原っぱで凧揚《たこあ》げをしていたら、離れたところに知らないお婆《ばあ》さんが立っていた。俺たちが遊んでいるのを眺めて、にこにこ笑っていたんだけれど……その体が半透明になっていて、向こうの景色が透けていたんです。目の錯覚だろう、と思って何度も見ました。どう見ても透けていた。いつの間にかいなくなっていたので、結局どういうことだったのかは判りません。その次は、二年ほど前の秋。やっぱり半透明の男が萩《はぎ》ノ森《もり》公園を歩いているのを見かけました。あれぇ、と不思議に思いながら、ずんずん遠ざかっていくのを見ていたら、ボール遊びをしていた子供とぶつかりそうになったところで……すっと、子供が男の体を突き抜けた。信じられなくて目を擦りましたよ」

「それは」早川は、ごくりと生唾《なまつば》を飲む。

「どんな男だった？」

「がっちりとした体格のいい男です。眉毛《まゆげ》が濃くて、いかつい顔だった。年の頃は三十歳前後かな。暇だったら追いかけていたかもしれない。でも、女と待ち合わせをしていたから」

動悸《どうき》がした。もっと詳しく聞きたかったが、本山の前では憚《はばか》られる。不確かな話ではあるが、間違いあるまい。時期も風貌《ふうぼう》も一致している。

二年前の秋、早川はその男と会っている。多分、彼だ。かつての自分の先輩だった刑事。殉職《じゅんしょく》したのに無念さのあまり魂が天に召されず、しばらく地上に留まっていた。視《み》えたのも言葉を交わせたのも早川だけ。祖母がイタコだったために、霊視ができる体質だったのだ。真犯人を突き止めた後、先輩刑事は昇天し、以後は姿を見ない。それっきり幽霊とは縁が切れたと思っていたのだが。

——こいつも霊視ができるんだ。

本人にその自覚がないのも、おかしくはない。早川自身も、つい二年前まで自分にそんな特殊能力が具《そな》わっていることを知らなかったぐらいだ。世間で伝わっているほど、幽霊の出現は多くないらしい。大方の幽霊話はホラか錯覚で、本物はごくごく稀《まれ》にしか現われない。霊視能力を持ちながら、ついに幽霊と出会うことなく生涯を終える者もいるのだろう。

「与太はもういい。仕事に戻るぞ」

本山の追及が再開し、早川は黙った。

「あの夜、〈なみや〉を出たお前は、畑中利実のマンションに舞い戻ったんだろ？　アルコールが入って気が鎮《しず》まるどころか、罵《ののし》られたことを思い出し、腹が立ってきた。それで口論となり、激昂《げっこう》した末に手近にあった金属バットを振り上げ、そいつを畑中の頭に——」

「やってません。俺は畑中さんには世話になってたんですから」

「そいつは表面上のことだ。産廃処理の道具にこき使われて、恨み骨髄に徹してたんだろう。畑中の兄貴だけが贅沢三昧《ぜいたくざんまい》、楽しくやってたものな。否定するか？　お前が洗いざらい吐くまで粘り強く付き合ってやるよ。不法投棄のネタも揃いつつあるから、そっちでも再逮捕だ。一緒に手伝っていた岡崎《おかざき》って奴もぱくってやるからな。そっちも合わせれば、お前の勾留《こうりゅう》期間はまだまだ延ばせる。警察なめるなって言ってるんだ、おら」

「岡崎さんもぱくられるんですか。やっぱり産廃処理の斡旋《あっせん》仲介がまずかったんですね」

「馬鹿。他人の心配をしてる場合か」

そんなやりとりも、早川の耳には入らない。ここを飛び出して、あの廃屋を調べに行かなくては。そんな思いが込み上げ、机の下でずっと足踏みをしていた。

3

捜査会議が終わるや駈《か》けつけたのだが、十時半を過ぎていた。夜分の訪問に恐縮してしまう。だが、蒼井夫人は「遅くまでご苦労さまです」と快く応じ、リビング兼用の応接間に通してくれた。

「菊水さんのお宅は、ご不幸が続きまして。お気の毒なことでした」

夫人は、言葉を選びながら話す。住まいは洋館建てだが、菊水家は江戸時代から呉服商を営む名家だった。かつては人も羨《うらや》む暮らし向きだったのに、商売のやり方をしくじって店が潰《つぶ》れ、昭和の終わり頃からみるみる家が傾きだす。おまけに家人が相次いで事故や病気に見舞われ、十年前には一人娘だった倫子が病没。その直後に、つらい想《おも》い出《で》に満ちた家から逃げるかのように転居していったのだとか。

「じゃあ、お向かいは十年も空き家のままなんですか？」

「いいえ。しばらくは下宿屋としてお使いでした。多い時は五人ほど住んでいらしたかしら。倫子ちゃんがいた部屋だけは、空けていたみたいですけれど。家が老朽化してくると皆さん出てしまい、新しい借り手もつかないので、三年ほど前から空き家です」

「いつまでも空いたままは物騒ですね」

「気にはしていました。でも、親族間の話し合いがついて、ようやく取り壊《こわ》しが決まったそうです。来月には工事が始まると聞きました。そうなると、今度は淋しくなってくるからおかしなものです。ずっとあのお家を見ながら生活してきたもので。なんだかもったいない」

黒髪をツインテールにした娘がコーヒーを運んできたので、中腰になって礼を言う。面立ちも上品な立ち居振る舞いも、母親に似ていた。高校生とは思えないほど。

——自分とは無縁の世界のお嬢様か。お嬢様といえば……。

「昼間ご覧いただいた似顔絵は、倫子さんにそっくりだったんですね？」

「それはもう。横から覗《のぞ》いて、うちの麗美《れいみ》も驚くほどでした」

「ええ、びっくりしました。とてもお上手な似顔絵です。顔立ちだけじゃなくて、ちょっと口をすぼめたような表情もそのまんま」

娘の麗美は、銀のトレイを胸に抱くようにして言う。倫子を知っているのだ。早川は、彼女にも同席してもらうことにした。すると、そこは好奇心旺盛《おうせい》な十代の女の子らしく、うれしそうにソファに掛ける。

「倫子さんは、十年前に病気でお亡《な》くなりになったんですね」

「まだ十七でした。今のうちの子と同じです。あまりにも早過ぎました。外の世界をろくに知らないままで逝《い》ってしまわれた。世俗の汚れも知らず、無垢《むく》なままで命を全うしたとも言えますけれど、神様も無情なことをなさるものです」

「外に出なかった娘さんのお顔をよくご存じですね」

失礼な訊き方だったのか、愚問だったのか、夫人は哀れむような目をする。

「ずっと病床に伏したままだったわけではありませんので、お部屋の窓からよく外を眺めていました。うちの家ぐらいしか見えないでしょうに、飽きもせず。その姿が美しいだけに、痛々しくも映《うつ》りました」

麗美が頷く。

「よく覚えています。きれいなお姉さんだなぁ、と。『体が弱かったら私もきれいになれる？』と母に訊いて、叱《しか》られたことがあります」

その窓は、二階の西の端。洞口が見上げた部屋だ。

「出歩けないので読書が楽しみで、特に推理小説がお好きだったそうです。最近はミステリーと呼ぶのかしら」

夫人の言葉を拝借して、早川は強引に話を幽霊に持っていく。

「ミステリーと言えば……。不謹慎に聞こえたらすみません。そのぅ、倫子さんが亡くなった後、窓辺に幽霊が出るといった噂《うわさ》が流れたことはありませんか？　いえ、ああいう風格があるお屋敷ですし、町の人は倫子さんが外を眺めている姿をよく目にしていたでしょうから、そんな噂の一つもあったかと」

夫人はかぶりを振ったが、麗美には心当たりがあった。小学生の間で、あの家には白いドレスを着た首のない女の幽霊が出る、という怪談だ。「向かいに住んでいて怖くないの？」と友だちに言われたことがあるそうだが、ごく短い間のことだった。

「その首のない女というのは、倫子さんを指しているんでしょうか？」

「いいえ。当時、雑誌で連載されていた少女漫画に出てきた幽霊がモデルです。倫子さんとは何の関係もありません」

菊水邸に倫子の幽霊が出るという噂が流布しており、それを聞きつけた洞口が適当なことを話したのではないか、とも考えたのだが、その可能性は消えたようだ。幽霊の噂が広まっていたとしても、「その幽霊がアリバイの証人です」と申し立てる馬鹿がいるはずもないが。

——そう。そんな馬鹿はいない。

なのに、洞口は幽霊にアリバイを証言してもらおうとした。逆説になるが、彼は本当に幽霊に会ったのだ。霊視というものが実在することを知る早川には、そう思えてならない。

——だとしたら、どうすればいい？　幽霊と対面して、洞口のアリバイの真偽を質《ただ》す。それしかないわな。って、そんなことをして誰が納得してくれる？

想像しただけで恐ろしい。公判で通用するしないの問題ではなく、警察内で早川自身の正気が疑われるだろう。下手をしたら刑事を辞めさせられかねない。

——待て。まだ洞口を信用するのは早計だ。

事件当夜、彼が幽霊と出会ったのかどうかは未確認だ。菊水倫子のことを何かで知っていて、出鱈目《でたらめ》を並べる時にその顔立ちを借りただけなのかもしれない。洞口は倫子が故人であることを知らなかったのだ。

——そうとも限らないか。

そっくりだと連呼されるから勘違いしそうになったが、蒼井母娘に見てもらったのは写真ではなく、あくまでも似顔絵だ。どれだけ似ていても、偶然による空似だとも考えられる。それだけのことか、と安堵《あんど》しかけたのも束の間《つかのま》。洞口が二年前に萩ノ森公園で見た幽霊らしきものは、早川に思い当たる節がある。いったい、洞口に霊視能力はあるのかないのか？これればかりは、早川が幽霊をどこかから連れてきて、「これが視えるか？」とテストでもするしかないが、幽霊をどこで調達すればいいのやら。

頭が混乱してきたので、その件はひとまず棚上げして、別の質問をする。

「九月二十日の午後九時四十分頃、お向かいの庭に入った、と言い張っている人物の件で。以前も伺いましたが、そんな人物に気がつきましたか？」

二人とも目撃しておらず、話し声も耳にしていない。夫人は夫とともに階下でテレビを観ていた。娘は二階でピアノのお稽古《けいこ》中だった。聞いてみると、それは倫子の部屋の真正面にあたるらしい。興味をそそられて、不躾《ぶしつけ》なことを頼んでしまう。

「その部屋を？　ええ、ご覧いただいてもかまいませんけれど。ねぇ、ママ」

麗美が承諾したので、夫人も拒《こば》まなかった。では、と早川は二階に案内してもらう。

ピアノが置かれているのは、彼女の私室ではなかった。オーディオ装置と一緒になった音楽室だ。だからあっさりと許してくれたのだろう。腰板を張ったシックな部屋に、黒いピアノがよく映えていた。早川はその前を通り過ぎて、窓辺に寄る。

菊水邸の全体が見えた。菊水倫子そっくりの娘が現われた――洞口が言っているだけだが――窓は真正面にある。

「ピアノのレッスン中に誰かが外でしゃべっていても、聞こえないんだろうな」

独り言めかして呟くのに、ツインテールの少女が「はい」と答える。

「ガラス窓が二重になっているし、演奏に集中していますから、叫ぶような声でないと聞こえないと思います。気を散らすと先生に叱られるし」

「厳しいんだ」

「むやみに厳しいわけではありません。真剣みが足りないと、ぴしっと注意されるだけで」

向かいの窓を見たまま、早川は場つなぎの会話を続ける。

「もう長いこと習っているの？」

「五歳からです」

「へぇ、幼稚園からね。ずっと同じ先生？」

「はい。遠縁にあたる人なんですけれど、それだからかえって甘えさせてくれないんです。子供の頃は、練習していないと『馬鹿』と怒られました」

「女の先生がそんなことを？」

「男の先生です。市内の私立中学と高校で音楽を教えています。怖い人じゃないんですよ。ふだんはとても優しくて、お兄さんみたい」

「それはいいね。しかし、ずいぶんと年齢が離れたお兄さんだな」

窓を開けてみた。遠くで木立の葉がざわざわと囁《ささや》くように鳴っているだけで、いたって静かだ。

「私が十七で向こうが三十五だから、お父さんと言った方がいいかも。だけど雰囲気が若々しいから、やっぱりお兄さんっぽいんです」

早川は振り向いて「その先生も何も聞いていないんだね？」

「はい」

洞口がアリバイを主張しだしてすぐに、捜査員は蒼井家の家族から聞き取りを行なっている。そのことが数日前のレッスンの際に話題になったが、先生は「気がつかなかったね」と言っただけなのだとか。

「さっきの首なし幽霊の話だけれど、子供の時にそんな話を聞いたら、怖くならなかった？この窓からお向かいが丸見えだから」

「へっちゃらです。私、そういうのは全然信じていませんから。前世や生まれ変わりはあると思うけれど」

笑ったりはしない。自分の霊視能力を発見するまでは、早川も幽霊の存在を爪《つめ》の先ほども信じていなかった。

「ありがとう。捜査の参考になったよ」

何の収穫もなかったが、そう言っておいた。

ピアノの上に、彼女と先生らしい男が並んだ写真が飾ってあるのが目に留まる。小太りで、早川に負けず人がよさそうな顔をしている。この男に話を聞く必要はなさそうだ。

階下で夫人にも謝意を表して家を出ると、初秋の風は涼しく、気持ちがよかった。すぐに立ち去りがたくて、菊水邸の前に佇《たたず》んでいたが、それだけでは気がすまず、垣根を突き抜けて庭に入ってみた。持ち主の許可を得ていないから不法侵入ではあったが、躊躇《ちゅうちょ》はしない。洞口が帽子を拾ったあたりに立ち、斜め上を見上げた。ガラス窓に、月の光が反射している。人影も、人の気配もない。

――この家は来月になると取り壊される。もしかしたら、自分が育った家がなくなることを惜しんで倫子は現われたのか？

などと思ったが、納得がいかない。早川が知る限り、幽霊とはあの世に行きそびれて地上に留まった魂だ。没して十年もたつというのに、生家を懐《なつ》かしんで舞い戻ってきたりするとは思えない。

——あるいは、俺が知らないタイプの幽霊なのか？
誰に訊いても教えてくれないことだけは判っていた。

4

畑中利実の遺体を見つけたのは、仕事仲間の岡崎という男だ。九月二十一日の朝、頼まれていたとおり車で迎えに行って、頭を殴られて死んでいる畑中の発見者となった。警察への通報者でもある。

その容疑が洞口有一にかけられた理由はいたってシンプルだ。「畑中さんの部屋に入れてもらったことは一度もありません」といっているのに、犯行現場である被害者の部屋に洞口の毛髪が落ちており、流しにあったグラスから彼の残留指紋が見つかったのだ。動機の面でも、産廃の不法投棄という危ない仕事を押しつけられたことを恨んでいたらしい、という状況が関係者の聞き込みから浮かんでいる。事件の直前に畑中のマンションを訪ね、戸口で話したことは、洞口も認めていた。その訪問の理由が滞っている賃金の支払いを求めるためで、さらに期待した金を手にできなかったと聞いては、怪しむなと言う方が無理だ。それに加えて、犯行推定時刻のアリバイがない。「ほろ酔いになって、帰り道で迷った」ときては、別件でしょっぴいて叩《たた》くしかない、というのが上層部の判断だった。別件逮捕というやり方にわだかまりを感じたものの、早川も洞口がシロだとは考えていなかったのだが。

——あいつが犯人だとしたら、道に迷ってうろついている時、空き家の庭に入り込んで若い娘と言葉を交わした、なんて出任せを言うか？　言わないよ、そんなこと。

久しぶりに帰れた自分の城、ワンルーム・マンションの床《とこ》に入ったはいいが、事件のことが頭から離れず、なかなか寝つけない。

洞口の供述は、嘘にしてはあまりにもお粗末だ。人気《ひとけ》のない道をうろうろした、あるいは逆に繁華街の雑踏をそぞろ歩いていた、と言えばすむものを。空き家の窓辺に少女がいた、では突飛《とっぴ》すぎる。洞口は頭の回転が速い男ではないが、決して魯鈍《ろどん》ではない。下手な作り話はためにならないと承知しているだろう。

おまけに、その相手が十年前に死んだ娘ときたら、嗤《わら》う気にもならない。刑事に似顔絵作りを指示されたとしても、適当なことを言って架空の顔を描かせればよかったではないか。

——もしかして、適当にしゃべっていてできた似顔絵が、たまたま菊水倫子とそっくりだったということは？……まさかな。

捜査本部が入手した倫子の写真は、似顔絵と瓜《うり》二つだった。偶然とは思えぬほど。

——だとしたら、どういうことになる？

あまりにも不合理な供述。その極端な不合理さが、今や盤石《ばんじゃく》のごとき説得力を持ち始めていた。

洞口は、本当に菊水倫子の幽霊を見たのだ。そう結論づけるしかない。それこそ物笑いの種になりそうだが、早川は幽霊というものがこの世を漂っていることを知っている。だから、彼だけは洞口を信じてやることが可能だ。

しかし、それは非常な重荷となって早川にのしかかった。警察も検察も裁判所も、幽霊など認めるわけがない。「僕は見たことがあります」と訴えた日には、刑事でいられなくなるだろう。そうなれば洞口を救ってやることもできない。

「俺、えらいことになってる」

つい口に出した。刑事として、大きな責任を担《にな》っていることは常に自覚していた。しかしそれは、わが身だけにかかってくるものではなかったはずなのに。

ますます目が冴《さ》えて、寝返りを繰り返した。

翌日、取調室にて。本山が席をはずした隙《すき》に、早川は訊いてみた。

「洞口さん。あんたが会った窓辺の娘は、自分のことについて何かしゃべらなかったかな?」

ぽりぽりと頭を掻きながら、「何も」とつれない返事。連日の追及で、洞口はかなり精神的にまいっていた。目の下には隈《くま》をこしらえている。

「俺を見てびっくりしてたけど、こくっと一回頷いて『どうぞ』。それだけです。悲鳴でもあげてくれた方がよかったのかな。人が集まってきたらアリバイができたから」

そう言いたくなる気持ちも判る。

「質問を変えようか」早川は唇《くちびる》をなめ、「〈なみや〉に寄ったのは、ほんの気まぐれだったそうだけれど、その気まぐれを起こさなかったら、どうなっていたかな?」

「どうもなりませんよ。安アパートに帰って、テレビでも観てから寝たでしょう。他にすることなんてないから」

洞口のアパートは笹尾駅からふた駅西にあり、畑中のマンションを出てからまっすぐ帰ればものの二十分で着く。もしそうしていたとしても、独り暮らしの彼はアリバイを証明できなかっただろう。

馬鹿正直にもほどがある。早川は、こっそり嘆息した。

――どうせアリバイがないんだったら、さっさと帰ってテレビを観ていました、で通せばよかったんだ。道に迷って現場近くをうろついて、どこの誰とも知らない不思議な美少女と会いました、だなんて。

早川は苦笑を抑えて、表情を引き締める。

「現場にあんたの毛髪と指紋が遺《のこ》っていたのはどうしてか、思い当たることは？」

「ありません。あの部屋には一歩も足を踏み入れていないから、そんなものが遺っていたのが不思議で不思議で。……まさか、警察のでっちあげじゃないでしょうね。日本の警察がそこまで汚いことをすると思いたくないんですけれど」

「絶対にない」

「だったら、どういうことなんですか⁉」

興奮した被疑者をなだめようとしたところに、本山が戻ってきた。たちまち「こらぁ」と一喝する。

「何をわめいているんだ、二枚目？『どういうことなんですか』はこっちが言う台詞だろうが。いったい、いつまで白《しら》を切り続けるんだよ。夜も更《ふ》けてから空き家で死んだ美少女と会ったただなんて、時季はずれの怪談を作りやがって。いいか、よく聞け。あの家の持ち主に頼んで、お前が女の子を見たって部屋を調べたよ。床にうっすら埃《ほこり》が積もっていて、悪戯《いたずら》小僧が入った形跡もなかった。お前の嘘はとっくにばれてる。無駄な抵抗はやめろよ。俺は、往生際《おうじょうぎわ》の悪い野郎が大嫌いなんだ」

青菜に塩とばかりに、洞口は萎《しお》れてしまう。返したくても返す言葉がないのだ。が、やがて口を開いて、精一杯の反抗をみせる。

「そうですか。あの部屋の床には埃が積もっていましたか。俺の話と食い違いますよね。でも、そんなの知ったことですか。あの娘がどこの誰だったのかを調べるのは、刑事さんたちの仕事ですよ。埃が積もっていた理由を説明する義務だって、俺にはない。訊かれて、ありのままを話したんだから。何でもかんでも俺に責任をかぶせるのはやめてもらいたい」

「そこまで開き直るか」

本山は呆《あき》れた様子で、どなることもなかった。まずいな、と早川は思う。洞口が追い詰められ、捨て鉢《ばち》になっているようにしか見えない。彼への心証は悪くなるばかりだ。そして、そのことが早川を苛《さいな》む。

——俺の力量が試されている。持ちたくて持ったわけではないけれど、特殊な能力を授かった人間として、しかも刑事という仕事を選んだ人間として、どれだけのことができるか試されている。

マスコミに登場する霊能力者とやらは、嘘か真《まこと》か判らないことを並べ、人を驚かせたり喜ばせたりすることを生業《なりわい》としている。それらの大半が偽者だと知っても、早川は腹を立てたりしなかった。彼らだって幾許《いくばく》かの霊的な体験をしたのかもしれないし、霊視ショーが罪のない娯楽として成立している場合もある。非科学的、非論理的な態度を広め、人心を惑わすと非難する者も大勢いるが、安易に与《くみ》するわけにはいかない。その非科学的なものが、自分には視えるのだから。霊視芸人を非難はしない。が、今は愚痴《ぐち》りたかった。

——霊視ができるのなら、ああいう連中も刑事になってもらいたい。そうすれば、迷宮入りしかけた事件が解決したり、無実の人間を助けられたりするかもしれないのに。俺一人じゃ手に余るよ。

もしかしたら、と想像する。霊視能力者の中には、人に言えぬ重圧に耐えかねて挫折《ざせつ》した元警察官がいるのかもしれない。確かめる術《すべ》はないが。

俺が何とかしなくては、と息む一方、不安や迷いも振り払えずにいた。洞口の潔白を信じきることもできないのだ。状況が最悪だし、何よりも早川自身は廃屋の幽霊を見ていない。すべてが洞口の作り話だったらお笑い草だ。お人好しと言われ慣れているとはいえ、そこまで虚仮《こけ》にされたくない。

——自分にも幽霊が視えたなら信じてやるか？　視えなかったら洞口を嘘つきだと決めつけるか？

それも合理的な態度ではない。昨夜も考えたとおり、嘘のつき方が不自然すぎる。洞口は少女を見たのだ。そして、彼に霊視能力があるらしいこと、似顔絵が死んだ菊水倫子にそっくりであることからして、その正体は幽霊なのだろう。だから、同じ霊視能力者として自分に責任が――と思考が堂々巡りになってきた。実に不快だ。

「開き直りたくもなりますよ。濡《ぬ》れ衣《ぎぬ》を着せられてるんだから」

また頭を掻きむしる洞口。それもまた本山を怒らせた。

「その癖をやめろ。雲脂《ふけ》が飛んでるだろうが」

「あ、すみません」

机の上に、黄色っぽい粉と毛髪が散らばっていた。

――こいつの髪の毛なんて、簡単に手に入るんじゃないのか。

本山の脇から手を伸ばして、早川は落ちた毛髪を摘《つま》み上げた。

5

十月最後の木曜日。

明日から菊水邸の解体工事が始まるという日の夜。

早川篤はその家の門にたどり着くと、腕時計を見た。九時二分前。どうやらラストチャンスに間に合った。

静けさが、あたりを包んでいる。弱い風が吹くと、木の葉が揺れる音がするだけだ。夜空はおおむね晴れていたが、ちょうど雲が月にかかっているせいか、妙に暗い。平和で美しい夜でありながら、どこか普通とは違った空気を感じる。

——そんな気がするだけだ。

早川が到着する前に、音楽の先生はやってきていた。蒼井邸の二階から、小さくピアノの調べが聞こえてくる。曲名までは知らないが、よく耳にするメロディだった。

また時計を見る。九時ちょうどだ。

——会えるなら今しかない。

祈るような思いで二階の端の窓を見上げていると、はたして、たおやかな手が、続いて上半身が現われた。叫びそうになるのを、ぐっと堪《こら》える。似顔絵のままの娘だった。

透き通って、その向こうの闇《やみ》が見えている。仄《ほの》かな光をまとっている。

まっすぐ前を見ていた。視線の先にあるのは、蒼井邸の音楽室。

両手を窓ガラスに当て、身を乗り出すようにしていた。わずかに唇が開いているのは、何かがその心を奪っているのだろう。

——やっぱり、いたんだ。

早川は興奮を抑えつつ、後退《あとずさ》りして近くの茂みに身を隠した。そして、ことの成り行きを注視する。

娘は動かなかった。

じっと立ったまま、正面を見据《みす》えている。

時の流れが、ひどく緩慢《かんまん》に感じられた。もう十五分は経過しただろうと時計を見てみたが、七分しかたっていない。緊張がほぐれてくると、早川は地べたに尻をついて、夜風の涼しさを楽しみながら、微かなピアノの調べに聴き入った。

三十分たち、四十五分たち、ようやく一時間が過ぎた。レッスンが終了したらしく、ピアノの音がやむ。早川は窓辺の娘を見つめながら、いつでも立ち上がれるよう体を起こした。大切なのは、これからだ。

娘は、窓辺から離れない。

蒼井邸の玄関先に、人の姿が現われた。レッスンを終えた先生を、母娘がお見送りしているのだ。「おやすみなさい」「ありがとうございました。お気をつけて」。小太りの男が去り、玄関のドアが閉まった瞬間、早川は窓の下へと飛んで出た。

「こんばんは」

声をかけられた娘は、驚愕《きょうがく》の表情を浮かべた。自宅の敷地内に不審者を見たなら、誰だって驚くだろうが、彼女の場合は大きく表情が違う。相手に自分が視えていることにショックを受けているのだ。

「僕には、あなたが視えます。そういう種類の人間がいることはご存じでしょう？」

逃げられてしまうのでは、と危惧《きぐ》していたが、娘は窓辺に留まってくれた。そして、軽く頷いてみせる。

「もしよければ、少しだけお話がしたいんです。そちらに上がっていってもかまいませんか？」

『でも、鍵《かぎ》が――』

見た目よりも大人びた声だった。この世の者と同じようでいて、どこか響きが違っている。

「大丈夫。合鍵を預かっています。菊水家の方から捜査本部が借りているものです。ああ、申し遅れました。僕は殺人事件を担当する刑事で、早川篤といいます。あなたは、菊水倫子さんですね？」

『はい、そうですけれど……。私に何のお話が？』

「長くなるので、お近くまで行って話します。まだ、いますよね」

『えっ？』

「いますよね、そこに」

ぼんやりと光る娘は、いかにも頼りない返事をした。

『多分』

本人にもよく判らないのだ。不測の事態が起きるかもしれないので、早川は急いでドアを開けて、邸内に入った。幽霊屋敷のように荒れておらず、それどころか床が磨かれた形跡がある。取り壊し前に菊水家の人たちが惜別の念を込めて掃除をしたらしい。この家への愛着がそうさせたのか。

彼女が消えてしまわないように祈りながら、階段を一段飛ばしで駈け上がった。二階の西の端、一番奥の部屋のドアを開くと――窓を背に、娘はこちらを向いて立っていた。ドレスだと思っていたのは、裾《すそ》の長い寝巻きだった。病床にいた時のままの出《い》で立ちなのだろう。

家具調度も、何もない部屋で二人は向き合う。

「時間がないかもしれないので、手短に。九月二十日の午後九時四十分頃、あなたは庭にまぎれ込んだ男と話しましたね？　といっても、ほんのひと言かふた言でしょうけれど。こういう男です」

洞口有一の写真を突き出す。娘――倫子は、『はい』と答えた。

『その方とお話ししたことがあります。ただし、何日の何時頃かは言えません。私には日付が判らなくなっているし、この部屋には時計がありませんから』

「お向かいの家で、お嬢さんがピアノのレッスンを受けていたでしょう？」

『ええ。……はい、そうです』

事件があった日に間違いあるまい。

「あなたは、ここを出たことがないんですか？」

『こうなってからは』と自分の体を一瞥《いちべつ》して『一度も外へは出ていません。時々、ふっとこの部屋にやってくるだけです』

十年前に他界してからずっと地上をさまよい、たまにここに立ち寄るのかと思っていたが、そうではないらしい。早川が理解している幽霊とは有様が違う。

『ふだんの私は、眠っているよう。どこでどんなふうに寝ているのかは知りませんけれど。気がついたら、ここにいる。その繰り返しです。ずっと長い間』

「亡くなってから十年がたっています」

『そんなに……』

あまり驚いたふうでもない。窓から見えるものの移ろいから、およその見当がついていたのかもしれない。

「じゃあ、独りきりだったんですね。他の——」幽霊という言葉を使うのは避ける。「魂と出会うこともなく、魂が視える人間と話すこともなく、完全に独りだった。淋しかったでしょう」

『いいえ、ほとんど眠っていましたから』

ならば、いい。淋しくなかったはずもないが。

「僕は、死んだ人の魂と出会う能力を持っています。先日、庭に入ってきた洞口という男も同類ですよ。今夜、あなたの許《もと》に押しかけてきたのは、洞口の話が本当だというのを確認するため。そして、お礼を言うためです」

『お礼とは……私に、ですか？』

「そうです。あなたのおかげで、僕の生き方は変わりそうだ。どう生きるかが判った。お礼を言わずにはいられません」

『私は、早川さんに何もしていませんけれど』

「間接的に、してくれたんです。聞いてください」

早川は語りだす。九月二十日の夜、洞口が倫子に会ったと言い張ったことで、殺人事件の犯人にされかかったことや、洞口の証言を信じてやれるのが、霊視能力者の自分しかいなかったことを。それがどのような状況か、倫子はすぐに呑《の》み込んだようだ。

「僕は、なかなかあなたに会えなかった。会えたとしても、あなたを警察に連れていって、『ほら、証人です』と捜査員たちに引き合わせることはできない。どうすればいいんだろう、と苦しみましたよ。苦しんだ末、やるべきことが見えてきた。真犯人を突き止めることです。それしか洞口を救う道はありませんでした」

洞口の潔白を確信できたことが幸いした。彼でないならば誰がやったのか？　その一点に絞《しぼ》って事件全体を見直すうちに、霧が晴れるごとくものが見えだした。そもそも洞口に嫌疑がかかったのは、犯行現場に彼の毛髪や指紋が残っていたからだ。それらが偽造された証拠品だとしたら、卑劣《ひれつ》な工作ができたのは誰か？

「岡崎という男が、その条件に符合するように思えました。洞口と仕事上の接点があり、食事をともにする機会もあった。それなら、髪の毛ぐらいは拾えたはずです。洞口には、むやみに頭を掻きむしる癖がありましたし。岡崎を狙《ねら》い撃ちして調べてみると、彼と被害者の間にもトラブルの影が見つかりました。産業廃棄物の不法投棄という裏ビジネスの儲《もう》けを、岡崎がかなり着服していたらしい。それが発覚しそうになったので被害者を殺害し、その上で洞口に罪をなすりつけようとしたんです。洞口が『触ったことがない』と言うグラスに、どうやって彼の指紋をつけさせたかが最後まで謎《なぞ》でしたけれどね」

『どうやったんですか？』

「あなたは——倫子さんは、推理小説がお好きだそうですね。つまらないトリックなので、がっかりしないでください」

自分の嗜好《しこう》に言及されたのがうれしかったのか、倫子が微笑《ほほえ》んだ。久しぶりの対話を、いくらか楽しんでくれているようでもある。

「事件当日、洞口は岡崎の行きつけの喫茶店に呼ばれて、仕事の打ち合わせをしています。といっても内容は形ばかりのもので、岡崎は洞口の毛髪やら指紋やらを採取することだけが目的だったんです。テーブルにこぼれた砂糖の粒を拾うふりをしながら、毛髪はたやすく取れました。問題は指紋ですね。どうしたと思います？　あらかじめ店のものと同じグラスを用意しておき、隙をみて洞口が触《ふ》れたものと交換したんです。その喫茶店に足を運んでみて、現場にあったのと同じグラスが使われているのに気づき、からくりが見えました」

『器用にすり替えたんですね』

「ひと工夫ありましたよ。岡崎は、話の最中に仕事先に電話をするように命じているんです。洞口は、それで席をはずした」

『洞口さんが席に座ったまま電話をしたら困ったでしょうね』

「無理です。その店は、かなりのボリュームでＢＧＭを流しているので、店外に出ないと電話ができないんです。岡崎はそれを見越していたわけですよ。悪知恵の働く奴です。すり替えがしやすいように、観葉植物の陰の席を選んでいました」

それだけでは、岡崎が洞口に罪を転嫁《てんか》しようとした可能性の指摘に留まる。だから、証拠を集めるために、早川は死に物狂いで奔走した。当夜、彼と一緒にいたという愛人の偽証を崩し、動機を炙《あぶ》り出し、グラスの購入先も突き止めて、ついには自供にまで追い詰めた。それを端で見ていた本山をして「鬼気迫る」と言わしめた捜査だった。

『とても興味深いお話でした。でも、何だか申し訳ない。私が普通に人前に出て、しゃべることさえできたら、早川さんも洞口さんも、そこまでご苦労なさらなくてもよかったんですね』

「とんでもない。そんな文句が言いたくてきたんじゃありませんよ」

倫子は怪訝《けげん》そうにしている。

『さっきお礼とおっしゃいましたね。どうして、私が感謝されるんでしょう？』

「あなたのおかげで、僕は自分のなすべきことが判ったんです。人の魂と対話できるという能力を持った刑事が、何をするべきなのかが」

今回のように、幽霊を視たと言い張る事件関係者が現われることもあるだろう。被害者自身の幽霊が「あいつが犯人だ」と訴えることもあるだろう。そんな場合、自分の霊視能力を前提として捜査本部にありのままを話しても無駄だ。どれだけ言葉を尽くしても、誰も信じてくれないのは明らかである。

「魂と、魂と出会えない人をつなぐには、僕が動くしかない。頭と体をフルに使って、事件を解決するしか手はないんです。これだけの特殊能力なのに使い勝手が悪いな、とも思いますが。でも、魂から真実を耳打ちされているだけ、魂と出会えない人たちに比べて僕は圧倒的に有利です。正解を見てから、そこに至る道筋を考えられるんですものね。あなたの趣味に合わせて言うなら、僕は名探偵にならなくてはならない。ほら、小説に出てくる探偵って、最初から答えを知っているみたいじゃないですか。『彼は嘘をついているね』なんて言って洞察力を自慢するけれど、もしかしたら被害者の魂から真犯人を耳打ちされているのかもしれない」

倫子は、また微笑む。

『面白い。そうだとしたら、名探偵はインチキをしているんですね』

「インチキは厳しいな。答えをみんなに判ってもらう道筋を見つけるのも大変ですよ。後づけの巧みな推理をこしらえなくてはならない。これからそれをやらないといけないと思うと、僕なんか身が引き締まります」

『お疲れになったら座ってください。椅子《いす》もありませんけれど』

倫子は刑事を気遣《きづか》い、自分からフローリングの床に座って膝《ひざ》を崩す。幽霊に実体はないが、習慣として生前と同じようにふるまうことを早川は知っている。「では」と腰を下ろした。

親密な空気が漂ってきたが、それに浸っていられるのもあとわずかだろう。

「木曜ごと、お向かいにピアノを教えにくる先生を見ていらしたんですね」

何度もここに足を運んだのに、倫子の幽霊と出会えないのが解《げ》せなかった。出現するのは何らかの条件が揃った時ではないか、と考えているうちに、単純な仮説を思いついた。曜日がその条件なのではないか、と。つまり木曜日。麗美がレッスンを受ける日だ。

「初恋の人ですか?」

はにかみながら、倫子は頷く。

『今はふっくらとしていますけれど、昔はとてもスマートでした。優しそうで、素敵なのは変わりませんけれど』

「生徒さんには厳しいそうですよ」

『そこもいい。私もピアノを習って、厳しく叱られてみたかった』

儚《はかな》く夭逝《ようせい》した彼女に同情しかけたが、その傲慢《ごうまん》さに気づいてやめた。目の前の娘は、決して不幸せそうではなかった。

「この家は、今夜限りで取り壊されます。そうしたら、あなたはどこへ行くんでしょう?」

残酷だと思いながら訊いてみた。

『どこかに行くのでしょう。ここにいる時間は済んだのだと思います。何にでも終わりがあるはずですから』

哀《かな》しくなってきた。

『私、先生がお帰りになったら、いつもはすぐに眠るんです。今日は、早川さんとお話しする時間を誰かが――もしかしたら神様？――与えてくれたんですね。お話しできてうれしかった。……もう眠ります』

そう言い残して、倫子はかき消すように虚空《こくう》に溶けた。

月の光が、彼女が座っていたあたりを照らす。

あまりに急で、別れの言葉も贈れなかった。だから、その代わりに呟く。

「おやすみ、ゆっくり」

朝日が射《さ》すまで、早川はその部屋で膝を抱えていた。

※本文545〜552ページの空白は著者の意図によるものであり、作品の一部です。
（編集部）

あとがき

この本の成り立ちと謝辞を記す。

『幽霊刑事』は、私が原案を提供した同題の舞台劇をふくらませて小説化したものだ。上演されたのは一九九八年九月二十日。賞金・賞品つきの犯人あてイベントだったため、放送作家・上田《うえだ》信彦《のぶひこ》さんの脚本による推理劇『幽霊刑事』が舞台に掛けられたのはその一度きりである。面白かったのに（私は当日のすべてを記録したビデオをもらった）。

イベントの名称は『熱血！　日立　若者の王様 part9　推理トライアスロン』（主催・日立製作所　後援・毎日放送）。会場は大阪・万国博ホールおよび万博記念公園内お祭り広場で、参加者は約千五百人だった。

抽選に当選して集まった参加者は、友人と三人でチームを組んで犯人あてに挑むのだが、舞台で演じられる問題編を切りのいいところまで観た後、三人はバラバラになる。ホールに留まって問題編の続きを観られるのは一人だけ。あとの二人はお祭り広場に出て、うち一人は暗号解読などのクイズ、もう一人は体力勝負のゲームをするのだ。二人はそこで得たポイントごとに大小のヒントをもらい、ホールに戻ると情報を突き合わせながら三人掛かりで解答を書く（三種目をこなすから推理トライアスロン）。

当日、私は心の底から思いましたね。若者に戻って、友だちとこのイベントに参加してみたいなぁ、と。仲間をいったんバラしてしまうのが秀抜で、イベントが終わった後も「そっちはどんなことをしたの？」と聞き合って盛り上がれるはずだ。

バブル経済はとうに崩壊していたが、まだまだ日本に経済的な余裕があったから、企業がPRのためにあれだけのイベントを若者に気前よくふるまえたのだろう。その意味でも昔日が懐かしい。

その後、「あれは小説になるな。書いてみたい」という欲求が芽生え、上田さんの了承を得た上で講談社の『IN★POCKET』誌に一九九九年三月号から二〇〇〇年三月号まで連載して、同年五月に単行本を上梓した。二〇〇二年にノベルス版、二〇〇三年に文庫版と判型を変えながら講談社で本になったが、いずれの版でも物語が終わった後には「あとがき」も「解説」もなく、白紙のページが続くようにした。その形がふさわしい作品だと考えたのだ。

ところが――

数年後、自分でも予想していなかった事態が起きた。『小説新潮』誌から「死者にまつわる物語の特集をするので、短編を書いてもらいたい」という依頼を受けた際に、私は『幽霊刑事』に登場した早川篤の物語を思いついてしまう。それが『幻の娘』で、同誌二〇〇八年十月号に掲載された後、新潮文庫のアンソロジー『七つの死者の囁き』に収録された（同誌の特集がアンソロジーの形にまとまることは当初から予定されていた）。

『幻の娘』は、それだけでも独立した物語として読めるように書いたつもりだが、やはり内容としては『幽霊刑事』の後日談だ。小冊子にして『幽霊刑事』のおまけにすれば収まりがよさそうだが、今さらそういうわけにもいかない。

後日談であると同時に、『幻の娘』は早川が刑事として自分が進むべき道を見出す始まりの物語でもある。ならば、いっそ早川を主人公にした本（タイトルは『霊媒刑事』？）を作ってはどうか、と考えたこともあるが、それも実現しなかった。心霊現象を専門に扱う探偵を主人公にした別シリーズを書き、『濱地《はまじ》健三郎《けんざぶろう》の霊《くしび》なる事件簿』という短編集をＫＡＤＯＫＡＷＡでまとめてしまったからだ（続刊の予定あり）。早川篤の物語は、濱地シリーズのプロトタイプになった。

完全に宙に浮いた『幻の娘』は、いずれノンシリーズの短編集に収録するよりなくなったかに思えたところ、幻冬舎の志儀《しぎ》保博《やすひろ》さんと話しているうちに『幽霊刑事』とカップリングした［新版］のアイディアが生まれた。かくしてできたのが本書である。

講談社文庫のバージョンでお読みになった方に、「こういうのもアリだ」と思っていただければ幸いだし、そちらは未読の方には「別のバージョンがあるのか」と興味を持っていただければありがたい。

原案を一緒に練った上田信彦さん（無茶苦茶ミステリに強い）と、推理劇を含む楽しいイベント全体を作り上げた丸山啓吾《まるやまけいご》さん（当時・株式会社リコモーション）に深謝し、この本を捧げます。

そして、単行本の時からずっとカバーをお願いしている大路《おおじ》浩実《ひろみ》さん、幻冬舎の志儀さん、今回も大変お世話になり、ありがとうございました。

最後に、お読みいただいた皆様にお礼を申し述べ、擱筆します。

二〇一八年八月二十六日

有栖川有栖

この作品は二〇〇三年七月講談社文庫として刊行されたものに、短編「幻の娘」（『七つの死者の囁き』二〇〇八年新潮文庫所収）を加えたものです。

JASRAC 出 1810132-103

[新版]幽霊刑事《ゆうれいデカ》

有栖川有栖《ありすがわありす》

平成30年10月10日　初版発行
令和4年9月20日　4版発行

発行人――石原正康
編集人――袖山満一子
発行所――株式会社幻冬舎
〒151-0051東京都渋谷区千駄ヶ谷4-9-7
電話　03(5411)6222(営業)
　　　03(5411)6211(編集)
公式HP　https://www.gentosha.co.jp/

印刷・製本―図書印刷株式会社
装丁者――高橋雅之

幻冬舎文庫

ISBN978-4-344-42787-7　C0193　あ-23-3

この本に関するご意見・ご感想は、下記アンケートフォームからお寄せください。
https://www.gentosha.co.jp/e/